国立公園
境界線
アケッツ川
ステファノレイ
国立公園
ハイウェイ
クラブクロー島
農地
サンフランシスコ・
デ・セールス島
原子力
発電所
太平洋
原子力発電所を中心に
直径 30 キロ四方を囲む

ペルディド・ビーチ――カリフォルニア
峡谷
ガソリンスタンド
フェイズの壁
ハイウェイ
商業区
ゴルフ場への道
絶壁
クリフトップの森
クリフトップ・リゾートホテル
二番通り
三番通り
四番通り
イースタン通り
クリフトップ・ロード
崖
G
犬歯の岩
防波堤

フェイズ
トラモント湖
エヴァンストン
空軍州兵基地
サンタ・カトリーナの丘
世捨て人
ジムの小屋
鉱山
ビターウィード・バレー
（砂漠）
農地
ハイウェイ
コアテス・
アカデミー
トロッターズ峡谷
ペルディド・
ビーチ

GONE　ゴーンⅥ　夜明け

GONE ゴーンVI
夜明け

マイケル・グラント

片桐恵理子 訳

LIGHT : A GONE NOVEL
BY MICHAEL GRANT
TRANSLATION BY ERIKO KATAGIRI

ハーパー
BOOKS

LIGHT : A GONE NOVEL

BY MICHAEL GRANT

Published by K.K. HarperCollins Japan, 2023

集合住宅
ラルフ食料品店
F
旧缶詰工場
ブレイス通り
K
連絡道路
E
I
ゴールディング通り
チェスニー通り
パシフィック大通り
シャーマン通り
J
D
C
アラメダ通り
シェリダン通り
H
サンパブロ通り
広場
B
一番通り
A
港
グラント通り
駐車場
サンセット大通り
オーシャン大通り
ビーチ
記号説明
A　工具店＆託児所
B　火事で焼けたアパート
C　教会
D　町庁舎
E　クインの家
F　アストリッドの家
G　サムの家
H　マクドナルド
I　いじめっ子通り
J　消防署
K　学校
N
E
W
S

キャサリン、ジェイク、そしてジュリアに

闇で闇を追い払うことはできない。光だけがそれを可能にする。
憎しみで憎しみを追い払うことはできない。
愛だけがそれを可能にする。

——マーティン・ルーサー・キング・ジュニア

前回までのあらすじ

授業中、教室から先生が忽然と消えた。騒然となったサムたち生徒はやがて、消えたのが町じゅうの大人——15歳以上の人間全員だと知る。異様な混乱のなか、親友クインらとともに町のはずれまで行ったサムが見たものは、バリアのように町を取り囲む、巨大な半透明の壁だった。子供たちはこの閉ざされた世界を〝フェイズ〟と名づけることに。

携帯電話もテレビも繋がらず、外界との繋がりを絶たれたフェイズ内では、突然変異と思われる生き物が現れるようになり、子供たちのあいだにも不思議な能力を持つ者が現れはじめた。〝能力者〟と〝普通の子供〟とのあいだには対立が生じ、また、食料不足や疫病、派閥抗争など子供たちに次々と試練が襲いかかる。

フェイズが始まって1年が経とうとしていたその日、バリアに異変が起き、ついに外の世界が明らかになった。フェイズはたちまちマスコミや野次馬に囲まれ、子供たちは家族と涙の再会を果たすが——。

人物紹介

フェイズの子供たち

トラモント湖

サム ―― 子供たちのリーダー的存在。**能力者**（手から光を出す）
アストリッド ―― 天才少女。サムのガールフレンド
エディリオ ―― 責任者
デッカ ―― **能力者**（重力を無効化する）
ブリアナ（ブリーズ） ―― **能力者**（超高速で動く）

ジャック ―― コンピュータの天才。**能力者**（怪力）

オーク ―― 元いじめっ子。石の体
シンダーとジェジー ―― 農場担当
ロジャー ―― 芸術家
トト ―― **能力者**（嘘を見抜く）

ペルディド・ビーチ

ケイン ―― サムの双子の弟。**能力者**（念動力）
ターク ―― ケインの部下。元ヒューマン・クルー
バグ ―― **能力者**（姿を消す）

クイン ―― サムの親友。漁船長
ダーラ・バイドゥー ―― 病院責任者

ペルディド・ビーチ/クリフトップ

ラナ ―――― **能力者**（ヒーラー）
パトリック ―――― ラナの愛犬
サンジット ―――― 島から来た少年
ヴァーチュ（チュー） ―――― サンジットの弟分

テイラー ―――― 金色に変異。**能力者**（瞬間移動）

サンフランシスコ・デ・セールス島

アルバート ―――― 商売人

その他

ピーター ―――― アストリッドの弟。**能力者**（未知）

ダイアナ ―――― 美少女。**能力者**（相手の能力レベルを読む）
ガイア ―――― ダイアナの娘。ガイアファージが体内に
ドレイク ―――― 鞭の腕を持つ少年。ブリトニーと一体化
ブリトニー ―――― 元エディリオ部隊の少女。ドレイクと一体化

ガイアファージ ―――― 別名ダークネス。謎の邪悪な存在

外の世界

コニー・テンプル ―――― 看護師。サムとケインの母親
アバナ・バイドゥー ―――― ダーラの母親
アレックス ―――― 野次馬の若者

おもな登場人物

サム・テンプル――フェイズのリーダー的存在
クイン・ゲイザー――サムの親友
アストリッド・エリソン――天才少女。サムのガールフレンド
ピーター・エリソン――アストリッドの弟
エディリオ・エスコバール――サムの仲間。子供たちのまとめ役
アルバート・ヒルスブロー――商売人。仕事の割り振りを担当
デッカ――サムの仲間
ブリアナ――サムの仲間。通称ブリーズ
ジャック――コンピュータの天才。通称コンピュータ・ジャック
オーク――元いじめっ子。本名チャールズ
ケイン・ソレン――サムの双子の弟
ダイアナ・ラドリス――ケインのガールフレンド
ラナ・アーウェン・レイザー――ラスベガスから来た少女。ヒーラー
ドレイク・マーウィン――鞭の腕を持つ少年。ブリトニーと一体化
ブリトニー――歯列矯正具をつけた少女。ドレイクと一体化
ガイアファージ――フェイズを支配する生命体
ガイア――ダイアナの娘

1

88時間　39分

幼い少女の髪が炎に包まれた。母親譲りの豊かな黒髪が見事に燃えあがる。

サムがもう一度炎を放つと、ついに少女の肉体が燃えた。

そのあいだ少女は、ガイアファージは、周囲の人間から顔をそむけ、怒りを湛えてサムを凝視した。青い瞳でひたとサムを見つめたまま、愛らしい口が、燃えながら不敵に歪む。

ガイアは、ダイアナが集めた木切れで焚火をしていた。火はあまり大きくない。すぐに消えてしまうだろう。火が消えれば、ダイアナはまた冷たい地面で眠ることになる。

二日前、ケインのもとへ行くチャンスがあった。ケインはサムと一緒だった。ガイアから離れ、ケインのもとへ駆け出すことができたのだ。

とはいえ、そんなことをすれば、ドレイクに、あの鞭の手に止められただろう。あるいはガイアに。ガイアはなぜか、ケインを殺そうとするドレイクを止めた。そしてほどなく、サムの恐ろしい光で燃やされた……。

あの瞬間、ダイアナはケインのもとへ駆け出すことができた。そうしたかった。

ガイアのそばに残ったのは、新たに芽生えた母性本能のせいだろうか？　サムに燃やされたガイアは、痛みに怯(おび)えて、本気で泣いていた。ガイアも傷を負う。傷つくのだ。

いま、有り余るほどの絶望と、飢えと、寒さのなかで、ダイアナは思う。この子は自分の一部なのだと。ガイアは自分の娘だ。信じられないことに！　ガイアはダイアナの体内で、卵子と精子で、ダイアナとケインでつくられた。この世界で最初の物語。ガイアが痛みと血にまみれて生まれたとき、ダイアナはある種のつながりを感じた。悪くなかった。自分がそうしたものを感じられてほっとした。自分がそういう気持ちを抱けるものか、確信がなかったのだ。つながりを感じるということは、ダイアナも人間だったということだ。人間の女性で、自分の産んだ赤ん坊に感情を抱けたという証(あかし)だった。

それは、こんな状況下でもダイアナにとっては希望となった。

だが、恐怖も感じていた。ガイアは美しい赤ん坊だった。ひどい火傷(やけど)を負い、焼け焦げたラザニアの表面のようになった肌が治癒すれば、ふたたび美しい姿を取り戻すだろう（ガイア自身は、容姿に無頓着なようだ）。それでも、この子が、ケインとダイアナの娘が、普通の少女になることは決してない。なぜなら、卵子と精子と子宮のほかに、強大な第三の力が働いているからだ。母の愛より強大な力が。

　ガイアはガイアファージに支配されている。ガイアファージが娘を乗っ取った。この子が持っていたかもしれない、ささやかな個性を残酷に抑えつけ、自分のそれを押しつけた。ダイアナはその瞬間を見ていたし、抗って泣き叫んだが、ガイアファージは黙殺した。洞窟の奥底で波打つ緑色の液状物体の塊だったあのときも、焼けただれた肉体と髪の毛が半分ほど復活した少女の姿になったいまも、ガイアファージはダイアナのことなど気にしていない。もとの姿を取り戻しながら、一心に炎を見つめている。

「ネメシス」と、ガイアがささやく。ガイアがこの名を口にするのは初めてではない。まるで友人に向かってささやきかけるかのような口ぶりだ。

　ダイアナの娘は、決して母親を愛しはしない。いつか愛してくれるかもしれないなどと想像をするのは、そんな夢を見ることさえ、ばかげている。

　でも、もしかしたら……。

　もしかしたら？　もしかしたら、なんだって言うの？　ダイアナは自分を嘲った。他人にするように、情け容赦なく。ダイアナ、なんてばかげた望みを抱いているの？　あの子の正体はわかってるでしょう。あの子はあなたの娘じゃない。あなたのものじゃない。あの子は〝人〟でさえないの。

　それでも、焚火に照らされた娘はかわいかった。この子が普通の子供だったら、自分の娘だったらと思って苦しくなる。この子の可能性を想像する。この美しい少女が、正真正銘自分の娘だったらどんな気持ちだろう。

自分と、彼の。

美しい、完璧な少女……。

どす黒くて、恐ろしい生き物。

「心配するな、ネメシス」ガイアは言った。ダイアナに向かってではない。自分はまた、悪い人間のあとを追ってしまうのだろうか？　最初はケイン、今度はガイア？　役に立たない皮肉だけを武器にして？

短い妊娠期間中、ダイアナは母になることを、いい母親になるところを夢想した。いい人間になる自分を想像した。きっとなれる、そう言い聞かせた。これまでと同じでいる必要は、これまでの自分を引きずる必要はないのだと。

救われてもいいのだと。

「どんな物語も、終わりが一番いい」ガイアが、ダイアナには見えない誰かに向かってささやきかける。「終わりが」

ダイアナは、贖罪（しょくざい）と赦（ゆる）し、若い母親としての新たな門出を思い描いていた。

しかし実際は、母親を一切顧みない怪物の母親になってしまった。

「私はろくな選択をしない」地面に寝転びながらダイアナはつぶやき、寒さから身を守るために両腕をきつく体に巻きつけた。

「なんだ？」ガイアが顔をあげた。

「ううん」ダイアナはため息をつく。「なんでもない」

ピーターは少しずつ小さくなっていた。少なくとも、本人はそう感じていた。自分が縮んでいるように感じたが、それが悪いことかどうかはわからなかった。ほっとしているのかもしれない。

ピーター・エリソンにとって、人生はつねに奇妙で不穏なものだった。この世に生まれた瞬間から、音や光や不快な接触という攻撃にさらされてきた。ほかの人にとってはなんでもないことでも、怖くて圧倒された。不要なものを選別したり、雑音を遮断したりする人もいたが、ピーターには無理だった。

肉体が問題だった。ピーターがそもそもこうした症状に悩まされたのは、肉体が、実体としての脳が存在したからだ。

その肉体と脳から解放され、ピーターは安堵（あんど）した。青く鋭い目と、黄色い蛇の髪をした姉のアストリッドが、ピーターを物理的な死へと投げ入れたのだ。おかげで……ほっとした。

ピーターは新たな空間を創り出した。肉体ではない、新たな居場所を。特殊な能力も引き継がれたが、おかげで、ひどいまちがいを犯してしまった。いまなら、それがわかる。自分がテイラーにしてしまったことを理解できる。もう、あんなことはしてはいけない。あの抽象的なアヴァターで遊んではだめだ。あれは人間なのだ。

このとき、ピーターの姿は薄れつつあった。特別なスイッチで点灯する明かりのように。かつての自宅、彼が生まれ育ち、焼け落ちてしまった家のダイニングルームにあったそれを、母親は「調光スイッチ」と呼んでいた。

明かりを暗くして。ロマンチックなディナーにしましょう。

じょじょにピーターの光が薄らいでいく。

ロマンチックだ。

ピーターは、引き伸ばされたゴムのようだった。一方の端は肉体にくっついていて、もう一方の端は……ここに、名前はわからないが、ピーターがいまいる場所にある。けれど肉体が消え、ゴムは縮みつつある。

そんなに悪くない。

ダークネスの姿が見える。ダークネスもまた、ピーターのいるこの場所に触れることができる。そしてダークネスも、みずからをガイアファージと名づけた怪物もまた、薄れつつあった。だが、自分をつなぎとめる体を得たことで、いまやその力は増幅されていた。ときどき、ガイアファージの心の声を聞くことができた。ダークネスがピーターを見ていることは知っていた。それは、弱りゆく姿でピーターをあざ笑いながら、怯えていた。

ダークネスは何度となく、その触手を伸ばし、背後から忍び寄った。ピーターを見つけ出し、何かを信じこませ、実行させようとした。

ダークネスはピーターに薄暗いままでいてほしいのだ。ピーターが完全に消えれば、ダークネスの能力も失われてしまう。

ダークネスがささやきかけてくる。心配するな、ネメシス。ただ、終わるだけ。昔、おまえの姉さんが読んでくれた物語の終わりみたいに。彼女の声や目や黄色い髪がわずらわしくて、いつも終わりが待ち遠しかっただろう？

抗うな、ネメシス。

どんな物語も終わりが一番いい。終わりが。


さよう、死の陰の谷を歩こうとも、わたしは災いを恐れない。あなたがともにいてくださるのだから。

オークは聖書の一節を思い出していた。頭のなかで「さよう（yea）」が「そう（yeah）」に変換されていたが、意味は変わらない。要するに、怖いと思っても、神さまが一緒にいるのだから怖がる必要はない、ということだ。それはわかる。だが、つぎの一節にある「rod」と「staff」とは……（your rod and your staff, they comfort me（あなたのむちと杖（つえ）は、私を慰める）と続く。日本語では「むち（rod）」と「杖（staff）」と訳されることが多い）。オークが知るかぎり、「rod」はたぶん棒のことで、「staff」は、自分のために働いてくれるスタッフのことだろう。俺のスタッフ。

スタッフが人々を慰める。たしかに自分が神さまなら、みんなを癒したり慰めたりするのに、天使などの使いがいるだろう。

オークは、日が暮れたトロッターズ峡谷を、ペルディド・ビーチの上方を歩いていた。バリアが土地を二分する頂上に近づくにつれ、オークはじょじょに腰をかがめ、星にその姿が映るのを恐れでもするかのように、姿勢を低くした。最後の三十メートルにいたっては、うつぶせになって移動した。

まだバリアに触れることはできない。そこは変わっていなかった。触れれば強烈な痛みが走る。ただし、いまはバリアの向こう側の景色が見える。ただの、変哲のないガラスみたいに。つまり、向こう側からもこちらが見えるということだ。

そう思って、吐きそうになる。

静かに立ちはだかる黄みがかったガラスをのぞくと、見えるのだ。外の世界が。すぐそこに。

オークのいまいる丘の上には誰もいない。人々はここからずっと下ったハイウェイやその周辺にいるのだろう。向こう側は、ひどく、まぶしい。明かりなどただで使い放題だと言わんばかりに、ハンバーガーショップの電気が煌々とともっている。モーテルもずいぶん明るい。クリスマスか何かみたいだ。世紀の大渋滞にはまった、自動車やトラックやキャンピングカーのライトも見える。はるか遠くまで、延々と連なっている。あちこちでパトカーのランプが明滅し、ハイウェイ・パトロールの車両が交通整理に奔走している。問題は、ハイウェイがバリアに二分され、途切れてしまっていることだ。ブルドーザーで迂回路がつくられていたものの、ハイウェイそのものが混乱するなか、両車線に並んだ車両を迂回路でさばききるのは無理だった。赤いテールライトがのろのろと流れていく。

バリアのすぐそばには、パラボラアンテナなどをたくさん積んだ、ばかみたいに明るい大きな中継車が数台見える。その少し先にあるのは、軍の基地のようだ。先刻、緑の制服と軍用車が見えた。

なかでも、ひときわ目を引くのはネオンだ。赤と金に少し緑の入った――〈カールスジュニア〉の看板。オークの口内によだれが溢れてくる。フライドポテトとチョコレートシェイクのためなら、なんだってするだろう。

この角度からでは、バリアのこちら側にいる子供たちの姿は見えないが、いるのはわかっていた。外からのものとは思えない声が聞こえるからだ。バリアの向こうに届くと思っているかのように叫ぶ、少女の甲高い声。

「ママ！　ママ！」

誰もが終わりを予感しているようだった。バリアは――遅かれ早かれ――消えるのだと。

だがオークは、ケインから――みずからを王と称していたケインから――こう言われていた。子供たちをバリアのそばから連れ戻して働かせるようにと。毎日が飢餓との闘いであるフェイズでは、二、三日も仕事を休めばすぐに飢えてしまうのだ。

もちろんオークは断った。冗談じゃない。バリアのそばまで行けば、一斉にカメラを向けられるだろう。きっと悲鳴があがる。悲鳴は聞こえないにしても、口をあんぐり開けてオークを指さす、人々の姿を見ることになる。

もともと体は大きかったが、いまは大きいどころではない。おそらく身長は百八十センチを超え、腕を横に下ろせば、横幅も身長と同じくらいある。しかも見た目は濡れた砂利、もしくはまだ固まっていないコンクリートのようなのだ。

怪物なのだ。

酒を飲みたくてたまらなかった。狂った酔っ払いになってしまえば、バリアのそばへ出向き、〝陰の谷〟へ分け入っていけるだろう。だが、しらふでは無理だ。そんな屈辱には耐えられない。

母親もいるかもしれない。まだ父親に殺されていなければ。

母親の姿を思い浮かべる。側頭部のあざや、手首のギプスがない母親の姿を思い浮かべようとしたが、そこまでは無理だった。

それから、父親……。父親の姿は思い出したくなかった。それでも否応なく思い出してしまう。冷徹で残忍な酔っ払いが、オークことチャールズ・メリマンの怯えたようすを、うつむいて目をそらしているようすを、確認するさまを。

父親はこの瞬間を気に入っていた。絶対にかかわり合いになりたくないと思っているオークを無理やり座らせ、宿題をさせる。その間、自分はつぎつぎとビールを飲んでは、空になった缶を椅子の横に放り、言いがかりをつける機会を待つ。理由はなんだってよかった。

酔っていないときの父親は、無関心でよそよそしかった。そして酔うと化け物になった。オークのように。

ただし、ここまで醜くはなかったが。

父親は、ドームの向こう側からふたたび息子をにらみつけられるようになったことを知っているのだろうか、とオークは思う。そしていまの自分を見たらなんと言うだろう？いつものように鼻を鳴らし、「この役立たずが」と言わんばかりにあざ笑うだろうか。

もし、そうされたら……。

父親は大柄だ。しかしオークはさらに大きく、それに見合った力もある。父親など、棒切れのようにへし折れる。

石化した太い指で口元に残された人間の肌に慎重に触れてみる。こそばゆい。

バリアが消えれば、まばゆいテレビの照明のもとで、みんながこの姿を見ることになるだろう。いずれ父親の目にも触れるだろう。もし父親にもう一度会うことがあれば、きっと自分はあいつを殺してしまう。

それは谷に陰を落とす死だ。災いだ。神の使いはそれを阻止するために、すばやく動かねばならない。

「神よ、どうかバリアを消さないでくれ」オークは祈った。「ほかの子供たちが家族に会いたがっているのは知っている。でもどうか、神よ、バリアを消さないでくれ」

サムはようやく眠りについた。うつぶせで、裸のまま、毛布もかけず、アストリッドに少しだけ背を向けて。

光があった。フェイズの大半の子供たちのヒーローであるサム・テンプルは、昔から暗闇を少しだけ恐れていた。だから、この暗い空間に光をともした。

それは普通の光ではなかった。ビー玉ほどの小さな球体。二段ベッドの隅に浮かんだ緑色の不自然な光は、以前、アストリッドがテープで貼りつけた赤い紙のおかげで和らいでいた。しかしテープがはがれ、不完全となったランプシェードは、ボートが緩やかに揺れるたび、かすかな風にはためいて、断続的に光を遮るだけになっている。

光が強くなると、サムの姿——広い背中、筋肉質な太ももなどが、濃い影となって断片的に浮かびあがる。光が弱まると、その姿はほとんど見えず、呼吸音と、においと、ぬくもりだけが感じられる。

サムに毛布をかけてあげるべきだった。そうしてあげたほうがいい。そのうち寒くなるだろうし、目を覚ましたときにアストリッドが眠っていないことに気づけば、きっと心配するはずだ。

でも、もう少しだけ、と思う。

アストリッドはおぼつかない光を頼りに本を読んでいた。法律の本。それを読みながら、自分は決して弁護士にはなれないし、なろうとすらしないだろうと思った。たいていの本は読めるが、これはとてつもなく退屈で、目の前の光景から目を離すのにほとんど役に立たなかった。

ああ、幸せだ。

幸せを感じるなど、ばかげていた。ほとんど犯罪だ。状況は絶望的なのだ。しかしそれを言うなら、ずっとこの状況は続いている。絶望はとうの昔に日常となっていた。

バリアが本当に消えたら……本当にこのゲームが終わったら……ふたりは十五歳。向こう側では、外の世界では、法的に一緒になることはかなわない。

ふたりは地獄をくぐりぬけてきた。この長きにわたる地獄を経てなお、一緒にいる。だがその経験は、法律上なんの意味もない。アストリッドの両親やサムの母親が指をパチンと鳴らせば、ふたりが築きあげてきたものは壊れてしまう。

フェイズからの解放は、解放ではないのかもしれない、とアストリッドが考えるのは、これが初めてではなかった。

2

78時間　26分

ブリアナは有名になった。

テレビ番組『トゥデイ』のインタビューを受けたのだ。

インタビューは少々変則的だった。というのも、司会のマット・ラウアーがブリアナと直接話す手段がなく、当然ブリアナのほうからも話しかけられなかったからだ。外の世界とのやりとりは視覚がすべてだった。外の人々は内側が見える。フェイズの子供たちも外の世界が見える。以上。

インタビューは、原始的なツイッターのような形でおこなわれた。インタビュアーが質問を紙に書き――もう少しハイテクな『トゥデイ』の場合で言えば、ドームから見えるように設置されたHDモニター上に質問を映し――ドーム内にいる子供が答えを書いて、外のカメラにかかげてみせる。

これは極めて退屈なインタビューとなった。インタビュアー側は事前にいくらでも質問を用意できるが、なかの子供たちはその場で答えを書かなければならず、書き終えるのに時間がかかった。ものすごく、時間がかかった。

ブリアナひとりをのぞいては。

ブリアナは学校から黒板の一部とチョークを持ち出していた。そして誰かが話すよりも速く、その能力を使って答えを書きあげた。

残念ながら、ブリアナはフェイズでもっとも慎重な人物でもなければ、賢明な人物でもなかった。大胆で、怖いもの知らずで、戦いになればとんでもなく危険で、ある種、無鉄砲ゆえの魅力はあったが、しかし伝えるべきことを熟考する慎重さは持ち合わせていなかった。

だから、マット・ラウアーにフェイズで死者は出たかとたずねられると、ブリアナはチョークでこう書いた。

たくさん。あちこちで子供が死んだ。ここはディズニーランドじゃない。

その答えに両親たちは戦慄したが、それ自体は問題なかった。

問題となったのは、そのあとの質問だ。

マット・ラウアー：**誰かの命を奪ったことはある？**

ブリアナ：**もちろん。なにせブリーズは、ここでは超危険人物だから。たぶん、サムと**

ケインのつぎに。

そしてマットがつぎの質問に行く前に、ブリアナはさらに何かを書きつけ、嬉々（きき）としてそれをカメラにかかげたあと、黒板を袖でぬぐってこう続けた。

まだ殺したいやつらがいるけど、なかなかうまくいかないの。ドレイクをワイヤーと山刀（マチエテ）で切断して、頭をショットガンで吹き飛ばしたんだけど、それでも死なないんだから(笑)。

さらに続ける。

だから今度は、あいつを切り刻んで、山とか海とか、あちこちにばらまいてやろうと思ってる。それでも復活できるか見ものだね(笑)。

つまり、ブリアナは複数の殺人を自白し(虫やコヨーテを数に入れなければ、実際には誰も殺していないにもかかわらず)、さらに今後も人を殺すつもりで、実際に殺人を計画中であることを吹聴（ふいちょう）したのだ。

それからにやりと笑い、カメラに向かってポーズを決めた。

楽しそうに「笑」の字まで添えて。

そして、ボウイナイフやマチェテや絞首紐（ギャロット）をくるくるとまわし、銃身を切り詰めた改造ショットガンをふりかざしてみせた。

この一連の出来事は、すべてサムの耳に入った。

喜ばしい話ではなかった。

「嘘だろ。正気か？〝笑〟だって？」サムの語気は荒い。「たしか、両親以外とは話をしないようみんなに伝えたと思ったけど。僕からも、エディリオからも聞いたはずだ。それに君がこの話を真面目に聞いてないことも、好き勝手にふるまうこともわかっていたから、ちゃんと目を見てこう言ったよな」そう言って、ブリアナの両目に指を向ける。「その目を見ながら『ブリーズ、おぞましい話はしないでくれよ』って」

「彼はそう信じている」

最後の言葉は、トトの台詞だ。真実を告げるこの少年は、耳にした話すべてに嘘か誠かをコメントせずにはいられない。そしてその判定は百パーセント正しくて、百パーセントわずらわしい。

湖に浮かぶハウスボートのデッキにいたのは、サム、アストリッド、ブリアナ、トトの四人。ドームが透明化してから二日、約一年ぶりに外の世界を見てから二日が過ぎていた。

母親の見ている前で、サムがペニーを灰にしてから二日後。

邪悪な子供ガイアと、その母親ダイアナが、痛みと混乱のなか、ドレイク／ブリトニーをしたがえて退却してから二日後のことだった。

「その目を見て、僕は君に伝えたよな」ブリアナのすっとぼけた顔に向かってサムは言い募った。

「ブリアナ、聞いて」アストリッドが言う。「あなたは向こうの世界とコミュニケーションを取るのに役立つけど、自分の犯罪を告白してはだめ」

「犯罪！」ブリアナの目がせばまり、薄い唇が歪む。「私はやるべきことをやっただけ」

「わかってるさ」サムが疲れたように応じる。「僕たちはそれを知っている。でも外の人たちにはわからないかもしれない」

「でも向こうもみんな死んでたかもしれないんでしょ」ブリアナが怒ったように言う。「どうやって私たちをここから出すつもり？　私たち全員を殺そうとしたくせに！　それなのにこっちが批判されるの？」

サムは、自分が同意の表情を浮かべているのに気づき、アストリッドからそっと顔をそむけた。そうすれば、彼女に気づかれないとでもいうように。

「大人たちは私たちを殺そうとしたわけじゃない。ドームを吹き飛ばして開けようとしたのよ」アストリッドが言う。

「核爆弾で？」ブリアナが切り返す。

「彼女はそう思っていない」トトが言い、明確に言い直す。「アストリッドは自分の言ったことを信じていないよ、スパイディ」

トトは、孤独だった数カ月を一緒に過ごしたスパイダーマンのフィギュアを、とうの昔に壊されて以来、スパイダーマンに話しかけることはめったになくなっていたものの、それでもときどき話しかけることがある。とはいえ、誰も気にしなかった。もはやフェイズで完全に正気を保っている者などいないのだ。

「わかった」アストリッドが冷ややかに言う。「言い直すわ。大人たちは私たち全員を爆破しようとしたわけじゃない。でも、そのリスクは承知だった」

トトは少し逡巡（しゅんじゅん）したのち「彼女はそう信じている」と言った。

だが、このときアストリッドは怒りを抑えられなかった。トトやブリアナに対してではないし――ほっと胸をなでおろしたサムに対してでもない。「向こうはハイウェイを元通りにして、すべてを終わらせたい。それにもちろん、突然変異について何カ月も調査していたことを世間に知られたくない。だからドームの下にいまいましい核爆弾をセットした。これで合ってる、トト？　それで、ドームに大きな負荷がかかって、向こうの望みどおりに吹き飛んで、私たちは自由になれたかもしれない。でも、きっと私たち全員が丸焦げになる確率のほうが高かった。無鉄砲で、最低のろくでなしが、こんな目に遭った私たちを、地獄をくぐりぬけて生き残った私たちを殺そうとしたの！」

ほかにも言い方はたくさんあった。もっと、長々とした知的な説明が。アストリッドは誰かを罵るようなタイプではなかったが、多くの本を読むうちにこうした言いまわしを覚えていた。

アストリッドの話が終わると、サムとブリアナは驚いたように、用心深く彼女を見つめた。トトが言う。「彼女はそう信じている」

「ああ、そうだろうね」サムがそっけなく同意する。「トト、頼みがあるんだけど、エディリオを呼んできてくれないか。もしエディリオの手が空いていたら。あと、デッカも。時間を無駄にしたくない」

トトは眉をあげたが、何も言わなかった。桟橋へと降りていく。使いっ走りをするのは慣れている。まるで追い払われるみたいに。

「ブリーズ、僕がしてほしいことはわかるな。君が見物人を楽しませたいのは知っているけど、パトロールを頼みたい」

「さっきしたばっかりだよ」ブリアナが口を尖らせ、その姿がぼやけたかと思うと、桟橋に姿を現した。そして、すばやく後ろ向きに歩を進めると「そういえば、あの人たちまだサムに話を聞きたいみたいだよ」と言って視界から消えた。

「やんちゃな十三歳の子供をもった気分ね」アストリッドがつぶやく。

サムは、目が見えない人でもわかるほどはっきりと、愛情をこめてアストリッドを見た。ふたりが一緒にいられるのかどうか、不安に思う日々は終わった。どちらも口にしてはいないが、それはもはや疑いようがなかった。変わることのない事実だった。

足を開き、腕を組んで立つアストリッドは、袖なしのTシャツに、チェーンソーで仕立てたのではないかと思うほど派手に破れたジーンズを身に着けている。かつての長いブロンドヘアは短く切られ、冷たく批判的な瞳は相変わらず厳しいままで、誰よりも注意深く世界を見つめている。

彼女はいまも〝天才アストリッド〟のままだった。サムがデートに誘うことも、話しかけることすらできなかったフェイズ以前の、堂々たる少女のままだった。高嶺(たかね)の花である彼女は（少なくともサムの目に映る彼女は）別の惑星から来たに等しかった。

面白いのは、サムはいまも彼女に対して畏敬の念を抱いているが、しかしもはや手の届かない存在ではなくなったことだ。アストリッドは、オリンポス山から愛情と失望の入り混じった瞳で彼を見下ろす、冷たく、よそよそしいアテナではなかった。その身を投げ出し、みずから戦いに参戦した。そしていま、フェイズの見えない壁が、ふたりの周りにだけそびえているようだった。ふたりを包みこみ、離れ離れになることを拒否するように。

ふたりは昼も夜も一緒に過ごした。いまでも意見の不一致はあるし、口論や言い合いもする。それでもまちがいなく、一心同体だった。

死がふたりを分かつまで。

そうなる確率は高いだろう。そう思って、サムは先ほどまでの満足げな表情を曇らせた。最後の戦い。この言葉は、いまやフェイズのあちこちで耳にする。サムはみんなを落ち着かせようとした。エディリオも同様だ。ペルディド・ビーチでは、ケインも抑えこみに奔走していた。終わりが訪れると考えるのは、子供たちにとっていいことではない。

しかし、サム自身はそう考えていたし、最後の瞬間を想像しようとした。けれど想像をめぐらせるたび、想像で時計の針を進めるたび、空想はばらばらになってしまう。サムはこれが最後の戦いになると信じていた。直感がそう告げていた。ただ、自分が生き残れるとは思っていなかった。

最後の瞬間は、いつだって残酷だった。自分はいつだって、フェイズを出ていく子供たちを見送ってきた。

この陰鬱な考えは、いつ芽生えたのだろう？　ずっと前から心の奥底にわだかまっていたのだろうか？　みんなが最後の戦いについて話しているから、意識にのぼってきただけだろうか？

最後の戦い。これが意味するのはひとつだけではない、と思う。

だがすべては戯言（たわごと）だ。憶測にすぎない。何ひとつ意味はない。実際に気に留めるようなことは何もない。とにもかくにも終わるのだ。

エディリオとデッカがやってきた。賢明にも、トトは置いてきたようだ。

サムは座ったまま、ハウスボートの梯子（はしご）を登る彼らに手をふった。エディリオがデッキチェアに沈みこむ。埃（ほこり）にまみれて、疲れきっている。老けて見える、というのとはちがう。肉体はまだ十代だ。日に焼けた、黒く細身の体型。ジーンズとブーツを身に着け、くしゃくしゃの黒い髪に、どこかで見つけたよれよれのカウボーイハットをのせている。老けてはいないが、なんと言えばいいのだろう、少年ではなく、大人の男に見える。

エディリオのこうした印象は、肩に掛けたアサルトライフルのせいでもある。

「ペルディド・ビーチからの報告によると、ケインはオークに指示して、みんなをバリアから遠ざけて仕事に戻らせようとしているらしい」エディリオが言う。

「悪くない考えだな」と、サム。

「うまくいけばね」デッカが言う。「オークはバリアに近づきたがらない。見られたくないんだ。ほら、あの姿だから。だから、ペルディド・ビーチでは何も育っていないし、キャベツすらない」デッカが続ける。「クインが魚を獲ってきてくれなかったら、また飢えることになる。アルバートに戻ってきてほしいくらいだ。あいつがこざかしい裏切り者でなければさ」

デッカが幼く見えたことはない。もとから生真面目な顔つきは、時とともに、凄みを増していた。問題に悩まされると（たとえばいまのように）、その表情は、ときとして近寄りがたいものになる。そして怒りを覚えると、デッカは迫りくる暴風雨と化した。

「ブリーズの件は聞いたと思うけど」デッカが話題を変えた。いらだちと愛情がその声音に混ざっている。まだブリアナのことを吹っ切っていないのかもしれないが、すでに折り合いはつけていた。一時の熱情は燃え尽き、愛情だけが残っている。

「ええ、聞いたわ」アストリッドが応じる。「彼女、さっきまでここにいたの」

エディリオは雑談をする気分ではないらしい。何か気になることがあるようだ。「僕たちは無防備だ。ダイアナや、あのおかしな赤ん坊の行方もわからないし、ガイアがどんなパワーを持っているかもわからない。普通の子供だったら、あの攻撃を受けて生きてはいられないってこと以外は。向こうの望みも、狙いもわからない。もしかしたら何も企(たくら)んでいないのかもしれないけど、おそらくは……」そこで肩をすくめる。「でも、一番無防備なのはペルディド・ビーチだ。全部で、えーっと、湖にいる子供と合わせて二百五十人くらいか？　まあそれくらいいて、そのうち半数はいま現在、例のハイウェイがバリアに分断されている場所にいる。外の大人たちに手をふったり、泣いたり、メッセージを書いたりしながら。とくに幼い子供たちが。問題は仕事だけじゃない。あの子たちが誰からも守られない場所にいるってことだ」

「ターゲットになるわ」アストリッドが同意する。

「うってつけだな」デッカもうなずく。

「あそこはケインの領域だ」サムが言う。もごもごと、疎遠な弟に責任を押しつけようとする。

「ああ、でも湖の子供もたくさんいる」エディリオが反論する。「ここらが静かなことに気づいているだろう？　半数以上の子供が十六キロの道のりを歩いてペルディド・ビーチへ向かったんだ。家族の姿を見て泣くために」そこに皮肉はこめられていなかった。エデイリオは誰かを冷笑したりしない。

アストリッドが口を開く。「これがはじまったときから、私たちには優先事項がふたつあった。みんなを食べさせることと、私たちを脅かす脅威を止めること」

サムはその壮大な物言いに静かに微笑んだ。

「ブリーズがドレイクとダイアナとガイアを見つけるのを待つんじゃなくて、プランを練らないと」エディリオが言う。

「エディリオに何か考えがあるんじゃないかって期待していたんだけど」とサム。軽口のつもりだったが、エディリオは笑っていない。

サムは授業中によそ見をしていたのを見つかったような気まずさを覚えた。姿勢を正し、無意識に声のトーンを半オクターブ下げて言う。「君の言うとおりだ、エディリオ。どうしたらいいと思う?」

いつのころからか、それがいつかは不明だが、エディリオはサムの片腕であることをやめ、サムと対等な、完全なパートナーになっていた。その変化は、湖の子供たちの意識に浸透し、誰かが口にするまでもなく事実となっていた。エディリオに対して、もう誰も「サムに確認したほうがいい」とは言わなかった。戦い以外のあらゆる面で、エディリオは責任者だったのだ。

サムはこれ以上ないほど喜んだ。自分に種々の雑務を仕切る能力が、管理能力がないことはわかっていた。アストリッドとベッドに寝転び、世界が自分の肩にかかっていないと思えるのはすばらしかった。実際、いまも彼女を見ると、両脇が大きく開いた袖なしTシャツや、美しい脚のラインや、それから……サムは雑念をふり払ってエディリオに注意を戻した。

「オーケー、ふたつの優先事項だね。まずは、時間があるうちに、最悪の事態に備えて準備をしておく」とエディリオが言う。「残っている食料は多くない。でも最後のヌテラやカップヌードルは取っておきたい。そうしたものはボートに積んで、ボートは湖のなかほどに停泊させる。シンダーの育てている野菜で、腐りにくいものも取っておこう。ビタミン不足でまた偏平足になるのは嫌だからね。これからは、何かを食べたければ仕事に戻るしかない」

サムはうなずいた。「そうだな」。頭上では曇り空が広がっている。とはいえ、そこにあるのは正常な雲だ。不規則な動きで、頭上を流れながら、北の彼方へゆっくりと移動していく。南東のほうは、空が濃紺に染まっているが、これはドームの影響だ。

フェイズを覆うこの新たな透明な半球は、直径およそ三十キロ、中心には原子力発電所がある。つまり半球の頂点は発電所の真上、十六キロ上空にあり、ドームの頂点は雲を突き抜けて酸素のほとんどない成層圏に達している。しかし北の端に近いここトラモント湖は、ずいぶん低地にある。バリアに近いこの場所は、外から普通の双眼鏡でのぞけば見えてしまう。

バリアが透明になってから四十八時間経ったいまも、トラモント湖の向こう側が、湖の残りが見渡せるのは、サムにとって妙な感じだった。すぐそばに、おそらくサムが座っている場所から一・六キロも離れていない場所にマリーナがある。ボートや人々が見える。それほど大勢ではないものの、ボートをバリアの近くまで寄せ、動物園で動物をじっと見るように、なかをのぞく人もいる。いまはすぐそこで、ふたり組の男性が魚釣りをするふりをして動画を撮影している。サムは手をふりながら、ばかげていると思った。

フェイズの生活は一変した。

それを証明するように、アストリッドが目の上に手をかざし、北に目をやった。「ヘリコプター」

ヘリコプターには何かのロゴが描かれている。報道局か、警察か。ここからではわからない。マリーナの上空でホバリングしながら、おそらくはカメラでドーム内を撮影しようと狙っているのだろう。ひょっとしたらあの距離からでも、ここにいる四人の姿が見えるのかもしれない。

サムはふいに、カメラに向かって指を立ててやりたいという、子供じみた衝動に駆られた。

エディリオの話は続いている。サムは一瞬、自分が落ち着きのない生徒のように感じた。

「僕たちが一番欲しいのは、いたってシンプルな情報だ」エディリオが言う。「ドレイクとダイアナとあの子供が、何をするつもりかってことだ。そして実際に何ができるのか。いまの僕たちには状況が何も見えていない」

「皮肉ね」とアストリッドが言う。と同時に、みんながぽかんとしたようすで彼女を見やる。アストリッドがため息をついて説明する。「ここへ閉じこめられてから初めて、本物の空や外の世界が見えるようになったにもかかわらず、何も見えていないのよ」

「ああ」と三人が口をそろえて納得する。「なるほど」

「洒落(しゃれ)は説明したら面白くないの」アストリッドは不満げだ。

「ケインと話したほうがいいな」とエディリオ。「僕はペルディド・ビーチへ行くよ。協力したほうがいい」

「僕も行こうか？」サムが申し出る。

「サムがバリアまで行って子供たちに働くよう言ったら、ケインが怒ると思う。そういうもめごとに割く時間はないし、だから君には……その、よかったらだけど……」

サムは友人に温かな笑みを向けた。「エディリオ、僕にしてほしいことがあるなら言ってくれ」

「仕事というか……。わかった、言うよ。ブリーズもすべての場所は捜索できない。探しまわってはくれるけど、頭を使うのは得意じゃない。ブリーズのことは好きだよ、でも適当に探しまわっているだけで、誰の指図も受けたがらない」

　サムはうなずいた。「僕にやつらを探してほしいってことだね」

「ブリーズはペルディド・ビーチ中を駆けまわりながら、ガイアとドレイクが町に向かった兆候を探している。もちろん、テレビカメラを意識しながら。だけど、おそらくガイアはどこかに身を潜めて待っている。強くなるのを。あるいはすでに行動を起こしているのかもしれない」

　サムもそれは考えていた。「鉱山、州兵基地、ステファノレイ国立公園、原子力発電所」

「僕もその辺りが怪しいと思う。ただしデッカはここに残していってほしい。僕には――僕らには、デッカが必要だ」

「じゃあ、誰と一緒に行けばいい?」

「こっちはガイアの能力がわからない。サム、君の力ではあの子を、あれを倒せないかもしれない。たとえデッカと一緒だとしても」そう言ってエディリオがデッカに向かってうなずく。「悪く取らないでほしいんだけど」

　デッカはわかっているというふうに軽くうなずき返した。デッカは自分の力の限界を知っている。

「ガイアの都合に合わせてはいけないと思う」エディリオが続ける。

「ガイアはダイアナとドレイクを連れて退却した」アストリッドが言う。「あの子は逃げ出して、すぐには戻ってこなかった。でも、だからといってあの子がそこまで危険だとは思えない」

サムはうつむいて笑った。「トトがいたら、それは嘘だって言うだろうね、アストリッド。ガイアファージは肉体を手に入れても自分の力が弱くならないことを知っていた。君もわかっているはずだ」

先ほどまで、ブリアナのおかげで明るかった空気が、じょじょに重苦しくなっていく。エディリオは現実をもたらした。そして現実は、悪い予感がした。

アストリッドは何か言うべきことを、言い返す台詞を探していたが、結局こう告げただけだった。「あなたに死んでほしくないの、サム。もしガイアを追って……」

「エディリオは僕ひとりで行けとは言っていないよ。そうだろ、エディリオ？」サムはアストリッドに手を伸ばし、その手をきつく握ったが、アストリッドは握り返してくれなかった。

「すぐに出発したほうがいい」とエディリオ。「一時間後でどう？」

サムはうなずいた。刑の宣告を受け入れた死刑囚のように。「一時間後に」

3

77時間　37分

「お腹(なか)が空(す)いた」この朝、ガイアはもう何度もこの台詞をくり返していた。ドレイクが夜に姿を現し、アンティチョークと死んだネズミを探してきたが、それだけでは足りなかった。ガイアはドレイクにもっと食べ物を持ってくるよう命じた。

少女は、この光る怪物は、いつも腹を空かせていた。

はじめはダイアナの母乳を少し飲むだけだったのが、あっという間に成長し、母乳では追いつかなくなった。そして、ダイアナの体は弱っていた。栄養不良、打ち身、疲労。本来ならまだまだあるはずの妊娠期間が四カ月しかなかったのだ。それに出産自体も、暑苦しく、暗い洞窟で、痛みに泣き叫んで……とにかく、ダイアナの体調はよくなかった。

この二日間、ガイアが傷を癒しながら成長するあいだ、ドレイクは食料調達に行かされていた。畑を襲撃し、ペルディド・ビーチから湖へ向かう荷物を略奪した。動物を仕留めて持ち帰ると、ガイアは両手から出る光でそれらを調理して食べた。

しかしガイアの食欲は増すばかりだった。危険な次元になりつつある。ダイアナには、ガイアのおこぼれにあずかるチャンスすらなくなっていた。それどころか、ダイアナは娘のじっと値踏みするような視線に怯えていた。ガイアは感情を隠すのが得意ではない。明らかにダイアナのことを食料候補として見ていた。ときどき、餌の時間の犬のようによだれを垂らすのだった。

彼らはいまもバリアに沿って進んでいた。フェイズと呼ばれるようになった空間の周囲を、黙々と歩いている。フェイズ――灰色の小路の若者地区（Fallout Alley Youth Zone）――この皮肉な名前を思いついたのは、ハワード・バッセムだ。いまは亡きハワード。ハワードはコヨーテに食われてしまった。

ドレイクはふたたび食料探しへ出かけ、ダイアナは、憎き敵が早く食料を手に入れられるよう願うという、いつもとはちがう状況に置かれていた。

ダイアナとガイアは高台に、ガイアファージの鉱山のある丘の上に立っていた。ドームの向こう側には、はるかに高い山々がそびえているのが見える。ふたりが立っているのは小山だったが、しかし、遠くにかすむ青い海が見渡せた。下のほうに、黒い染みのような島がある。

「ふう、食料ならあそこにあるんだけどね」ダイアナがつぶやく。

「ペルディド・ビーチにあるんだろう」ガイアが言う。「でも私はまだペルディド・ビーチには行けない。もう忘れたのか？　おまえはばかなのか？」

「ばか呼ばわりされるのにはうんざり」ダイアナが言い返す。「お母さんって呼びなさい。それかダイアナでもいいわ」

ガイアは逡巡した。ダイアナをじっと見つめ、まばたきをする。

ダイアナの悲鳴があがった。「あああああ！　いや、だめ、やめて！」頭に熱いナイフが突き刺さるのを感じた。痛みは尋常じゃない。恐ろしい。まるで頭のなかに絶望した動物がいて、必死にダイアナの頭を突き破って外に出ようとしているみたいだ。

痛みははじまりと同様、ふいに終わった。もしかしたら三秒ほどだったかもしれない。けれど、それよりずっと長く感じられた。

もう少し長く続いていたら、ダイアナは正気を失っていただろう。膝をつき、震えながら、空っぽの胃からせりあがってくる吐き気と闘う。

「私に指示するな」そう言って、ガイアが近づいてくる。普通の子供では持ちえない力を持った、ほんの子供が。青い瞳に、ほとんど黒に近い髪。ぷっくりした子供の指をダイアナの背中と首筋に走らせ、ステーキの焼き具合でも見るように、触れて確認する。「おまえは私に仕える身。奴隷だ。私の奴隷」

ダイアナはうなずいた。先ほどの痛みの記憶が頭蓋骨のなかで反響し、声が出ない。

ガイアが態度を和らげた。「でも人間の言葉を使うなら、呼び名は必要だ。だからダイアナと呼ぼう」

「すてき」ダイアナが食いしばった歯の隙間から絞り出すように応じる。

「それで、食料は？」ガイアが促す。

「島がある。ここから見えるわ。海に浮かぶ灰色の点」

ガイアが見やる。「何も見えない」

「海が見えるでしょ。ほら、あそこの青いやつ」

「見えない」

ダイアナは少し考え、必要なものを探して周囲を見まわした。「あの尾根の上の木は見える？　何本ある？」そこには目立った木が三本あった。

「数はわからない。全部ぼんやりしている」

「あなた、近視なのね」ダイアナはそう言うと笑った。「冗談でしょう？　近視の悪魔の子？　眼鏡がいるの？」

ガイアは〝悪魔の子〟と呼ばれることに抵抗はないらしかった。痛みが襲ってこない。だが〝近視〟という言葉に顔をしかめた。「おまえの目は私よりよく見えるのか？」

ダイアナは肩をすくめた。「眼球の形に関係しているんだと思う。たぶん。肉体ってそういうものだし、さまざまな不具合があるものよ。しかもあなたは異常なスピードで成長しているから。あなたの体に何が起こっていても不思議じゃない」

ダイアナはふと、ガイアは自分の意思で加齢を止められるのだろうか、と思った。ガイアのこの状態は、ガイアファージのせいだと思っていたが、もしかしたらこの奇怪なフェイズの影響なのだろうか?

ダイアナは、ガイアにできることとできないことをいまも探ろうとしていた。ガイア(つまりガイアファージ)は、鉱山の立て坑でその人生を——もしあの状態をそう呼べるなら——過ごしてきた。言葉は話せるが、いつもどこかぎこちない。多くのことを知っているが、その知識には穴も多い。まるで新しい社会になじもうと奮闘する外国人のようだった。

ダイアナの推測ではガイアの知識は、自分が操った人間から、少なくともその心に触れた人間から得たものだ。ダイアナや、ラナや、かつてはケインからも。

ケインがガイアファージからほうほうのていで逃げてきたあの日のことが、ダイアナの脳裏にフラッシュバックする。ケインは熱に浮かされ、妄想に取りつかれ、衰弱し、死にかけていた。ダイアナはずっとケインのそばにいた。だからだろうか。だから、どんなことがあってもケインはダイアナを裏切らなかったのだろうか?

感謝していたから? ケインが?

「すぐに大きな服が必要になりそうね」ダイアナは言った。「この調子でいくと、あなたはまもなく回復して、その不気味な、ごめんなさいね、見た目もよくなるわ。そうしたら……発現する」

「発現？」ガイアはその言葉がいい意味か悪い意味かわからないようだった。

「気にしないで。まだこの会話をするには早い」とダイアナ。「とにかく、海に浮かぶ島のひとつに食料がある」

「その島にはどうやって行ける？」

「それは、あなた次第じゃない？」ダイアナが言う。

「どういうことだ？」

「あなたにできること、あなたの能力次第よ、ガイア。あなた、お父──ケインを攻撃したとき、念力でケインを放り投げたでしょう。あれがあなたの能力？　ケインの持つテレキネシスだけ？」

「ダイアナ、私は全部の能力を使える。スピードも、念力も、強さも。重力も変えられる。死の光も放てるし、癒すこともできる」

「じゃあ、テイラーみたいに飛べるかも。あの島へテレポートして、食料を手に入れて、一瞬で戻ってこられる」

ガイアが興味深げにダイアナを見る。「テイラーは知らない」

ダイアナは眉をひそめた。「知らないの？」面白い、と心のなかで思う。

「テイラーは瞬間移動の能力を持っているの。場所を思い浮かべるだけで、その場所に移動できるのよ」

刹那、ガイアに恥じ入るような表情が浮かんだ。自分の限界を明かすのが嫌なのだ。

これは使えるかもしれない。

使う？　なんのために？　あなたはこの子の母親？　それとも敵？

その両方？

ガイアは目を閉じ、立ったまま身じろぎもしない。集中し、何かを探している。まるで祈りを捧げているかのように。ようやく口を開いた。「それは、おまえがテイラーと呼んだ人間は、もうもとの状態では存在しない。テイラーの……能力には……触れられない」

一瞬、自分が耳にした言葉が理解できなかった。やがて、腑に落ちる。「あなた、自分自身の能力を持っているわけじゃないのね。彼らの、能力者の、突然変異者の能力を利用するだけ。だから、死んだペニーの能力はもう使えない。テイラーも、死んだの？」

「突然変異の能力は肉体に宿る。でも肉体を超えたところにもパワーは存在する。私はその空間に手を伸ばして能力を使う」ガイアが嚙んで含めるように言う。まるで小さな子供に言い聞かせるようなその口調は、子供が使うと変な感じだ。「おまえにはわからないだろうが」

だが、ダイアナははっと息をのんだ。ひとつだけ、わかったことがあったからだ。「だからあのとき、ドレイクにケインを殺させなかったのね。だからあの場から逃げたのね。最初にケインやサムやブリアナを殺したら、彼らの能力を失ってしまうから」

ガイアは得意げだった。「すべては私につながっている。愚かな……ダイアナよ。ケインの能力が存在するのは、彼が突然変異を起こし、私と一緒にこのフィールドを形成したからだ。ケインが死ねば、フィールドの一端は失われる。私たちのあいだにある能力は失われる。だが、いずれほかの人間も突然変異させるつもりだ。それが……私の本質。それが私という存在なのだ。今日負けたとしても、また戻ってくる。時間をかけて」

ここで質問をするべきだろうか、とダイアナは思う。ふたりはまた歩きはじめた。心身ともに半分壊れた十五歳の少女と、恐ろしい怪物に乗っ取られたかわいい子供だという事実を乗り越えられれば、そのようすはほとんど友だちのようだと言えたかもしれない。

それを乗り越えるのは、さぞ大変だろう。

ガイアはいつでもダイアナを殺せる。好きなときに苦しませることができる。苦痛は与えられたが、殺されてはいない。なぜだろう？　自分になんらかの感情を抱いているのだろうか？　それとも役に立つから？　もしそうなら、どんなふうに？　明らかに、誰かの能力値を測るだけの、この能力ではない。

「どうしてそんなことまでわかるの？」さも感心しているような態度でダイアナはたずねた。ふいに、アストリッドの姿が頭に浮かんだ。もしアストリッドより先にダイアナがガイアファージの深遠な秘密を知ったら、きっとものすごく悔しがるだろう。

「生まれたときから知っている。それにこの人生のなかでさまざまなことを学んできた。いまはこの肉体を使っているが、これは私ではない」そう答えたガイアの声は、やはり子供の声だった。「どんな姿になろうと、私はそれ以上の存在だ」

ダイアナはまだ心のどこかで、このかわいい少女は健全なエゴを持つ、自分の本当の娘なのだという妄想を抱いていた。だって、親ってそういうものでしょう？　顔を輝かせて誇らしげにこう言うのだ。そう、ガイアはいつも自信たっぷりなの。

ガイアは年齢のわりに早熟なの。

ガイアには才能があるわ。

ガイアったら想像力が豊かなの。自分は人間に寄生した緑色のスライムだと思ってるのよ、かわいいでしょ？

「すべてのはじまりは私なのだ、ダイアナ」ガイアが続ける。自分の能力に、唯一無二の存在であることに驚嘆している。「ずっと昔、はるか彼方で、ある筋書き(スクリプト)が書かれた。当時、私の誕生はまったく想定されていなかったが、そのスクリプトが、ウイルスが、高濃度の放射能を浴びて、人間やその他のＤＮＡの痕跡を摂取した。それは元来の想定にはなかった。もともとは、銀河中に生命をばらまくのが目的だったのだ」

「原子力発電所に隕石(いんせき)が落ちた話ね」ダイアナが言う。これくらいはアストリッドにもわかっている。ペルディド・ビーチが〝灰色の小路〟と呼ばれる原因となったあの災害が、のちの異変に関連していることなど、天才じゃなくてもわかるだろう。「ちょっと待って。人間のＤＮＡ？」

「隕石が落ちたとき、人間がひとり原子力発電所にいた。発電所のウランを摂取したことで、その人間のコードと私のコードは融合した。そして私が生まれた。私が真に誕生したのだ」そして蔑むようにダイアナを見やり、すぐにこう付け加える。「真の誕生。この肉体が生まれたときのような生々しい不気味な見世物（フリークショー）ではなく、美しい事故によって私は生まれたのだ」

　ガイアの甲高い声は興奮しているようだ。しかしその声には、本物の喜びや驚きは存在しない。彼女の声が高いのは、まだ声帯が短いからだ。生物学的理由にすぎない。そのトーンの裏にある感情を反映しているわけではない。

　あるいはこの子が、完全無欠のエゴイストだから。

　この怪物は、自分のすばらしさや能力への渇望以外に、はたして本物の感情を抱くことがあるのだろうか。それにしても、ガイアはどこで〝フリークショー〟などという言葉を覚えたのだろう。誰の心を漁（あさ）ったのだろう？

　この子は実際に、何を知っているのだろう？

　すべてではない、とダイアナは思う。テイラーのことは知らなかった。ダイアナをそばに置いている理由はそこにあるのかもしれない。自分の知識の空洞を埋めるため。

「あの生々しいフリークショーのせいで、私は危うく死ぬところだった」つい口調がとげとげしくなる。いまでも体の内側が痛むし、あのトラウマのせいで力が出ない。

　これは私の娘ではない、とダイアナは思った。見た目は似ているし、ケインのあごと、私の目を受け継いでいるが、すべてまやかしだ。私の娘がどうであれ、あるいはどうであったとしても、これはガイアファージなのだ。

　私は怪物とともに歩き、話しているのだ。

「この近くに私が……私が子供のころに過ごした場所がある」ガイアが言う。「感じる」

「鉱山のこと？　ええ、そうね。でもあそこには行かないんでしょう？　サムがあなたを探しているなら、きっと鉱山にいる」

「私は腹が減っているのだ。愚かな……ダイアナ。あそこへ行ってコヨーテを呼ぶ。まだ生き残りがいれば。一頭でもいれば、多少は満たされる」

「コヨーテはもうほとんど生き残っていないと思うけど。たぶん――」

「私は空腹なのだ！　腹が減っている！　食料がいる！」ガイアが駄々っ子のように大声を出した。「この肉体には食べ物がいる！　おまえは『それはできない』ばかり言う！私は自分のしたいようにできる。私はガイアファージなのだ！」ガイアはこぶしを握り、怒りで蒼白になっていた。

怒り。この子が持つ感情のひとつだ。

ダイアナは後ずさった。ガイアに何かされるかもしれない。身をすくめ、痛みに貫かれるのを待つ。しかし何も起こらなかった。ガイアはダイアナの背後を見つめていた。

「あれはなんだ?」

ダイアナがふり返ると、信じられない光景が目に入った。彼らは丘にいた。町からずいぶん遠い、フェイズの最北端に近い場所。そこに、バリアの向こう側に、ふたりの若者がいる。ふたりとも二十代だろうか。登山の格好をしていて、ナイロンのベルトにハーケンをぶら下げている。

若者はこちらを見て、驚くと同時に興奮しているようだった。自分とガイアが向こうからどう見えるか、ダイアナはふいに気がついた。打ち身と血の染みだらけの十代の少女と、部分的にまだIII度の火傷が残る幼い少女。

登山者はぐらつくアルミ製の梯子を組み立てていたが、その手を止めてこちらに手をふった。赤毛のほうがバックパックからiPhoneを取り出し、動画を撮りはじめる。

ダイアナは中指を立てた。

赤毛が笑う。まるで無声コメディだ。

「さっさと行きましょう」ダイアナが言う。

「待て」

「あいつらはドームにのぼって写真を撮ろうとしているただの間抜けよ」

「そんなに高くまではのぼれない」とガイア。「バリアに何かをもたせかけることはできるが、くっつけることはできない。だから釘(くぎ)も打てない」

「きっと、何回も落ちるでしょうね」

「黙っていろ。集中できない」

「集中？　何に？」

ガイアがにやりと笑う。「ネメシスだ」

ガイアは目を閉じた。小さなこぶしを握り、やがて開く。全身の筋肉がこわばり、その肌が光を帯びる。以前も目にしたことのある、ぼんやりとした不気味な緑色。

ふたりの若者は梯子をドームに立てかけた。ガイアに起きていることには気づいていない。ちがう方向を見ている。

ダイアナは小さく首をふった。だめ。

だめ、逃げて。ここから早く立ち去って。

しかし赤毛はロープを使ってよじ登り、ハーケンを取り出した。梯子のてっぺんで、ドームに吸盤をくっつけようとしている。くっつかない。

赤毛はダイアナに肩をすくめてみせた。コミカルな動きで、これ、くっつくと思ったんだけど、といわんばかりに。

それから、ハーケンを打ちつけようとする。ドーム内にはなんの音も響かない。それにもちろん傷もつかない。

相棒のほうが赤毛にさらにふたつの金属の部品を手渡し、赤毛が梯子にそれを取りつけると、三・五メートルほど梯子が伸びた。

「あんまり賢そうじゃないわね」ダイアナがふたりを見ながら言う。

ガイアは何もしないのかもしれない。たぶん。しかし少女ではない少女は、歯をむき出して、どこか遠くを見つめている。ダイアナの立ち入ることのできない空間で何をしているのか知らないが、何やら楽しそうに見える。

「もう少しだ、ネメシス」ぽつりとつぶやく。

とんでもなく悪いことが起こるという予感が膨らんでいく一方で、ダイアナは気づくと、これまで一度も想像したことのなかった〝大人になった自分〟に思いをめぐらせていた。清潔な衣服に、清潔で社会人らしい髪型。武器は携帯しておらず、バールや野球バットさえ持っていない。最後に丸腰の人間に会ったのはいつだったろう？　フェイズにいる四歳以上の子供は、尖った棒など、何かしらの武器を持っている。

「私を怒らせるな」ガイアがささやく。「私は空腹なのだ」

ガイアの瞳が光を帯びる。まるで彼女の頭のなかで誰かが薄暗い懐中電灯を灯したように、目の周囲から光が漏れ出ている。こぶしをきつく握り、あごを食いしばるたびに歯がぶつかる音がする。

赤毛はいまやダイアナの身長より高い位置にいたが、これ以上の進展は望めなさそうだった。赤毛は梯子のてっぺんで、動画を撮る準備をした。ドームの中心は高さが十六キロある。世界中探してもそこまで行ける梯子は——。

「あああああ！」ガイアの叫びとともに、世界が揺れた。小さな地震のようなその揺れは、むしろ空気そのものがかきまわされたようだった。

ダイアナの顔を一陣の風が吹き抜ける。

突風の音。

赤毛が梯子から落ちる。

地面に体を打ちつけ、ダイアナの足元に転がる。フェイズの、内側に。

赤毛は呆然（ぼうぜん）と横たわっていた。驚いたようにふたりを見、それからバリアの外にいる友人のほうを見る。友人はぽかんと口を開け、やがてにやりと笑った。「おお！　すげーじゃん！」

ガイアが小さな歯をむき出して笑う。「食料」

このとき、ある種の衝撃が——普通の宇宙に暮らしている人には説明できない衝撃が——ピーターを襲った。肉体がないにもかかわらず、強烈なパンチを食らったようだった。

痛い。頭がくらくらする。

生まれて初めての感覚。こんなことをできる相手はひとりしかいない――ダークネス。何度もピーターの心に触れてきた、緑色の、煙のような触手が、今回は攻撃してきたのだ。ガイアファージが、ピーターを殴った。一瞬、意識が飛ぶほど強く。

ショックだった。こんなことが起こるなんて考えられなかった。自分が誰かに殴られるなんて！　これはよくない。人を殴るのはよくない。姉もよく言っていた。母親だって。手を出すのは許されない。たとえ頭にきても、いらいらしても。

一度起きたことは、また起こるかもしれない。初期のころからピーターに触れてきた暗い心が、ある意味でピーターを形成し、ときに操り、怖がらせ（そしてつねにピーターに怯えていた）、遠く離れていてもずっと寄り添ってきた暗い心が、自分を傷つけたのだ。

ピーターは消えゆく自分を受け入れはじめていた。短く、つらかった生をあきらめ、手放すのはむしろ喜びに近かった。立ち去る覚悟はできていた。消える覚悟はできていた。

それなのに、この突然の攻撃は……まちがっている。あんなことをされる理由はない。まちがっている。

ピーターは腹が立った。

二度と殴らないでほしい、と思った。さもないと。

4

76時間　52分

ふたりはキャビンのドアを閉めた。狭い部屋に入り、抱き合ってベッドに倒れこむ。サムはアストリッドにキスをしながら、これが最後になる可能性は考えないようにした。幸せだった。ものすごく。ようやく幸せになれたのだ。いま、この瞬間、この場所で、腕のなかにいる少女とともに。だからだろうか、ハンマーが自分に向かってふり下ろされるように感じるのは。いや、ばかげている。自分は幸せなのだ。幸せは、悲劇の訪れを意味してはいない。そうだろう?

「あなたに頼むべきじゃない」アストリッドが言った。

「僕に頼むのは当然だろう」サムが応じる。「僕以外に誰がいるのさ?」

「あなたはもう充分戦った。充分すぎるほど。普通の人の百倍がんばった」

ふたりの距離は数センチ。話すたび、アストリッドの吐息を顔に感じる。その速すぎる鼓動が聞こえる。

「最後の戦いなんだ、アストリッド」サムは優しく言った。

「あなたは最後の戦いを生き延びなきゃ」アストリッドが訴える。

「どうすればいい？　君とここに隠れてすべてが終わるのを待つ？」

「それがいいかも。今回は自分から戦いに出向かないで、誰かに任せるとか」

「ガイアはドレイクとダイアナと一緒に逃げた。ガイアが負傷したからじゃないと思う。でも弱っているならチャンスだし、それがわかれば今度は簡単にカタをつけられるかもしれない」

サムの話は筋が通っている。アストリッドは言い返せないだろう。

「でも、ガイアが弱っていなかったら？　こっちの思っているとおりの怪物で、恐れているような危険な存在だとしたら？　そうしたらどうするの、サム？」

「そうしたら向こうの準備が整う前に動いたほうがいいだろうね。ガイアに時間と場所を選ばせたくない」そう言って、アストリッドのほうへ頭を傾けると、同じ枕に頭をのせた。

「エディリオは正しい。わかってるだろ」

アストリッドが反論してこないことに、少し落胆する。心のどこかで自分がまちがっていることを願っていた。アストリッドの沈黙こそ、サムの運命だった。

つぎの戦い。つぎの戦闘。自分は何回生き残れるのだろう。サムが生きているのは運のおかげだ。この世界で自分は、アストリッドと幸せになれると信じるべきなのだろうか？　いや、ここはそんな世界じゃない。

「愛してる」サムは言った。

「私も。何があってもそれは変わらない」苦々しい、怒っているような口調。サムにではなく、宇宙に対して。それから、張りつめた声でささやく。「まず、ガイアを孤立させること。ドレイクを排除して、それに必要なら、ダイアナも」

この冷酷な助言にサムはショックを受けた。「ダイアナも？」いつからアストリッドは〝排除〟などという言葉を使うようになったのだろう？　それにいつからこんな厳しい助言をするようになったのだろう？

「ガイアはおそらく彼女とつながりがある。ダイアナがいまも生きているなら、その理由はガイアが彼女を必要としているか、あるいは大切に思っているから。それは弱点よ。弱点につけこむの」

サムは軽く受け流そうとした。「これじゃ、ムードが台無しだね」

「ムードはあとで取り戻すわ」アストリッドが言う。「でも先に約束してほしいの、サム。どんな手を使っても勝つって。何をしてでも生き残るって」

「アストリッド――」

アストリッドが、サムの顔を片手でぎゅっとつかんだ。「よく聞いて。フェアに戦って死ぬなんて許さない。あなたは殺されないし、死なない。これは運命のラストミッションなんかじゃない。わかった？　あなたがいなくなって、私が泣きながら残りの人生を過ごすなんて結末にはならない。最後はふたりでこの悪夢から出ていくの。あなたと私、一緒に」

長い沈黙が落ちた。サムはなんと言っていいのかわからなかった。

アストリッドがサムのTシャツの裾をまくり、頭から引き抜いた。ベルトを外し、ジーンズをデッキへ押しやる。そしてサムを優しく、しかし否応なく押し倒す。それから自分も服を脱いで薄暗いライトのなかに立つと、自分を見あげるサムを見下ろした。

「僕に生きる理由を与えてくれてるんだね」サムが冗談めかして言う。

「ムードを取り戻そうとしているだけ」アストリッドのほうも色っぽい軽口で応じる。

「こっちはもうとっくにその気だよ」

アストリッドがサムにまたがった。「ここから一緒に出ていくの、サム。どんな手を使っても。あなたと私で」

「君と僕で」サムがくり返す。

アストリッドはまだ動かない。「どんな手を使っても」サムに促す。「言って」

「君と僕で」やがてサムは口にした。「どんな手を使っても」

「誓って」

「アストリッド……」

「誓って。『誓う』と言って」

「誓う」サムは誓った。口先だけで。本当にそうは思っていないまま。アストリッドが欲しいから。いま、この瞬間に幸せを感じたいから。

そしてふたりは体を重ねた。「これが最後じゃないから、サム」

「最後なんかじゃない」サムも言う。どちらも確信がないままに。

ラナ・アーウェン・レイザーはふいに目を覚ました。怯えたときにいつもするように、枕の下の大きなピストルをつかむ。体を起こし、自動拳銃を水平に構える。流れるような一連の動き。

サンジット・ブラトル・チャンスは、腹ばいになった。擦り切れたカーペットに顔を押しつけているわりには、驚くほど冷静な声音で言う。「俺を撃ったら、煙草(たばこ)の隠し場所がわからなくなるぞ」

「どういうこと?」ラナが鋭く言い返す。部屋はまだ薄暗い。クリフトップ・リゾート。長いことラナが住んでいるこの場所では、上質な厚手のカーテンが陽光を遮っている。ラナが煙草の火で開けてしまったカーテンの穴から差しこむ光が唯一の陽光だ。

「本数を減らしたほうがいいと思って」サンジットが言う。まだ銃をかかげたままのラナの目の前で、果敢にも立ちあがる。

本能で危険をかぎつけたラナの忠実な愛犬パトリックが、隙を見てベッドから飛び下りると、ソファの後ろへと逃げこんだ。

「本数を減らす？」

「本当は禁煙したほうがいいけど、ひとまず節煙だ」

「煙草をちょうだい」

「だめだ」

「この銃が見えないの？」

「見えてるよ、もちろん」

「煙草を寄こして」

「肺がんになってほしくないんだ。けがを治すのは得意でも、病気はお手上げだろう」

ラナはサンジットをじっと見つめた。「このベッドが見える？　ここに戻りたいと思わない？　私と一緒に」

サンジットが不愉快そうにため息をつく。やがて痩せぎすの、それほど背も高くない、黒い髪に、黒い瞳、浅黒い肌をした少年の全身が無邪気な笑顔で輝き出す。いや、いまは笑うタイミングではない。「ノーコメントだ。だって、いずれそんな提案をしたこと自体恥ずかしくなる日が――」

「煙草を返して」

サンジットはポケットに手を入れた。何かを取り出し、ラナに手渡す。

「何、これ？」

「ハーフサイズの煙草だよ」

ラナは銃を手にしたまま、ライターに手を伸ばした。半分になった煙草に火をつけ、肺を満たす。「もう半分は？」

「それよりさ」とサンジットが言う。「まずいことがあったみたいだよ」

「ここはフェイズだよ。いつだってまずいことだらけじゃない。それに言っとくけど、いまあんたの目玉を撃ち抜けるかどうか本気で計算してるから」

サンジットはラナを無視してカーテンを開けた。

「たしかに、日光はうっとうしい」目をしばたたかせながら、ラナが言う。残り五ミリになったハーフサイズの煙草を手に、指の火傷を覚悟してもうひと口吸おうか悩む。

結局、好奇心に負けた。ベッドから足を出し、うなり声をあげながら立ちあがると、スライド式のガラス扉へ向かう。そしてバルコニーに出て、凍りついた。

バルコニーからは美しい海が一望できる。しかしクリフトップに越して以来、左側に見えるのはフェイズの艶めく灰色の壁だけだった。二日前、その壁が透明になり、海全体が見渡せるようになった。もちろん、ホテルの全体像も。だが人影はなかったし、人影がないことにラナは満足していた。

ところがいまは、六人の人間がラナのすぐ左側のバルコニーに立っていた。わずか二メートルのところに。

複数のカメラ——携帯のカメラや大きなレンズを備えたキャノンのフルサイズ一眼レフ——が、一斉にラナに向けられる。

あちこちに向かって跳ねた髪に、ボロボロの紫のTシャツ、男物のボクサーパンツを身に着けたラナは、煙草を根元まで吸っていた。

しかも右手には自動拳銃を握っている。

ラナは部屋に戻ると言った。「オーケー。で、私の煙草はどこ?」

「いったい何が起こったんだ?」そうたずねた赤毛は、まだ壁の向こうにいる友人を見ていた。バリアに近づき、バリアを叩いて、痛みにもだえる。

友人のほうも赤毛と同じ顔をしている——いったい何が起こったんだ? やがて携帯電話を取り出し、動画を撮りはじめた。

「何が起こったの?」呆然としたまま、ダイアナはガイアに訊いた。

ガイアは驚いていなかった。困った顔をしていた。「ネメシスを殴った」そんなことは明らかだろうと言わんばかりの口調で答える。「だが、失敗だった、完全に」それから、おもむろに親指の爪を噛んだ。ダイアナには見覚えのある仕草。ケインが不安なときにする癖だ。

「向こうは思っていたより手強かった」ガイアが言う。「ああすれば怖じ気づくと……まあいい。想定より早く行動したほうがいいかもしれない」そう言ってため息をつくと、その行為に自分でびっくりしたようだった。「だが少なくとも、おまえがくれたこの体のための食料は確保できた、ダイアナ」

「こんなことになるなんて」赤毛が言う。立ちあがり、その手をダイアナに差し出す。

「すごいな。ここに入ったの、俺が初めて?」

ガイアが進み出た。赤毛の手を握り、その手を手首へと移動する。もう一方の手で上腕をつかむと、つぎの瞬間、あっという間に肩から腕をもぎ取った。あたかも焼きすぎた七面鳥のもも肉を引きちぎるように。

「ガイア!」ダイアナが叫ぶ。

赤毛は悲鳴をあげた。不気味な、聞くに堪えない悲鳴。

「あああ！　あああああ！　あああああ！」

腕と肩の両方から血が噴出している。仰向けに倒れこみ、悲鳴をあげ、延々と、いつまでも叫び続け、切断された庭のホースから飛び散る水みたいに血をまき散らしている。

ダイアナは赤毛の横にしゃがんで叫んだ。「ああ、なんてことを!」

ガイアはひょいとその腕を平らな岩の上に置いた。片手をあげ、恐ろしい、燃える光線を——サムと同じ光線を——腕にまんべんなく当てていく。

破壊するためではなく、調理するために。

「やめろ、やめてくれ!」赤毛が叫ぶ。「うわああ!　あああ!」

「この人死んじゃうわ、ガイア!」

「かもな」腕の焼き具合を見ながら、ガイアが言う。「大量出血で——」

「ガイア!」

バリアの向こう側では、もうひとりが目を大きく見開き、恐怖に口を大きく開けて無言の叫び声をあげていた。手に持った携帯電話が大きく傾いている。

ダイアナは赤毛の小さなリュックサックを乱暴に開けると、入っていたTシャツを取り出し、先ほどまで肩だった、ズタズタにされた無残な傷を覆おうとした。赤毛は白目をむいて意識を失い、噴出し続ける血が土に染みこんでいく。

「ガイア!　この人を助けて!」ダイアナは懇願した。見あげると、ガイアが子どもの歯で焼け焦げた上腕を嚙みちぎっていた。

「たしかに、助けたほうがいいな」ガイアが肉を咀嚼(そしゃく)しながら言う。「生きていたほうが動かしやすい」そう言ってもうひと口、長い、筋肉の筋の部分を嚙みちぎると、口のなかで咀嚼しながら意識を失っている男の横に膝をつき、血まみれの肩に手を当てた。

ダイアナはすばやく後ろに飛びのいた。

ガイアは傷に集中しながら、ぞんざいに焼けた腕をダイアナのほうへ差し出した。「おまえも食べたほうがいい。これだけあればふたりで食べても充分だ」

ダイアナは膝をついてえずいた。胃からは何もせりあがってこない。それでも吐き気が止まらない。涙が溢れてくる。

赤毛の目がゆっくり開く。ガイアを見あげて悲鳴をあげたが、その声は先ほどより弱々しい。バリアの外にいた友人が梯子でバリアを叩き、声にならない叫びと脅しの声をあげている。

ダイアナはじりじりと後ずさった。脳内が狂ったようにぐるぐるとまわる。映像、記憶。飢えと、パンダの肉のにおい、その味の記憶、安堵に満たされ、胃が満たされた、胸の悪くなるような当時の記憶。

「いや、だめ、ちがう、ちがう、ちがう」尖った石でかさぶただらけの膝を引っかきながら、何度も何度も叫び声をあげる。

やがてふらふらとおぼつかない足取りで立ちあがり、逃げ出そうとした。しかし、ガイアがわずかに指を動かすと、無残な姿の男の隣に引き戻された。

男は叫んだ。だが、その声は弱々しい。

戸惑い、怯えながらダイアナを見つめる。

ダイアナは深い穴に落ちたような気分だった。早く底にぶつかって、死んでしまいたい。できることなら、気を失ったまま。

5

74時間 41分

「あいつらはどこにいる?」ケインは問いただした。といっても、特定の誰かに向かって言ったわけではない。ケインはペルディド・ビーチの王さまだが、仕える者はいないのだ。このとき、実際にそばにいた人物は、アフリカ人のヴァーチュ・ブラトル・チャンスだけ。アフリカ人と言っても、アフリカ系アメリカ人ではなく、文字どおりアフリカ出身の少年だ。

この少年は、少年のわりに妙にしかつめらしい。というか、まったくもって陰気だった。有名な金持ち映画スター夫妻の養子となった彼とそのきょうだいたちは、かつてサンフランシスコ・デ・セールス島に住んでいた。しかしその島がケインに見つかると、彼らは島から脱出した。

控えめに言っても、ケインとブラトル・チャンス家のきょうだいには因縁がある。暴力的で、不快な過去が。

しかしヴァーチュの生真面目さはそれなりに役立った。チューに（この少年はみんなからそう呼ばれている）伝言を頼めば確実に届けてくれるし、キャベツ畑のようすを見に行かせれば詳細かつ的確な報告が返ってきた。

だが、チューはドレイクではない。タークですらない。チューが誰かを叩きのめすことはないし、ましてや人を殺すなど絶対にありえない。チューはケインの手下ではなく、事務方なのだ。

手下どもが恋しかった。

何より、ダイアナが恋しい。

いまになって、フェイズができた当初の日々を懐かしんでいる自分が悲しかった。コアテス・アカデミーを支配し、（のろのろと進む車列で）ペルディド・ビーチに意気揚々と乗りこみ、オークやその仲間、ドレイク、コヨーテのリーダー、さらにはペニーでさえ自分の腹心の部下だったあのころ。

まあ、結局ペニーは危険な異常者だったが。コヨーテのリーダーは殺され、つぎのリーダーも殺された。ドレイクは自分のもとを去ってガイアファージに仕えている。そしてオークはすっかり改心し、信仰に目覚めてしまった。

酒に酔って叫び散らすオークよりひどいものがあるとすれば、それは聖書を――たいていはまちがっているが――引用するオークだ。

タークや、鼻たれ小僧のバグのような腰ぎんちゃくは、結局面倒な存在になっていた。バグはいまでも姿を消す能力を使ってあちこちでスパイ活動をしているが、ケインにとって役立つ情報はひとつももたらさないし、誰かが鼻をほじっているのをこっそり見ていないときは、食料を盗んで無駄な争いを引き起こしている。

ゆっくりと、容赦なく、ケインの権力は失われつつあった。偉大なる野望は死に絶えた。いまは権力よりも、負っている責任のほうがはるかに大きい。まだケインを王と呼ぶ者もいるが、恐れではなく皮肉が混じったそれは、もはや同じ呼称とは言えない。

ちなみに、いまでもテレキネシスの能力を使って子供たちをむやみやたらに壁や海に投げつけることはできる。が、それになんの意味がある？　ケインに死体は必要ない。畑へ行って、みすぼらしいキャベツを収穫してくる人手が必要なのだ。これはアルバートの役目だった。しかしアルバートは船に乗り、ミサイルを持って島へと逃げた。

ケインはアルバートが恋しかった。

自分の手下が恋しかった。

しかし何より、ダイアナが恋しかった。目を閉じるとその姿が浮かぶ。彼女の体も顔も隅々まで思い出せる。唇？　もちろん、覚えている。滑らかな肌は？　言うまでもない。

「みんな、限界までお腹が空けば野菜をとりに行くと思うけど」ヴァーチュが言った。

「チュー、おまえは人間を知らないのか？　そうなったらあいつらは、パニックを起こしておろおろするだけだ。人のものを奪い合って、おそらくは町に残っているものを燃やすだろう。人間は愚かだ、チュー。覚えておけ。人は不誠実で、裏切り者で、弱くて、不快で、ばかで、怠け者の間抜けなんだよ」

ヴァーチュは黙って目をしばたたかせた。

ケインは自分のいる場所を見渡した――ケインが教会の階段のてっぺんに飛ばした机が町の広場を見下ろしている。転がった椅子。別の机。

昔の住み家が懐かしかった。ここは最悪だ。

やはりあの島を出るべきではなかったのだ。ダイアナとペニーと暮らしていたあの島を。ペニーを崖下に放り投げれば、平和に暮らせたかもしれない。まともな食事、美しい豪邸、電気、そしてダイアナと過ごす柔らかなベッド。

あの島を出るなんて、いったい何を考えていた？

ダイアナに罵倒された日々が恋しい。皮肉たっぷりの口調が恋しい。目をぐるりとまわし、目を細めて不審げにこちらを見下すようなあのまなざしが恋しい。別の人間にそんなことをされたら、殺すか、少なくとも痛めつけていただろう。だけど、ダイアナは特別だ。

彼女の髪が、首が、胸が恋しかった。

ダイアナは自分を理解してくれた。愛してくれた。彼女なりの方法で。もしダイアナの言うことを聞いていたら、いまもまだあの島にいたはずだ。あそこでなら、明かりが絶えることもなかったかもしれない。いずれ食料が尽きて飢えたかもしれないが、ここはフェイズだ、どうせ痛みを先延ばしすることしかできない。

痛みの先延ばし。それが生きるということなのだ。そうだろう？

「俺の決断はまちがっていた」ケインはひとりごちた。

ダイアナがいたら、「何をいまさら」と言うだろうか。冷たく、笑いながら、嘲るように。そして自分はそれにいらつきながらもキスをしようとして、最後にはダイアナも受け入れて、ああ、彼女の唇はこんなに柔らかかったっけ？

ヴァーチュが言った。「君は冷酷でナルシストで、完全にモラルが欠如している」

ケインはヴァーチュを見た。ひょっとして誉め言葉かと思ったが、そうではなさそうだ。これがダイアナなら、皮肉と称賛が完璧に入り混じっているところだが、〈美徳という意味の名を持つ〉ヴァーチュは、どこかの時点でその名のとおりに生きることに決めたのか、ユーモアの欠片も見当たらない。こいつは真っ正直な人間だ。信じがたいことに。

「俺が冷酷なら、なぜバリアのそばにいる子供たちを地面に叩きつけてしたがわせようとしない？」

ヴァーチュが肩をすくめる。「実の母親と養父母が見ているかもしれないから？」

言い返され、ケインは親指を噛んだ。いらだったときの癖だ。

「テレビカメラもあるし」ヴァーチュが続ける。

「サムはあいつの、俺たちの母親の前でペニーを丸焦げにした」ケインが言う。ただ、何かを言い返したくて。

ヴァーチュが黙りこむ。

「なんだよ?」とケイン。

「うん……サムは、君より強いから」ヴァーチュが言う。

ヴァーチュを教会の残骸に投げつけるべきだろうか、と思う。溜飲(りゅういん)は下がるだろう。だがそんなことをすれば、ヴァーチュの兄のサンジットが腹を立てる。そして、サンジットとラナは仲がいい。ラナと、ヒーラーともめることだけは絶対に避けたかった。あいつには命を救われたし、いくら自分に感謝の念が足りないという自覚があっても、医者にもっとも近い存在とやり合うのは賢明ではない。

「誰か来たみたい」ヴァーチュが言った。ケインにも聞こえた。車のエンジン音。ガソリンも食料と同じくらい貴重になったいま、エンジン音を聞くのは珍しい。

白いバンがゆっくりと――運転に不慣れな者が恐る恐る走るときのスピードで――サンパブロ通りをやってくる。離れた場所で停車するのを聞いて、ケインは何か問題が、自分に解決できる問題が発生したのではないかと期待した。退屈から抜け出せる戦いなら大歓迎だ。

車から出てきたのはエディリオ、それからサム。

ということは、おそらく戦いだ。よし！

だがサムの前を歩くエディリオは、異常なほど静かだった。気まずそうにさえ見える。

それからトト、スパイダーマンに執着するおかしな子供も車を降りた。

「問題を起こしに来たわけじゃない」片手をあげてエディリオが言い、ケインの望みを打ち砕く。

「真実だ」トトがその言葉を保証する。

ケインはため息をついた。「それはよかった。チュー、椅子をいくつか持ってきてくれ」

「よぉ」と言って、サムがケインにうなずいてみせる。

「サム、ここへ何しに来た？　サーフィンか？」

サムがエディリオへうなずく。「これはエディリオの提案だ」

椅子が用意されると、一行は大きな、みすぼらしい机を囲んだ。トトの分の椅子はなかったが、ケインは気にしなかった。

「ミルクとクッキーも出してやりたいところだが、あいにく切らしてるみたいでな」ケインが言う。そして自分が上であることを示すように、机に足をのせた。

「真実だ。ミルクはない。それにクッキーも」とトト。

エディリオがすぐに切り出す。「この状態はよくない。以前のように食料をつくって収穫しなきゃいけないし、外の見物人をどうするかも考えなきゃいけない。ルールと組織体系が必要だ」

「それは名案だ」ケインが言う。「なんで思いつかなかったんだろう。チュー、メモしておけ。子供たちを仕事に戻らせること。ほんと天才だな。それをわざわざ言いに来たのか？　バリアのところへ行って、あいつらをぶん投げてこいって？」

エディリオはその皮肉に気づかないふりをした。「いや、そうじゃない。たぶん、君に任せても効果はない。みんな君を信用していない。誰もしたがわないだろう」

「真実だ」トトが言う。そしてケインの厳しい視線を受け「スパイディ」とつぶやく。

「なるほど」とケイン。「俺のことは誰も信じちゃいないが、そこにいる聖人サミーにならみんなしたがうってことか。まあ、でも悪く言うわけじゃないが――」

ケインがすばやく手をかかげ、サムの右胸にテレキネシスのパンチを放った。サムの体が宙を舞う。三メートルほど後ろに――あるいはもう少し遠くまで――飛ばされた。尻を地面に打ちつけ、その勢いで後ろに転がる。

ケインは楽しそうに笑った。ただ座っているより、このほうがずっといい。

サムが予想外の速さで立ちあがると、横に飛びのき、ケインのつぎの一撃をかわした。

サムが腕をあげ、手を開く。その距離三メートル弱。困ったことに、ケインはまだ座ったままだった。

座って足を机にあげたまま、すばやく動くのはむずかしい。

「おまえを殺したくはないが」サムが言う。「少しでもその手を動かせば……」

ケインは両手をあげ、ゆっくりサムから遠ざけた。

ケインはサムの顔を見た。兄は目を細めてこちらを見ている。賢明だ。まだ互いに戦っていたあの当時から、サムは経験を積んできた。経験が足りない人間は相手の手を見るが、賢明な人間は相手の顔を見る。

ケインは自分の視線に注意した。動かさないよう、サムの手を見ないように。

サムの右手はまだケインの体をまっすぐ狙っている。つぎの瞬間、左手から空気を焦がすような緑の光が現れた。あっという間にケインの椅子の脚が燃えあがる。

椅子が傾き、ケインが滑り落ちる。すばやく転がり、襲いかかってくるサムに新たな技を繰り出した。自分の真下のコンクリートを爆発させ、その爆風で体を後ろに投げ出したのだ。

成功だ！　サムは標的を見失い、空をつかんだ。しかし残念ながら、この新技は精度が低い。爆風に飛ばされたケインは、階段で頭をしたたか打ちつけ、星を見た。

「うう」

ケインはごろりと転がって立ちあがろうとした。が、何かが股のあいだに突きつけられている。エディリオが見下ろしていた。ライフルの先端をとても繊細な場所に向けている。

「ケイン、少しでも動いたら両玉とも吹き飛ばすから」エディリオが言う。「トト？」

「彼はそうするよ」とトト。「両玉だけで済むかはわからないみたいだけど」

ケインは殺意をこめてエディリオをにらんだ。「そんなことをしてみろ、その瞬間、おまえの頭が吹き飛ぶぞ」

「彼は君の頭が吹き飛ぶって信じて――」言いかけたトトをエディリオが遮る。

「だろうね。でも、僕を殺すことが君の失うものに見合うかどうかを考えたほうがいい」

「いったいどうしたんだ、サム？　これは俺とおまえの勝負だろ？　おまえは手下に助けてもらわなきゃなんないのか？」ケインが言う。

サムは何か言いかけたが、思い直したのか口をつぐんだ。後ろに一歩下がる。

エディリオが言う。「トト、僕はこれからケイン王に言いたいことがある。真偽を判断してほしい」

「わかったよ、スパイディ」

「ひとつ、僕は誰の手下でもない」エディリオが言う。

「彼はそう信じている」

「ふたつ、僕はこの無意味でつまらない兄弟の争いに死ぬほどうんざりしている」

「彼はつまらない争いだと思っている」

「三つ、ガイアファージとドレイク、つまり、君の娘と元相棒は――」

「相棒？　やつは子分だ」とケイン。「相棒は対等な関係だ。ドレイクは一度だって俺と対等だったことはない」

「三つ」エディリオがくり返す。「ガイアファージとドレイクがどこかにいて、向こうはただキャンプをしているだけだとは思えない」

この発言に、トトが逡巡を見せる。やがて言う。「彼らがキャンプをしているとは信じていない」

「それからケイン、君に質問だ。君ひとりでガイアに勝てると思うか？　イエスかノーで答えてほしい」

ケインはトトに視線を向けた。真実を述べる者など大っ嫌いだ。ある程度の嘘がなければ支配などできっこない。ケインは思考を自分の内に向けた。ガイアファージにひとりで立ち向かうところを想像する。鮮明に思い描くことができる。恐怖が心の端を侵食し、激痛の記憶、弱さ……絶望。

「イエスかノーか？」エディリオが詰め寄る。

「答えはわかってるだろ」ケインがつぶやく。

エディリオは銃身を離した。そしてケインを助け起こそうと手を伸ばしたが、ケインはエディリオを鋭くにらみつけ、自力で立ちあがった。いまや三本脚になった椅子を見やる。

「座り心地のいい椅子になったな」

体についた埃を払う。いまの告白――たとえ言葉にしなくても――ガイアをひとりで倒すことができないと認めたことに、気持ちが沈む。フェイズがはじまった当初から、自分以上に強大な力が出現する可能性を恐れていた。最初はこの世界にふたりしか〝四本〟の能力者はいなかった。自分とサムだ。やがてピーターの桁違いの能力に気づいたが、それほど案じてはいなかった。たとえ神がかった能力を持っていようと、所詮ピーターはピーターだった。

だが、ガイアが、ガイアファージの化身が現れた。あの怪物を、テレキネシスの能力を持つ人間ひとりで倒せないことは、嫌というほどわかっている。

「つまり、俺は手を引いて、あとは黙ってサムに任せろと」ケインが言う。「そんなことは――」

「僕じゃない」サムが割りこむ。「エディリオだ」

ケインは信じられないというふうにエディリオを見た。「は？　このマシンガンを持ったメキシコ野郎に？」

その侮辱にサムは身をこわばらせたが、エディリオはちょっと肩をすくめて受け流した。サムが続ける。「みんなの信用を得ているのは五人だけ。僕もそうだけど、物事を取り仕切るのは苦手だ――」

「真実だ」とトトが言い、今回はサムにきつくにらまれた。

「それからラナ」サムが続ける。「だけど……まあ、ラナはああいう子だし、彼女には仕事もある。つぎにデッカだけど、デッカも……まず、まとめ役はやりたがらないだろう。四人目はクイン」

「クインには漁師以上の仕事を打診した」とケインが口を挟む。

「わかってる」とサム。「いま挙げた四人以外でみんなから信用されているのはエディリオだ」

ケインは声をあげて笑った。「まさか本気でエディリオにペルディド・ビーチを仕切らせるよう伝えに来たのか？」

「エディリオはすでに湖をまとめている」

「それは……」トトが言いかけて、逡巡したのち、こう言った。「だいたい真実だ」

「へえ、それでも俺はまだここの王だ」ケインはそう口にしたが、自分の耳にもばかばかしく響いた。トトに指を向けて言う。「黙れ、何も言うな」

エディリオが言う。「僕ならクインと協力してうまくやれる。ラナとも。湖にいるアストリッドやデッカとも。サムからの信頼もある。それに、実のところ君も僕を信頼している」

「俺が？」

「そうだ」とエディリオ。

「彼はそう信じている」トトがつぶやく。

「おまえはいまもサムの味方だ、エディリオ」

「サムはここにも、湖にも残らない。君の娘を追う」

娘、と言われたことに複雑な思いがこみあげたが、あえてそこには触れないことにした。

「サムひとりでガイアとドレイクを追うって？　俺ひとりで無理なんだぞ。サムだって無理だ」

「彼はそう信じている」

「ひとりじゃない」エディリオが言う。

その意味を理解するまでに、一瞬間があいた。「断る。冗談じゃない。クソ食らえだ。絶対に断る」

「ここで魚の数をかぞえたり、子供を働かせたりして満足か？」

「満足してない」ヴァーチュがトトより先に口を開き、ケインがむっとした顔でにらむ。

「ケインはあの戦いのあと二日間そういう仕事をしたけど、もう飽きている」

「そこで提案だ」エディリオがアサルトライフルを肩に担いで言う。「僕はペルディド・ビーチに来てクインやサンジット、それにもちろんヴァーチュと協力する。それにたぶんコンピュータ・ジャックも連れてくる。ラナは、いつもどおり好きなようにしてもらう」

「待て、ジャックは死んだんじゃないのか？」

「死んでない。ラナが間に合った」とサム。「でも、動揺している。まちがいなく。だから環境が変われば気がまぎれるかもしれない」

ケインは首を横にふった。しかしその仕草は思ったより頼りない。

サムが身を乗り出して言う。「ケイン、僕が市長じゃないのと同じで、おまえももう王じゃない」

「王じゃないなら、なんなんだ?」ケインは詰め寄った。懇願するような調子が声ににじんで嫌になる。

「おまえはいじめっ子で、ごろつきで、人殺しでもある。それに、賢くて強くてめったなことで怯えたりしない」

「真実だ」トトが請け合う。

「それにダイアナを大事に思ってる」ヴァーチュが言う。

「なんだと?　黙れ、チュー」

すべての目がトトに向けられる。トトがうなずいて言う。「そのとおりだ」

「たぶん、君にとってたったひとりの大事な人だろう」とエディリオ。「それに、君を大事に思ってくれる唯一の人だ。その彼女を放っておくのか?　ドレイクと君たちの子、あの怪物と一緒に?」

そのとき、サムの表情がちらりと動いた。何かを隠そうとしているような顔。罪悪感?

サムがおもむろにその顔をこする。ケインの本能が警鐘を鳴らす。何に対する警鐘かはわからないが……。それからサムは黙りこみ、トトの助けは借りられなくなった。

ケインはごくりと唾をのむと、力なくエディリオを見やった。

エディリオがうなずき、ケインの負けを受け入れる。

「わかった」ケインが言う。「ペルディド・ビーチが欲しいならくれてやる。おまえのものだ、エディリオ。全部やるよ」

これで自分の短い天下が終わったと、痛烈な皮肉をこめて思う。

思わず、口元がほころびそうになる。ケインは深く、満足げに息をついた。サムと目が合う。サムが察したように笑ってみせる。これは自分たちにしかわからないことだ、と。

ケインは権力を手放したことにほっとしていた。

「この提案をのむのは、俺が退屈だから、それだけだ」ケインが言う。「ダイアナを助けに行くわけじゃないし、正しいことをしたいわけでもない」

「それは――」と、トトが口を開いたところで、ヴァーチュがその口をふさいだ。

まあ、これでダイアナは感謝するだろう、とケインは思った。それから笑って思い直す。

いや、あいつは感謝などしない。

6

73時間　3分

ガイアに食料が必要なことはすぐにわかった。それからダイアナにも。ドレイクはダイアナのことはどうでもよかった。ダイアナが飢えようが知ったことではない。ダイアナはゆっくり、痛ましい死を迎えればいいのだ。願わくは自分の手にかかって。

だが、ガイアは話がちがう。ガイアはドレイクに耐えがたい痛みをもたらす。心の奥底からの痛みを。ドレイクの体は、どういうわけかブリトニーと共有しているこの不死身の体は、だいたいにおいて何かを感じることはない。感じるのは、もっとも強烈な痛みだけ。

ガイアが不快に思ったときにドレイクにもたらすもの――それだけが伝わってくる。

いずれにしろ、ドレイクはガイアに逆らえない。いまは幼い少女の外見をしているが、ドレイクはその正体を知っている。ほかの誰に仕えろと？　ドレイクはケインとたもとを分かった。ケインはやわになった。ケインがいなければ行く当てはなかったが、そこへケインよりもはるかにタフで、厳しいガイアファージが現れた。はるかに強い力を持ち、決して弱気にならないガイアファージが。

ドレイクの鋭い目が、岩の上で動くものをとらえた。トカゲだ。赤みを帯びた三メートルの触手を腰からほどく。慎重に狙いをつけ、鞭を放つ。トカゲが宙を舞う。

ドレイクは死んだトカゲを拾うと、ベルトから下げたずだ袋にしまった。これで捕まえたトカゲは二百グラムほどになった。その全部がここ、茫漠(ぼうばく)と広がる砂漠で見つけたものだ。そろそろガイアに持ち帰ったほうがいいだろうか？　これで足りるだろうか？　これっぽっちじゃ罰を受けるだろうか？

一方で、ここにいても、これほど遠くにいても、ドレイクはガイアの飢えを感じていた。彼女の飢えは自分の飢えだ。自分がこの体になって、食料も、水も、空気も必要としなくなって以来、唯一感じるのがこの飢えなのだ。

痛みは？　痛みも感じる。少なくともガイアが与える痛みは。食料が足りなければガイアファージに罰を食らうだろう。内側をえぐるような、地獄を垣間見(かいまみ)るような苦しみを。

そのとき、ミチバシリ(ロードランナー)を見つけた。その鳥の体長は、鋭いくちばしから長い尾まで含めて、およそ四十五センチ。そのほとんどは羽と骨だろう。しかし数十グラムくらいなら肉もあるかもしれない。あれを捕まえれば、きっとガイアは喜んで迎えてくれるはず。少なくとも痛い思いはしないで済むだろう。

だが、あの鳥は俊敏だ。アニメのロードランナーほどではないにしても、逃げ足は速い。鳥が小首をかしげる。その片目がドレイクをとらえている。ドレイクは固まった。鞭を放つ前にもう少し距離をつめなければ。

鳥がすばやく動き、トカゲを捕まえた。トカゲはまだ生きていて、鳥のくちばしのあいだで身をくねらせている。鳥がトカゲに気を取られているあいだに、ドレイクはゆっくり、静かに間合いを詰めた。

そのとき、ブリトニーの登場を告げる、あの嫌な感覚に襲われた。一緒に埋められ、ともに復活を遂げて以来、ブリトニーとは肉体を共有している……いや、そうではない。ふたりは交代で存在するだけで、その実、何も共有してはいないのだ。ドレイクがこちらにいると、やがてブリトニーが現れる。そしてブリトニーが存在するあいだは、ドレイクは消える。

「いまはやめろ！」ドレイクはせっかくの餌を逃してしまうことにいらだった。

鞭をしならせるも、すでに短くなっている。ミチバシリは逃げてしまった。

ブリトニーは目を開けると、ひとりきりで、低木と砂と石しかない、ひどく乾燥した場所にいた。ベルトに袋がぶら下がっている。袋をのぞくと、トカゲがたくさん、なかには切れ切れになったものが入っていた。

ドレイクを突き動かした飢えはブリトニーにもあった。神の飢え。ガイアがたくさん食べて強くなるところを想像し、ブリトニーは笑みを浮かべた。神が人間の姿に、赤ん坊のガイアになるなんて、なんという奇跡だろう！　いや、もう赤ん坊ではない。美しい少女だ。そしていまなお急成長を続けている。ガイアのもとに戻るころには、十歳くらいになっているかもしれない。

ああ、楽しみだ！

食料。まずはそこからだ。

ブリトニーはミチバシリが低木の茂みに駆けていくのを見た。鳥を捕まえるほどすばやくは動けないが、どうしたものか……。

四(よ)つん這(ば)いになり、茂みのほうへ這っていく。できるだけ姿勢を低くし、フェイズの中心付近から強烈に降り注ぐ、本物の陽光から目を守る。

茂みの下は日陰になっていたが、それでも充分見える。そこにはご褒美が待っていた。丸い形をした巣があり、その真ん中に直径三センチほどの、小さな白い三つの卵があったのだ。

ブリトニーは慎重に卵を巣から取り出すと袋にしまった。卵が割れないよう、巣を少し引きちぎって丁寧に卵を包む。

これでガイアのごちそうが手に入った！

ブリトニーはあちこち傷つくのも構わず、ゆっくり後ずさりながら、茂みから離れた。

そのとき、いきなり、首にワイヤーが巻きついた。反応する間もなく、首に食いこみ、血のない空の動脈が切断され、頸椎(けいつい)辺りでぴたりと止まる。

「ブリトニー、あなたじゃなくてドレイクだったらよかったのに」ブリアナが言った。

それからブリアナはブリトニーの背中に足をのせ、思い切り引っ張った。ワイヤーがナイフですじ肉を切るような音をたてながら、軟骨や神経組織を断ち切っていく。と、いきなりブリトニーの頭が転げ落ち、鈍い音とともに地面に落ちて小さく跳ねた。

ブリトニーは頭を動かせなかったが、目だけをブリアナに向けた。ブリアナは一連の作業で汗をかき、手の甲で眉をぬぐっていた。絞首紐(ギャロット)――六十センチほどのピアノ線の両端に、かつてどこかの家庭でトレーニング用に使われていたスチール製のハンドグリップをつけたもの――が、反対の手に握られている。

ブリアナはブリトニーを見下ろすと、満足そうに言った。「これからあなたをばらばらに切り刻んで、フェイズ中にばらまくね。そうなってもあなたたちはもとに戻れるのかな」

ブリトニーは死んでいなかった。体とつながっていないこと以外は、先ほどまでと変わらない。首に鈍い痛みがあるだけだ。目を上に向けると、自分の体が見えた。体はひとりで起きあがろうと奮闘している。

ブリトニーは声を出そうとしたが、ささやき声しか出てこない。そのささやき声も、切断された食道に空気が入りこむ雑音でかき消されてしまう。

「私たちは殺せない」ブリトニーはささやいた。

「かもね。でも試してみるよ」

ブリアナは、改造したバックパックに銃身を詰めたショットガンを入れて持ち歩いていた。マチェテも背中に装備している。ブリアナがマチェテを引き抜き、目にも留まらぬ速さでふりまわす。気づくと体から足がなくなり、ブリトニーはバランスを崩していた。

どしん！

埃が舞い、切り刻む音、矢継ぎ早に銃声が鳴る。ダン、ダン、ダン、ダン！　あっという間にブリトニーの体だったものはバラバラになり、腕も足も切り離され、それぞれふたつと三つに切り刻まれていた。胴体もぶつ切りにされている。血は流れていない。まるでブリアナは、防腐処置を施された遺体を切り刻んでいるかのようだった。

そう思って、ブリトニーは嫌な気分になった。なぜ自分は血液がないのに生きていられるのだろう？　自分はいったいなんなのか？

「もっとよく見たい？」

ブリアナはそう訊くと、ブリトニーの髪をつかんで持ちあげ、平らな岩の上にのせた。一度目は失敗し、ブリトニーの頭が転がり落ちていく。が、どうにかその頭を岩の上に据えると、ブリトニーは何十ピースにも切り分けられた、血のない自分の体を見ることができた。

　バラバラになったピースは、それぞれが触手を伸ばし、ひとつになろうと、すでに互いに向かって動き出していた。すると、女性だったパーツが男性のそれへと変わりはじめ、この惨状のさなか、ドレイクがゆっくりと戻ってきた。

　ブリアナは嫌悪もあらわに、バラバラになったピースを拾って遠くへ放り投げた。「体をもとに戻させるわけにはいかないの、ブリトニー……あ！　もしかして、もうドレイクになってる？」

　ブリアナは嬉しそうにダンスを踊り、ステップを踏んだ拍子に――おそらくは偶然――ドレイクの大事なパーツを踏みつけた。

「最高。こっちのほうがずっといい。ハロー、ドレイク。戻ってきてくれて嬉しいよ。これからあんたのバラバラになった体を遠くに撒くから。ものすごく遠くに。そのあとひとつずつサムに燃やしてもらう。それでブリトニー／ドレイクはおしまい。きっとね。あんたたちの最後の瞬間を見させてもらう。その鞭ともども消えるのを」ブリアナはドレイクの頭をポンポンと叩くと、足と肩の部分を両手にひとつずつ持った。そしてウィンクとともに、砂埃だけを残して姿を消した。

　クインは岸に向けて舟を漕いでいた。毎日、自分に与えられた仕事を、いや、与えられた以上の仕事をきちんとやり遂げることがクインの誇りとなっていた。上司たる者、まずは手本を示さなければ。だから腕の裏側に釣り針が引っかかっても、それを引き抜くことになっても、その結果血が出て、海水で濡れた包帯をダクトテープで巻きつけることになっても、オールを漕ぐ。

クインが威張っているとか、過剰な仕事を押しつけられたとか、クインの文句を言う漁師仲間はひとりもいなかった。もちろん、ときどきは言ったが、それはおなじみのジョークのうちだ。

「左に寄ってるよ、船長」アンバーが言った。

「俺はちゃんと漕いでるぞ」クインは言い返すと、すぐにオールを持ちあげ、身を乗り出してオールを沈め、アンバーと息を合わせて舟をこぐ。長年の訓練の賜物（たまもの）だ。

「船長、疲れたらキャシーと替わっていいからね」アンバーがオールを動かしながらうなるように言う。「けがもしてるし」

「キャシーみたいにへなちょこな漕ぎ方をするには、腕が一本にならないと無理だ」クインが軽口をたたく。

当のキャシーは船尾に座り、舵（かじ）を取っていた。「魚があまり獲れないときはさ、マリネをつくらなくていいからいいよね」

「ああ、そうだな」クインは言ったが、その声に不安がにじむ。「俺たちの分だけでもぎりぎりだ。町全体を食わせるには全然足りない」

クインは壁の向こうに浮かぶクルーザーをちらりと見た。壁の外が見えることにまだ違和感があった。変な感じだ。監獄のなかから外が見えるようになったほかは、自分たちの日常は何ひとつ変わっていない。相変わらずとらわれたまま、ただ、外が見えるようになっただけ。

ビキニ姿のふたりの女がクルーザーの舳先にいて、彼女たちよりずっと年配の男ふたりが船尾でビールを飲みながら、ロッドホルダーを使って釣りをしている。船長はちょっとタイプがちがうようで、おそらく三十代、潮風で褪せたもじゃもじゃの髪、赤く焼けた肌に、顔の形に沿ってカーブした、ラップアラウンド型のサングラスをかけている。彼は、クインの船団を興味深げに眺めていた。

クルーザーが立てる波を、クインはうらやましく思った。パワーボートで釣りをしたらどんな感じだろう?

「キャシー、向こうに手をふってやれ」クインは言い、キャシーがそのとおりにすると、船長が敬礼のようなものを寄こした。そして舳先にいた女のひとりがビキニのブラを外してみせた。

「おっと、これは予想外だな」クインが言う。

「酔っ払ってるんだよ」とアンバー。

これにはクルーザーの船長があからさまに不快感を示し、ボートを急旋回させた。舳先の女がバランスを崩し、危うく男性陣の釣り糸に絡まる寸前で、男たちがリールを巻きあげる。

男たちが船長に向かって悪態をつく。船長は平然と無視を決めこみ、クルーザーをバリアから遠ざけた。クインが最後に見たのは「こいつらいったい何を考えているんだか」といわんばかりに頭をふる船長の姿だった。

波止場で釣った魚を降ろし――それほど多くはない――修繕のために道具を引きあげる。海水は網の天敵だ。クインはすでに、網が引っかかりそうな暗礁や漂流物の場所を熟知していたが、それでも網は毎日点検し、修繕しなければならなかった。

クインはみんなの了解のもと、この日々の作業を免除されていた。というのも、ケインへの報告という、ほかに誰もやりたがらない仕事があったからだ。

のろのろと坂道を登って広場を目指す。商売人らしい実務家のアルバートを恋しいと思う気持ちと、臆病で無責任な裏切り者を呪う気持ちが混ざり合う。ケインの相手をするのはいつだって面倒だ。ケインは商売人じゃない。クインを脅せばもっと魚が手に入ると思っているふしがあり、そうかと思えば、自分を憐(あわ)れんだり、大げさにふるまったり、むっつり沈んでいることもある。ほんの最近まではアルバートがケインの相手をしていたが、クインはここ数日間、気まぐれな〝王〟の世話係が自分にまわってきたのではないかと不安を覚えはじめていた。

　だから、野外に置かれたケインの机にエディリオが座っているのを見つけたときは嬉しさのあまり卒倒しそうになった。そばにはヴァーチュが控え、明らかにエディリオから指示を受けた子供たちが行き来していた。

　かつて、前世かと思えるほどずっと昔、クインはエディリオのことをメキシコ野郎、不法滞在者と嘲った。いまなら、キスだってできる。

「おまえが仕切ることになったんだな」階段をのぼると、クインは言った。

「そうだよ」エディリオがはにかんだ笑みを見せる。

「疲れてなけりゃ、踊り出したいところだ」クインが言う。「いや、踊ってもいいけど」

　エディリオが手を差し出し、クインがその手を取る。

「魚と交換で物資を手に入れるのが大変だって聞いたけど」

　クインがうなずく。「ああ、かなり」

「二十四時間くれないか。何か方法を考えてみる」

「了解。それで、俺たちの陛下はどうしたんだ？」

　エディリオが真面目な顔で言う。「陛下はサムと出かけたよ」

「殺し合いがはじまってるんじゃないか？」

「僕が知るかぎりは大丈夫だったよ」とエディリオ。「ガイアを探しに行ったんだ」

それを聞いてクインの顔から笑みが消えた。「なるほど」

「うん、僕がふたりに頼んだ。無理強いしたわけじゃないけど。時間があるなら座りなよ」

クインは腰を下ろした。ヴァーチュがノートを開き、会議の議事録をとるように、何かを書きつけている。

「あの島のこと」エディリオが言う。

クインはふうっとため息をついた。「うん？」

「あそこで何か見かけたことは？」

「アルバートが崖の上から望遠鏡でこっちを見ているところとか？」

「そう、そういうこと。もしくは君に話しかけてきたりとか」

クインは頭をふった。「いや、ない。俺とアルバートは友だちじゃない。いまはもう。それに向こうにはミサイルがある」

「崖の上に設置されていると思う？」

「されてるよ。俺は高性能の双眼鏡を持ってる。あいつが女の子たちを訓練しているのを見たんだ。こっちに見せたかったんだろうな」

「これまで警告を受けたことは？　脅されたりとか？」

「向こうにはその必要がない。わざわざこっちから出向いて問題を起こしたりしないから」

エディリオは少し考えてからうなずいた。「最悪だな。君たちは協力してうまくやっていたのに。いまごろアルバートのやつ、自分のばかなまちがいに気づいてパニックになっていればいい」

「エディリオ、おまえの頼みならなんでも聞くけど、島に行ってアルバートを説得するのだけはごめんだ。あいつは俺たち全員を裏切ったんだ」

「ケインはもっとひどいことをしてきた。はるかに最低なことを。サムはそのケインと一緒にいる」

「どのみちアルバートは耳を貸さないさ。あいつは自分を俺よりずっと上だと思ってる。俺はただの魚くさい労働者で、自分は賢い、取り仕切る側の人間だって。ひょっとしたら海上で撃たれるかもしれない」

エディリオはため息をつくと、肘を机にのせて身を乗り出した。「クイン、聞いてくれ。僕たちはここを正常に戻さなきゃいけない。市場を開いて、みんなを働かせて。そうしないと厄介なことになる。僕たちはそのうち飢えて死ぬ。すぐそばでピザを食べている両親に見守られながら。みんな、すべてが終わったみたいにふるまっているけど、終わってなんかいない。外の世界が見えたって出られるわけじゃない。食料を収穫したり、育てたりしなきゃいけない子供たちが、バリアのそばで字幕放送つきのテレビ番組を見ながら座ってるんだ。見物人は自分たちが及ぼしている影響をわかっていない。子供にドラッグやなんかを与えているのと同じなのに」

クインは否定できなかった。漁師仲間ふたりも同じようにして働くことをやめてしまった。ほかの仲間が残っているのは、クインへの忠誠心からで、クインをがっかりさせたくないからだ。

エディリオはそれ以上言わなかった。そのようすにクインはいらだった。エディリオはクインが交渉役を引き受けてくれると信じているのだ。すでに、目がまわるほど忙しい。疲れているし、アルバートが耳を貸すとも思えない。そのうえ、海上で撃たれるかもしれないのに。

「どのみち、魚はいない」やがて、そうつぶやく。そして精いっぱいの仏頂面をエディリオに向ける。「いつ？」クインはラナに会う口実を探していた。ラナがサンジットと一緒にいるところを見るのはつらかったが、会えないよりはましだった。それに、そう、けがをしている。

エディリオが申し訳なさそうな顔をした。

「まじかよ」クインは言った。

7

71時間　12分

ブリアナはへとへとだった。ドレイク／ブリトニーのかけらを二、三個持ってはフェイズの端まで走り、つぎのかけらを取りに戻ると、すでに体の一部がくっついていて、そのたびに何度も切り刻まなければならなかったのだ。

それでも、じょじょにかけらは減っていた。ばらばらになったピースは、いまや十六キロ離れているものもある。太ももの塊がもぞもぞと移動するにはかなりの距離だ。泳ぐ欠片もいるかもしれない。もし、泳げるのなら。

ばたばたと走りまわっているあいだに、岩にのせたままの頭がふたたびブリトニーへと変わったが、ブリトニーの力が弱まってきているのか、数分も経たないうちにすぐにドレイクに戻っていた。

ブリアナにとっては朗報だった。ブリトニーは多少いかれて、いや、変わり者だったかもしれないが、決して邪悪ではなかった。ブリトニーの身に起きたことを思えばおかしくなるのは当然だ。なにしろ生きたまま埋められ、ようやく復活できたと思ったらドレイクと一心同体で、しかも不死身の体になっていたのだ。

これでおかしくならなかったら、もはや無敵だ。

いずれにしても、いま、かすれた喘ぎ声でブリアナに悪態をついているのはドレイクの頭だ。

「正直、あんたをどうしたらいいかわかんないんだよね」ブリアナはしゃがみこみ、ドレイクの目を見て言った。

「ガイアファージに殺されるぞ」ドレイクがかすれ声で言い、ブリアナに向かって砂利を吐き出す。切断された気道を通じて地面から吸いあげたにちがいない。

「サムのところに連れていったほうがいいと思うんだよね。それで燃やしてもらうの」ブリアナが言う。「ところで、どうして大量のトカゲの死体と卵の入った袋を持ってるの？」

ドレイクの口から鋭い空気の音がもれた。ブリアナを同性愛者と呼び、ひどく露骨な言葉を投げつけた。極めて侮辱的な。ブリアナの頭にかっと血がのぼるほどの。ブリアナはマチェテを高くふりあげ、そのまま思い切りふり下ろした。かなりの勢いだった。頭蓋骨、顔、首をきれいに二分したマチェテが、岩に当たって火花を散らす。ドレイクの頭は真っ二つに割れた。左側——鼻の大部分はくっついているが口は四分の一しかない——が、岩から転げ落ちる。もう一方——鼻が少しと口のほとんどがあるほう——は、その場にとどまっている。

ブリアナは、たいていのことはへっちゃらだ。それでも、ドレイクの頭の内部を見るのはきつかった。ドレイクが人間だったときのそれと、まったく同じ構造をとどめている。ただし、血は出ていない。生きてはいるが、大半の人間とはまったく別の形で生きている。

脳はときどき灰色と形容されることがあるが、実際の色味はピンクがかっている。ブリアナは脳がこぼれ落ちるのを見たことがある。だから知っているのだ。しかしドレイクの脳は、正真正銘灰色で、ところどころ緑がかっている。真っ二つに割られた、鮮度の悪いカリフラワーのようだった。

鼻の上から裏側に広がる空洞、副鼻腔とおぼしいものも見える。

それから歯。

脳みそはこぼれ落ちなかったが、多少垂れ下がっていて、ちょっと揺すれば落ちそうだ。

変なにおいもした。スーパーマーケットの肉売り場みたいなにおい。

「あんたのちっぽけな欠片のことだけどさ、ドレイク、体のパーツ？　一部は、峡谷を転げ落ちたみたいなボロいピックアップトラックのダッシュボードに入ってる。もしかしたらラナのおじいちゃんが乗ってたやつかも。今度ラナに訊いてみるね。で、別の一部は波間に浮かんでる。もし探す気があるなら、だけど」

ドレイクの残った口の部分が何かを言おうとしたが、食道はもはや使い物にならない。露出した舌が動き、空気を舐(な)める。

ブリアナは死んだトカゲと卵の入った袋を開けた。ドレイクの右側の頭を持ち上げ、袋に入れる。そのあと左側も袋に入れた。

袋は驚くほど重く、その重みのせいで全速力では走れなかった。時速五十キロほどの速度で、のんびりと、楽しげに口笛を吹きながら駆けていく。ただし風にかき消され、口笛の音は聞こえない。

途中でトイレに行き、水も飲んだが、ほんの十分ほどで湖に到着した。

桟橋の上をハウスボートに向かってゆっくりと歩いていく。友だちに買ったものを見せびらかしたくてうずうずしている買い物好きな少女のような気分で、あえてぞんざいに袋をぶらぶらさせる。

アストリッドとデッカがボートにいた。何やら大事な話をしているようだ。アストリッドはいらだって見える。辛辣なことを言わないように抑えているみたいに。デッカのほうは、いまにも雷を落としそうなほど不機嫌そうだ。要するに、ふたりとも普段どおりだった。

アストリッドが先にブリアナに気づいた。

「パトロール中じゃなかったの？」

「サムは?」ブリアナは訊いた。

「出かけてる。エディリオも」デッカが答える。「で、その袋の中身は? 当てなきゃだめか?」

ブリアナは立ち止まった。がっかりだ。予定では、この大収穫にサム・テンプルが感服するはずだったのだ。ブリアナが感心させたいのはサムだった。そのつぎは、いつも優しく接してくれるエディリオだ。

だが、疲れていたので袋を下ろしたかった。それに、これ以上黙っていられない。すばやくボートにあがると、にやりと笑って言った。「今日、誕生日の人いる? プレゼントがあるんだけど」

「ブリーズ」デッカが警告する。

ブリアナは袋を開けた。デッカがなかをのぞきこむ。「なんだこれは?」

ブリアナは袋をひっくり返した。死んだトカゲ、割れた卵、そしてドレイクの頭が滑り止めの効いた床にごとりと落ちる。

「きゃあああ!」アストリッドが悲鳴をあげた。

「うわ、まじかよ!」デッカも叫ぶ。

「そうなの」ブリアナは誇らしげに言った。

「嘘でしょ」

「これは……」

そこにあったのは、ホラー映画の特殊効果の専門家もうらやむような代物だった。ふたたび結合しはじめたドレイクの頭は、しかし、激しく揺すぶられたため、完全体にはほど遠い。

実際、結合が完了したときには、左右の顔が各々あらぬ方向を向いていた。首の付け根はそれぞれ上下を向き、口の大部分は後頭部の髪の毛に覆われている。

そしてなぜか、そのあいだに何匹かの死んだトカゲが入りこんでいた。ドレイクに組みこまれた死んだトカゲは、もう死んではおらず、卵の白身が片方の目に広がっている。

口が何かを言おうとしているが、言葉にならない。

トカゲの尻尾が、ドレイクの鞭の手よろしく、片目（右目か左目かは判然としない）をぴしりと打った。

三人はまじまじと見つめていた。アストリッドは青い目を大きく見開き、手で口を覆っている。デッカは口をあんぐりと開け、顔をしかめている。ブリアナはといえば、アート作品を誇らしげに見せびらかす学生のようだ。

「ジャジャーン！」ブリアナは言った。

現在の住居である、バリアの南の崖に置かれたトレーラーハウスの隣で、コニー・テンプルは三つのインタビューを受けた。ＭＳＮＢＣ、ＢＢＣ、ナイトライン――インタビューのようすは設置されたモニターで確認することができた。

コニーは急激に変わったことに気づいていた……風向きが。一週間前なら、こうしたインタビューは同情的だっただろう。子供を亡くした気丈な母親のひとりとして扱われただろう。

だがいまや、彼女は殺人者の、ふたりの殺人者の母親になってしまった。

国中が手のひらを返した。少し前まで、人々は心配しつつも――事態が長引きすぎたせいで――飽きていた。人々にとってペルディド・ビーチの異変は〝終わって〟いたのだ。

それがいま、なかの子供が脅威になった。危険な怪物に。

そこかしこに写真が氾濫した。映画『マッドマックス』から出てきたみたいな格好で、ナイフやとげつきの野球バットを持った子供たち。煙草と銃を持った不機嫌な、だらしない少女。汚れたまま裸で歩きまわる幼子たち。飢えのせいで落ちくぼんだ目とこけた頰をした子供たち。以前は教会のミサの従者をやっていた十二歳の少年は、いまや誰の目にも明らかな酔っ払いになっていた。

不可思議な光で死んだ少女の体を燃やしたサムの動画は、延々と再生されていた。子供たちは紙切れに交代で話を書きつけ、こちらに読めるように高くかかげた。その結果、飢餓、殺人、人食いミミズ、話すコヨーテ、内側から子供を食い尽くす寄生虫の恐怖を語る子供たちの写真や動画が誕生した。

それからドレイク、そしてガイアファージと呼ばれる怪物の不吉な気配も。

ＦＯＸニュースが使用した画像には、サムの姿の上に〝リトル・モンスター〟と記されていた。

人々は戦争犯罪を、カンボジアの戦場やナチスを引き合いに出した。

核兵器を使ってドームを爆破しようとした試みに対する怒りはあっという間に立ち消え、次回はもっと大きな爆弾を使おうという話がささやかれている。

異変の周囲に軍隊を送る声もあがっていた――〝封じこめ〟の失敗に備えて。

封じこめ。

動物園にいる危険な野生動物だとでもいうように。

フェイズの子供たち――子供たちが手書きで示した〝フェイズ〟という言葉は、あっという間に広まった――は犠牲者で、絶望を生き抜いた生存者なのだから、生きるための手段を非難すべきじゃないという議論もあった。だが、こちらは数が少なく、圧倒的に少数派だった。

大統領は会見を避けていた。しかし多くの政治家はことあるごとに、強硬な姿勢を示し、州兵や軍隊の派遣を主張した。南カリフォルニアのある議員などは、彼が呼ぶところの〝忌まわしきペルディド・ビーチ〟は破壊すべきだと断言した。「迅速で安らかな死しか道はない」と彼は言った。「神の手に委ねよう」

ここにいたって、ようやく、この狂乱を収めようという動きが出てきた。ローマ教皇が慈悲を呼びかける声明を発表したのだ。また、フェイズ内の島に住む子供たちの両親、映画スターのジェニファー・ブラトルとトッド・チャンスがメディアを糾弾し、あの子たちは子供なのだと訴えた。ほんの子供なのだと。

アメリカ自由人権協会も似たようなメッセージを伝える文書を発表した――なかの子供たちは、ただ生き残ろうとしているだけなのです。

ウォール・ストリート・ジャーナル紙の世論調査では、フェイズは破壊すべきだと答えた人は、二十八パーセントにとどまった。

だがこれらがおこなわれたのは、ＹｏｕＴｕｂｅを炎上させた一本の動画があがる前の話である。動画の内容は、ひとりの幼い少女が、なぜかフェイズに入りこんだ最初の大人の腕を引きちぎって食べるというものだ。

その影響は絶大だった。突如明らかになったのだ。これは子供の遊びではないことが。ドームのなかに存在するのがどんなパワーであれ、大人も殺すことができるのだと。まちがいなく、次回の世論調査でフェイズを消し去るほうへの賛成票が増えるだろうとコニーは思った。

コニーは分厚いスケッチブックと、二本の黒いマーカーを持ってバリアへ向かった。カリフォルニア・ハイウェイ・パトロールが道路を通行止めにし、群衆を下がらせるべく手を尽くしているにもかかわらず、増え続ける人々のあいだを通り抜けるのは簡単ではない。

いまや親たちだけではなかった。サインボードをふっているのはあらゆる種類の人間だった。自分の子供を連れて、お祭りよろしくお弁当を食べている人もいる。「フェイズ！」と書かれた光るピンバッチや、「やつらを外へ出すな」と書かれたTシャツを売っている店もある。

さらに群衆は広がっていた。ハイウェイの北から南——半分に分断され、放棄されたクリフトップの敷地——まで。サーファーはバリアのそばで波に乗り、沖ではボートがバリアに接近した。

飛行禁止空域が設定されたが、報道ヘリや軍のドローンは飛行を許されていた。また、グーグル衛星のひとつが監視用に転用され、この一件がアメリカの陰謀ではないことを確認しようとする外国勢力も加わったおかげで、人工衛星の軌道はますます混雑を極めていた。

コニーは群衆の途切れる場所を目指して北へ進んだ。見物人の頭越しに子供たちの姿が見えた。百人ほどだろうか。手入れの悪い金魚鉢に入れられ、窒息しそうな魚のように、外をのぞいている。

埃っぽい丘を半分ほど登ったところで、人の少ない空間を見つけた。そこには子供の姿はなかったが、きっと待っていればひとりくらいやってくるだろう。彼女はサインボードをかかげた。

私はサム・テンプルとケイン・ソレンの母親です。

そのまま待った。やがて何年も過ぎたように思われたころ、十四歳くらいの少女がコニーに気づき、丘を登ってきた。少女は紙もペンも持っていなかったが、手には棒切れを持っており、足元の地面は土がむき出しになっていた。

少女が棒を使って文字を書く。

サムの仲間。

コニーも書いた。

あなたの名前は？

ダーラ。

ダーラ・バイドゥー？　私、あなたのお母さんの友だちよ！

母に聞きました。

ダーラはひと言書くたびに、手で最初の文字を消して地面をきれいにしなければならなかった。

サムと話がしたいの、とコニーは書いた。

サムとケインはガイアを探している。

コニーはうなずいた。つまり、ふたりの息子は一緒に行動しているのだ。しかしふたりは決定的に対立しているのではなかったのか。コニーはダーラをじっと見つめた。

あなたを信用してもいい？

ダーラが弱々しく笑う。**みんなには信用されてる。**

そのようすは得意げには見えなかった。ダーラも、コニーがこれまで見てきた子供たち同様、やつれて疲れきっていた。その瞳だけが、年齢のわりにひどく大人びて見える。そうだ、看護師の役目を引き受け、薬を分配し、病人の世話をしてきたのはこの少女なのだ。看護師であるコニー・テンプルは、ふいに共感を覚えた。ああ、この子の生活はどんなだったのだろう。どれほど大変な重圧をくぐりぬけてきたのだろう。

外の状況は悪化している。

そうですね。ダーラは丘のふもとにいる、サインボードを持った人々のほうへ頭をふってみせた。

計画を練る必要がある。そういうことを話せる人は？

ダーラは少し考えた。**エディリオかアストリッド。**

ふたりにはどうやったら会える？

エディリオはすごく忙しい。コニーがその一文を読んだところで、ダーラはこう付け加えた。**アストリッド。彼女は天才アストリッドって呼ばれている。**

コニーはうなずいた。その名前は知っている。コニーは、フェイズの子供たちの名前をほとんど把握していた。きっとアストリッド・エリソンのことだろう。彼女の両親は厄介だった。母親はややヒステリーの気があり、父親はぐっと感情を抑えるエンジニアタイプだ。そして被害者家族になんの貢献もしていない。

バリアが透明になった当初の印象から判断すると、アストリッドはサムのガールフレンドだろう。

アストリッドと話がしたい。緊急事態なの。どうすればいい？

ダーラはしばし考え、静かにため息をつくと、丸を描いた。円の頂上に、湖とおぼしいものを描き、その湖に棒を突き立てた。それからふたりがいまいる場所から湖まで波線を描き、コニーを指さす。そして円の内側にふたつめの線を描いて自分を指さす。

ダーラはコニーに湖に行くよう指示し、そこで自分と落ち合ってアストリッドに会うことを伝えていたのだ。

コニーはうなずいた。

ダーラが、革のストラップに引っかけてあった六十センチほどの鉛管に手を伸ばした。その顔は不安そうだった。怯えていた。

その表情に、コニーの心は揺れた。自分はこの少女を危険にさらそうとしているのだろうか？　余計な口出しをしているのだろうか？　コニーがダーラに、やっぱりいいわ、と伝えようとしたときには、ダーラはすでに背を向けて歩き去っていた。

「どうなってんだよ、サミー。どういうことだ？」

サムは相手にしなかった。暇を持て余したケインが挑発しようとしているのだ。

ふたりのバックパックにはそれぞれ水の入ったボトル二本と干し魚が入っていた。各自ナイフを――ケインは鞘に入ったハンティングナイフを、サムは大きなアーミーナイフを――携帯し、頭には野球帽。ケインの肩には12ゲージのショットガンがぶら下がっており、銃口は下を向いている。

実際のところ、ふたりとも何も持っていない両手に、もっと強力な武器を持っていた。それに銃には弾薬がつきもので、弾薬も銃もずっしり重い。道路を三キロほど進んだところで、サムはその重みにうんざりしていた。

「外のやつらがここの血まみれの惨劇を見て、どう思うか考えたことあるか？」ケインが訊いた。

サムは、ほとんどそのことばかり考えていた。だが、ケインに本心を打ち明けるのはいまじゃない。「それよりもっと大きな問題があるだろ」

ケインは笑った。サムの言葉を真に受けていない。「いいや、おまえみたいないい子ちゃんのサーファー小僧は、考えたことがあるはずだ」

ケインはサムの少し前を歩いていた。これは、サムのことを信じているからだろうか？サムがケインを信じるよりも？　そうかもしれない。あるいは、ケインの足のほうが長いからだろうか。答えはこのどちらかだろう。

「おまえはまちがいなく、そのことについて考えたことがある」ケインは、サムの返事に構うことなく続けた。「自分のママの目の前でペニーを黒焦げにしたんだ」

サムは少しいらついた。「それを言うなら僕たちのママだろ？」

ケインが頭をふる。「いいや。俺はちがう。あの人は卵子と子宮を提供したかもしれないが、俺の母親じゃない。おまえのだ。俺のじゃない」

サムはわずかにたじろいだ。「一理あるかもな」

「コニー看護師は」とケインが言う。「コアテス時代に俺のことを見張っていた。理由はまったくわからなかった。そう、事実を知るまでは」

「おまえが人を操る、ごろつきのガキ大将だから目をつけられたと思ってたのか？」

「まあ、そんなところだ」

ケインは挑発に乗らなかった。一方、サムのほうは明らかに気まずさを覚えていた。このミッションには数日かかるだろう。ケインとやり合うわけにはいかない。ケインは自分のパートナーだ。つまり、ケインがその昔、いまやサムの友人となった子供たちの手をセメントで固めたことも、ジルの差別軍団と一緒に狂った計画で町の半分を焼失させたことも、その他無数の重罪についても掘り返さないということだ。

重罪。法律用語。この言葉が浮かんだのには理由がある。

フェイズで人を殺したのはケインだけではない。もちろん、サムの手も汚れている。ただしそれは、みんなの命を救うためであり、ケインやドレイクを打ち破るためだった。が、はたして裁判所はそんなふうに見てくれるだろうか？

サムは自分を苦しめるために、犯罪と呼ばれるであろう、自分のしでかした出来事を数えあげていく。不法侵入。器物損壊。暴力行為。公衆酩酊（めいてい）。無免許運転。原子力発電所を焼いて穴をあける。窃盗。

ケインがサムをふり返った。「サミー、おまえはポーカーフェイスが下手だな。考えていることが全部顔に出てるぞ。おまえは外のやつらにどう思われるかを考えていて、しかもそれを考えるのは初めてじゃない」

「僕はまだ未成年だ」サムは小さくつぶやいた。

ケインが信じられないというふうに大声で笑う。「ああ、それでいけるかもな。『僕はまだ子供です、裁判長！』はっ。向こうには生贄（いけにえ）が必要だ。それが誰かわかるか？　おまえと俺だよ、サーファー小僧。おまえと俺だ」

「まるで外に出られるみたいな言い方だな」サムが言う。

「そうか？　おかしいな。俺はここでみんな死ぬと思ってる。なんでか教えてやろうか？

あの子供、ガイアだっけ？　俺たちはあいつの正体を知っている。あの緑色の薄気味悪い物体が気まぐれで体を乗っ取ったとは思えない。あいつはここから生きて出るつもりなんだ」

それはサムの考えとほぼ同じだった。

「最後の戦い」サムはひとりごとのようにつぶやいた。

「そうだ」ケインが言う。「まさしく最後の戦いだ。フェイズのバリアは消えるだろう。少なくとも俺はそっちに賭ける。それでも、俺たちがふたりとも死ぬ確率は九十パーセントだ。ふたりとも生きてここを出られる確率は十パーセント。そうなったら、どっかの刑務所で同房になるかもな」そう言って笑う。「不公平だろ、俺は悪者で、おまえだけ高潔なヒーローなんて」

「じゃあ、なんでこんなことしてるんだ？」サムが訊く。「どうしてこのミッションを引き受けたんだ？」

ケインが立ち止まった。ふり返り、サムのほうへ近づいてくる。ペニーに屈し、屈辱を受けてもなお、弟がカリスマと呼ばれる、得体の知れないオーラを放っていることを認めないわけにはいかなかった。たしかに邪悪だが、長身でハンサムな、魅力的な悪魔だ。

「どうしてこんなことをしているかって？」ケインが言う。「そんなことわかってんだろ。戦いだからだよ。最後の戦いになるかもしれないからだ。俺たちにほかに何ができる？

もし本当にここから出られたらどうするつもりだ？　大学出願用エッセイでも書きはじめるか？　自動車教習所でも行くか？　難関科目(AP)でも履修するか？」ケインが笑う。その笑いは自分に向けているようだった。「ああ、きっとハーバード大は俺を欲しがるだろうな。だってハーバード大に元王さまが何人いると思う？」

サムは訊くまいとしたが、結局訊いてしまった。「ダイアナは？」

「いい体をしてるぞ」ケインが陽気に返した。「それに言いたいことははっきり言う」

サムは真に受けなかった。「それだけじゃないだろ。おまえと彼女は」

ケインは答えない。サムにはその沈黙で充分だった。

「そろそろ先を急ごう」サムは言った。

「ジャジャーン？」デッカはそうくり返すと、ブリアナの戦利品を見なくていいよう、ブリアナをまじまじと見つめた。「ジャジャーン？」

アストリッドは膝をつき、おぞましい物体を眺めていた。ドレイクを痛めつけたくてたまらなかった。ドレイクはアストリッドの人生における怪物だった。ドレイクはアストリッドを殺すつもりだとはっきりと口にした。じっくりと、その病んだ心が思いつくかぎりのあらゆる屈辱を与えながら。アストリッドは森で四カ月近く過ごし、その間ずっとドレイクに怯えていた。いざとなったらせめて無駄な抵抗を試みようと、何時間もかけて銃の扱い方を身に着けた。

無力なドレイクの姿には、もうひとつ意味があった——これでサムの敵がひとり減る。サムの生き延びる可能性があがったのだ。

デッカも明らかに同じことを考えていたようで「ひとり片づいたな」と言った。

アストリッドの目の前で、その物体は動き、泥のように溶け出し、ゆっくりとつながっていく。トカゲの尻尾はそのままだ。

「こいつ、どうする？」デッカが訊いた。

そのときロジャーが——絵がうまいことから芸術家ロジャーと呼ばれている少年が——やってきた。「エディリオはいる？　実は……うわあああ！　なんだこれ、うわああ」

「ねえ、ロジャー」ブリアナが言う。「ドレイクに会ったことある？」

「まさか、うわ、や、ちょ……」

「そうだよ！」ブリアナは誇らしげだった。「いま、ドレイクをどうしようかって話して——そうだ、ロジャーがこいつの絵を描いてくれたらずっとこの姿を覚えていられるんじゃない？」

デッカができるだけ感情を押し殺して淡々と言った。「ロジャー、何かあったのか？」

「ええと……？」ロジャーはここへ来た理由をすっかり忘れていた。

「エディリオを探しているんだろう？　エディリオはペルディド・ビーチだ」

トカゲの尻尾が混入したままのドレイクの頭が、ほとんど戻りかけている。喉はほぼ復活したため、舌と口を激しく動かすと、ヒューヒューと空気交じりの音が聞こえてくる。

「サムが焼いてくれると思ったんだけど」ブリアナが言う。

「サムはしばらく戻ってこないわ」アストリッドはなるべく軽い口調で言おうとしたが、無理だった。サムのことが心配だった。と同時に、押し寄せてくる感情に軽く吐き気を覚えていた。苦々しさ、憤怒、誇らしさ。これまで、自分の人生がどれだけこの正気を失った男に脅かされてきたことか。それがいま、ドレイクの運命は自分の手中にあるのだ。トレードマークの鞭の手がない状態で。なすすべもない姿で。

ドレイクを蹴り飛ばしたい衝動はいまや抑えがたくなっていた。

「やれよ」アストリッドの心を読んだかのように、デッカが言った。

アストリッドは逡巡し、それからゆっくり頭をふった。ドレイクのことは憎い。それはまちがいない。けれどその感情に屈するわけにはいかなかった。自分にできることをやらなければ。

「ガイアについて話して、ドレイク」

ドレイクの答えは音声こそなかったが、意味するところは明らかだった。

「ああ、でもおまえにはそれを実行する体がないみたいだけど」デッカが言う。

「はは！　私もさっき同じことを言ったよ」ブリアナが嬉しそうに笑う。

「僕は、ええと、そろそろ行くね」ロジャーが言い、いそいそと駆けていく。

「大量の死んだトカゲと卵がいくつか入っていたけど」アストリッドが続ける。「あれはなんのため?」

ドレイクが口汚く罵った。ただし声は小さい。

「ダイアナとガイアはどこにいるの?」

「もう切り刻んだほうがいいんじゃない?」とブリアナ。「そしたらほかの部分みたいに頭もばらまいてくるよ。これを持ってきたのはサムに見せたかったからだし」

アストリッドとデッカは視線を交わした。ふたりは湖の責任者だ。決定権はふたりにある。しかしふたりとも、エディリオ抜きで決めたくはなかった。さすがにこの事態は想定していなかったのだ。

アストリッドはあることを思いついた。「ドレイクとブリトニーは入れ替わる。そのうちドレイクは消えるはず。ブリトニーのほうが話を聞き出しやすいかも」

デッカがうなずく。「ああ、そうだな。ブリトニーが話してくれれば役に立つかもしれない」

「でも油断は禁物。ドレイクの能力は未知数だし、頭以外も再生できるかもしれない。わかっているのは、切り離されたほかの部分も再生できるっていうこと」アストリッドはそう言うと、不安げにブリアナを見た。「ほかの部分をどこに置いたか覚えてる?」

「うん」とブリアナは答えたものの、その口調は明らかに怪しげだ。記憶をたどろうとさまよう視線が、それをはっきりと物語っている。

「もしこいつが再生したら……」デッカが言い淀む。

「切断されたひとつひとつから、大勢のドレイクが誕生するわ」

「ひょっとして、これをまずいことだと思ってる？」ブリアナが語気を荒らげた。「私はこいつを倒したんだよ！　ドレイクを倒して切り刻んで、頭を持ってきたんだよ」

「あんたのしたことはすごいよ、ブリーズ」デッカが言う。「ただ、ほかの部分を確認してきてくれないか？　あんたが置いてきたままの状態になっているかを」

「わかった。でも先に何か食べさせて。百キロ以上は走りまわったと思うから」そう言うと、アストリッドとデッカ、そしていまだに消え入るような音で呪いの言葉を発しているドレイクの頭部を残し、ブリアナは姿を消した。

「考えがある」デッカが言う。「私のトレーラーにクーラーボックスがあるから、それにいくつか穴をあけて、重しの石と一緒にこの頭を入れよう。それから長いロープをくくりつけて沈めるんだ。ひょっとしたらそれで殺せるかもしれない」

　アストリッドはため息をついた。「ニュース番組『トゥデイ』じゃ話せない内容ね。石を拾ってくる」

8

68時間　42分

ドレイクの耳は完璧に機能していた。多少音の反響はあったものの、体から切り離されたうえに真っ二つにされ、いまだに不完全な状態にしては、上出来なほどきちんと聞こえていた。

ふたりの計画も聞こえていた。恐ろしかった。体から切り離されるという、別の種類の恐怖。胃がキリキリすることも、息切れがすることも、動悸（どうき）が激しくなることもない。だが、やはり恐ろしい。以前、何週間も土の下に埋められていたことがある。それが影響しているのだ。ドレイクは人間とは言いがたいが、それでも恐怖は感じる。

それに痛み。これも以前とは異なるものの、それでも……もはや頭部とは接続していない、自分の体を感じることができた。

鞭の手がうずく。くそ、あの魔女ふたりに思い知らせてやる。絶対に。その光景が脳裏に浮かぶ。これまでも何度も想像してきた。とくにアストリッドに関しては。もうどのくらいあいつを憎んでいるだろう？　おそらく初めて見かけたときからだ。あいつはそういうタイプの女だった。ひと目で憎悪を掻き立てる。

だが、いまは……。

デッカ、あのレズビアンが、スクリュードライバーでプラスチックのクーラーボックスに穴をあけていた。簡単な作業ではないらしく、人殺しみたいな形相で何度も何度も突き刺している。すでに数十個の穴があいている。

アストリッドはそばに佇み、デッカとドレイクを交互に見ている。俺に何か言いたいのはわかっている。きっとこう言いたいのだ。ふん、いい気味。これで私の勝ち。あんたを見下ろすのは私。アストリッドは勝ち誇った表情を隠せていなかった。ドレイクにはわかった。

「よし」デッカが言った。

アストリッドがしゃがみこむ。髪の毛をつかまれたかと思うと、つぎの瞬間ドレイクは宙に浮いた。

クーラーボックスのふたが開いている。叫びたいが、声が出ない。それにこいつらを喜ばせるわけにはいかない。

アストリッドが頭をクーラーボックスに入れた。落とすのではなく、ことりと置く。

「自転車のチェーンがあるからそれを巻きつけよう」デッカが言う。「そのあとロープで結んで、いざというときに引きあげられるようにしておこう」

「ドレイク」アストリッドが言った。「最後のチャンスよ。ガイアとダイアナの居場所を教えて」

恐怖を覚え、ドレイクは迷った。しかしこのふたりが何をしたところで、ガイアファージが与える痛みとは比べものにならない。

ドレイクは弱々しく罵った。

ふたりが重そうなコンクリートの塊をドレイクの横に置く。アストリッドがふたを閉めると、暗闇に幾筋もの光が差しこんだ。

クーラーボックスを揺らし、引っかくような音をたてながら、ふたりがチェーンを巻きつけていく。

「これでよし」とデッカ。

ドレイクはクーラーボックスが宙に浮くのを感じた。ふたりが手を離す寸前、ふらふらと不安定にクーラーボックスが揺れた。

ドボン。

スクリュードライバーの穴から水が浸入し、空気が抜けていく。全方位に取りつけられたシャワーヘッドみたいに水があちこちから入ってくる。すぐに三センチほど水がたまった。罵声をあげようとすると、切断された喉から湖の水があがってきた。

延々と落ちていく。やがて、クーラーボックスが湖底にぶつかった。

箱のなかが完全に水で満たされるまで十分かかった。じょじょに水位があがり、ドレイクの口、鼻、目を覆い、最後に髪の毛が揺らめいた。

しかしドレイクは死なない。

小さな魚、グッピーが穴を通り抜けていく。ドレイクをちょっとかじって、口に合わなかったのか、すぐにやめる。それでもドレイクの周りをたゆたい、かすかに発光しながら暗い水のなかを泳ぐさまは、まるで緩慢なホタルみたいだ。

魚たちがドレイクの耳のなかを観察する。興味津々にその頭を鼻に突っこんでくる。喉を通って口から出てくる。

ブリトニーの出現を感じ、ドレイクが無言の叫び声をあげたときにも、魚たちはまだそこにいた。


煙草なしでテイラーと向き合うのは少々億劫（おっくう）だった。別に煙草に依存しているわけではない、とラナは自分に言い聞かせる。そんなはずはない。依存するのは弱い者だけで、自分は弱くなんてない。

実際、普段よりも落ち着きがなく、不機嫌ですらあったとしても依存症の証拠にはならないし、サンジットに悪態をつきながら一日中煙草を探していたとしても、依存しているという証にはならない。

鍵穴に差した鍵をまわしているときでさえ、ラナは煙草のことを考えていた。当然のことながら、ホテルのかつての電子キーはもう使えない。だからテイラーが勝手に出ていかないよう――どのみち彼女は好きなようにテレポートできるのだが――サンジットに頼んでドアに鍵を取りつけてもらっていた。サンジットはその手のことが得意だった。銃で撃つには惜しいくらい。

テイラーを閉じこめておく、というのは変な感じだった。この状態、といってもこれが何かは不明だが、とにかくこうなる前は、テイラーはテレポートの能力を持っていた。ただ頭に浮かべるだけで、その場所へパッと移動できたのだ。いまもできるのかもしれないが、どこに行くにしても、立ちあがるのは大変だろう。

ラナは鍵を開けた。

「テイラー、私」

ドアを開ける。カーテンが開け放たれたままの室内は、斜めに差しこむ西日でまぶしい。以前とはちがう光。何がどうちがうかを言うのはむずかしいが、とにかくちがう。以前の空と太陽には季節がなく、いつも同じだった。だがこの太陽は――本物の太陽は――少し早めに沈み、バリアの向こうの低い雲の連なりに反射して、黄色や黄金色に輝いている。

テイラーの肌とは異なる黄金色。テイラーのそれはもっとメタリックだった。まるで本物の黄金でつくられているみたいに。テイラーはホテルのベッドにもたれかかるようにして座っていた。切断された腕のほうに体を傾け、残っているほうの手を太ももに置いている。ベッドの上に置かれていた両脚は、片方がベッドから落ちて床に転がっていた。

テイラーは一糸まとわぬ姿だったが、問題はなかった。性別を示す特徴がまったくないのだ。

誰もが考える最善の仮説は、これがピーターの仕業だというものだった。ピーターは悪意を持ってこの事態を引き起こしたわけではない。ピーターは悪意など抱けないし、どんな意図も持ちえない。フェイズで最強の人物かもしれないが、それでも、これだけの事態を引き起こしても、彼は自閉症の五歳児なのだ。責めるわけにはいかない。おそらく、本人はただ遊んでいるだけ。無知で、無頓着な、小さな神。

大きな力には大きな責任が伴う、というスパイダーマンの映画の台詞をラナは思い出した。けれどピーターはあれだけの力を持ちながら、なんの責任も負っていない。

「もう一度手を試してみよう、テイラー」ラナは言った。「手はどこ?」

テイラーはラナの言葉を理解しているかもしれないし、していないかもしれない。両耳とも正常に見えるが、しかし彼女の内側で起きていることなど誰にわかる？　彼女の脳内で起きていることもわからないし、そもそもまだ脳があるのかさえわからない。

テイラーの手が見つけられず、ラナは不安になった。テイラーがベッドから動いた形跡はない。やがて部屋の反対側、永遠に消えたままのテレビの裏にあるのを見つけた。体の一部が勝手に動いたのだろうか？　昔、ドレイクにはそれが可能だとブリアナから聞いたことがある。再集結するのだと。まるでそれぞれのパーツが生きているみたいに。テイラーもドレイクと同じなのだろうか？　少なくとも似たようなものなのだろうか？

いや、ドレイクの見た目はいまでもドレイクだ。けれどテイラーは……まあ、ある意味似ていると言えなくもない。どちらも謎だ。不気味な、不気味な謎。

ラナは冷たいものを取りに行き、テイラーの切断された手の付け根に当てた。付け根の治療に集中する。テイラーが普通の人間なら、これも効果があるはずだった。何かをくっつけるのは初めての試みではない。しかし効果はなかった。前回と同じく。

「どうしたらいい？」ラナはテイラーに訊いた。「あなたはなんなの？　人間じゃないのはたしかよね。哺乳類でさえない。それに……」

ラナははっとした。テイラーはもう、動物でさえないかもしれない。

さらにひねくれた考えが浮かぶ。テイラーをバルコニーに引きずっていって、バリアの外の見物人たちに挨拶したらどうだろう？　どうも、観光客のみなさん。ちょっとこれを見て！　これでしばらく生々しい悪夢が見られるね。

フェイズの権力者たち——サム、ケイン、エディリオ、アストリッド——は、この状況が外の人々の目にどう映っているか、どの程度考えているだろう、とラナは思う。フェイズの現実は外の見物人たちが想像するよりはるかに不可解だ。ただ、子供たちが〝金魚鉢〟に閉じこめられているだけではない。これは、この惑星史上初めての出来事なのだ。バリアは内と外を隔てているだけではない——ここでは、外の世界ではありえないことが起こるのだ。

たとえば、触れるだけで傷を治せる少女とか。

「うん、いまは考えるのをよそう」ラナはひとりごちると、テイラーに視線を戻した。生気のない目に、金色の肌、薄いゴムのような黒髪の、きれいな少女。「あなたは植物に近いの？」

答えはない。

「粘土でできているの？」

ドアにノックらしき音がした。「入っていい？」

「ダメな理由がある？」とげとげしい口調で応じる。

サンジットが入ってくる。「何か変化は？」

ラナは頭をふった。「彼女が動物じゃなかったらどうする？　もし植物だったら、ちぎれた茎なんかをくっつけるにはどうしたらいい？　ナイフをとって。大きくてよく切れるやつ」

「植物？」

　サンジットがナイフに手を伸ばす。

「腕の切断された辺りを押さえてて」

　サンジットは身震いした。「『腕の切断された辺りを押さえてて』なんて、一生言われることはないと思ってたのに」

　ラナがナイフで切断面を薄く削ぎ落としていく。テイラーは頭を動かし、そのようすを見ている。だが痛がっているようにも、気にしているようにも見えない。一方サンジットのほうは青ざめている。

　ラナは楕円形の一片を切り取り、ソーセージでも持つようにそれをつまみあげた。光にかざし、注意深く観察する。その切片を横に置き、もう一片、切り離された手のほうからも同じような切片を切り取る。そして切り取ったばかりの二枚の切片を合わせる。

「ガムテープを持ってきて」

「何をだって？」

「テープだってば」ラナがいらいらとくり返す。「テープ。ホチキス。なんでもいいから」

　二十分後、サンジットは白いマジックテープを手に戻ってきた。

「マジックテープでどうしろって？」

「両面テープみたいなもんだろ？　ガムテープがなかったんだ。ホチキスはあったけど、こっちのほうがいいかなと思って。不快感が少ないし」

「意気地なし。煙草ちょうだい」

サンジットはポケットから半分の煙草を取り出すと、手と腕をくっつけるのに忙しいラナの唇にくわえさせ、火をつけた。

そしてマジックテープを三十センチほどの長さでカットし、ふたつのパーツを慎重に貼り合わせる。

一時間後、マジックテープをそっとはがしてみた。

「くっついてる」ラナが言う。「少しだけど。でも、まあ、よかった。ちょっと町までお使いを頼める？」

「どうして？　俺がいないあいだに煙草を探す気だな？」

「まあ、それもある。でも一番の目的は、シンダーをここに連れてきてほしいの。この前、町にいるのを見かけたから。もしかしたらバリアのそばで両親に手をふっているかもしれないけど、とにかくあの子を連れてきて。彼女は植物を育てるのが得意でしょ」

「感じない」サムが言った。

ケインも頭をふる。「俺もだ」

ふたりは鉱山の入り口にいた。最初にどこへ向かうか話し合ったわけではなかったが、ふたりともここだと確信していた。この鉱山は、ガイアファージが成長し、鬱々としながら何年も過ごしてきた場所だった。ここここそが、邪悪の中心地、ガイアファージの棲み処だったのだ。

「なかに入って確認してみるか？」

「いや」ケインが言う。「前に入ったことがあるが、楽しい場所じゃない」

「わかる気がする」

「いや、おまえにはわからない」ケインはぴしりとはねつけた。

ケインはサムの視線を感じた。忍耐強く、つぎの行動を待っている。しかしケインは暗く、ぽっかりとあいた穴から目が離せなかった。かつてはきれいに材木が組まれていた坑口も、いまや地面にあいた深い穴といった風情で、歪んだ口に、石の歯が生えている。

あのときの記憶……恐怖は一生消えない傷跡をケインに残した。痛み。戦慄。孤独。

「ラナは知っている」ようやく、ケインはそう口にした。「それにたぶん、ダイアナも」

そこで、とっくの昔にわかっていたはずの事実を認識して、ケインは動揺した。

この恐ろしい場所から這いつくばって逃げ出した当時、正気を失ってバラバラになっていた自分を、ダイアナは助けてくれた。それなのに、誰がダイアナを助けた？

「あいつに、一度心に触れられたら……」ケインは言った。「内面に入ってこられたら、あいつを止められないし、逃れることはできない。心に傷が、深い切り傷ができたみたいになって、縫っても、やっぱり完全には治らない」

「ラナは戦った」とサム。

「俺だって戦ったさ！」思わず声を荒らげ、それから声を落とす。「俺だって戦った。いまでも戦っている。あいつはいまも頭のなかにいて、ときどき手を伸ばしてくる」そう言って、サムの存在を忘れているかのように、ひとりうなずく。「暗闇で腹を空かせている」

そう、ケインは戦った。けれど、ひとりじゃなかった。

くそ、なんてことだ。せりあがってくる涙をケインはふり払おうとした。ダイアナはケインにスプーンで食事を与えてくれた。守ってくれた。体をきれいにしてくれた。自分はいったい何をした？　あいつがいないあいだ、あいつがあれといるあいだ、ペルディド・ビーチで自分を憐れんでいただけではないか。

「外に出たらみんなにそう言うのか？」サムが言う。「すべてはガイアファージにやらされたことだって？　僕は信じないけど」

この質問にケインが怒ると思ったなら、サムの思惑は外れだった。ケインはいま、サムの餌食になるつもりはなかった。サムのことなどどうでもよかった。

暮れゆく光が長い影を投げかけている。今晩の寝床を考えなくてはならないだろう。

「俺が何を言おうと変わらないさ」ケインは静かに応じた。「それにここの話をするのは俺じゃない。外に出られたら、語り手は百人はいる。大半がここでの生活のあいだずっと下を向いていたけど、そいつらが話をするだろうよ」

「どうして？」

ケインは笑った。「おまえって、ときどきものすごく世間知らずだよな。おまえや俺や、ほかの重要人物だけがみんなに、警察や、ＦＢＩに話をするとでも？　ばか言うな。大人たちが俺らの話を聞くと思ってるのか？　怖がるに決まってる」

「能力が残ると思うのか？　もし外に――」

「そういうことじゃないんだよ、サミー」ケインは鉱山に背を向けた。ひどく苦労したようすでその動作をやり遂げると、よし、できたぞ、というふうにうなずいた。「能力の問題じゃないんだよ。問題は俺たちがもう子供じゃないってことだ。これまでの経験を思い出してみろよ。俺たちがやったことを。自分がやったことを。俺らの親がまったく経験したことのないことをくぐりぬけてきたんだ。こっちは退屈な世界に暮らしてきたわけじゃない。それより千倍タフな世界を生きてきたんだ。もしここを生きて出られたら、誰にも頭を下げる必要はない。戦争経験のあるやつらだって俺たちの話を聞いて感心するだろう。俺たちはこう言えばいい。『勲章はもらったか、兵隊さん？　へえ、俺？　俺はフェイズを生き抜いたんだ』って」

「僕はここを出て、ピザを食べたいと思ったことはあまりないな」サムは雰囲気を和らげようとした。たぶん、いまの話で心がざわついたのだろう。

しかし話はまだ終わっていなかった。「大人は俺たちを怖がるぜ、兄貴。理由は俺たちが両手から光を放てるからでも、誰かを壁に投げつけられるからでもない。俺たちが生き証人になるからだ。歳を重ねたからって特別な存在になるわけじゃないってことの。大人は俺たちを恐れて憎むだろう。まあ、大半の大人たちは。それに俺たちを利用して、金もうけを企むやつもいるだろう」ケインはため息をついた。「おまえは人間の本性をよく知らないんだな」

やがてケインはにやりと笑うと、自分にも、サムの困惑した表情にも満足してうなずいた。

サムが言う。「そろそろ現実に戻ろう。ガイアファージがここに戻ってこられないようにしたほうがいい。この場所を完全に崩壊させよう」

ケインはくるりと向きを変え、もう一度鉱山に向き直った。「ああ、それは名案だ」ケインは両手をあげると、手のひらを開いた。坑口一帯の岩が浮き、ものすごい勢いで穴のなかに降り注ぐ。巨岩がつぎつぎと浮きあがり、戦闘機並の速さで坑口に激突した。小石、岩、低木、土、そして材木の破片が、鉱山の入口をふさいでいく。

その音は、絶叫するハリケーンのようだった。

「あそこにまだ隙間があるな。あの大きな岩はどうだ？」サムは一軒家ほどの大きさの、日に焼けた岩を指さした。「あれを落としたら動かせるか?」

「やってみよう」

サムが岩に向かって緑の光線を放ち、そのまま数分間維持する。岩が夕日のオレンジから、深い、鮮やかな赤色に変わっていく。やがて何かが割れる大きな音が響き、岩の半分が割れ落ちた。一個の、巨大な、灼熱(しゃくねつ)の岩。

ケインは集中し、岩が斜面を転げ落ちていくのを止めた。左にふり、坑口のすぐそばに落とす。

「もう少し小さくしてくれ」

サムがふたたび死の光線を放つと、やがて岩の表面が溶け出した。岩が割れ、大きさの異なるふたつの塊ができる。ケインはそれを軽々と引きあげ、坑口へ投げ入れた。隙間は完全にふさがった。

サムはもう一度集中して光線を放った。山肌を緑の光で染めながら、岩が柔らかいマグマとなって、鉱山の入り口をぴったりふさぐまで。

ようやく力を解くと、岩は溶接されたふたのようになっていた。もし開けるなら、大量のダイナマイトで爆破しなければならないだろう。

ケインを見ずにサムが言う。「僕たちの得意分野だ」

「ああ、得意分野だ。サム、聞いてくれ。ガイアファージとの戦いでひとつだけ守ってほしいことがある。ダイアナを傷つけないでほしい」

サムは完全に不意をつかれた。「選択の余地はないかもしれない」

「聞こえなかったのか。俺はおまえと一緒に、みんなが俺の娘だと呼ぶものを殺しに行く。まあ、実際は誰の娘でもないと思うが。けどもし、おまえがダイアナを傷つけようとしたら、俺たちの平和条約は終わりだ。わかったな?」

サムはうなずいた。「わかった」

「あいつは、ダイアナは、本当はいいやつなんだ」ケインはため息をついた。「俺の性根は腐ってるが、あいつはそうじゃない」

9

64時間　25分

フェイズに光が戻ると、アルバートはすぐに自分の失敗を悟った。アルバートは破滅を、ドームが暗くなると同時に死の訪れを予見していた。それがどうだ、まるで創世記の一節ではないか――「光あれ」。

そして光があった。

いま、自分の判断ミスを苦々しく思い出しながら立ち尽くすアルバートの眼前で、太陽が、本物の夕日が、ペルディド・ビーチを金色に染めあげながら海の彼方へと消えていく。

この光のもとで、アルバートはひどく動転しているように見えた。先見の明のある、冷徹なビジネスマンには見えなかった。臆病者に見えた。

この悲惨な三日間、アルバートはサンフランシスコ・デ・セールス島の最南端からペルディド・ビーチを眺めていたが、予想に反して、怯えた暴徒が明かりを求めて町を焼き払うことはなかった。ブラトル・チャンス家で見つけた超高性能の望遠鏡のおかげで（ひとりひとりの顔までは判別できないものの）町の子供たちの姿や、町の向こうにあるモーテルやファストフードレストラン、ニュースの中継車が見えた。外の世界だ。

いまや広い外の世界に対して、フェイズの全貌が明らかになりつつあった。

これが一週間前だったら、アルバート・ヒルスブローはフェイズの偉大なヒーローのひとりだったろう。まだ電気があった当時、誰がマクドナルドの経営を続けていたか？　アルバート・ヒルスブローだ。学校の敷地に市場を設置したのは？　アルバート・ヒルスブローだ。金（きん）とマクドナルドのおまけを使って、〝ベルト〟と呼ばれる通貨を考え出したのは？　アルバート・ヒルスブローだ。

アルバートは子供たちを働かせた。

アルバートは子供たちを飢餓から救った。誰もが知っている。

ああ神さま、これがすべて終わったら、将来の計画を立てるはずだったのに。まだ高校生になったばかりの年齢だが、大学のビジネススクールがこぞって自分に満額の奨学金を出しただろう。

アルバート・ヒルスブロー、ハーバード大学で経営学修士（MBA）取得。

アルバート・ヒルスブロー、大学卒業後ほどなく、ゼネラル・エレクトリック社の役員に任命。

アルバート・ヒルスブロー、ソニー・コーポレーションの最年少社長に就任。

こうしたすべてが、先のパニックで消えてしまった。自分が逃げ出した話は、すでに外の世界に伝わっているかもしれない。国民の半数にすでに嫌われているかもしれない。

アルバート・ヒルスブロー、フランス南部の海辺に別荘を購入。いわく「自分の船を係留する場所が必要だったから」

アルバート・ヒルスブロー、自分の船でパーティーを開催。ジョージ・クルーニー、デンゼル・ワシントン、オリヴィア・ワイルド、サーシャ・オバマらが出席。

だが、実際にあれだけ立派なことを成し遂げたのだ。しかも誰にも手をあげることなく、〝能力〟も使わず、すべてを救ったのだ。

賢くいることで。アストリッドのような天才ではなく、ただ、賢くふるまうことで。一生懸命働くことで。あきらめないことで。

アルバート・ヒルスブロー、スーパーモデルと熱愛発覚。「結婚は考えていない」

アルバート・ヒルスブロー、多くの支持に反して大統領選への出馬を辞退。「報酬が少ないからね」

ボートだ。

夕日に照らされて黄金色にきらめく波間に黒い影が、ボートが見えた。

ミサイルのひとつが、石で固定した防水シートの下に横たわっている。そこはかつて青々とした芝生だったが、もはや伸びすぎた枯れた雑草が点在するだけの敷地になっている。アルバートは注意深く説明書を読んだ。ミサイルを発射するのはそれほどむずかしくない、というか、むずかしいほうが問題だ。ミサイルは戦闘の真っ只中（ただなか）で使用される。単純でなければおかしい。

手漕ぎボートだ。クインのボートか。

望遠鏡をボートに向け、何度目かの挑戦でようやくピントが合うと、オールを漕ぐたびに引き締まる広い背中が見えた。クインが島にたどり着くには、少なくともあと一時間はかかるだろう。

これまでアルバートは恥を覚えたことはなかった。自分とはかかわりのない感情だった。しかしよりによってクインとは。

フェイズがはじまった当初、クインはサムの親友だった。だが、サムがまだ自分の立場をはっきりさせる前に、クインはその弱さのせいでケインの仲間になってしまった。ケインは暴力的で、その邪悪さはとてもクインには耐えられなかった。クインはどこにも居場所がなくなった。サムの信頼も失い、ケインの役にも立てなかった。

それでも、やがてクインは自分の居場所を見つけた。そして時間をかけて少しずつ成長し、信用の置けない愚かな少年から、漁師へと変貌を遂げた。ラナがヒーラーと呼ばれるように、クインはみんなから漁師（フィッシャーマン）と呼ばれた。

仲間の漁師たちはとても献身的だった。クインはフェイズの誰よりも働いた。ペルディド・ビーチ全体を食べさせていたアルバートをのぞく、誰よりも。ヒーロータイプでもないのに、ペニーやケインに立ち向かった。

そしてアルバートが逃げたあと、最後まで残っていたのはクインだった。

だめだ、クインとは話せない。

アルバートはミサイルをちらりと見た。発射させるのはむずかしくはないだろう。しかしミサイルの向こう側、大海原の先のフェイズの壁の向こう側を、白く艶やかなクルーズ船がゆっくりと通り過ぎていく。距離にして六キロ？　八キロ？　いずれにしてもこちらに向けられた双眼鏡や望遠鏡が、炎や爆発を見逃すほど遠くはない。

「それに、僕は人を殺せない」アルバートはそう認めて、悲しみすら覚えた。「僕は商売人だ」

アルバートはとぼとぼと屋敷に戻り、アリシアとレスリー・アンに客人が来ることを告げた。

「うそだろ。いてえ、いてえよ！」男がよろめいて、悲鳴をあげる。やがて立ち止まり、涙を流し、ぶつぶつと何かを言いながら、恐怖の面持ちで切断された腕の付け根を見つめた。血まみれになったシャツは、すでに乾きかけていた。

この赤毛はこれまでほとんど苦痛を味わったことがないのだろう、とダイアナは思った。
フェイズへようこそ、お兄さん。ここは厳しい場所なのよ。

ガイアは軽やかに、バリア沿いを歩いていく。太陽が遠くの海に沈むあいだ、影が濃さを増していく。彼らは北東部、壊れた列車のあった場所のすぐ近くにいた。辺りには何十という貨物車両が転がり、砂に突き刺さっているものもあれば、積み重なっているものもある。

影が長い。夜が足早に近づいている。砂漠の壊れた列車のなかに、化け物や幽霊の姿を想像する。

「ヌテラの列車ね」ダイアナは言った。当然、この分断された列車をサムとデッカとジャックが見つけたことは知っていた。積荷は、便座や籐製の家具など、ほとんど役に立たないものばかりだったが、大量のヌテラとカップヌードルとペプシも見つかっていた。この発見は、フェイズ史における快挙のひとつとなっている。

ラーメン一杯食べられるなら、ダイアナはなんでも差し出すだろう。

食べられるものはすべて回収され、湖へと運ばれた。そして消費されるか、ペルディド・ビーチとの物々交換に使われた。ダイアナの子宮にいたガイアは、大量のヌテラを含む食事で育てられた。サムとエディリオが、赤ん坊のために惜しみなく食事を与えてくれたのだ。自分たちを破滅へ導くかもしれない何かのために。

「あれはなんというんだ？」ガイアが訊いた。

ここでもまた、ダイアナはガイアの知識に穴があることに気づく。ガイアは多くのことを知っているが、すべてを知っているわけではない。

弱点。

脆弱性（ぜいじゃくせい）。

「あれは列車よ」

弱点や脆弱性という言葉について、ダイアナが考えるようになったのはいつからだろう？　ガイアに対する義務感を放棄し、この子を止める方法を考えるようになったのは？　ガイアは調理された腕を肩からぶら下げていた。上腕はほとんど食べ尽くされ、柔らかい指の肉もほとんどない。親指だけが手つかずで残っている。

ダイアナは人間の肉の味を知っている。その恐ろしい罪のせいで、フェイズの内部にいてさえ、ずっと神罰を受けてきた。ガイアはその罰だ。その呪いがいま、母親のカニバリズムへの恐怖を、嬉々として、平然とあざ笑っている。

「医者へ連れていってくれ」赤毛がうめいた。

「ここに医者はいないわ」ダイアナが言う。「自分がどこにいると思ってるの？」

「あいつ……嘘だろ！」赤毛が叫ぶ。

「あんまり傷のことは気にしないほうがいいと思う。どのみち血も止まって――」

「あいつ、俺の腕を食ってやがる！」

ダイアナは長い棒を見つけた。傘の中棒だろうか。積荷にあった籐製品の一部かもしれない。ダイアナは手に取ってみた。長さは二メートル弱、それほど重くない。一方の割れた先は尖っていて、もう一方は補強されている。杖として使えそうだ。

「それであいつを刺してくれ！」赤毛がヒステリックに言う。

ダイアナは危うく笑い出しそうになった。「自分じゃやりたくないの？」

「あいつは化け物だ！」

「そうね。ここには化け物が何人もいる。あの子もそう。最悪の化け物。でもあの子は棒じゃ殺せない」

赤毛は顔面蒼白だった。ひどい痛みとショックを受けた人間の顔。大量の血を失った人間の顔だ。しかし傷は、治療とは言えないが、焼灼（しょうしゃく）されている。ガイアは見た目に頓着しない。自分の顔でさえ、完全には治療していないのだ。赤毛を生かしているのは、もう一度空腹を満たすため。ガイアの関心はそれだけだった。

「バックパックにナイフが入ってる」

ダイアナは、今度こそ声を出して笑った。「どうぞ。やってみたら」

この皮肉な笑いを前に、赤毛はたじろいだ。

「あんたも……あいつと同類なのか？」

「私はあの子の母親よ」ダイアナは言った。

「まじかよ（ジーザス）」

「ええ、この辺りで神の姿はあまり見かけないけど」ダイアナは杖が気に入った。これがあれば砂をかき分けてガイアの足跡を追いやすくなる。

「あんたたち、何者なんだ？」赤毛はショックのあまり、こうした基本的な質問をするのを忘れていたようだった。

「私の名前はダイアナ。あの子はガイア。あの子は……」ガイアをどう説明すればいい？

「見た目とはちがう。女の子らしくはない。どっちかっていうと悪魔みたい。あなたの名前は？」

「アレックス。アレックス・メイル。頭がおかしくなりそうだ。いったいどうすれば――」

「あそこで何をしてたの？」

「面白い動画を撮ろうと思っただけだ。ほら、ＹｏｕＴｕｂｅ用に」

「まだカメラ持ってる？」

「電話！　まだ電話があった」赤毛が片手でポケットからどうにかｉＰｈｏｎｅを取り出す。番号を押す。

「９１１？　本気？」ダイアナが笑う。

「電波がない」

「あら、それは驚きね。ここにいる私たちは誰も思いつかなかったから。９１１に電話して『ここから出してくれ』って言うなんて」ダイアナはこの会話を楽しんでいたわけではない。だがこのやりとりは、自分がどれだけのことに耐え抜いて、生き抜いてきたかを思い出させてくれた。

まだ閉じこめられている、と思う。それでも生きている。しかもどうにか正気を保ったまま。

赤毛はカメラを起動させると、ガイアの後ろ姿を一枚撮った。それからふたたびバックパックにしまう。その際、両膝でバックパックを支えなければならなかった。

「俺は死ぬんだ」アレックスはうめいた。

「まだよ」ダイアナが低い声音で応じる。「新たな獲物が見つかるまでは」

その言葉に、アレックスは足を止めた。じりっと後ずさったかと思うと、足音がバタバタと遠のいていく。

後ろをふり返りもせず、ガイアは片手をあげるとアレックスを自分の足元に引き戻した。

「解放してくれ！」アレックスはガイアに訴えた。

「おまえを殺して肉を運んでもいいが」ガイアが言う。「全部の肉を運ぶのは骨が折れる。だから私がもっといい食料を見つけるまで、おまえが自分で運べ。もし逃げようとしたら、ひどい苦痛を与えてやる。殺しはしない。だが死にたいと願うだろう」

「いったい何者なんだ?」アレックスは両膝をついて訴えた。「いったいなんなんだよ」

「私はガイアファージだ」ガイアが誇らしげに答える。「私はおまえの……おまえの主人だ。したがえ」

ガイアは明らかに楽しんでいた。幼い顔がダイアナそっくりの笑みを浮かべている。まるでふたりで共謀してアレックスを切り刻もうとしているかのように。ダイアナがそこにユーモアを見出(みいだ)すとでもいうように。

ガイアがふたたび歩き出す。ダイアナはアレックスが立ちあがるのに手を貸した。

奇妙だった。約一年ぶりに話した大人。何度かこの瞬間を想像したことがある。想像では決まって消防士と警察が駆けつけてきて、救いの手と食べ物と安心感を差し出してくれた。

だがこの大人はダイアナを助けに来たわけじゃない。この世界に迷いこみ、絶望した、ダイアナよりも怯えた愚かな大人だった。

「家に帰りたい」アレックスはそううめくと、ふたたび泣き出した。

ダイアナの胃が空腹にきりきりと痛む。このおなじみの痛みが記憶を呼び覚まし、見るに堪えない映像を引きずり出す。最悪だった。調理された腕を見て、ごくりと唾をのむ。

だめよ、ダイアナは自分に言い聞かせた。また同じことをするくらいなら死のう。ダイアナはアレックスのナイフを思い出した。バックパックに入っているはずだ。手首じゃだめだ――ガイアが簡単に治してしまう。やるなら頸動脈だ。すばやく、深く、確実に、突き刺す。この邪悪な化け物の前で、娘の前で息絶えれば、あるいはガイアを止められるかもしれない。

しかしそのとき、希望が、残酷な感情がダイアナをあざ笑った。ケインが助けに来るかもしれない。ダイアナが助けを求めていることに気づくかもしれない。なぜなら心の底ではダイアナのことを大切に思っているから。

けれどケインが来たら、もし来てくれたら、ガイアはケインを殺すかもしれない。

そのときは迷わずやろう。すばやく、深く、確実に刺す。手遅れになる前に。

アルバートは三人の少女を伴って島へやってきた。内気でおとなしい、メイドのレスリー・アン。彼女はほとんど役に立たないが、その昔、アルバートの命を救ってくれた。大柄で力の強いパグ――本名はあるはずだが思い出せない――は、あまり聡明ではなく、なぜかアルバートに忠実だった。問題を起こすほどの頭はない。

そしてアリシア。エディリオのもとで銃の扱い方を習ったアリシアは、エディリオの治安部隊の一員だったが、わいろを強要しているのがばれて首になった。そのときにアルバートが彼女をスパイとしてこっそり雇った。彼女は器用で、観察力もあり、スパイとしていい動きをした。

アリシアは長身で、アルバートより十センチ以上背が高く、そこも気に入っていた。胸が大きいのも好みだった。だがアリシアは、レスリー・アンやパグのように忠実ではない。誰かに忠誠を誓うには不安定すぎるのだ。彼女は、最初にケインを見捨ててコアテスからペルディド・ビーチへやってきた子供のひとりだった。その後しばらくケインのもとに戻ったり、ジルの〈ヒューマン・クルー〉の末端に加わったりしていた。

アリシアがこの島にいるのは、アルバートが女の子に興味を持つようになったからだ。フェイズが永遠の闇に閉ざされるかと思われたころ、アルバートは考えた。この状況下なら……もしかしたら……だが、だめだった。そんなことは起こらなかった。

そしていま、アルバートは彼女とともに身動きが取れなくなっている。

現在アリシアは、懐中電灯を崖下に向け、クインがロープをたぐって、俊敏に、猿のように軽々と崖を登ってくるのを見つめている。

「彼、力があるね」アリシアが言う。

「一日中ボートを漕いでるからな」

「ふうん」短い間。「ねえ、アルバートも鍛えたほうがいいよ。ここにはジムもあるし。体もその細い腕も」

アルバートが何か言い返そうと考えていると、クインが崖の側面から現れた。地面に立ち、体の汚れを払い、声をかける。「よぉ」

「誰の使いだ、クイン?」雑談に興味はない。アリシアとパグは銃を手に、数メートル離れた場所に警戒したようすで立っている。

「ああ、俺も会えて嬉しいよ、アルバート」クインが言う。

アルバートはひるんだ。それからうなずいて「なかで話をしよう」と返す。くるりと向きを変え、クインを待たずに家のほうへ歩いていく。アリシアが後ろへ下がり、クインのすぐ後ろにつく。

　室内には電球がともっていた。ペルディド・ビーチではもう何カ月も目にしていない光景だ。ただし電球はひとつだけ。というのも、燃料はほとんど底をついていたため、給水ポンプを優先的に稼働させて、シャワーのときに少しでも冷水の温度をあげたかったのだ。

　一行は室内に入ると、水平線が見渡せる大きな出窓のあるリビングへと向かった。遠くにペルディド・ビーチのシルエットが浮かんでいる。暗い空間にぽつりと輝く明かり。

　レスリー・アンがアイスティーのピッチャーとグラスを運んできた。グラスは本物の氷で満たされている。クインは天国の門でも見るかのように、氷をまじまじと見つめた。

「それで?」アルバートが促すのを尻目に、クインは自分でアイスティーを注ぎ、砂糖を入れ——第二の贅沢品だ——ひと口飲む。

「それでだ、アルバート。さっき俺に向けてミサイルを撃たなかったな」

「ああ」

「つまり、おまえは向こうの状況を知りたいんだ。なら、その偉そうな態度はやめてくれ。俺はもうおまえの部下でもなんでもないし、ここへはエディリオに頼まれたから来ただけだ」

「エディリオに？」アルバートは顔をしかめた。「ケインじゃなくて？」

「おまえは知らないと思うが、事態の悪化を予想しておまえが逃げ出したあと、バリアが透明になって状況は変わった」

「ああ、辺りが前より明るくなったな」アルバートは冷ややかに応じた。

「見物人が――外にいる大人たちってことだが――ハイウェイのバリアのそばにいる。テレビカメラや、両親や、ばかな連中どもが。それで収拾がつかなくなって――」

「想像はできる」アルバートが割りこむ。「こういうことだろう。誰もが家族に手をふるばかりで働こうとしない。だからすぐにみんな飢えることになる」

クインは無言で認めた。

「ケインは？」

「ケインはサムと一緒にガイアファージを探しに出かけた。だからエディリオが町を仕切っている。ありがたいことに」

アルバートはアイスティーを飲むと、しばし考えこんだ。エディリオとなら働ける。エディリオはケインよりずっと道理がわかっている。自分を王だと宣言したりしないし、頭のいかれた仲間がほかの子供たちを脅かすこともない。

「エディリオは僕に戻って、みんなを働かせてほしいんだな」

「そうだ」

「おまえはどうだ、クイン？」

「俺？」クインはまっすぐアルバートの目を見た。「おまえは身勝手な卑怯者だ」

この侮辱にアルバートはそれほど傷つかなかった。身勝手は美徳だ。それに保身を卑怯というなら、それも仕方ない。「ここには僕の欲しいものがすべてそろっている」アルバートは言った。それを証明するように氷の入ったグラスをかかげ、アリシアに向かってうなずき、（十五ワットの貧弱な明かりではほとんど見えない）豪華な室内を示してみせる。

クインはグラスを置くと、その手で髪をすいた。たくましい上腕二頭筋と上腕三頭筋を強調するようなその仕草にアリシアがわずかに身を乗り出し、アルバートはあからさまに不快感を覚えた。

「いいか、アルバート」クインが言う。「いまのままだとおまえは、逃げ出して、みんなを飢えさせた、薄汚い臆病者として歴史に名を残すことになるぞ」

「歴史だって？」

クインが肩をすくめる。「みんなそのうちバリアは消えると思っている。ここに来る直前、外のテレビの映像で男が、大人の男が、バリアを通り抜けて落ちてきたのを見た。フェイズの内側に。このなかに、だ。いずれにしてもガイアファージは外に出ようと考えている。じゃなきゃ体を手に入れた意味がないだろう?」

アルバートは言い返せなかった。

「そう、だから歴史だ。いまや俺たちは全員見られている。そして批判されている。おまえは数日前までは英雄だったが、いまじゃクズだ。汚名を返上したければ町へ戻ってやるべきことをやるしかない」

10

61時間　36分

その夜サムとケインは、ガイアとダイアナのいる場所から二キロも離れていないところで野宿をした。

クインは本物のシーツが敷かれたベッドで眠り、アルバートはサンフランシスコ・デ・セールス島の豪邸のホールを歩きまわりながら、やはり町に戻ると言ったのはまちがいではないかと自問していた。

アストリッドはサムと一緒に使っていた船室のベッドに横たわり、これからのことを、これから自分たちがどうなるかを考えようとした……が、やがて思考は六メートル下の、水で満たされた箱に入ったドレイクへと引き戻される。どうにかサムとの思い出に浸ろうとしたが、やはりドレイクが邪魔をする。そのうちアストリッドは眠るのをあきらめ、本を開いた。

ダイアナは地面に丸くなっていた。そばにはガイアが温めた石が積まれている。夢を見ないよう願ったが無理だった。やたらと明るい病室に孵卵器(ふらんき)が置かれており、ダイアナが孵卵器に近づいていくと、血まみれの獣がアクリル樹脂のガラスに激しく体をぶつけている。看護師がダイアナをじっと見つめる。

エディリオは、かつて町の治安判事の事務所だった部屋の一角に置かれた、ボロボロのマットレスに倒れこんだ。翌日の計画を整理しておこうと思ったものの、すぐに深い眠りに落ち、翌朝目を覚ますと靴を片方履いたままだった。

ラナはサンジットの隣に横たわり、さまざまなことを考えていた。テイラーのこと——彼女はどうなるのだろう。シンダー（明日来てくれることになっている）の能力は効果があるだろうか。それからクインのこと。クインがラナを気遣って本気で煙草をやめるよう言ってくれていたら……。そう思って気が咎(とが)め、慌てて思考の矛先を変える。自分に何ができるだろう、外の世界でどう生きていけばいいのだろう。

デッカはブリアナの夢を見た。

ブリアナは夢のなかで走っていた。夢を見ながら笑っていた。

ピーターは例のごとく時間の経過に気づかなかった。ふわふわと漂い、しばらく思考を停止し、存在するのをやめているようだった。だがやがて戻ってくると、「人を殴るのはよくない」と相変わらずくり返し続けた。

ハイウェイを横切るバリアの内側には、八十七人の、腹を空かせ、傷つき、武器を持った子供たちが、汚れた寝袋やブランケットにくるまって横たわっている。彼らを照らす不気味な外のネオンサインには、〈カールスジュニア、メンフィスＢＢＱバーガーたったの三・四九ドル！〉と書かれている。

11

52時間　10分

昼前に、オークは動いた。このまま姿をくらまそうと決めていた。西のどこかに森がある。暗い木々は絶好の隠れ場だ。以前、アストリッドがそこにいたという話を聞いた。森での暮らし、トゲに覆われた野生のベリーのこと——ああ、腹が減った。リスなどを捕まえる罠の仕掛けについても聞いた。だが大半はベリーの話だった。オークはトゲなど気にしない。

その地で、四カ月にわたる森での孤独な生活で、アストリッドは神を見失った。そう彼女は言っていた。だからオークは少しだけ不安だった。神を見つけてから、オークはいい人間になった。酒も飲んでいないし、誰も傷つけていない。それに、これまでずっと抱えていた怒りもなくなった。

いや、怒りはまだ少しある。ハワードに会いたかった。いまなら自分がハワードに利用されていたことはわかる。ハワードがまちがいなく罪人であることも。それでも、ハワードは友だちでいてくれた。いい友だちではなかったかもしれないが、近しい友だちだった。

ハワードはドレイクに殺された。そしてコヨーテに食べられた。

以前、野犬に食べられた女の話を聖書で読んだことがある。あの本には、ときどき嫌なことが書いてある。

だが、オークはコヨーテなど怖くない。

巨大な石の素足で、岩や土やトゲのある茂みを歩いてもへっちゃらだ。ただ、アストリッドが見つけたような、ひとりになれる場所を見つけたかった。荒野のなかに。

かつて、イエスは荒野に分け入った。そこで悪魔と話し、知恵で悪魔を退けた。

〝そんなの比喩だよ、ばかだな〟前にオークがハワードにこの話を聞かせると、ハワードはこう言った。〝あれ、直喩だったかな。よく覚えてないけど、まあ、とにかくそんなようなものだ。つまり誰かが自分に悪いことをやらせようとしたら、こう言えってことだ。

「立ち去れ。悪魔よ、退け」〟

オークは笑った。いや、笑顔を――いつもみんなを怖がらせてしまう笑顔を――つくろうとした。そしてハワードにこう言ったのだ。〝じゃあ、おまえにも立ち去れって言ったほうがよさそうだな〟

ハワードは感じのいいときもあった。小首をかしげてオークを見あげ、半分口を開けて笑いながらこう言ってくれたのだ。〝俺はいつでもあんたの味方だ〟と。

そのときのことを思い出して、オークは泣きそうになった。

いずれにせよ、オークのサタンは、唯一の友だちは死んで、オークはひとりになった。

顔をあげ、今後のことを思う。怖くはない。どんな恐ろしいことが起こるにしろ、チャールズ・メリマンにはすでに起きていた。たぶん。それに、この世にはオークの砂利の手より、もっと大きな手が存在する。その大きな手が、オークの命運を握っている。

「ベリーとトゲ」オークはアストリッドの話を思い出しながら、そうひとりごちた。


クインは島で一夜を過ごした。そしてチーズを食べた。アルバートが家中を徹底的に探索して見つけた、貯蔵庫に保管されていた本物のチーズだ。どうやらケインとダイアナは、いやその前に住んでいたサンジットたちも、地下の貯蔵庫を探索するところまでは思いつかなかったらしい。しかしアルバートは、さすがと言うべきか、豪邸のなかにあるあらゆるものを見つけ出して一覧にしていた。しかも到着後、わずか数日のうちに。

クインは認めないわけにはいかなかった。自分でも地下の貯蔵庫は思いつかなかっただろう。チーズ専用の部屋があるなど、想定の埒外だった。

地下の小さな温室には鉢植えも育てられていたが、電気が止まると同時に全滅していた。

朝になると、アルバートはレスリー・アンとパグに手伝わせて、網に入れた巨大な丸いパルメザンチーズをクインのボートに下ろした。アリシアはアルバートと一緒に町へ戻るようだが、レスリー・アンとパグは島に残るらしい。パグはミサイルと銃の撃ち方を教えられ、アルバート以外の人物が来たら、それが誰であれ、撃つよう厳しく言い渡されていた。

アルバートの支度には時間がかかった。ようやく準備ができたのは昼時で、クラッカーとおいしいおいしいピーナツバターを食べてから出発した。これからいつもの過酷な労働に戻ると思うとうんざりしたが、クインはぐっと気を引き締めた。町までは長い道のりだった。アルバートと巨大なチーズの重量が加わったうえ、明らかにアルバートが、そしてもちろんチーズも、交代で漕ぐ気がないのを見て取ると、クインの疲労はいや増した。

アリシアはしばらく漕いでいたが、ほとんど役に立たなかった。やがてチーズの上に足を投げ出し、余計な重量を追加した。

「要するに」とアルバートが言う。「僕の仕事は合理的だったってことだよな?」

アルバートはいつになくよくしゃべり、クインを辟易させた。たいていクインは船を漕ぎながら熟考モードに入り、しばしば人生の意味について考えている。もちろん『スタートレック』と『スターウォーズ』を対決させたり、どんな車でも用は足りるのに、どうして人は高級車に大枚をはたくかなど、どうでもいいことを考えるときもある。

「批判されるのには慣れている。みんな僕が成功したから腹を立てているんだ」アルバートが話している。「それはきっと必然なんだろう」

それにときどき、不本意ながらラナのことも考える。

ラナのことを考えていい結末になったことはない。実のところ、クインはサンジットが好きだった。ラナが幸せならクインも嬉しかった。

「みんな、僕を嫌う権利なんてないんだ、そうだろ。僕は誰かに借りがあるわけじゃない。それどころか、みんなに貸しがあるんだから。僕がいなければ、いまごろみんな飢え死にしてたはずだ」

ラナとの未来を考えていた時期もあった。たとえば、ふたりが付き合うことになる、とか。フェイズでそんなことを考えるなんてどうかしている。「付き合う」――その言葉にクインは笑みを浮かべた。もしここから出たら、クインは外の連中と付き合っていかなければならない。十四歳の子供がフルタイムで働くことなど、考えられないような世界で。

「もしみんなが合理的で、パニックや感情に流されなければ、僕だって沖に出る必要はなかったんだ」

その言葉に、ようやくクインはわれに返った。「〝沖に出る〟だって？ 笑えるね。〝反逆者〟とか〝臆病者〟とか〝船を見捨てるネズミ〟とか呼ばれるのが関の山だろうけど、〝沖へ出た〟って表現も試してみるといいかもな」

アルバートはクインの話が終わるのを待ってから、こう続けた。「自分の利益を考えれば、僕の行動はまったくまちがっていない」

「嫌なやつ」

「なんだって？」

「咳をしただけだよ」ぼそりと言う。

クインがアルバートの疑わしそうな視線を避けて顔をあげると、前日に見かけたのと同じクルーザーが目に入った。船長はこちらを見ていない。

クルーザーがクインの愉快な乗組員たちの船を通り過ぎていく。と、仲間の船がクインを見つけ、口笛を吹いてやんやと囃し立てた。クインが仕事をさぼっているという体でからかっているのだ。アルバートにはヤジが飛ぶ。

エディリオもクインの姿を確認したのだろう。町へ立ち寄ったセレブでも迎えるみたいに、桟橋でアルバートを待っていた。

エディリオが腰をかがめてアルバートの手を取り、桟橋へと引きあげてやる。

「来てくれて嬉しいよ、アルバート」完璧な外交儀礼だ。「君の助けが必要なんだ」

「驚くにはあたらないね」アルバートが言う。「みんなをまた働かせたいんだろ。それですでにみんなに頼んだり理論的に説明したりしたけど効果はなかった」

「脅しもね」エディリオが言う。

「脅し方がまちがっているんだ。ここに紙とシャーペンがある。あとは棒が欲しい。そうだな、何本か」

三十分後、アルバートはエディリオをしたがえてバリアへ向かった。その光景はもはや、絶望が蔓延した野営地と化していた。ざっと百人ほどの汚れきった子供たちが、バリアの外をじっと見つめている。両親を、きょうだいを、ほんの一ブロック先の〈カールスジュニア〉を、テレビのモニターを、インタビューを試みるニュースリポーターたちを。まるで絶望的な難民キャンプのようだった。ただし、栄養状態のいい人間、栄養過多でさえある人間と、飢えた人間を隔てているのが、たった一枚のガラスに見えるという点をのぞけば。

誰も塹壕さえ掘ろうとせず、周囲には人間の糞尿のにおいが充満していた。

アルバートはひときわ大きなテレビカメラの集団に着目した。そしてエディリオと一緒に運んできた、木の棒をとりつけた数枚の看板を手に、少し小高くなっている場所へと向かうと、そこにいた子供たちを無造作に追い払った。肩からバックパックを下ろして開ける。

「注目！　みんな聞いてくれ！　ここにチーズがある！」

そう言って、パルメザンチーズの塊を群衆のほうへ放り投げる。

すぐに辺りは修羅場と化した。死ぬほど空腹を抱えた子供たちがチーズへ殺到し、押し合い圧し合い、叫び、脅し、武器をふりまわし、殴り、蹴りつけ、引っかき、泣き叫び、悲鳴がどんどん大きくなっていく。そしてチーズのかけらを手にすると、ライオンが来る前に慌ててヌーを食べようとするハイエナのように、すぐさま口に詰めこんだ。

「これから――」

エディリオが言いかけるのをアルバートが遮る。「だめだ！　何もするな！」

やがてチーズが尽きると、暴動も収まり、子供たちは鼻血を止める作業に移った。アルバートが看板をバリアの外に向かって一枚ずつかかげていく。

一枚目。

子供たちがずっとみなさんのことを見ていると、すぐに飢えてしまいます。

二枚目。

彼らは働かなければなりません。みなさんが引き留めれば、子供たちは死にます。

三枚目。

彼らが働けば僕は彼らを養えます。みなさんはここから立ち去るか、ここで子供が死ぬのを見守るか、選んでください。

四枚目。

訪問時間は毎日十七時から二十時までとします。では、解散。

最後の一枚。

アルベルコ：あなたの子供を養います。ＣＥＯアルバート・ヒルスブロー。

　呆然とし、いまやアザだらけで血まみれの子供たちに向かってアルバートは告げた。

「ことはシンプルに運びたい。クインの釣りを停止する。だからもう魚はなしだ。仕事に戻らなければいまのが最後の食事だ。全員もとの持ち場に戻ってくれ。湖から来た者、あるいは湖に戻りたい者は、仕事を割りふるから僕のところへ来るように」

　すぐに効果が出るはずだ、とアルバートは思った。さもなければ永遠に無理だろう。

　アルバートの強引なやり方にぶつぶつと文句を言う声が聞こえたが、アルバートは無視した。

「よし、じゃあ家族に手をふるなりなんなりして、仕事に戻ってくれ」

　子供たちが移動をはじめる。数人が最初に歩き出し、さらに多くの子供たちがそれに続く。一部の外の人たちや、両親やきょうだいたちも、泣く泣くその場をあとにする。

　テレビカメラは帰らなかった。レンズをアルバートに向ける。アルバートは大きな印象を残した。体も大きくないし、まだ何者かもよくわからないが、清潔でアイロンのかかったカーキのパンツに、いくらか大きすぎるが汚れひとつない桃色のラルフローレンのボタンダウンのシャツを着ている。

　アルバートはポケットから十五センチほどの長さのチューブを取り出すと、片側のふたをひねって、葉巻を引っぱり出した。葉巻の保存箱は、島で発見したなかでもとっておきのものだった。小さなクロームナイフで葉巻の片側を切り落とし、口にくわえて、シガレットライターで火をつけ、煙を吐き出す。

アルバートはこのとき、ふたつのことを理解していた。まず、先ほどの看板と、精いっぱい背伸びしながら傲慢なビジネスマンを演じる自分の姿が世界中でニュースになること。それから、この瞬間に自分の失態は忘れられ、フェイズから無事に出られた暁には、大学進学を待たずして億万長者になるだろうということだ。

「僕を呼び戻したのは正しかったな、エディリオ」アルバートは言った。

エディリオはため息をついた。

自転車は、その他の多くのものと同じく、フェイズでは贅沢品になっていた。単なる破壊行為や愚かな遊びのせいで――市役所の前の階段を下るとか、踏板を用意して車を飛び越えるといった、大人がいるとなかなかできないスタントを試みたせいで――その多くが壊れてしまった。

ダーラは、車を飛び越えようとしてけがをした子供たちを何度か手当てしたことがある。自転車で窓を飛び越えようとした子供や、自転車で屋根から飛び降りようとした子供のことも。ラナははじめ、ばかの面倒は見たくないと言って治療を拒否した。

さらにパンクやチェーンの破損など、あらゆる災難に見舞われたもの、パーツが盗まれたり、手押し車へと改造されたりするものもあった。だからダーラの自転車は――ガレージの防水シートの下に隠しておいた古き良き時代の遺物は——貴重だった。それは無傷で残っていた。とはいえ、タイヤの空気はとうに抜けており、近所のガレージで空気入れをようやく見つけたときには、ずいぶん時間が経っていた。まだ間に合うだろうかと、ダーラは不安になった。アストリッドはコニー・テンプルに会えるだろうか。いや、でも、ここはフェイズだ。親に頼んで車で送ってもらえばどこかに行ける世界ではない。ベストを尽くすほかない。自分でなんとかするしかないのだ。

これまでフェイズには、町を出たらギャングやコヨーテに攻撃される危険をはらんだ時期もあったが、いまは大半の人間がバリアのそばに集まっていて、他人のことなど気にしていない。それにコヨーテも、ブリアナに殲滅されたと考えている者が多かった。

ハイウェイは、フェイズができた瞬間に大破した車の不気味な墓場と化しており、もちろんその後の戦いなどで、破壊されたり燃やされたりした車両も散在している。いずれの車両も、食べ物やアルコールを探す子供たちによってこじ開けられていた。バッテリーはとうの昔にあがり、ガソリンも蒸発するか、流れ出てしまっていた。

ダーラは、車の残骸や瓦礫や巻きあがるゴミのあいだを縫うように進んだ。ペルディド・ビーチから湖までは、フェイズ内で行ける最長距離だ。歩けばまちがいなく丸一日かかる。自転車なら、道路を進むため多少遠まわりにはなるものの、それほどかからない。

フェイズの中心地、原子力発電所へと続く脇道を通り過ぎた。残り半分だ。朝日を浴びて黒いシルエットとなったサンタ・カトリーナの丘が右手に見えたところで、ダーラはどちらの道を行くか選ぶこととなった。最短コースは砂利の道だが、自転車では走りづらい。ステファノレイ国立公園を行けば、道は走りやすいが上り坂がきつい（と、ダーラは行ったことがないが、ほかの子供から聞いたことがある）。だが森のなかは日陰も多いし、その点はよさそうだ。外は暑く、ダーラは体調がすぐれなかった。この一年はほとんどの時間を市役所の地下室――いわゆる〝病院〟――で過ごし、医療書を読んだり、日々少なくなる薬をみんなに配ったりしていたのだ。

包帯の巻き方、添え木の当て方、縫合の仕方は自分で学んだ。ラナがいつもいてくれるとはかぎらなかった。それに、簡単な歯の治療も引き受けた。少なくとも小型のペンチとバイスグリップがあればできる程度の治療は。

もしもここから出られたら、医学部に進むのもいいかもしれない。もちろん、まずは子供に戻ってからだが。三年間高校に通い、大学に行き、それから医学部に進学する。

ダーラはバリアで母親と〝話〟をした。母親は、学校の勉強をちゃんとやっているかを気にかけていた。そんな質問にいったいどう答えればいいのだろう？　もうずっと、まともに眠っていなかった。ほぼ毎晩寝ずに患者の熱を下げるために体を冷やし、嘔吐（おうと）用のバケツを抱え、下痢を片づけ……やがて疫病が、死の風邪が蔓延し、殺人昆虫が押し寄せた。

その後、ダーラはしばらく壊れてしまった。しかし立ち直った。

そう、回復したのだ。

ダーラはひと休みして、水を飲んだ。食べ物があればと思ったが、きっと湖に着いたら何か分けてくれるだろう。ダーラはふたたび自転車に乗った。

ステファノレイ国立公園の看板はまだもとの場所に立っていた。ほかの看板は壊されていたが、わざわざここまで足を運んで、看板を壊そうと考える者はあまりいなかったらしい。ここには、フェイズには珍しい〝ストップサイン〟も残っていた。暇な子供がスプレーで、みんながストップするべきものを書いていた。呼吸、おねしょ、それにもう少し下品なことも。

なぜ自分はこんなことをしているのだろう？　ダーラは自問した。なぜこんな危険を冒しているのだろう。これまでやってこなかったから？　戦いや戦争に参加せず、けが人の治療ばかりしていたから？　一度でいいから、ヒーローに包帯を巻くのではなく、自分がヒーローになってみたかったから？

ばかげている。

木々の影は涼しかったが、きつい上り坂ですぐに汗が噴き出した。そしてつぎの瞬間――。

ダーラは枝にぶつかった。自転車から投げ出され、宙を舞う。衝撃から身を守ろうととっさに手を伸ばすも間に合わず、うつぶせのまま地面に思い切り叩きつけられた。

ダーラは呆然と横たわった。ぜいぜいと喘ぐ息がアスファルトに吸いこまれていく。血の味がした。こわごわと手足を動かしてみる。足は動く。手も大丈夫。手のひらと膝は血まみれだったが折れてはいない。よかった。あごは外れたみたいにがくがくしていたが、こちらも問題なく動く。ゆっくりと起きあがると、足首に鋭い痛みが走った。少し動かしてみる。まちがいなく、痛む。

自転車の前輪はもはや丸ではなかった。もう使い物にならないだろう。ましてや捻挫した足首では。

ダーラは気持ちを落ち着けようとした。まだ直線距離でも六キロ以上ある。実際には湖まで八キロほどだろう。片足で行くにはずいぶん遠い。

杖になりそうな棒を探す。「森のなかならたくさん枝があるんじゃない？」そう声に出して言ってみる。その声が、孤独を増幅するのではなく、自分を励ましてくれることを願って。擦り傷が痛む。道路の表面に恐ろしいバクテリアがたくさんいるとは思わなかったが、せめて傷口を洗いたい。

「大丈夫よ、ダーラ」自分に言い聞かせた。

しかし、暗い木々と内なる声は逆のことを言っていた。

パニックに陥ったとき、疫病のあとに壊れてしまったときに、そう感じていた。病気はダーラを殺さなかったが、あのとき、最後の運を使い果たした気がしていたのだ。それなのに、こんな無茶をしてしまった。フェイズの終わりが見えかけているこのタイミングで、ダーラはここにいる。

どうしてだろう？

「ただ、伝言を届けるために？」ダーラは自問した。わけがわからない。

それから、路肩に座りこんで泣いた。

12

44時間

ガイアは眠っていた。眠っているあいだに歳を重ね、傷が癒えていくようだった。火傷を負った七歳か八歳くらいの少女は、きっと目を覚ましたときには、傷の癒えた十歳ほどの少女になっているだろう。

ダイアナはガイアを起こさなかった。

眠っている怪物を目覚めさせてはいけない。

アレックスは、長い夜の大半をわめき散らして過ごした。痛みに叫び、その声に驚いては何度も目を覚まし、やがてせわしない、不安な眠りにふたたび落ちていく。

ダイアナは丸焼きになった腕を見ないようにした。すでに大半が食べられ、残りの部分が静かに寝息を立てるガイアのそばに転がっている。

太陽が子午線を過ぎたころ、ようやくガイアがぱちりと目を覚まし、すっくと立ちあがった。木の後ろに隠れて用を済ませる。それから残りの腕を骨までしゃぶった。アレックスがそのようすを畏敬と恐怖と憎しみの混じった視線で見つめている。

じきに正気を失うな、とダイアナは思った。目を見ればわかる。もう無理だ。

「空腹だ」ガイアが言う。「急速に成長する体には、たくさんの栄養が必要だ」

「ガイア、だめ」

アレックスがうめき声をあげて走り出す。ガイアが指を立て、気づくとアレックスはその場でばたばたと足を動かしていた。砂利の上で力なく滑る足。「うわ……待って！　ちょっと待って！　そうだ、グラノーラ・バーを持ってる！」

「グラノーラ・バーとはなんだ？」ガイアが訊く。

「食べ物！　食べ物だ！」アレックスは叫ぶと、まだ無事な肩からバックパックを下ろした。

グラノーラ・バーと聞いただけでダイアナの口内に唾が溢れた。空腹が痛みとなってダイアナの内側を突き刺してくる。もしガイアがアレックスのもう一本の腕を食べれば、ダイアナはグラノーラ・バーを食べられるかもしれない。

腕を食べなさい、こいつを殺して、食べて。構わないから。

ダイアナはバックパックを持ちあげた。キャンプ用のリュックではなく、ジョギング用の小さなリュックだ。中身を地面に出す。小さなローションのチューブ。ナイフ。水筒。

ヘッドフォンとソーラーパネル充電器のようなもののついたｉＰｈｏｎｅ。グラノーラ・バー。地図。

ガイアが身を乗り出す。「どれが食べ物だ？」

ダイアナはグラノーラ・バーを見つめた。フェイズでは考えられないような贅沢品。オーツ麦とレーズンとデーツ。涙がにじんでくる。ひと言、こう言えばいい。「あいつを食べなさい！」そうすれば、グラノーラ・バーは自分のものになるだろう。

「それだよ！　ほら、食べろよ！」アレックスが叫んだ。

ガイアはしゃがんでそれを拾いあげ、いぶかしげに見つめると、やがて包みをはがすのだと気がついた。そしてクッキーモンスターがチョコチップクッキーを頬張るように食べてしまった。

ダイアナは息を吐いた。決断は下された。

「あれはなんだ？」ガイアがｉＰｈｏｎｅを指さした。

「携帯電話よ」ダイアナが答える。「ここでは使えない」

「いくつか曲が入ってる」アレックスが必死に言う。「聞きたいかい、ガイア？　音楽を流そうか？」

「音楽」ガイアがくり返す。「それはなんだ？」

「よし、聞いてみよう。その白いものを耳に入れて……」アレックスは残っているほうの手でイヤフォンをつかんでガイアに差し出した。

ガイアがそれを受け取る。

「ガイア、ここから湖までの道はわかるわ」ダイアナは言った。「そこであなたの食料を手に入れましょう」それに自分の分も。

ガイアは白いイヤフォンを弄びながら笑った。「湖に行けば、大量の食料があるからな」

「あなた、まさか……待って」ダイアナは混乱した。「湖に向かっているの？　つまり、最初から湖を目指していたの？」

「当たり前だ。愚かなダイアナよ」ガイアの青い瞳は楽しそうだ。「暗くなれば皆殺しにできる」

「皆殺し？」ダイアナは呆然とくり返した。

「ネメシスが利用できる人間は全部だ。当然だろう、ダイアナ。ネメシスに肉体を与えるわけにはいかない。あれがどれほどの力を発揮すると思う？　あれには死んでもらう。まずは湖の人間からだ。まあ、簡単だろう。それからペルディド・ビーチ。ペルディド・ビーチには隠れる場所が多い。それはわかっている」そう言って不敵に笑う。「このわれわれの小さな宇宙にどれだけの人間が生きていると思う？」

「ガイア、だめよ――」

ダイアナの体が地面に叩きつけられた。衝撃で息が詰まる。と、すぐに体が引きあげられ、今度は宙に浮く。ダイアナは腕をばたつかせて恐怖に叫んだ。

そのまま落下する。固い石の上に落ちれば、まちがいなく死ぬだろう。

いいわ、もう、このまま死なせて。

しかし、地面にぶつかる手前で落下が止まった。ガイアの子供の顔が嘲るように歪む。

「私に指図は無用だ、母さん」

ガイアがダイアナを解放し、ダイアナは六十センチほどの高さから地面に落ちた。

「ほら、厄介なのはこいつだよ」アレックスが叫びながら片手をダイアナに向ける。口から唾が飛び、目が血走っている。「こいつを食べろ！　こいつを食べろ！　ははは！　はー！」

ダイアナは腹も立たなかった。赤毛の男はひどく傷ついていた。なんの準備もなしに、悪夢に転がり落ちてしまったのだ。目のふちが赤い。狂気に支配されつつある。

空腹のあまり、自分の焼かれた肉体のにおいを感じるようになれば……。

ガイアは笑った。耳障りで、奇妙で、場違いな笑い声。「自分の神を食べたくはないだろう？」そう言いながらアレックスに近づいていく。アレックスが恐怖に身をすくめると、耳をつかんでさらにそばに引き寄せた。完全に楽しんでいる、とダイアナは思った。ガイアは冷酷なだけではない。恐怖を与えることが快感なのだ。アレックスにささやく。「おまえにはまだ希望がある。私から逃げられると思っているかもしれないが、それは愚かな考えだ。わからないか？　おまえは私に食料を与えるために生かされているのだ。だから私に食料を与えられるよう願ったほうがいい。懇願したほうがいい。それができなければおまえは死ぬ」

アレックスはガタガタと震えながら膝をついた。失禁し、ズボンに染みが広がる。

ガイアは嬉しそうに笑った。「見ろ」ダイアナをふり向いて言う。「この男、膝をついて私を崇拝している」

「あなた、人を殺したいの？　それとも侮辱したいの？」ダイアナは吐き捨てるように言った。

「両方じゃだめか？」

「どうしてこんなことをするの、ガイア？　何を……ねえ、どうしてよ？」

ガイアの口調がふいに淡々と、説明するような口調になる。「ネメシスが体を手に入れるかもしれない。そうなったら私はどうなる？　ネメシスは死ななければならないのだ、ダイアナ。あれが死ねば、バリアも消える。あれが死ねば、自由に出ていける。準備はできている。ここは狭い。外の世界を見てみろ」そう言って、仰々しく自分の腕を透明なバリアのほうへ、砂漠の彼方へ向ける。「どこまでも続いている。ダイアナ、外はどのくらい広いのだ？」

「え、国のこと？　それとも地球全体？」

「全部だ。地球が全部なら、地球だ。地球はどのくらい広い?」

ダイアナは肩をすくめた。「さあ、私は優等生じゃないから。アストリッドなら知ってるでしょうけど。距離にいたるまで。まちがいなく」

ガイアがダイアナに顔を向ける。その目が興奮にきらめいている。「でも大きいのだな。人間は何人いる?」

「何十億」

その数にガイアは驚いたようだった。口をぽかんと開ける。

「あなたでも全員は殺せないでしょうね」ガイアが驚愕するさまを楽しげに眺めながらダイアナは言った。

だがガイアはこの新たな知識を吸収した。「何十億人も殺す必要はない、ダイアナ。ネメシスがいなければ、私のような存在はひとりもいない。私だけだ。成長して広がれば、ひとつの体からつぎの体を生み出していけば、すぐに私でいっぱいになり、私を根絶することはできなくなる。やがてすべてが私になって、私がすべてになる」

「それって退屈じゃない?」ダイアナは疑問を口にした。「自分とデートすることになるし、邪悪な計画を議論する相手もいない。脅す相手もいないのよ」

ガイアは思案深げにうなずいた。「ああ、たしかにそうだ。何人かは残そう。そうすれば恐怖と痛みを教えてやれる」

ダイアナはガイアを見つめた。成長著しい少女ではなく、その下にいる怪物を。いまになってようやくわかった。どうしてこれまで気づかなかったのだろう？　人をいたぶり、理不尽な恐怖を与えるのが大好きなゲームプレーヤー。神格化という尊大なビジョン。

ダイアナはこれをフェイズで何度も見てきた。当然、この怪物にもあるはずだ。狂気と異常性が。

ガイアファージは狂っている。

ガイアは全員を殺すという。それが彼女の計画だと。善人も悪人も、すべて。ダイアナはようやく真実を理解した。これはガイアの狂ったエンドゲームなのだ。ガイアファージはピーターに体を手に入れて生き残ってほしくない。そうするにはフェイズの人間を皆殺しにするしかない。

しかし、これは単に生き残るための手段ではなかった。ガイアは楽しんでいる。人々が自分から逃げ惑うのを見たいのだ。そして彼らを捕まえて、息の根を止める。ガイアは、ケインのように冷酷で利己的なだけではない。ドレイクのように邪悪だった。あの頭のいかれた最低なケダモノのように。

ふいに、ダイアナはオークのことを思い出した。どう考えても普通じゃない少年。その昔、オークはガキ大将で、乱暴者で、酔っ払いの人殺しだった。それがいまや悔悟者となった。ダイアナのように、自分のおこないを悔いている。ダイアナは、聖書を読み、つぎつぎと質問を投げかけてくるオークにいらいらしたが、しかしオークは償う方法を見つけたのだ。

オークの人生の物語はガイアの炎のなかで終わるのだろうか。ガイアのエゴを満たすためだけに？

シンダー、献身的に畑の世話をしていた少女。

ダーラ、病気の子供たちの世話で参ってしまった少女。

コンピュータ・ジャックは？　混乱し、目的を持てず、ダイアナに操られていた少年。

あの子も死ぬのだろうか？　この……忌まわしい怪物のせいで？

アストリッド、聖人気取りの性悪女。それにブリアナ、ブリアナのことは好きだった。

デッカ、彼女には嫌われていたが、それでも彼女なりに歩み寄ってくれた。それからラナ。

ケイン。

そう、もちろんケインだ。

ふたりのあいだのあらゆる戦い。すべての怒り。そうしたすべても、死んで終わってしまうのだろうか。この邪悪な怪物が広い世界に出て、厄災をまき散らすために。

ケインの肌が、自分の肌に触れた感覚を覚えている。あの利己的で、権力に目がくらんだケインがあれほど優しいキスをするなんて、誰が想像しただろう？

たしかに、あのキスは効果抜群だった。おかげで突然変異の子供を妊娠し、産んだ瞬間に、その子はガイアファージの生贄となったのだ。

ケインはフェイズを出ても自由に歩きまわることはできないだろう。それはわかっている。彼は十以上の犯罪を重ね、性根の腐った、魅力的で、くだらない社会病疾者で、きっと刑務所行きになる。

ダイアナはそんなケインのもとを訪ね、刑務所のセキュリティーガラスの向こうにいる彼をからかうだろう。そしてケインの帰りを待つのだ。何年も。ひょっとしたら死ぬまで。

あんたは選択をまちがった、とダイアナは自分に言った。だから、もうひとつくらいまちがえてもたいしたことじゃない。

この瞬間、ダイアナは自分の変化を感じた。その感覚に驚いた。ダイアナはどこかで、アレックスのように、希望にすがっていた。この子は自分の娘で、自分はその母親で、だから……。

しかしこれは幼い少女などではなかった。かわいい顔と美しい青い瞳をした、ケダモノなのだ。

アレックスが泣きながら懇願するそばで、ガイアはイヤフォンとｉＰｈｏｎｅを地面に放った。ダイアナがそれを地面から拾いあげる。

そして「音楽よ」と食いしばった歯の隙間から絞り出すように言った。

「音楽？」ガイアが戸惑ったように聞き返す。

「あなたは好きじゃないかもね。これは人間だけのものだから」

ガイアは多くのことを知っているが、子供の心理については無知だ。

「聞かせろ！」

湖に着くころには暗くなっているだろう。ダイアナは、自分が助かることはあまり考えていなかった。これからやろうとしていることは無謀で、絶望的に愚かなことだ。だが、失うものなどあるだろうか。

昔の曲にこんな歌詞があった。〝自由とは、言い換えれば失うものなどないということ〟

ガイアは、ダイアナがやってみせたのを真似(まね)しながら、顔をしかめてイヤフォンをいじっている。

ダイアナは、自分の暗い楽しみのために、ヒーローを演じるつもりだった。

刻々と時間が過ぎ、夕闇が迫る。ダーラはどうにか片足を引きずり、三百メートルほど進んでいた。歩くたびに痛みが走る。自転車の事故で両手は血まみれだ。何度もつまずいては転び、背後の道路には血の手形がいくつも残っていた。

ひょっとしたらいきなりバリアが消え、この道路を車が走りぬけていくかもしれない、と思う。もしそうなら、早くそうなってほしい。夜を迎え、森は暗く、張りつめていく。

道路の両側に並ぶ、木々の姿も見えなくなってきた。顔をあげると、黒になりきる前の暗い青を湛えた空が見えた。東の上空には、旅客機の瞬くライト。フェイズにとらわれていない、普通の人々を乗せた飛行機が、サンフランシスコからロサンゼルスへと楽しげに飛んでいく。

乗客の皆さま、右手をご覧ください。あれが〝ペルディド・ビーチの異変〟でございます。

これがすべて終わったら、旧フェイズをめぐるツアーが企画されるかもしれない。**ここが、ダーラ・バイドゥーが空腹を抱えて亡くなった道路脇です。**

そう考えて、ダーラはふたたび泣き出した。そんな目に遭ういわれはない——動くのよ！　顔をあげると、六メートルほど離れたところに、コヨーテが立っていた。頭を下げ、暗闇のなか目だけが光っている。汚れて、ボロボロの、皮と骨だけの姿。ダーラはブリアナが死神のごとくコヨーテを襲い、一頭ずつ打ち倒したと聞いていた。湖の南で、慌てふためく子供たちがコヨーテに襲われた惨劇のあと、サムは突然変異のコヨーテを殲滅するようブリアナに指示したのだ。

だが目の前に、死んでいないコヨーテが一頭いる。

コヨーテは空気のにおいを嗅ぎ、耳の向きを何度も変え、ブリーズによってもたらされる突然の死を警戒した。緊張が走る。しかしそれ以上にコヨーテは空腹だった。

「向こうへ行って！」ダーラは叫んだ。「ブリーズと会うことになってるの。すぐにここへやってくるわ！」

コヨーテは信じなかった。「ここへはこない」締めつけられたような、かすれた声が言う。警戒しながら、じりじりと近づいてくる。口からよだれが垂れている。

そのとき、恐ろしい恐怖がダーラを襲った。コヨーテはダーラを殺すだけではない。食べるのだ。生きたまま食われるさまを、自分は失血で意識を失うまで見届けるのだ。ダーラは知っていた。その話は何度も耳にした。血まみれの、ボロボロになった被害者が病院に運びこまれ、ラナの治療を待つようすをこの目で見てきた。

ダーラは祈りはじめた。ああ、神よ、救いたまえ。神よ、私の祈りを聞き届け、救いたまえ。

それから、ダーラは声に出して言った。「殺して。最初に息の根を止めて。それから……」

ああ、神さま、どうかコヨーテを止めて……。

コヨーテは、六十センチの距離まで迫っていた。その鼻孔がダーラのにおいでいっぱいになる。期待に口中が泡立つ。

「やめて」ダーラがささやく。「お願い、神さま」

コヨーテが動きを止めた。耳をピクリと右へ動かし、体を伏せる。やがてダーラにも聞こえた。下草と落ちた枝が、ゆっくりと踏みしだかれる音。

「助けて！　助けて！」ダーラは叫んだ。森のなかにいるのが誰か、あるいは何かはわからなかったが、ココーテが苦手とする存在であることだけはたしかだった。

ココーテが低いうなり声をあげる。

音が近づいてくる。と、ココーテはひと声弱々しく鳴き、怒りといらだちをにじませながら足早に逃げ出した。

「助けて！」ダーラは叫んだ。

最初、影になってそれがなんなのか、ダーラにはわからなかった。人のように見えるが、サイズが大きすぎるし、輪郭もぼやけて曖昧だ。だがやがて正体がわかると、ダーラはほっとすると同時に気を失いそうになった。

「オーク！」

オークは坂を悠々とのぼって道路へ出ると、ダーラの隣にしゃがみこんだ。

「ダーラ？　こんなところで何してんだ？」

「あなたが来るのを祈っていたの」喘ぎながら言う。

オークはほとんど笑えない。口の周囲に残された人間の部分だけで微笑んでみせる。

「神さまに祈ったのか？　聖書に書かれているみたいに？」

ダーラは、助かるためならなんでも、どんな神でも悪魔でもよかったと言おうとしたが、口をつぐんでこう言った。「そうよ、オーク。聖書に書かれているように」

「そしたら俺が現れた」オークは満足したようだった。大きな胸が膨らむ。「神が俺を遣わした！」

「自転車が壊れて、片足をくじいてしまって。湖まで連れていってくれない？」

「ラナのところに行かなくていいのか？」

「できれば先に湖へ行きたいの。大切な伝言を預かっているから。アストリッドと話をしなくちゃ」

オークはうなずいた。「神に救われたって、アストリッドに伝えてくれ。神が俺をここへ導いた。おまえを助けるために。そしたらアストリッドも……とにかく、おまえを湖まで運んでやる」

オークはダーラを人形のように抱えあげた。オークのことはずっと怖かった。まるでほかの惑星から来たみたいに、異形の存在だった。

しかしその腕のなかで、ダーラは安心した。

オークはダーラを腕に抱え、嬉しそうに微笑んでいた。

13

40時間　3分

アストリッドにとって、サムと離れてから二日目の夜だった。こんなにもすぐ、サムの存在が自分にとってなくてはならないものになるなんて。自分のベッドにサムがいるのが、気づくと当たり前になっていた。十五年間ひとりで寝ていたというのが、まったく別人の話のようだ。いつもサムが隣にいて、毎朝彼に触れられて目を覚ましていたような気がする。

アストリッドは考えようとした。サム以外のことを。だがサムと使っていた船室には、いたるところにサムとの思い出がある。

湖の底、自分の六メートル下に、クーラーボックスに入ったドレイクの頭があることも考えないようにしていた。

桟橋に重たい足音。その大きくて重たい足音の主が、ボートにあがってくる。アストリッドはショットガンをつかんで外を見た。エディリオの警備隊が侵入者に対処しているはずだ。が、誰かが用を足している音がする——警備員にちがいない。

ショットガンを構え、通路に出る。そして甲板へと続く階段を慎重にのぼっていく。ショットガンの先に、ダーラ・バイドゥーがいた。なぜかオークの腕に抱えられて。

「撃たないで」ダーラが絞り出すように言った。

「ダーラを救うよう、神が俺を遣わしたんだ！」

「何があったの？」アストリッドは銃を脇にしまうと、オークがダーラをベンチに横たえるのを手伝った。

「あなたに会うために自転車でここへ向かっていたの」ダーラが説明する。「そしたら途中で転んで、足首をひねってしまって」

「あなたの足首、普通の三倍くらいに腫れてるわ」アストリッドが確かめる。

「ええ、アストリッド、知ってる」ダーラは普段皮肉を言うタイプではない。アストリッドは黙って聞き流した。

「私は何をしたらいい？」

「私がここへ来た目的を話したら、すぐにラナのところへ連れていってほしい」

「車で連れていってあげられるかもしれない」アストリッドはそう答えると、これは貴重なガソリンを使っていい事案かどうかを考えた。せっかく使うなら、できるだけ有意義に使いたい。ついでにペルディド・ビーチまで行って……サムがいるかどうかを確認して……。

「あなたがここへ来た目的は?」

「食べ物」ダーラは言った。「まず、何か食べるものをちょうだい」

「わかった。あなたはけがをしているからカップヌードルをあげるわ。オークも食べて」

カップヌードルのお湯を沸かすあいだ——甲板には小さな火鉢と少量の薪があった——少し落ち着きを取り戻したダーラが、これまでの経緯を語りはじめた。

「サムのお母さん、コニー・テンプルに会ったの。バリアのところで。あなたと話がしたいそうよ」

「私と?」アストリッドは眉をひそめた。サムとの関係のことだろうか?

「彼女が言うには、外の状況はかなりまずいみたい。私も見たから、そのとおりだと思う。『中の子供たちを全員殺せ、神の手に委ねろ』ってサインを見かけたわ」

「そんなのキリスト教じゃねえ」オークがむっとして言う。

「そうね、ちがうわ」アストリッドは淡々と応じた。

「テンプル看護師はその件について誰かと話したいんだと思う。サムはいないし、エディリオは忙しい。だからアストリッド、あなたと」

「三番目の選択肢?」

ダーラは肩をすくめた。その拍子に痛みが走る。「テンプル看護師はバリアのところで会おうって。もっと早く着く予定だったんだけど、ごめんなさい、ちょっと遅れてしまって」ダーラは痛みに喘ぎながら言葉を紡いでいく。「たぶん、明日。紙やなんかがいると思う。意思の疎通をするために」

アストリッドはそれについて考えた。「ありがとう、ダーラ。オークも、助かったわ」

「俺じゃない」オークは重々しく言うと、大きな指で上を指さした。「神が俺を利用したんだよ。ほら、計画ってやつだ」

アストリッドはオークに微笑みかけた。「あなたは善人になったのね、オーク。贖罪の体現者がいるとすれば、それはあなたよ」

アストリッドは触れるのをわずかにためらったあと、オークをハグした。奇妙な感触だった。なんて異質なんだろう。

オークは言葉が出ないようだった。やがてアストリッドは身を引くと、すぐに〝最後の戦い〟について思いをめぐらせた。戦いを生き延びるだけでは充分じゃない。その後の計画を立てなければ。

コニー・テンプルが自分にコンタクトを取ってくれてよかった。今後に備えておくのは、つぎにやるべきもっとも重要なことだろう。そしてこれは自分の得意分野だ、とアストリッドは思った。

ガイアは歌っていた。音楽に初めて触れたその声は、か細く、消え入りそうだったが、イヤフォンを装着して、歌っている。

曲はラーズ・フレデリクセン&ザ・バスターズの『メインライイング・マーダー』。

「あなたのプレイリストいいわね、アレックス」ダイアナは言った。

一行は、湖のほど近くの低い丘を越えたところだった。薪となる小枝にガイアがこともなげに火をつける。この火が湖から見えることを願ってダイアナが提案したのだ。これを終わらせるべく、サムが急襲してくれることとさえ願っていた。

ガイアは火を見つめながら歌っている。『メインライニング・マーダー』のあとに、急に『ガールズ・ジャスト・ワナ・ハヴ・ファン』が続く。もしガイアが湖との距離をわずかでも意識していたとしても、それはまったく表に出ていなかった。

「あれって、マイリー・サイラスのカバー? それともシンディ・ローパーのオリジナル?」ダイアナはアレックスにたずねた。アレックスは知らないようだ。話したい気分ではないらしい。少なくとも、ダイアナとは。ときどき何かをぶつぶつとつぶやいている。

アレックスには意識を失うか、眠っていてほしかった。この男は信用できない。ガイアの機嫌を取るためなら簡単にダイアナを裏切るだろう。

以前にも人が壊れて正気を失うところを見たことがある。だが、これほど急激な壊れ方は初めてだった。もしかしたら、ここへ来る前からおかしかったのだろうか？　すでに脆くなっていた？　それとも大人だから？

ダイアナはしばしこの件について考えた。子供は耐性があるとよく言われるし、明らかに大人のほうが耐性は低い。もし三百人以上の大人たちがガイアファージをはじめとする危険なミュータント（人間も、そうでないものも）と一緒にフェイズに閉じこめられていたら、いったいどうなっていただろう。

ダイアナはここへきて迷っていた。ガイアが動く前に行動を起こす必要がある。ガイアは空が完全に暗くなるのを待ってから襲撃するだろうと思っていたが、すでに辺りは暗い。

そろそろ時間切れだ。

死ぬときがきた。ほぼまちがいなく。

なんてばかな決断だろう。私の秘密の能力は――ばかな決断を下すこと。

「トイレに行ってくる」ダイアナはあごを食いしばり、こわばった口調で言った。しっかりしなければ。両膝が鳴り、筋肉が痛み、その動きに合わせてかさぶたが伸びる。

ガイアは顔もあげなかった。目を閉じているのがわかる。その顔は……目を閉じた顔は、少し邪悪さが和らいで見える。ふたたび殺人についての歌を（いや、ラップだろうか）口ずさまなければ寝ているのかと思うところだった。

ダイアナはできるだけさりげなくその場から離れた。足がこわばっていたが、いまではずっとこわばっている。目新しいことではない。

　ガイアは気づいてさえいないようだったが、ダイアナが一番恐れていたのは、アレックスもこの機に乗じて逃げ出そうとすることだった。そうなればすべてが水泡に帰す。しかしアレックスは、ガイアの歌を楽しんでいるふりをするのに忙しく、愚かにもガイアに好かれようと必死だった。

　可哀想(かわいそう)な、片腕のおばかさん。ダイアナは思った。ガイアがふたたび空腹を感じないよう祈るといい。もしくは退屈を感じないよう。あんたの悲鳴を聞きたがらないように。

　三人は低い、緩やかな丘陵地帯にいた。固い地面から大きな岩が突き出ている。枯れかけの小さな発育不全の木々のそばに乾いた草が生えている。ダイアナはこの場所を知っていた。この丘を越えたすぐのところに、シンダーの畑がある。湖まではほんの四百メートル弱。

　ガイアたちの視界から消えると、ダイアナはすぐに駆け出した。月は——以前の偽物ではなく、本物の月——出たばかりで、明かりは弱い。よろめき、つまずきながら駆けていく。転ぶたびに痛みが走ったが、それよりひどい、はるかに悲惨なことに耐えてきた。そしていま、サム、デッカ、ブリアナら、ガイアを止められる面々が丘を越えたところにいるのだと信じて、そう願って駆けている。

　サムは自分に好意的だった。ずっと親切にしてくれた。だからきっと助けてくれる。ダイアナはそう信じるしかなかった。ケインが輝く甲冑（かっちゅう）を着たナイトを演じてくれなくても、サムが助けてくれるはず。

砂を蹴る自分の足音が聞こえる。ぜいぜいと喘ぐ呼吸音が聞こえる。胸の鼓動が速い。希望を抱いて走る。希望は残酷だが、それでも駆けていく。

人影が見え、そちらへ向かう。

「おい、誰だ？」幼い声が叫んだ。

「ダイアナよ」声を抑え、急いで言う。「大きな声を出さないで！」

「顔を見せろ！」

ダイアナははやる気持ちを抑え――自分を助けてくれる相手に撃たれてはたまらない――少年が自分の姿を確認するのを待った。ダイアナには少年が誰かわからなかったが、そもそも湖に友人は多くない。

「聞いて。ここに警鐘を鳴らす手段はある？」

「は？」

「『は？』じゃなくて！」ぴしゃりと言う。「危険を知らせる手段はあるかって訊いてるの」

「空砲を撃つことになってる」

「だめ。それじゃああの子に聞こえてしまう。来て。走るわよ！　早く！」

ダイアナの恐怖が伝染したのか、名前のわからない少年も駆け出した。ライフルが背中で揺れている。道の先に湖の明かりが見える。消え入りそうなロウソクの灯と、ほのかに照らされたトレーラーやボートの窓。

「いったいなんなんだ？」背後の少年が息を切らしてダイアナにたずねる。

「悪魔が来るのよ」ダイアナはそう応じると、ちらりと後ろを見た。まだ追っ手は来ていない。もちろんガイアは、ブリアナの能力を使ってつむじ風となるはずだ。こちらは追っ手が来たことさえ気づかないだろう。

居住区に飛びこんだ。数十台のトレーラーやキャンピングカーやくたびれたテントが立ち並んでいる。桟橋には数艘のボートが係留され、湖のなかほどにはさらに多くのボートが浮かんでいる。

ダイアナは、しばらくのあいだここに住んでいた。自分がどこにいるかはわかっていた。ハウスボートに駆けこみ、叫ぶ。「サム！　サム！」

静寂。

「サムはいない」息を切らした少年が言う。

「え？」

「サムはペルディド・ビーチに行ってる」

みぞおちを蹴られたようだった。サムがいなければ、ガイアを倒すチャンスはゼロだ。

ああ、希望め。また裏切られた。

デッカが姿を現した。「どうした？」

「デッカ！　よかった。ガイアがすぐそこの丘にいる。聞いて、あいつはここの全員を殺すつもりよ」

デッカが目をみはった。たぶん、これは本気で怯えている顔だろう。すぐに警備の少年に向かって言う。「ジャックを呼んでこい。大至急！」

「ほかには誰がいるの？」ダイアナが急かす。

「戦力になる人間か？　私とジャック。ブリーズもたぶん戻ってると思う。ブリーズ！　ブリーズ！　下にいるなら起きろ！」応答なし。「下で寝ているかもしれないけど、ひと足早く見まわりに出かけた可能性もある。ブリーズ！」

とんでもなく大きな人影が、下からあがってきた。岩のようなそれがオークの頭だとわかると、ダイアナは安堵した。

「オーク！」デッカが呼びかける。「いたんだな、助かった！　ブリーズを見かけなかったか？」

オークは首をふった。「俺は神に遣わされたんだ」

「いきさつはどうあれ、あんたがいてくれてよかった」そう言うと、デッカはダイアナの腕をつかんだ。「あいつの能力は？　ガイアは何ができる？」

「あの子が言うには、全員の能力を持っているって。でも、もしあなたが死ねば、ガイアはその能力を失う。だからサムとケインを殺さなかったの。能力者は最後に殺す気よ」

「どうして……全員の？　いや、考えるのはあとだ。アストリッドは？」

「トイレに行ってる。ああ、戻ってきた」とオーク。

アストリッドとジャックが、警備の少年のあとに続いてこちらへ駆けてくる。「ガイアがすぐにでも現れるかもしれない」デッカが手短に説明する。それから先ほどのダイアナの話をくり返す。

「ボートに避難しないと」アストリッドが言った。

「いや、戦う」デッカが言う。「私と、ジャックと、オーク。三人ならあいつを倒せる」

「いいわ。でもほかのみんなは湖へ。それが計画よ」アストリッドは淡々と応じた。

デッカはうなずくと、警備の少年に警鐘を鳴らすよう指示した。

「だめ！」ダイアナが叫ぶ。「音をたてないで！　何か聞こえたらあの子は……」

「そうだな」

子供たちをボートに乗せ、湖のなかほどへ進める。少し前、このシンプルな戦略でドレイクの厳しい襲撃を防いでみせた。水は彼らの防壁だ。

「ダーラが下にいる。けがをしてるの」アストリッドが言う。「あの子は走れない。デッカ、考えは？」

「ジャックとオークと私の三人が、ガイアと湖のあいだに入る。私たちが丘へ向かえば、あそこの崖に――」

「わかった。それでいきましょう」アストリッドが遮る。

「サムがいてくれたら」

「みんなそう思ってるわ」ダイアナのつぶやきを、アストリッドが一蹴する。「でもこれがいまある全戦力よ。デッカ、ジャック、オーク。はじめましょう」

「嫌だ」ジャックが口を開いた。

「は？　何が？」デッカは本気で困惑しているようだ。

「僕は戦わない。前回のこと知っているだろう？　もう少しで死ぬところだったんだ！」

「戦わなきゃ、確実に死ぬ」ダイアナが言った。「聞いて。相手はガイアファージよ。ピーターが体として使える可能性のある人間を全員殺すつもりなの」

アストリッドの眉があがる。「興味深いわね」

「そう？　いっそ魅惑的なんじゃない？」ダイアナは押し殺した声で不快感を示した。

「誰か食べ物を持ってない？　どうせ死ぬなら先に食べておきたいんだけど」

「僕は戦わない」ジャックは頑として譲らない。「人より力があるからって戦えるわけじゃない」

「戦わなきゃ死ぬだけよ。まあ、戦っても死ぬ確率のほうが高いけど」ダイアナが言う。

「いまがどういう状況かわからないの?」

だが、ジャックは首をふる。これが反抗期というやつか、とダイアナは思った。ジャックもアレックスのように壊れているのだ。

「最初にハウスボートを動かしましょう」とアストリッド。「デッカ、オーク、気をつけて。ジャック、せめてみんなをボートに乗せる手伝いをしてくれる?」

そのとき、アストリッドに腕をつかまれていることにダイアナは気づいた。ほかの面々がそれぞれの持ち場に駆けていくなか、アストリッドがダイアナを手すりのそばに連れていき、じっと目を見つめる。「ガイアの能力のことは黙っていて。それにピーターのことも」

「腕なんかつかんでどういうつもり? 離して!」

アストリッドは手を離すと、ずいと距離を縮めた。「さっきの話だけど、そのせいでサムはみんなに殺されるかもしれない。ケインも殺されるかもしれない。わかってるの?」

子供たちはすでにそれぞれのキャンピングカーやテントから這い出して、われ先にとボートに乗りこんでいた。遠くで停泊していた船も、避難がはじまるとエンジンをかけ、あるいはオールを使って仲間を迎えにやってきた。

この避難訓練なら何度もおこなった。エディリオが譲らなかったおかげだ。うまくいっている。

そのとき、丘の上に閃光(せんこう)が走るのが見えた。
ガイアだ。

14

39時間　40分

　二本の緑色の光。まぶしすぎて直視できないほどの光が右から左へとすばやく動いたかと思うと、キャンピングカーが瞬時に燃えあがり、桟橋のそばのテントが熱で消え失せた。

「飛んで！」アストリッドは叫ぶと同時に、自分も飛んだ。

　オークは状況を見て取ると、ダーラのことを思い出して船室へ向かった。ダーラは体を起こし、ふらつく足で立っていた。そしてオークが、ダーラを腕に抱えたままどうやって狭い通路で向きを変えようかと考えているそのとき、ハウスボートが爆発した。

　燃えたのではない。爆発だ。

　オークは隔壁へ投げ出された。しかしぶつかる前に壁が溶けてなくなった。辺り一面火の海になり、ついで水が入ってきた。オークは肺いっぱいに水を飲みこみ、えずき、湖に吐き出した。

手足をばたつかせ、四方八方からやってくる瓦礫をかわす。粉々になった合板や便器、毛布や衣服の切れ端などがポルターガイストのように浮かび、渦を巻き、絡まり合う。唯一の光は真上で燃えている黄色い炎だけ。

オークは必死に頭をめぐらしてダーラを探したが、見つからない。肺が燃えるように熱い。巨大な足を蹴ると、そのとき初めて、石は肉体よりもはるかに重いことに気がついた。湖底へと沈んでいく。石の体に開いた無数の隙間から、気泡が立ち昇る。

視界の先に、鎖のかかったクーラーボックスが見えた。あれはなんだ？　いや、どうだっていい。これでようやく、本当に、神の使いが平穏をもたらしてくれるのだ。

ダーラには何が起きたのかわからなかった。大きな音と切迫した声が頭上から聞こえてくる。そのすべてが重要な気がして、ダーラはアストリッドが使わせてくれた二段ベッドからよろよろと這い出した。そこへ、オークが駆けてくるのが見えた。

その瞬間、ダーラは爆発でばらばらに引き裂かれた。

ダイアナとアストリッドは湖に投げ出されていた。

アストリッドが空気を求めて湖面に顔を出すと、ダイアナがうつぶせに浮かんでいるのが見えた。気を失っているようだ。三かきでダイアナのそばまで行き、体の向きを変えてその顔を空に向ける。

ダイアナがむせて水を吐き出し、目を開けた。その黒い瞳に、突然の緑のレーザーで精彩を失った月明かりが映っている。

十五メートルほど離れたところに、爆発を免れたヨットがあった。燃料を積んでいないヨットだ。その船体は火の玉と化し、渦巻く炎が船尾から船首、マストへと駆け上っていく。すぐにでも喫水線まで焼き尽くすだろう。

「デッカ！　ジャック！」アストリッドは叫んだ「オーク！」

水柱が現れ、デッカが空から降りてきた。爆発の際、重力に逆らって上空に飛んだようだ。靴とジーンズが焦げている。靴底からあがっていた煙を水に浸して消すと、デッカが言った。「こっちに手を伸ばせ、ふたりとも！」

「だめ、先にオークを見つけて！　オークは泳げない！」

ふたたび緑の光が襲いかかり、ボートが松明のようにつぎつぎと燃えあがる。湖岸は炎に包まれていた。テントは消滅、キャンピングカーは光に触れるそばから爆発した。炎に包まれた一台のキャンピングカーが宙に浮き、ぴたりと動きを止めたかと思うと、つぎの瞬間、激しくミニバンに激突、ぐしゃぐしゃになって燃えあがり、泣き叫ぶ居住者は息絶えた。

デッカは息を大きく吸うと、水中へ飛びこんだ。

ビックスという名の少年が叫びながら逃げ惑っている。その動きがふいに止まり、宙に浮く。緑の光が少年をとらえ、炎で焼き尽くす。

まるでスキート射撃のようだった。ガイアはただ殺しているのではない。弄んでいるのだ。

エディリオのボーイフレンドである芸術家(アートフル)ロジャーは、家であるボートが焼ける前に写真を持ち出そうとしたが、すぐに光に襲われた。ボートとガイアのあいだにあったトレーラーが盾となり、ボートは半焼で済んだ。

ロジャーは怯えながら、ここ数カ月面倒を見ているジャスティンを呼んだ。死の光がロジャーの背後六十センチのところに直撃したとき、ジャスティンは光を挟んだ反対側にいて、ロジャーが恐怖に叫ぶ目の前で炎に包まれた。ロジャーはさらに叫ぼうとしたが、熱でうまく呼吸ができなかった。迫りくる炎によろめきながら梯子をのぼり、傾いたボートの甲板に倒れこむと、意識を失ったまま湖に転がり落ちた。

「起きろ」ケインがサムを乱暴に揺すった。

「なんだよ……」

「いいから、あれを見ろよ」ケインはそう言うと、一夜を過ごした窪地(くぼち)から小走りに出ていった。坑道から世捨て人ジムの小屋の焼け跡までくまなく探索した長い夜を過ごしたあと、一夜を過ごそうと決めた場所だ。

ふたりは、原子力発電所を最後にしようと決め、ステファノレイ国立公園に向かう途中だった。

サムは薄手の毛布を投げ出すと、ケインを追って高台に向かった。そしてケインが示すものを即座に見て取った。はるか北のほうで、空に向かって炎が黄色い光を投げている。

「湖だ！」サムは叫んだ。

「どうやらガイアを見つけたみたいだな」とケイン。「たぶん、ここから八キロくらいか？道路からは外れるけど、突っ切ったほうが早いかもな。クロスカントリーの要領で行けば――」

サムはすでに走り出していた。

ケインが慌ててあとを追う。ふたりは左手に森を見ながら暗闇のなかを駆けていたが、サムがつまずいたのをきっかけに、このままでは自殺行為になりかねないと気がついた。サムは左手で光の玉をつくると肩の高さにかかげた。それほど明るくはなかったが、かすかな月明かりに頼るよりはましだった。

このままのペース――通常のランニング程度――で進めれば一時間かそこらで着けるだろう。

だが、それでは遅いことはふたりともわかっていた。

ガイアは燃え盛るキャンプ場を、イヤフォンで音楽を聴きながら歩きまわった。アレックスはガイアの後ろで、『ハリーポッター』の屋敷しもべ妖精のように縮みあがっていた。ガイアは何かが動くたびに炎を放った。死の光はかなり使える、とガイアは思った。父親のテレキネシスより効果的で使い勝手がいい。とはいえ、持ちあげたり、投げたり、ぶつけたりするほうが楽しかった。人間を捕まえ、夜空に高く放り投げ、悲鳴とともに落下させ、心地よい骨の折れる音で締めくくることに、ある種の快感を覚えた。もしくは逃げ惑う人間にハンマーのように車をぶつけ、二トンの鉄で押しつぶし、水風船みたいに破裂するようすを眺めることに。

二十人ほどの集団が全速力で逃げていく。ガイアもスピードをあげ、一瞬で彼らに追いつくと、なんなく彼らの横に並んだ。

両手に炎を宿す。殺すためではなく、彼らの表情を見るために。目を見開き、口を開け、喘ぎながら泣いている。それはまるで、捕食者から逃げる怯えた群れのようだった。自分が虎で、彼らは羊？

ガイアは別の能力で遊ぶことにした。逃げ惑う子供たちの足元の重力を消す。子供たちはよろめき、浮きあがり、ぐるぐるまわってバランスが取れない。

ガイアはそのようすを見あげて笑った。片手をあげ、最初の被害者を選んで、発射。ひとりの少女が空中で松明のように燃えた。

すばらしい。

ほかの者たちは叫び、懇願しながら、逃れることも隠れることもできないまま、ますます空高くあがっていく。

ガイアの炎がターゲットを外した。悔しい。しかし月明かりは薄暗く、ガイアが目を細めてもよく見えない。そこでガイアは、近視の目でもよく見えるところまでターゲットを下ろした。そしてひとりずつ、炎で燃やしていく。子供たちは美しく燃え、地面に不気味なオレンジ色の光を投げかけている。

ガイアはもっとよく聞こえるようにイヤフォンを外した。子供たちが燃える音は――。

体がぐらりと揺れた。地面に倒れ、顔に土がつく。気づくと、投げ出された自分の片脚を見つめていた。切断された膝から血が出ている。ふいに、どこからともなくナイフが飛んできた。あっという間の出来事だった。見えない力がナイフをガイアの腹に突き立てた。

痛い！

ガイアの気がそれると、燃え盛る人間松明が落下し、周囲の地面に脂ぎった炎をまき散らした。誰かが――少女だ、とガイアはぼんやりと思った――一瞬光に包まれ、何かを背中から引き寄せるのが見えた。

ガイアが体を回転させたその瞬間、ズドン！

銃弾がガイアのいた地面にめりこんだ。ガイアは何度も転がり、そのたびにナイフが腹を深くえぐっていく。

やがてナイフを引き抜くと、その痛みに驚きながら、片手を傷口に押し当てた。切断された脚が数メートル離れたところに転がっている。

ズドン！

今度は避けきれず、散弾銃の弾が腕にヒットした。上腕をえぐり、辺りに血しぶきをまき散らす。腹にあいた穴と脚から血が溢れ、ガイアは自分が急激に弱っていくのがわかった。

恐怖、痛み、そしてさらに悪いことに、負けるかもしれないという一種の屈辱を感じていた。

「おまえは誰だ？」喘ぐように言う。

少女は一瞬動きを止めた。ガイアを見て、にっこりと笑う。「私？　私はブリーズだよ。このクソガキ！」

ブリーズは、たしか高速の少女、能力者だ。速さの源だ。殺せない、と思う。だが、もし……。

ガイアは大きく弧を描くようにして死の光線を放った。狙いは少女の足。惜しい。もう少しで当たるところだったが、ブリーズのほうがひと足早く飛びあがり、光線をやり過ごした。と同時に、ブリーズがショットガンを操作する音が聞こえた。

ガイアはテレキネシスを発動し、能力者の少女を後ろに吹き飛ばした。

そして片手で致命的な、腹の真ん中にあいた傷口を押さえたまま、切断された脚を念力で引き寄せる。しかしスピードの調整がきかず、脚がガイアの頭を直撃、ふたたび仰向けに倒れこむ。ガイアは心の底から震えた。またあのスピードの悪魔が襲ってきたら、自分にはどうすることもできないだろう。

しかし先ほどの一撃が効いたのか、ブリーズの反撃を食らう前に腹の出血を止めることができた。

そしてこのとき、いじめっ子の動きはさっきより鈍くなっていた。どうやら相手もけがをしたらしい。ガイアは狙いをつけて死の光を放った。狙いが甘くなり、少女が横へ飛ぶ。最悪の事態を回避するだけのスピードは健在だったが、しかし死の光線は彼女の側頭部を直撃した。少女が痛みに悲鳴をあげ、ショットガンを取り落とした。

これでおあいこだ、とガイアは思った。

正義だ。

ガイアは切断された脚をもとの場所に押しつけると、炎や悲鳴を無視し、周囲の焼けた遺体を無視して、回復に全神経を集中させた。ひとまず皮膚をくっつける——この状態では走ることはおろか、歩くこともままならない。それから切断されていないほうの足で立つと、片足で跳ねながらその場をあとにした。

それは威厳のない、痛みを伴う退却だったが、彼女を追ってくる者はいなかった。

15

38時間　58分

湖の居住区が燃えていた。

アストリッドは冷たい水に凍えながら、呆然と岸へ向かって泳いでいく。濡れた砂利と砂の上を這うようにして、どうにか重たい体を引きあげる。ダイアナもアストリッドに続いてやってくる。

生き残ったほかの子供たちも岸へ向かっているか、あるいは岸へあがったばかりのようだ。話し声は聞こえず、泣いている者が多い。

そのとき、湖面がにわかに上昇し、巨大な水柱が現れた。水柱のなかにはデッカとオークの姿。オークが動いたのがわかった。生きている。

コンピュータ・ジャックは、膝をつき、両手で顔を覆って泣いていた。だが、アストリッドはそれに構っている時間はなかった。「ジャック、小舟で生き残った子供たちを回収して」

「みんな死んだよ」ジャックがうめく。

「死んでない。戦わないなら救助にまわって。早く！　その力を役立てて」

ブリアナが足を引きずりながらやってきた。一歩進むごとに、大声で悪態をついている。髪の毛が半分なくなり、顔の片側も真っ赤だ。

「ブリアナ！」デッカが叫んだ。地面に着地し、オークをぞんざいに岸へ下ろすと、ブリアナのほうへ駆け出した。

ブリアナはその腕にすがりついた。ブリアナのこんな弱った姿を見るのは初めてだった。とはいえブリアナは、これまで自分と同じ能力を持つ相手と戦う必要などなかったのだ。

「けがしてる！　重症だ！」デッカが叫ぶ。

ほかの子供たちが、三人、いや、いまや四人となった少女たちの周りにじょじょに集まりはじめていた。オークがゆっくりと立ちあがり、混乱したようすで周囲を見まわしている。

アストリッドは、気持ちとは裏腹に落ち着いた声音で指示を出した。まだ動く車やトラックが何台あるかを確認し、生存者を探すこと。重傷で動けない者がいたらアストリッドにその居場所を報告すること。食料を集めること。

ブリアナの左耳がなくなり、その周囲から首にかけて、溶けたロウのようになっている。

アストリッドはオークを呼んだ。「こんなこと頼むのは酷だってわかってるけど、居住区の境界で、ガイアが戻ってこないか見張ってくれる人が必要なの。ひょっとしたら向こうもけがをしていて――」

ふいに、アストリッドは脱力感に襲われた。めまいがする。ショック状態。自分でもわかっていた。そんな彼女をダイアナが支える。

アストリッドは泥のなかに沈みこみ、両手で頭を抱え、考えようと、あるいは考えまいとした。全体を見るのよ、アストリッド。どうすればいい？

サムの母親には会えないだろう、と思った。最後の戦いはまだ終わっていない。この戦いが終わるのは、ずっとずっと先なのだ。

生き続けるための戦い。生き残るための戦い。つぎの一分を、一時間を……。

現実に戻らねば。ここでときどき使っていたバンは無傷で、四分の一ほどガソリンが残っている。充電用に使っていたキャンピングカーのほうは八分の一ほど。一見したところ、数十人は生き残っている。となると、大半の子供たちは徒歩での移動になるが、重傷者は車で運べるだろう。溝にはまることなくキャンピングカーを運転できる者がいれば、の話だが。

アストリッドは徒歩組についていくことになるだろう。

途中で命を落とすかもしれない。

ショック状態が収まると、じょじょに周囲が騒がしくなってきた。子供たちが洟をすすり、大声で叫びながら、失った友人やきょうだいを思って泣いている。みんな恐怖に震えていた。これでガイアの襲撃が終わったとは、もう安全だとは、誰も思っていなかった。ジャックが小舟を漕ぐ横で、誰かが懐中電灯を照らしながら叫ぶ。「おーい、誰かいるか？」

ダイアナは、ガイアの向かった方向へ小走りに駆けていくオークを呆然と見つめていた。

「あの子は全員を殺す気よ。皆殺しにするつもりなの」

「ブリーズをバンに乗せよう」デッカが言う。ブリアナを、まるで子供のように腕に抱いている。「ブリーズと、もうひとりの重傷者も」

アストリッドはうなずいた。ブリアナと一緒に行くつもりのデッカを止めることはできない。むごい火傷は見ないようにして、アストリッドはブリアナの焦点の定まらない目をのぞきこんだ。「あなたは多くの命を救ったわ。あなたはヒーローよ」

「ほんとに、そのとおりだ」デッカの声が揺れる。

「ラナがきっと治してくれる」アストリッドが言う。「バンには乗せられるだけ乗せていって。もしサムに会ったら……」

十分後、バンは出発した。

コンピュータ・ジャックが、呆然とする三人の生存者——たったの三人——を連れて戻ってきた。「湖にはもっと子供が浮かんでいた」ジャックの報告にアストリッドが返す。

「なら、その子たちも連れてきて!」

ジャックが頭をふる。「急ぐ必要はないよ」そう言われて、アストリッドは状況を悟った。それからジャックに、キャンピングカーへけが人を乗せるよう頼んだ。

戻ってきたオークが、血痕はまっすぐ西へ続いていると報告した。ガイアがバリアをたどっているならステファノレイ国立公園の高い木々のほうへ向かっているのだろう。

数台の車から油煙が立ち昇り、豪華な内装、プラスチックのダッシュボード、タイヤを焼き尽くしていく。湖上のボートはすべて沈み、破片だけが浮かんでいる。火と、焦げた肉のにおいが辺り一面に漂っていた。

「みんな、聞いて」アストリッドは呼びかけたが、泣き声や嘆く声、カチカチと歯を鳴らす音でその声は届かない。この場に残っていたのは三十人ほどのけがをしていない子供たちだ。そのほかの二十人は、バンかキャンピングカーに乗せられ、キャンピングカーのほうは、ジャックの運転でのろのろとハイウェイに向かっている。

少なくとも七十人の子供が殺された。フェイズの四分の一の人口だ。きっと時間が経てば怒りも湧いてくるのだろう。だがいまは、悲しみと敗北感でいっぱいだった。彼らは多くのことに耐え抜いてきた……もう少しで、ここから出られたかもしれないのに……。

アストリッドは、自分もみんなも、ほとんど無防備であることに気がついた。こちらの武器は、オークと、銃が数丁と、刃物と、野球のバット。平均年齢九歳の子供たち三十名弱対フェイズの全能力を持つ怪物。

「みんな、聞いて！」アストリッドは声をかぎりに叫んだ。「聞いてちょうだい！」

ざわめきが収まり、怯えた顔がアストリッドに向く。その顔は自分たちの家を燃やした炎で照らされている。

「これからペルディド・ビーチに向かおうと思う」

「こんなに暗いのに？」

「コヨーテは？」

「遠すぎるよ！」

「聞いて」アストリッドはくり返した。「あれは、ガイアファージは、いえガイアは、けがをしているけど死んではいない。少なくとも私はそう思っている。だから町の子供たちと合流したほうがいい。全員でまとまる必要がある」

「町にサムはいる？」

「そう願ってる」アストリッドは熱をこめた。「いずれにしてもデッカとブリアナは町に向かっているし、町に行けばラナがブリアナを治してくれる」つい昨日、ブリアナは手がかかる子供だとサムに愚痴ってしまったことを思い出す。その子供がいなければ、いまごろ全員死んでいたかもしれない。

「町まではオークも一緒に行ってくれるわ。みんなで協力して早足で向かえば朝には着くはずよ」

「殺された子たちを埋葬してあげないと」幼い少年が言う。

「ええ、そうね」アストリッドは優しく答えた。「でも、それは今夜じゃない」

「妹が死んだ」少年が続ける。「燃やされたんだ」

「あなたのきょうだいも友だちも、あなたに生きてほしいと願ってる」アストリッドの声が震える。「私たちは生きなきゃいけないの。みんなのことはいずれ埋葬する。でもいまは、今夜は生き残らないと」

結局、三人の子供が湖に残ることになった。アストリッドにはこれ以上説得する気力も、確信もなかった。それにおそらく彼女自身も、小さな一団も、ペルディィド・ビーチにたどり着く前に死んでしまうだろう。

コニー・テンプルとの会合はなしだ。この件について、どうやらアストリッドはまちがっていたようだ。まだ、終わったあとのことを考えるときではなかった。いまはまだ、逃げ惑い、怯え、救いを求めるときなのだ。

戦うときなのだ。

周囲のナイロンがすべて焼け落ち、テントの支柱だけがぽつんと立っていた。アストリッドは使えそうなものを探したが、辺りには何もない。仕方がないので自分のシャツを引きちぎり、幅十五センチほどの布切れをはぎ取った。そして髪の毛の束を引き抜くと、より合わせて布に結び、テントのポールに巻きつけた。みすぼらしい旗のように。

やるしかないのだ。

サムとケインが湖に到着した。肺が空気を求めて悲鳴をあげ、筋肉が疲労で震えている。尻もちや擦り傷に邪魔されながら走る一時間は、どちらにとっても過酷だった。

ふたりは斜面を下りながら、手遅れだと悟った。完全に破壊されていたのだ。

サムはがくりと膝をついた。「アストリッド！　アストリッド！」

返事はない。

「光をくれ、サム」ケインが暗い声で言う。

「アストリッド！」

「おい、しっかりしろ、サーファー小僧。取り乱してる場合じゃないだろう」

サムは立ちあがったが、それが精いっぱいだった。残骸と化したハウスボートは奇跡的にまだ浮かんでいたものの、喫水線まで焼け落ちている。アストリッドは死んだのだ。

アストリッドが死んだ。あの怪物が殺したのだ。

「おい、さっさと光をくれって！」ケインはそう叫ぶと、サムの肩を揺すった。「光！」

サムはどうにか現実に意識を引き戻した。大気中に、焼けた油と煙るタイヤのにおいが漂っている。燃料を使い果たしたのだろう、火勢は弱まっていた。湖自体は真っ黒で、サムは意識を集中して光の玉を形成した。

光の玉の高さを三メートル、六メートルとあげていき、やがて弱々しいサーチライトのように居住区全体を照らし出す。焼けた車、焼けたテント、焼けた遺体。

サムはすぐそばの遺体に駆け寄った。アストリッドよりずっと小柄だ。

「やめとけよ。もしあいつがいても、見ないほうがいい」

その言葉には思いやりが感じられた。ちがうときなら、サムは感謝していたかもしれない。サムはこのとき、電子レンジに入れられたプラスチックのおもちゃの兵隊みたいな子供を見下ろしていた。

ケインが光を湖面に移動させるよう促す。半分になったヨットが、穏やかな波間で激しく揺れている。

いきなり、何かが動いた。ふたり同時に音のほうへすばやくふり向く。人が歩いている。

「誰だ?」ケインが詰問する。

返事はない。

「いまから三つ数えるが、三になった時点でおまえは死ぬ」ケインが簡潔に言う。

「やめろ!」

その声には違和感があった。低すぎる。ケインは浮かんでいるサムの光をつかむと、声の主のほうへ近づけた。

サムもケインも目をみはった。

「大人だ！」サムが言う。

「おまえ、何者だ？」とケイン。「どうやってここへ来た？　バリアは消えたのか？」

男はボロボロだった。それだけははっきりわかる。切り落とされた片腕から、肉片がわずかにぶら下がっている。半分ほど治りかけてはいるが、明らかに医者の仕事ではない。

「名前は？」サムが訊いた。

「アレックス」

「どこから来たんだ、アレックス？」

「その……通り抜けたんだ」

思わずその顔を見つめる。奇妙だった。大人に対する自然な敬意は覚えたものの、しかしここでの責任者は明らかに自分たちだった。しかもこの大人は、どう見ても責任者になれそうにない。

「なあ、アレックス、何があったか話してくれ」ケインが言う。「通り抜けたってどういうことだ？」

「神が……彼女が、自分の食料を確保するために俺を引き寄せたんだ」アレックスは残ったほうのこぶしをぐっと握りしめた。だが、その顔はほとんど畏敬の念に打たれているようだった。

サムとケインは視線を交わした。ふたりとも、ショック状態の子供や、トラウマで錯乱した子供たちの姿を見たことがある。彼はふたりがフェイズで出会った初めての大人だった。ずいぶん久しぶりに出会った大人は、しかし正気を失っていた。

「ここで何があった？　現場を見たのか？」サムが訊く。

男は、湖と居住区の東端を見下ろす崖を指さした。「彼女はあそこからやってきた。神の光をあそこから解き放った……」

「ガイアか？」ケインが詰め寄る。

「知ってるのか？」アレックスが身を乗り出す。「食料は持ってる？」

「助かった子供はいたか？」訊きながら、サムは答えを聞くのを恐れていた。

「ああ、少し。何人かの子供たちが。どこかへ行ったよ……」そう言ってアレックスが辺りを見まわし、うなずく。「あっちだ。何人かが湖から遺体を引きあげようとしているのを見た。きっと溺れたんだな。まるで最後の審判だ。なあ、そう思わないか？」

「きっとペルディド・ビーチに向かったんだ」サムはほっと息をついた。

「大きなRV車か、トラックがあったと思う」アレックスが続ける。「よく覚えてないけど。ほかの子供たちは歩きだった。まあ、どのみち関係ないけど。彼女は全員を殺すつもりだから。物語のはじまり、審判、ほら、あれだ……」

「ガイアが黙って行かせたのか？」サムが訊く。男は正気ではないが、まだ返事はできる。

ふいに、アレックスが気まずそうに口ごもった。「彼女は……彼女が全員殺して燃やそうとしたときに、あれはなんて言うんだ？　かまいたち？　とにかく竜巻みたいなのがきて、彼女を傷つけたんだ。俺は見た。悪魔の竜巻みたいだった」

「竜巻？」

「ブリアナだ」とサム。

「神はけがをした。それに、ああ、きっとお腹を空かせてる」アレックスの声音に恐怖と期待が奇妙に混ざる。「俺は……彼女は、ガイアファージは神だ。彼女の名前はガイア。でも、しーっ、それは話しちゃいけないんだ」

「あれは彼女なんかじゃ、人間なんかじゃない」サムがぴしゃりと言った。「それに誰の神でもない」

「あいつがけがをしてるなら、南西の方角に続いてた血痕はあいつのものかもしれない」ケインが言う。「選択肢はふたつだ。ペルディド・ビーチに行っておまえの彼女の無事を確かめるか、いかれた神を倒しに行くか」

サムはアレックスの顔をのぞきこんだ。その瞬間、ピンときた。「あれがあんたの腕を奪ったんだな？」

アレックスは目を閉じた。「彼女はお腹が空いていたんだ。彼女は成長しなきゃいけないし……とても空腹だった」

「ほかに誰かいたか？　女の子とか？　ヘビみたいな、鞭みたいな腕を持つ男とか？」

「女の子はいた。神の母親だって、そう言っていた」

「ダイアナか？」ケインが眉をひそめ、少しいらだたしそうに親指を嚙む。

「あの子は俺たちを裏切って、湖へ警告に行ったんだ」そこでにやりと笑う。「でも手遅れだった！　すごかったよ！　ははは、まるで光のショーだ。ヘビメタのコンサートみたいだった」

　そのとき、サムの視界が妙なものをとらえた。暗闇に目をこらし、光の玉をつくってみすぼらしい旗のほうへ近づいていく。

　旗から金髪を引き抜き、じっと見つめる。それからその髪の毛を尻のポケットに入れた。それは、何よりつらい瞬間だった。彼女をとても近くに感じた。彼女が必要としたときにそばにいてあげられなかった、と思った。サムは溢れる涙をケインに見られないよう、光を消した。

　それでも、彼女は生きていた。アストリッドは生きて、おそらく生き残ったほかの子供たちとペルディド・ビーチへ向かっている。

　サムは落ち着いた声音で、ふり返らずに言った。「アレックス、あなたの身に起きたことには同情する。ここはときどき……ひどい場所になる。ものすごく。でも僕たちはあなたを助けてあげられない。自力でどうにかしてもらうしかない」

「じゃあ、ガイアを追うんだな？」ケインが言う。

サムはうなずいた。「ああ、ガイアを追おう」

16

３５時間　３３分

　シンダーは午後から夕方にかけて、そして日が暮れてもなお、ラナとともにテイラーの治療にあたっていた。テイラーの切断された部分をくっつけるには、シンダーとラナ、両方の力がいるようだった。

　テイラーが完全に植物化していれば、シンダーの能力で充分だったろうし、完全に動物のままなら、ラナひとりで治せたはずだ。

　テイラーは……彼女は、血の通わない、金色の肌と、トカゲの舌と、ゴムの髪の毛と、死んだ目をした能力者で、シンダーにとって明らかに不気味な存在だった。

　ラナにしても、鞭の手を名乗る少年や、濡れた砂利でできた少年がいるこの世界にあってさえ、テイラーは奇妙だと認めざるをえなかった。

「立てる?」ラナがテイラーに訊いた。

テイラーがこちらの言葉を理解しているかどうかはわからない。自分の体をコントロールできるのかさえも。ピーターがうっかりテイラーに何をしてしまったにしろ、これはとんでもない所業だった。

テイラーは立ちあがらない。長い舌をチロリと出しただけで、状況は相変わらずだった。

「彼女、どういう状態なのかしら」シンダーが言う。

「テイラーはどう？」サンジットがパトリックの夜の散歩を終え、部屋へやってきた。

「えっと、切断されていた部分はくっついたよ」無言でサンジットをにらみつけるラナに代わってシンダーが言う。ラナの煙草に対する欲求は以前よりわずかに減退したものの、やはりまだ吸いたかった。

そのとき、いきなりベッドが空になった。テイラーが消えたのだ。

三人はテイラーのいた場所をまじまじと見つめた。

「うん」サンジットが言う。「これは予想外だ」

すると、すぐにまたテイラーが姿を現した。

しかし爬虫類の舌を出し、ゆっくり頭を左右に動かすと、ふたたび消えた。

「テレポートしてるんだ」ラナが言う。

テイラーは、それから五分ほど戻ってこなかった。やがて三人があきらめ、それぞれの仕事に戻ろうとしたところへ、ふたたび戻ってきた。このとき、テイラーは部屋の隅に立っていた。その左手に変わった形の薄黄色のかたまりが握られている。テイラーはそれをベッドに放り投げた。

シンダーが恐る恐るその物体を拾いあげる。食パン半斤くらいの大きさ。

「チーズだ」

テイラーの反対の手に握られていた物体は、マルボロ半パック。

ラナはにやりと笑うと、サンジットの叫びを無視して受け取った。

「ようやく」とラナが言う。「この治療の苦労が報われたね」

テイラーはふたたび姿を消すと、それきり戻ってこなかった。

ほどなく、意識不明のブリアナを腕に抱いたデッカが、文字どおり部屋のドアを蹴破った。


アレックスは、アタスカデロにある祖母の家の自室のベッドで目覚めたことを思い出した。起きぬけにアニメ専門チャンネルをつけ、缶ビールを飲みながら、しけったマリファナをふた口ほど吸った。それから勤め先の家電量販店〈ベスト・バイ〉に病欠の電話をし、チャーリー・ランドに何時に来るかとメールした。

ｉＰｈｏｎｅをアップデートして、動画用の容量を確保し、ロープ、梯子、ハーケン、グラノーラ・バーを準備した。

祖母にはロッククライミングをしに行くと告げたが、それはあながち嘘ではなかった。祖母に土曜日に〈コストコ〉へ連れていってほしいと頼まれ、内心うめきながら了承した。

人生はとりわけすばらしくもなかったが、悪くもなかった。いたって普通だった。それなのに、思いもよらない唐突さですべてが変わってしまった。いまや肉体は壊れ、心はもっと壊れている。先週まで、アレックスは堕落したメソジスト教徒だった。それがいまや人食い少女の怪物を崇拝している。これが狂気であることはわかっていた。ここには、どうがんばっても絶望しかなかった。

アレックスはふらふらと湖岸を歩いていた。日が昇ると、辺りには不気味な光景が広がった。においもひどい。しかし同時に、自分の焼けた腕と同じ香りによだれが出そうになる。

「神の食料」とアレックスはつぶやき、思わず笑いそうになったが、笑う代わりに涙が出た。

バリアにのぼってすごい映像を撮ってやろうと思っていたあのときは、こんな事態になるなんて思いもしなかった。

「でもまあ、これが人生ってやつだ」

これはまったく新しい体験だった。肩の痛みが増す。痛い。痛みはやってきては去っていく。たいていの場合はただそこにあって、しかし時折悪魔のような激痛となり、アレックスは切断された腕に激しい怒りを覚えた。

切り口を見つめる。それはおぞましく、同時にいかしてもいた。あの少女はアレックスのタトゥーを、サンディエゴで入れた岩肌から男がぶら下がっているタトゥーを食べてしまった。

彼女はタトゥーと一緒にアレックスの魂も食べたのだ。まちがいなく。自分の魂はもはや自分のなかにはない。そう思って、アレックスは泣きたくなった。それに、誰が祖母を〈コストコ〉に連れていくのだろう？　祖母にはほかにも……何かの（もはやどうでもいいが）予約があったはず。アレックスは壊れたおもちゃだった。いとも簡単に壊れてしまった。それが悲しかった。まだ自分に魂があったなら。

「ガイア！」アレックスは叫んだ。「ガイア！」

返事はない。いまやアレックス自身も空腹だった。体はボロボロで、心は絶望している。だが、少なくとも飲み水はあった。湖は真水だ。よろよろと歩を進め、しゃがみこんでふた口ほど水を飲む。灰と油の味がした。

そのとき、ロープが目に入った。水蛇のようにうねりながら、湖面に浮いている。

ときどき、イザベラ湖で水上スキーをしたり、ビールを飲んだりして、ボート遊びをすることがあった。そのときはたいていビールをたくさん入れた網を船べりから湖に投入して冷やしていた。ひょっとしたら……。

アレックスはロープを引っ張った。まちがいなく何かがくくりつけられている。重い。少しずつ近づいてくる。はは！　穴のあいたクーラーボックスだ。湖から引きあげると穴から水が流れ落ちていく。ずっしりとした重量感。ただのビールにしてはずいぶん重い。

片手ではなかなかロープを外せなかったが、歯を使ったらなんとかいけた。しかし自転車のチェーンに半ばくじけそうになる。遺体や遺体の一部を極力無視しながらキャンプ場を探索すると、バールがあった。そのバールでチェーンのロックを破壊する。

ようやくふたをこじ開け、息をのんだ。

頭だった。いや、頭部とおぼしいもの。そこから突き出たトカゲの尻尾のようなものが、青白い瞳のあいだで動きまわっている。

頭が口から水を吐き出し、何かをささやいたようだった。それから神の、ガイアのような冷たい瞳でアレックスを見あげる。このしびれるような恐怖は、彼女からの合図にちがいない。

アレックスは嫌悪と恐怖を抑えて身を乗り出し、湿ったしわがれ声を聞いた。「おまえは誰だ？」

つぎにクリフトップに到着したのはコンピュータ・ジャックだった。顔は煤（すす）に、服は血にまみれた、重度の火傷、打撲、骨折に苦しむ子供たちをひとりずつラナの部屋に運びこんだ。

キャンピングカーは途中で故障し、ジャックは力ずくで押したり引いたりしながら道路を進んだ。ジャックにとってはどうでもいいあの怪力で。

結局、歩きの子供たちとさほど変わらぬペースになった。

道中でひとりの子供が亡くなった。残りの子供たちは泣いたり嘆いたり、振動がくるたびに痛みに叫んだりした。その間、ジャックは歯を食いしばり、つぎの攻撃に備えていた。サンジットがきょうだいらに指示をして水と毛布を持ってこさせた。シンダーがざっとトリアージをおこない、治療者を選別したが、ブリアナの優先順位は変わらなかった。いまは戦いの真っ只中で、ブリアナは戦士なのだ。

ラナがブリアナの傷、半分ひしゃげた顔に手を置くと、ブリアナは力なく悪態をついた。

「何があったの、ブリーズ？」ラナはそうたずねながら、もう一方の手を伸ばし、足が燃えて骨がむき出しになった四歳児に触れる。

「ガイア」ブリーズが言う。「ガイアファージが私たちを皆殺しにしようとして、だから私は……」そこまで言うと、ブリアナは白目をむいてふたたび意識を失った。

サンジットがラナの背後にまわり、彼女の口に煙草を差しこみ火をつけた。

「何人死んだの？」

ラナの問いにシンダーが応じた。「聞いた話だと……全部焼け落ちたって。ボートも車も……」そう言って涙をぬぐう。「その場にいた半数以上は亡くなったみたい」

「サムは？」

「サムはいなかったそうよ」

「じゃあ、まだ私たちは負けてない」ラナは言った。


ガイアは体を引きずるようにして木立に身を寄せた。動揺が隠せない。痛みを感じる。ペルディド・ビーチでサムに燃やされたときも激痛に見舞われたが、しかしこれほどの恐怖を感じたのは初めてだった。ピーター以外の人間を恐れることになるとは思ってもみなかった。

弱い人間など、たとえ能力者であろうと、自分にとって脅威ではないはずだった。だが、ひとりの少女に――たったひとりの少女に！――危うく倒されかけたという事実は極めて不快だった。明らかに誤算だ。そしてこの誤算は、外の世界でどんな意味を持つだろう？

自分が負ける可能性があるのだろうか？　たかが人間ふぜいに？

肉体とは奇妙なもので、どうやら恐怖を感じると喉が詰まったようになるらしい。実際に肉体は、心が指示したこととは異なる反応を示していた。まさに弱さそのものだ。心臓がドクドクと脈打ち、感覚が混乱をきたし、筋肉がこわばっている。そのどれもが明らかに制御できないものだった。

痛みのせいで気がそがれ、痛みばかりが気になってしまう。弱さだ。肉体を持つことには欠点が伴う。

どうだ、ネメシス？　これがおまえの望むものか？　ちゃんと見ているか？

このとき、両目から水が漏れていた。そういえば愚かなダイアナはどこにいる？　そばにいるはずなのに。もちろん、食料もない。ガイアは数十人の人間を殺したが、空腹は満たされていなかった。エネルギーを補給する前に追いやられたのだ。こんなの正しくない。不公平だ！

傷が癒えたらすぐにでもやつらを追いかけ、息の根を止めてやる。今度こそ、絶対に。やつらに倒される可能性があるのなら、なおさらだ。

ただし、ことはそう簡単ではない。能力者は殺す必要がある。やつらを殺さなければ、自分が殺されるかもしれないのだ。一方で、能力者を殺せば、残りの能力者を倒すための能力を失うかもしれない。

足をもとに戻すのに数時間を要した。ようやく立ちあがったが、足が震え、超スピードでの移動は無理だった。その能力を持っていると仮定して、だが。ブリーズと名乗ったあの少女は死んだだろうか？　ガイアはそうあってほしいと願う一方で、それを恐れてもいた。

太陽が昇り、外の世界の太陽が頭上に降り注ぐと、周囲の森や、巨大な木々、落ちた松葉、露出した根、頼りない若木を照らし出した。

そのときだった、彼らを目にしたのは。近眼のせいで顔までは見えなかったものの、ひとりはすぐにわかった。ケイン。そう、ケインなら顔を見るまでもない。初めてケインの心に触れてからずいぶん経つが、いまでもその心に触れることができる。

私を止められるか、ネメシス？　どうだ？

もうひとりはおそらくサムだろう。死の光線でガイアを燃やし、激痛をもたらした張本人。何度かその表面を撫でたことはあるものの、サムの心にはっきり触れたことはない。つまり、兄弟で団結してもう一度向かってくるということか。なんと、家族の絆の強いことよ。

いや、そんなことはどうでもいい。問題は、ひとりがテレキネシスの能力を、もうひとりが光の能力を持っているという点だ。もっとも強力な武器を失えば、残されたほうを殺すことはできないだろう。だが、動けないようにすることならできる。恐怖で支配するのだ。

壊してしまうのだ。

ケインとサムにこちらの姿を見られたかどうかはわからなかった。自分を探しているのだろうか？　ふたりが離れて別々の方向に向かっているように見える。目を細め、指を曲げ、攻撃に備える。

何かが動いた。ガイアは横に飛び、地面につくと同時に転がった。空から降ってきた巨大なセコイアの一部が、さっきまで立っていた場所に激突した。

ケイン！

すぐにケインの心をとらえ、刺し貫く。すると、予想よりはるかに近いところで悲鳴があがった。

「ケイン！」ガイアは叫んだ。「そうだ、私はまだおまえを痛めつけることができる！」

「あああああ！」

「もっと悲鳴を聞かせろ、父さん！」

茂みや低木をかき分け、誰かがこちらへ駆けてくる。そこだ！　サムはまっすぐガイアに向かっていた。片手をあげ、サムの両脚を狙って死の光を放つ。が、サムの攻撃のほうが早かった。緑の光がガイアのすぐそばを通過し、倒木に当たって腐った枝を炎上させた。

ガイアが撃ち返したときには、サムはすでに地面に伏せていた。

サムの姿をよく見ようと、足を引きずりながら近づいていく。そのとき、治療したばかりの足にふいに刺すような痛みが走り、よろめいた。ケインの心が驚くべき力でこちらを押し返しているのを感じた。

「うあああああ！」ガイアは激怒した。

そのとき、ガイアに向かって闇雲に放たれた光に危うく真っ二つに切り裂かれそうになった。慌てて飛びのくも、ズボンの裾が燃えた。

光線は高さ三十メートルのセコイアの木立の大半を切り裂いた。木々がゆらゆらと盛大に揺れる。バキバキという大きな音に続いて、枝が折れ、葉が破れる。木々が倒れると同時にガイアの退路がふさがれた。

ガイアは動揺を必死で抑えた。大丈夫、自分のほうがまだ上だ。私はガイアファージなのだ。

弱点はケインだ。ガイアは地面に伏せると、文字どおり穴を掘って身を隠そうとした。そしてすべての力をケインに向ける。

叫べ！　ケインに命じる。叫べ！

ケインは叫んだ。そうだ、それでいい。

それは、体が引き裂かれるのではないかと思うような叫び声、死んでしまうのではないかと思うほど悲痛な叫びだった。

ケインひとりではガイアは倒せない、サムはきっとケインのもとへ行くだろう。よし、サムがケインを助けようとしている、いまだ！　土のなかを這い進み、ヘビのように腹をこすりながら、髪を絡ませ、引きちぎり、屈辱でしか得られない憎しみをたぎらせて、ガイアは落ち葉のあいだをかいくぐった。

長く最低な夜に続く、最低な朝だった。

手加減していては戦いには勝てない。ならば、つぎにやるべきことはこれしかない。ペルディド・ビーチでの大殺戮（さつりく）。そのあとで反抗的なケインをじっくりいたぶり、最後に永遠の厄介者、サム・テンプルを始末する。

ただ、その前に流れを変える必要があった。

ガイアはサムの光で燃えた木からせん状に立ち昇る煙を見た。

火か、悪くない。火を使えば人間たちをペルディド・ビーチへ向かわせることができる。それに背後からの奇襲も防げるかもしれない。

ガイアは両手をかかげると、頭上を覆う枯れ木に向かって何度も光を放った。フェイズがはじまって以来、雨の降ったことのない森に長々と光線を撃ちこんでいく。

ステファノレイ国立公園に火の手がまわり、煙があがると、ガイアはそこから逃げ出した。

17

29時間 24分

疲労困憊(ひろうこんぱい)した子供たちを引き連れ、アストリッド、ダイアナ、オークはペルディド・ビーチに到着した。デッカとジャックに遅れること一時間。ほとんどの子供たちは、広場に着くと同時にその場にくずおれた。

エディリオは、すでにクリフトップでけが人を確認し終わっていた。そしていま、かろうじてパニックを抑えつつ、ひとりひとりの顔をのぞきこんでいる。

「ロジャーを見かけなかったか?」

ほとんど誰も口をきかなかった。エディリオは自分の声が聞こえていないのかもしれないと思った。すると、ひとりの幼い子供が言った。「ロジャーのボートは燃えちゃったよ」

「彼の姿は見たかい? ロジャーはそこにいた?」

首をふる動作。見ていない。

エディリオの心は痛んだ。ロジャーが殺されたなんてありえない。そんなの不公平だ。まちがっている。エディリオとロジャーは、ようやく互いの、何カ月も秘めてきた感情を認められるようになったばかりなのに。

エディリオの視線がアストリッドのそれと出合った。

彼女はエディリオの質問を聞く必要はなかった。「ロジャーの姿は見ていないわ、エディリオ。ジャックが小舟でまわったけど……湖面には遺体が浮かんでいた。ロジャーとジャスティンはふたりとも自分のボートにいたと思う。ボートは真っ二つになって、燃えてしまった」

「でも、その……埋葬は……」エディリオは最後まで言い終えることができなかった。

「聞いて。ブリアナがガイアを止めてくれたおかげで全滅は免れたけど、もうあそこにはいられなかったし、逃げる必要があった。けが人がいて、みんな怯えて、あそこにとどまって探すことはできなかったの」

エディリオはのろのろとうなずいた。悲劇が起こるたび、これまで何度もそうしてきたように、この現実を箱にしまわなければ。

けれどこれは大きすぎた。しまえない。ひとまず脇に置いて、あとで悲しむなんてできそうにない。エディリオの口からうめき声がもれた。アストリッドがエディリオを抱きしめると、エディリオはその髪に顔をうずめて泣いた。

「僕もあそこにいるべきだった」エディリオがささやく。

「あなたじゃガイアを止められなかった」アストリッドが応じる。「ブリアナとデッカ、それにほかの子供たちは無事にここへ到着した?」

エディリオは体を離し、頬から涙をぬぐった。「ブリアナはかなり重症だけど、一命はとりとめた。いまはデッカと一緒にクリフトップにいる」

「私が今後あの子の悪口を言いそうになったら止めてね」アストリッドが言う。「ブリアナは、生き残った私たち全員の命の恩人なの。エディリオ、あれは……ガイアは……殺戮を楽しんでいた……子供たちを宙に放り投げて、それから……」

エディリオは悲しげにうなずいた。「僕たちはどうすればいい、アストリッド? サムを見かけた? 本当はここにいたはずなのに、僕の……判断ミスだ。僕のせいだ」

「エディリオ、あなたは何も悪くない」アストリッドはダイアナを呼んだ。オークは先ほど二十リットルサイズのプラスチック容器を持って水を汲みに行き、いまは子供たちがむさぼるようにその水を飲むようすを満足げに見つめている。

「いい、エディリオ」アストリッドがエディリオの顔に手を当て、自分のほうに向かせる。「私たちに悲しんでる暇はない。いくつか覚えておいてほしいことがあるの」

エディリオはうなずいたが、心ここにあらずだった。話が入ってこない。

「ダイアナ、ガイアについてわかっていることをエディリオに教えてあげて」

ダイアナが説明したが、エディリオは何度か訊き返さなければならなかった。集中するなんて無理だ。ロジャーの死が——湖面に浮いている姿が——脳裏をよぎる。あるいはひどいけがを負って、どこかに倒れているかもしれない。

ロジャーに考える時間はあったのだろうか？　死ぬことがわかっていたのだろうか？目の前でジャスティンが死ぬところを見ただろうか？　もしそうなら、ロジャーはその場面に殺されたも同然だ。ジャスティンは、もはやロジャーの弟のようなものだったのだ。

「聞いて、エディリオ。ガイアは私たちを全滅させるつもりなの」アストリッドが言う。

「唯一の朗報と言えば、ドレイクを倒したこと。まあ、ブリアナがやったんだけど。そう、これもブリアナのお手柄」

「え？」エディリオは訊き返した。混乱して、話についていけない。

アストリッドとダイアナが視線を交わす。「ダイアナ……」とアストリッドが言い、エディリオに向かってうなずいた。

「一緒に来て、エディリオ。ちょっと市庁舎の階段に座りましょう」ダイアナが言った。

「さっきの悲鳴は？」ケインのけがを確認しながらサムは訊いた。「けがしたのか？」

ケインはぜいぜいと息を切らし、みぞおちを蹴られたかのように体を丸めていた。「あいつにやられた」

空気が煙くさい。何かが燃えている。

「どこを？」とサム。「どこをやられたんだ？」

ケインがゆっくりと体を伸ばす。顔が真っ青だ。「ここだ」そう言って、いらだったようにこめかみを指で叩く。

「どういう意味だ？　もう断ち切ったんだろ」

「何も断ち切っちゃいない！」ケインが叫んだ。サムが驚いたことに、その目にうっすら涙が浮かんでいる。

サムは口調を和らげることにした。ケインと争う必要はない。「ケイン、聞いてくれ。何が起こっているにしろ、ちゃんと教えてほしい。おまえは僕を援護してくれるはずだろう？」

ケインは膝についた土を払うと、サムの視線を避けた。「俺はガイアファージの所有物なんだ。わかるか？　ずっと昔、最初の大きな戦いのあとのことだ。ペルディド・ビーチでの戦い、覚えてるだろ」

「ああ、覚えてるさ」サムがぴしゃりと言う。「おまえとドレイクは僕を殺そうと必死だったよな」

「あのあと、俺は鉱山へ行った。それは知ってるな。そこでガイアファージが……いや、口で説明できるようなものじゃないし、おまえも聞いたってわかりゃしない」

「でも、それからガイアファージに抗ったんだろう」

「あのときは向こうも弱っていたからな。それにあれの注意はラナとピーターに向いていた。いまは強い。はるかに強大だ」

サムは顔をしかめた。「どうしてラナに？　ラナにこだわる理由はなんだ？」

「あいつは……ラナを憎んでいる。ラナは呪縛を解いた。俺と同じように心に入られたが、締め出したんだ。それがラナのヒーリング能力のせいなのかなんなのかはわからない。だけどラナは……あいつはタフで強い。ガイアファージはそれが気に入らないんだ」

「そうか」サムは言った。それ以外に言うべき言葉が見つからなかった。ケインが自分の弱さを認めるのはつらいはずだし、自分にできなかったことをラナはできたと認めるのは、もっとつらいにちがいない。

煙がサムの目を刺激した。煙は、サムが燃やした場所以外からもあがっていた。

ケインは懸命に説明しようとした。「あれは、どう言えばいいのか、俺たちのいる世界とは別の場所があって、あれはその場所とつながっている。目には見えないけど、ある意味では見えている。目の端に何かが映っていて、視線を向けると消えてしまう、みたいな。ガイアファージはその場所から俺に触れてくる」

「触れられるとどうなるんだ？」

「痛みが走る」

「ひどい？」

ケインは歯を食いしばったまま、その隙間から言葉を絞り出す。片手に想像上のナイフを握り、ゆっくりひねりながら側頭部にねじこんでいく。「白熱のナイフを頭に刺されて何度もねじこまれる感じだ。くり返し、何度も」

サムは痛みを感じた。かつてドレイクの鞭を食らって泣き叫んだことがある。どうすることもできなかった。自分を制御できなかった。サムにはケインの言う痛みがどういうものか理解できた。手を伸ばし、ケインの肩を叩こうとして、思いとどまった。そんなことをされても嬉しくないだろう。

代わりに低い枝に登り、周囲を見渡した。火の手はまちがいなくほかの木々にもまわっている。少なくとも三本の木が燃えていた。一年間雨の降っていない森は乾燥していて脆い。火はすぐにでも広がるだろう。まちがいなく。いま、ふたりにできることは何もなかった。

「ガイアに挑んだらいつもそれを<ruby>された</ruby>るのか？」言いながら、乾いた松葉の地面に降りる。

ケインは肩をすくめた。「久しぶりだった。俺は呪縛を打ち破ったと思っていた。ラナみたいに。だがガイアファージは体を手に入れてパワーアップした。鉱山から出てきたんだ。そしてピーターは、死んだかなんだかしちまった」

「アストリッドは、ピーターはなんらかの形でまだ生きていると考えている」

「なんらかの形ね」ケインは苦笑した。「少し前まで、外に出てハグしてバーガーを食うことを話していたのに、いまじゃまたこのおかしな世界にがっつり逆戻りだ」

サムは、この疎遠の弟を興味深げに眺めた。ふたりは同じ母親から数分ちがいで生まれた。そんなことが起こりえるのかどうか、サムには確証はなかった。だが、自分たちの父親は同じなのだろうか？　あるいは母親は、サムが望むより……冒険心が強かったということは？

それになぜ母はケインではなく自分を手元に置いたのか？　おかしなことはフェイズが起こる前からはじまっていた。それはまちがいない。

「おまえなしではガイアは倒せない」しばらくして、サムは言った。「だけど、おまえがただの弱点以上になる可能性もある」

ケインに腹を立てたようすはなかった。それが真実だと知っているのだ。

「今度俺が攻撃されても、助けようと思うな」ケインが言う。「あいつはおまえが助けに来るのを見越している。だから今回もそうしたんだ。自分がピンチになったから、俺を攻撃しておまえを下がらせた」

サムはうなずいた。「ああ。そうだな。でも向こうのつぎの動きは？　それがわからない」

ケインはしばらく考えをめぐらせ、愕然とする。「攻撃だ。湖ではブリアナの邪魔が入って全滅させられなかった。それから俺たちに追跡されて、もう自分が無敵じゃないことを悟ったはずだ。だからこっちに守らせる必要がある。俺たちに好きなように追わせていたら、うっかり倒される可能性があるからな」そう言うと、いまや鼻と喉にも入りこんできた煙のほうへうなずいた。「だから、この火か。あいつは強がってる場合じゃなくなった。恐怖に怯えている。これは俺たちにとってかなりまずい展開だ。あいつは急いでことを起こす。まだあったはずの時間がなくなったんだ。いよいよ最後の戦いだ」

「ああ」サムはこわばった声で応じた。「ガイアの行き先はペルディド・ビーチだ」

ドレイクと名乗った頭は、アレックスに話をした。

自分はガイアに仕えていること。

ドレイクを彼女のもとに連れていけば、きっと褒美をもらえるだろうこと。腕を戻してくれるかもしれないし、それ以上のことが起こるかもしれないこと。

そこでアレックスは、持ち運びに便利なケースに頭を入れたまま、重たい石だけをすべて取りのぞいた。クーラーボックスは重たかったが、どうにか片手で持ちあげた。

ガイアを探すあいだ、ドレイクともうひとりの人物、ブリトニーがガイアについて話してくれたおかげで、アレックスはこれからどうすればいいかを理解した。真実を理解した。

そして、自分が真の神に仕えていることを理解したのだった。

そしてガイアが勝利を収めた暁には――勝利を疑う余地などあるだろうか？――アレックスは彼女の隣を誇らしげに歩くのだ。そうブリトニーは言った。ドレイクもあとからそう同意した。

彼らは三人の使徒だ、とブリトニーは言った。ドレイクと、ブリトニーと、アレックス・メイル。

アレックスは、ガイアにドレイク・マーウィンの頭部を渡すため、彼女を探す旅に出た。だが、ガイアがこの側近の頭部をどうするのかはあまり考えていなかった。

一方ドレイクは、彼女が自分をどうするつもりか、よくわかっているようだった。

コニー・テンプルは、昨日ダーラに言われた場所に到着していた。そこには湖とマリーナがあった。そして湖を越えたフェイズの向こう側にも、まるでこちら側の景色を鏡で映したようにそっくりなマリーナがあった。バリアの向こうには子供たちがいたが、誰もバリアに近づいてこなかった。結局、ダーラも現れなかった。コニーはバリアのそばにあった若木にメモを刺すと、その夜はモーテルを探した。コニーはダーラが遅れてやってきて自分の姿を探すのではないかと心配したが、辺りはすでに暗くなりかけており、この地域のこともよく知らなかった。十六キロほど離れたところにモーテルを見つけ、コンビニで買ったもの――クラッカー、チーズスライス、ボトルワイン、チョコレートバー三本――

で夕食を済ませ、バラエティ番組を観ながら眠りに落ちた。

翌朝（疲れはまったく取れておらず、少々二日酔いだった）コニーは、コンビニでコーヒーとドーナツを補給すると、ふたたび待ち合わせ場所に向かった。ダーラかアストリッドがやってくるという望みはほとんど抱いていなかった。

コニーは、香りの抜けたコーヒーと固くなったドーナツを手に車から降りた。昨日自分で残していったメモを見つけ、くしゃくしゃに丸める。それから遠くの、行くことのできない岸辺に目を向けた。

かろうじて見えるふたつ目のマリーナから、細い黒煙が立ち昇っている。その南のほうに、さらに大きな煙の柱。不吉な光景だ。

彼女はもっとよく見ようと、マリーナの埠頭へ行った。ボートがあればもっと近づけるのに。

「昨夜は向こう、大変なことになってたな」

コニーがふり向くと、白髪でしわの深く刻まれた、長身で猫背気味の年配男性がいた。

「どういうことですか？」

男性は遠くの岸をあごで示した。「俺はバリアが透明になってからずっと見守ってきた。あっちに孫がいる。少なくとも、まだどこかにいると願ってる」

「あそこにも子供たちがいるんですか？」コニーは訊いた。

「キャンプ場か居住区か、まあ呼び方は好きにすればいいが、そういうものがあるみたいだな。電気はないから明かりは少ないが、夜になるとロウソクの灯が見える。子供たちがボートで近づいてきてメッセージを交わしたこともある」男性は肩をすくめた。「孫の情報はなかった。誰も孫のことは知らないんだと。でも孫の名前を言うと、なぜか不穏な雰囲気になった」

コニーは同情するようにうなずいた。「私はコニー・テンプルです。私の息子は――」

「あんたのことは知ってるよ、テンプルさん。テレビでな。俺はマーウィンだ。孫の名前は俺の名前からとった――ドレイクだ」

コニーはどうにか冷静を装った。その名前は聞いたことがある。いい評判ではなく、とても……恐ろしい話のなかで。「昨晩、何があったんですか?」

老ドレイク・マーウィンは、ふたたび肩をすくめた。どうやら癖らしい。「聞いても信じられんと思うが」

コニーは待った。

「誰かがレーザーを撃ったようだった。何度か爆発もあった。今朝、誰かが向こうからボートでやってきて説明してくれるのを待ったが、誰も来なかった。ずっと見ていた。ボートに高性能の双眼鏡を積んであるんだ。問題は、目がもうよく見えんことだ。六十五歳まではよく見えたんだが、それからは……」

「その双眼鏡、のぞかせてもらってもいいですか?」

マーウィンは、桟橋の端に停めてあるボートにコニーをいざなった。大きな双眼鏡が三脚に据えつけられている。腰をかがめてのぞきこみ、何度目かの調整で焦点があった。

突然、その景色が視界に飛びこんできた。

「何が見えるか教えてほしいんだが……」マーウィンがおずおずと切り出す。

「ひっくり返ったヨットが一艘と、燃えているトレーラーが見えます。あれはキャンピングカーかしら……」コニーはぐっと唾をのみこんだ。「ほかにもたくさん燃えている。車、ボート……あの、もう少し近づけます?」

マーウィンの表情が曇る。「間近で見るのは怖いな」

その気持ちはよくわかった。コニーは励ますように、無意識のうちに彼の腕に触れていた。

コニーがとも綱を解き、マーウィンが舵を取る。もともと湖を走るにしては大きなボートだったが、その湖がずいぶん小さくなったいま、舵取りはほとんど無謀に思えた。しかしマーウィンは慣れた手つきで船を操ると、バリアから三メートル弱のところに寄せた。

ふたりは双眼鏡が置かれた、二階デッキの操縦席にいた。

「あれは……」マーウィンが痛みと恐怖の入り混じった声で言う。

「ええ」そう、湖に浮かんでいるのは遺体だ。ボートをゆっくりバリアにぶつける。

何かが動いた。人のようだ。コニーが双眼鏡をそちらに向けると、男性――子供ではない――とおぼしい人影が、青と白のクーラーボックスらしき容器を運んでいるのが見えた。炭と立ち昇る煙のなかを縫うようにして、湖から遠ざかっていく。

今日、ここでコニーと会える子供などいないだろう。

「先ほど、レーザーのようなものを見たっておっしゃいました?」声の震えを抑えながら、コニーはたずねた。

「あんたの考えていることはわかるよ、テンプルさん」とマーウィン。「あんたの息子が手のひらから光を出す映像を見た。だが、まだそうと決まったわけじゃない」

「ええ」コニーは同意した。

「下のキッチンにコーヒーメーカーがあるからどうかな。俺の分にはクリームを少し頼む」

コニーはその提案に喜んで飛びついた。いそいそと階下へ降りていく。コーヒーをつくりながら、気づくと取っ手が折れるほどカップをきつく握りしめていた。別のカップを見つけてコーヒーを注ぎ、階上へ持ってあがる。

マーウィンはカップを受け取って口をつけると、舵を少しだけ切り、あとはわずかなエンジンの推進力を使って、易々(やすやす)とボートをその場に停泊させた。

「俺は七十四歳だ」そう言うと、マーウィンはふたたび肩をすくめた。今回はそのジェスチャーで、その事実を軽く受け流そうとしているようだった。「ベトナムに派兵されたことがある。あんたが生まれるずっと前の話だが、あれは悲惨な戦争だった」

「戦争はたいていそうなんじゃ」

マーウィンは小さく笑った。「そのとおりだ。戦争なんてたいてい悲惨なものだ。ある若者がいた。正規の伍長が死んで、代わりに伍長になったばかりだった。いいやつだったよ。だがある日、三日間眠らず、五日間温かな食べ物を口にせず、仲間がふたり撃たれたあと……」そこで口をつぐむ。呼吸が乱れ、視線をそらす。

コニーは待った。

「あのとき、彼らはNVAを、北ベトナム軍の正規兵をひとり捕虜にしていた。そのNVAはけがをしていて、仲間と一緒に退却できなかったんだ。伍長は尋問をすることにした。するとNVAは伍長の顔に唾を吐いた。で、かいつまんで話すと、伍長はそいつの首を撃った」

沈黙。

「無抵抗な捕虜を撃つのは戦争犯罪だ。軍法会議違反ってやつだな。ただし、誰かが報告していたら、だが」

「報告しなかったんですか？」

マーウィンはゆっくりと肩をすくめた。「しなかった。捕虜の首を撃った俺を、誰も報告しなかった。なぜって、俺たちはみんな空腹で、疲れていて、怯えていて、ものすごく腹を立てていたから。しかも最年長の人間がたったの二十歳だったんだ」

「サムは……」

「テンプルさん、この世界には真の聖人がいる。俺が結婚したのもそのひとりだ。だが数は多くない。俺はドレイクを、孫のことを、さっきの伍長だとは思いたくない。あいつが、どうにか流されない強さを見つけてくれてたら……だが、あれはずっと問題児だった。とくに俺の息子が死んだあとは。義理の親父……あいつの義理の親父が……」そこでふうっと息をつく。「いずれにしても、俺にも、あんたにも状況はわからない」

「もしも状況がわかったら？」コニーは小声で訊いた。

「偽善者の集団みたいにふるまうだろうな。じゃなきゃ、鏡に映った自分を見て、自分たちも暗く非道なことができると認めることになってしまうからな」

　桟橋へと引き返すあいだ、ふたりは無言だった。コニーは彼の手を握った。

「船に乗せてくれて、それから話を聞かせてくれてありがとうございました。あんな体験を長年背負っていくのは、さぞおつらいでしょうね」

　マーウィンは笑みを浮かべた。その目がきらりと光る。「あんたが思っているのとはちがうがな、テンプルさん。つらいのは、自分があの復讐という行為に喜びを感じていたと気づいていることだ。そして同じ場面に遭遇したら、自分はまた引き金を引くだろうとわかっていることだよ」

コニーはゆっくりと手を離し、マーウィンの目を見つめた。そこには冷たく残酷な光が宿っている。「暗く悲惨な出来事は、喜びをもたらすんだ」

18

27時間　13分

ガイアは先を急いだ。歩く速度はほぼ通常の速さ。傷は癒えつつある。座って集中すれば一気に治せるが、ふたりの能力者が自分を追っている。それに、炎より先にいなければいけない。炎はあっという間に森の端へと広がり、さらに遠くまで燃え広がろうとしていた。

この経験でガイアは、体を手に入れるということは、自分もまた煙や炎に弱くなるのだと思い知った。自分の内側を探り、煙から身を守ってくれる能力を探す。何もない。

痛みだけは制御できていた。耳へと流れこんでくる音楽が気をまぎらわせてくれた。曲名は『明かりがすべて消えたら(When All the Lights Go Out)』。ボーカルが何度も絶叫している。どうやら自分は人が叫ぶ音楽が好きらしい。

砂利道をまっすぐ下っていく。サムとケインよりわずかに先行し、見通しのいい場所に出た。ここなら追いつかれる前に向こうの姿を確認できるだろう。ふたりはもはや対処可能な脅威だ。それよりはるかにガイアが案じていたのは、ピーターが自分を見ているということだった。見られているのが気配でわかる。その存在は急速に薄まっているとはいえ、ネメシスはまだ死んではいない。

肉体には明らかにいい面と悪い面があった――命を与えられ、能力を発揮し、動きまわることが可能になる一方で、痛みを感じ、殺される恐れがある。

ガイアファージという偉大な創造物は、その肉体が滅びたらどうなるのか。

ガイアにはわからなかった。ピーターのように、実体のない幽霊と化すかもしれない。あるいは実際に、本当に死んでしまうのかもしれない。消滅するのかもしれない。

肉体はつねに飢えている。頭のなかでしつこいくらいに訴えてくる。食料をくれ。いますぐ食料を寄こせ！

ガイアは道端で遺体を見つけた。少年だ。一見、無傷に見えた。だが足でひっくり返すと、背骨の近くから木の枝が突き出ていた。ひょっとしたら枝が刺さったことにも気づかなかったのかもしれない。そして湖からペルディド・ビーチへ向かう途中で、失血死したのだろう。

これで、ひとり殺す手間が省けた。

ガイアは少年の服を脱がすと、手早く身に着けた。服は汚れて血まみれだったが、ガイアの衣服のほうが悲惨で、しかもサイズが小さくなっていた。服装が変われば、追跡者も混乱するかもしれない。ガイアは少年の太ももの一部を食べ、すぐに出発した。しばらくして、進む速度をあげてみる。このゆっくりとした歩みは退屈だった。

ハイウェイにたどり着くと、半分落書きに覆われた黄色いスクールバスが、ちょうどこちらに向かって車体を揺らしながらやってくるところだった。バスが道路脇で停車し、なかから十二人の子供が降りてきた。それぞれ道具やバケツを手にし、そのうちふたりが後ろのドアから手押し車を下ろしている。

黒い髪をしたひとりの少女が顔をあげ、ガイアを見て、いぶかしげに眉をひそめた。ほかの子供たちはガイアの背後を見つめ、ガイアではなく、燃えている森を指さした。大量の煙が立ち昇っている。森から遠く離れたこの場所でも、ガイアはそのにおいがわかった。

ガイアは集団のほうへまっすぐ近づいた。彼らはすでに畑へ向かい、魚の頭や骨らしきものを撒いている。魚の頭は、ミミズの群れにすぐさま食い尽くされた。その魚と引き換えに、子供たちはバケツを引きずりながら無傷で畑へ入っていく。

ガイアは片方の耳からイヤフォンを外した。

「おい、働けよ」ひとりの少年がガイアに向かって言った。

先ほどの黒髪の少女が、目を細めてガイアを見つめていた。「あなた、見たことないんだけど」

「そうだな」ガイアはうなずいた。ここで騒ぎを起こしてほかの子供たちを警戒させたくなかった。光は使わず、シンプルに手をふって少女の頭を潰す。

先ほどの生意気な少年が口を開く。「おまえ――」

少年はガイアの最初の一撃をかわした。だが、二発目のパンチが腕をかすめ、その衝撃は腕が砕けるほどだった。少年は口を開けて叫ぼうとしたが、そのチャンスは訪れなかった。ガイアの手が喉をとらえ、ブドウを潰すように、簡単に喉頭を砕いたのだ。

ガイアは少年をバスの裏側に投げ捨てた。そこなら畑でのろのろと作業をしている子供たちからは見えないだろう。

あと十人。サヤエンドウがたくさん実った植物の畝をまたぎながら、足早に彼らに近づいていく。一番近くにいた少女を捕まえ、背中を一発殴って背骨をへし折る。

あと九人。

つぎの標的は叫ぶ時間があった。が、すぐに頭部が宙を飛び、キャベツのあいだに着地した。

あと八人。

短い叫びを聞いた子供たちがびくりとふり返った。その刹那、ガイアは緑の光で三人の子供をあっさり仕留めた。

七人、六人、五人。

パン！　パン！

ひとりの子供が武器を持っていた。無我夢中で発砲する。ガイアは光線を撃ち放ち、少年を真っ二つに切断した。

あと四人。

まずい、また銃だ。間に合わない！

パン！　パン！　パン！

くるりとふり向いたガイアは、撃たれた衝撃よりも激痛に喘ぎ、仰向けに倒れた。

「そいつを捕まえろ！　早く！」

パン！　パン！

「弾切れだ！」

起きあがろうとしたが、どうやら体の内部がひどいダメージを受けているらしい。耐えがたい痛み。

ナイフを持った少女がガイアのそばに立っていた。ガイアは見えないパンチを放って、ナイフ使いを宙に飛ばす。

ふいに背後で物音がした。柔らかい土を踏む音。ガイアが体をひねると、トゲトゲのついた野球バットがガイアの胸を直撃した。

ガイアは反射的にバットをつかむと、もう一方の手で相手の体に風穴をあけた。

あと三人。

ガイアは体を起こして頭をふった。めまいがする。頭がズキズキして、目の焦点が合わない。胸が痛い。いろんな場所から血が流れている。

よく見えないまま、ガイアは緑の光を全方位に放った。何度も、何度も。やがて短い悲鳴があがる。

あとふたり。

優先順位を決めなければ。まずどこを癒す？　何が致命傷になる？

新しいシャツをめくり、傷を見る。胸の傷は撃たれた傷より小さい。ひどいのは、最悪なのは、破裂した射出口だ。ガイアはその部分に手を押し当て、集中した。

涙でにじむ視界に、ふたりの子供が走る姿が見えた。ハイウェイに出た子供たちが、ペルディド・ビーチへ向かって駆けていく。ガイアは光線を放ったが、狙いが定まらない。ふたりの姿がぼやけ、狙いが外れる。

フェイズの人間を殲滅するのは、思っていたより難題だ。

生き残るのは、それよりさらに難題だ。

なぜ、あらゆることが困難なのか？　こんなの不公平だし、まちがっている。私はガイアファージだ。対するやつらは？　肉と血と骨でできた弱い生き物ではないか。

おまえと同じだ、ダークネス、おまえと同じ。

ガイアは息をのんだ。声は脳内から聞こえた。あれの声。ネメシスだ。見ているのだ。ネメシスは過去に肉体を持った過ちから学んでいるのだ。

そのとおりだ、ネメシス。肉体を持つとこんなにも脆くなる。

いまので向こうが混乱すればいいが、とガイアは思う。混乱すれば、ネメシスの行動は遅れる。だが、ネメシスが動いた瞬間、事態は本当に困難を極めるだろう。ここで横になって回復している時間はない。それにサムとケインも……。

こうなると、外の世界を征服するのはむずかしいかもしれない、とガイアは思いはじめた。とくに向こうの準備ができていたら。隠密行動は必須。外の人間に正体を知られることなくここから出る必要がある。外に出たら、また力を手にできるだろう。なにしろこの身は一種の伝播性ウイルスなのだ。信奉者が集まり、ほかの人間たちを支配できるはず。そう、自分は……。

征服者。

ガイア——肉体を持つガイアファージ——は、仰向けのまま青空を見つめた。どこか、はるか遠く、大気の薄い膜を越え、ちっぽけな太陽系を越え、想像もつかないほど遠い銀河のどこかで、ガイアファージは誕生した。はるばる、何百万年もの時間をかけて、ここへたどり着いた。そしていま、人間の肉体から流れ出た血が、地面に染みこむのを感じている。

こんなふうに終わるわけにはいかない。ガイアファージは、さらなる進化を運命づけられている。存在だけで、この星を支配する物理法則を変えはじめているのだ。

今日はフェイズの。そして明日はこの惑星の。

だがいまは……なんだか、とても疲れている。

「戻ってきたのね」アストリッドはアルバートに言った。「聞いてはいたけど」

「ああ。それにもう畑からじょじょに食料が届きはじめている。入れ替わりで人を送ってるよ」

アストリッドはうなずいた。「きっと、いいことなんでしょうね」

「きっと?」

「ガイアが追ってくる。明日かもしれないし、十秒後かもしれない。子供たちを別々の場所に配置しておけば、全滅させるのはむずかしくなる」

アストリッドは、かつての市長室で緊急会議を招集していた。そこでふと、もし本当にバリアが消えれば、ここは本物のペルディド・ビーチ市長の部屋になるのだという念に打たれた。一週間後か一カ月後か、責任者である大人たちがここに座り、ゴミの収集や水について、あるいは外出禁止令など、生死にかかわらない重要なことを決めるのだ。

アルバートも会議に参加していた。ほかには、エディリオ、デッカ、クイン、ダイアナ。

ジャックにも参加してほしかったが——力で役に立てなくても、彼は頭がいい——不在だった。それにラナ。彼女もいてくれたら助かったが、控えめに言ってラナは忙しい。

何より、サムがいてくれたら、とアストリッドは思った。ケインだって歓迎だ。自分たちはおそらく最後の戦いとなるものに直面しているが、ここにはデッカとオーク以外、戦える人間はいなかった。デッカもオークも強く勇敢だが、ガイアには歯が立たない。

アストリッドは、バリアが消えたあとのことをそろそろ考えるべきだと思っていた。しかしいま、彼女は〝その後〟がないことを恐れている。バリアが消えても、外に出ていくのはガイアひとりかもしれないのだ。

アストリッドにはひとりだけ、この会議に参加してほしくない人物がいた。ダイアナだ。

これはアストリッドが招集した会議だったが、ダイアナに質問しているのはアルバートだった。「ダイアナ、君はガイアファージと一緒にいたんだろう。知っていることを全部話してくれ」

ダイアナはアストリッドをちらりと見た。するとアルバートが、さらにはデッカも、その視線に敏感に気づいた。

痛々しいほどの長い沈黙。クインと、心ここにあらずのエディリオでさえ、さすがに気づいたようだ。

「おい」クインが言った。「隠しごとはなしだぞ」

アストリッドはできるだけ落ち着いた声音で言った。「知っていることを全部話して、ダイアナ」

このときばかりは、ダイアナも難色を示さなかった。「ガイアの体は急成長している。つねに食料を欲していて、手に入れる手段は選ばない。たぶん、あの子自身に特別な能力はない。ただしガイアファージがもともと持っていた、人の心に、とくに能力者の、それも過去に接触のあった能力者の心に直接触れてくる能力をのぞいては。そうした相手にはひどい痛みや恐怖を与えて――」

「ケインもか？　あいつはケインも痛めつけられるのか？」デッカが訊いた。

ダイアナはうなずいた。「たぶん、そうだと思う。それに私も。ラナ以外は」

「ラナ？」とアストリッド。

「ガイアはラナを憎んでいる。ラナがガイアファージを締め出したから。もうひとつ、伝えたいことがある」ダイアナは、慎重にアストリッドの視線を避けながら言った。「ガイアの能力は借り物なの。あるいは派生したものっていうのかしら、アストリッドの好きなむずかしい言葉を借りるなら。あの能力はガイアのものじゃない。サムを殺せば、サムの能力は使えなくなるそうよ。だからサムが生きていたほうが……都合がいいのかも。わからないけど」

「だからサムやケインを殺さなかった」アストリッドは言った。ここでダイアナを黙らせれば、まだ会話の矛先を制御できるかもしれない。「じゃあ、何か提案はある？　意見は？」

「アストリッド」ダイアナが言った。「ピーターのこと」

「ピーターがどうしたんだ？」アルバートが問い詰める。

ダイアナは席を立ちかけ、しかしボロボロの体に痛みが走ったのだろう、もう一度腰を下ろした。「ネメシス。ガイアはピーターのことをそう呼んでいる。ガイアファージが心底恐れている存在。だからあの子は私たちを皆殺しにしようとしているの。自分のように、ネメシスが誰かの体を手に入れないように」

「その話になんの意味があるのかわからない」アストリッドはぴしゃりと言った。「それをどうやって……つまり、そんなのなんの意味もない情報よ」その口調が、ヒステリックなものであることはアストリッド自身にもわかっていた。

デッカが言う。「ピーターはいったいなんなんだ？　本当にまだ存在しているのか？　ガイアのたわごとじゃなくて？」

ふたたび、全員の目がアストリッドに向けられる。アストリッドはその視線を感じた。

「ガイアはあなたをどう思っているの、ダイアナ？」

気まずい沈黙が流れ、デッカがそれを打ち破った。「アストリッド、いまはピーターをかばっている場合じゃない」

「私は、ダイアナに対するガイアの感情が知りたいの」アストリッドはやり返した。「それが向こうの弱点になるかもしれない」

それまで黙っていたエディリオが、ここで口を開いた。「あの化け物は、何十人という子供を殺した。ロジャーのことも。僕たちはすべてを知る必要がある。隠しごとはなしだ。ごまかしも、嘘も」

アストリッドはエディリオをにらみつけたが、うまくいかなかった。やがて顔をそむけた。

「ダイアナは知っていることを話した」アルバートが冷ややかに言う。「つぎは君の番だ、アストリッド」

「私はピーターを死に追いやった」アストリッドは静かに言った。「そうするしかなかったから。ピーターにあの虫たちを消してもらうにはあれしか方法がなかったの。私は一度弟を手にかけた。もうこれ以上……」

「俺たち全員、大事な人を失った」クインが穏やかに言う。「誰もが地獄をくぐりぬけてきた。まちがったこともした。この部屋にいる全員、体に傷跡があるし、もっとひどいことに……たぶん、心にも傷がある」

「僕らは虎を待つ羊の群れだ」アルバートが断じる。「知りたいことはひとつ。ここから生きて出られる人間がいるかどうかか」

「それなら島に戻ったほうがいいかもね」アストリッドは意地の悪い口調で言い返した。そして顔をあげると、これまで見たことのないものが目に入った。エディリオが、どす黒い怒りに顔をこわばらせていたのだ。アストリッドは思わず後ずさった。

エディリオが言う。「話して、アストリッド。いますぐに」

アストリッドはごくりと唾をのみこんだ。何か言わなければと思うのに、何も言葉が出てこない。エディリオに否を唱えられるほど強くはなかった。アストリッドは反抗心が砕けるのを感じた。降参だ。彼女の理性が、エディリオの能力を皮肉めいて指摘する。エディリオであることが、すでに彼の特別な能力なのだと。

「わかったわ」アストリッドは小声で応じた。「そう、ピーターは生きている。説明はできないけど。できることなら説明したい、本当よ。あのとき、暗闇で、ペニーにやられたせいで悲鳴をあげるシガーと一緒に世界の終わりを待っていたときに、ピーターが話しかけてきたの」

「君の妄想じゃなくて?」

アルバートの言葉にアストリッドは首をふる。「ときどき、あの子の存在を感じるの。可哀想なシガーには、ピーターの姿が見えていた。少なくともちょっとは」

「ガイアはピーターの生存を確信している」ダイアナが言った。「ネメシスは肉体から分離されて弱くなっているって」

「つまり、ガイアを止めるにはピーターが、肉体を持ったピーターが必要だってことか」アルバートが言う。「それはわかったけど、その方法は?」

今度はエディリオがたじろぐ番だった。アストリッドはすでにその結論まで考えていたが、エディリオはそうではなかったのだ。そしてこのときエディリオは、アストリッド以上に自分がこの結論を気に入らないことを理解したのだった。

当然のことながら、その方法をはっきりと口にしたのはダイアナだった。その口調には以前の皮肉っぽさが戻っている。「要するに、生贄の子羊を用意してエクソシストのところに行くようアストリッドが弟に伝えて、私が産んだ子供を殺させればいいんでしょう」

ふたたび長い沈黙が落ちた。

アストリッドは自分の考えをうっかり誰かに読まれないよう、何も考えないよう努めた。もうひとつ、別の方法があるのだ。もしもケインとサムが死んだら……。

顔をあげると、エディリオがこちらを見ていた。エディリオが軽くうなずく。

エディリオにも、もうひとつの方法がわかったのだ。みんなにも。

沈黙が部屋を満たしていた。ふたつの選択肢が迫ってくる。ピーターのために犠牲者を選ぶか、サムとケインを殺すか。

アストリッドを見ながらエディリオが言った。「デッカ、クイン、一緒に来てくれ。これから銃を扱える人材を集めに行く。銃を持っている者を、広場周辺の窓辺や戸口に配置する。ガイアはここで迎え撃つ」

「サムやケインやブリアナがいなきゃ勝てっこない」ダイアナが言った。

「ああ」エディリオがうなずく。

「聞いてくれ」自分が残酷なことを言おうとしているのを自覚しながら、アルバートはなだめるように言った。「僕らはどちらの選択肢も気に入らない。それでも、選択肢はそれしかない。そうだろ？　自分たちの持っているもので勝負するしかないんだ」

「かもね」とエディリオ。「それでも、僕にはできることとできないことがある。みんなを生かすために死ぬことはできても、人殺しはしたくない」

エディリオはライフルを肩にかけると、デッカとクインを連れて部屋をあとにした。

19

25時間　29分

サムとケインはスクールバスを見た。といっても、とりたてて変わったことではない。農場地帯のなかでも一番遠い場所へ子供たちを運ぶときは、残り少ないガソリンが時折使われていたのだ。

だが、バスも畑も静かすぎた。子供たちがバスでここへ来たなら、どこかに姿があるはずだった。

最初に見つけた少年は、アスファルトの道路にうつぶせで倒れていた。脚だけが土の地面に投げ出され、何か非常に強い力で体を潰されたあとに、片脚を引きちぎられたようだった。残された足は赤いスニーカーを履いていた。

「あいつとの距離はそんなに離れていない」ケインが言った。「おそらくハイウェイをまっすぐ下っている」

「もし走れば……」サムは言いかけたが、長距離を走るには疲れすぎていた。

「走りたいなら止めないが、俺はバスで行くぞ」

「ああ、たしかに。そっちのほうがいいな。バスを運転したことは?」

ケインは頭をふった。「いや、ない」

「妙な話だけど」サムはその昔〝スクールバスのサム〟の異名を取った、恐怖と有能感を覚えたあの瞬間を思い出していた。「僕はある」


ドアが開き、誰かが咳払いをする音が聞こえた。ラナはふり返らずに言った。「これ以上けが人を診るのは無理!」絶望的なリレーをしているようだった。けが人からけが人へと室内を飛びまわり、廊下や隣の部屋を行き来し、手をのせ、重傷者の一命をとりとめながら、ここで一分、あっちで五分と働き続けた。効果はあった。ラナの手当てが間に合わずに亡くなったふたりをのぞいて、誰も死んでいなかった。まだ。

ドアの前で咳払いをしたのは、アストリッドだった。ラナは不機嫌そうに彼女を見た。

「何か用?」

「ちょっといい?」

「ちょっといいかって? どうぞ。おしゃべりしているあいだに死人を出したいなら」

パトリックがそばにやってくると、まるで主人の限界を察したかのようにその鼻をラナに押しつけた。

ラナは両手をそれぞれふたりの子供にのせていた。十二歳くらいの少年と、三歳の少女。少年は体半分に火傷を負い、溶けた衣服が泡立ち、冷えた肉体と一体化していた。少女は顔に裂傷を負い、ラナが傷を治さないかぎり、二度と愛らしい少女に戻ることはないだろう。

アストリッドはラナの前にしゃがみこんだ。ラナのほうは、けが人のあいだを移動するたびに引きずっている大きなクッションにあぐらをかいている。

アストリッドのサムへの忠誠には感心していたし、その知性にも敬意を払っていた。最近ではアストリッドのタフなところさえ認めるようになっていたが、しかしいまだにアストリッドのことは好きになりきれなかった。

「ガイアファージのことよ」アストリッドが切り出す。

「それが？」

「ダイアナが言うには――」

「あの魔女、ここにいるの？　嘘でしょ。あんたあいつを信用してるの？」

「彼女は役に立つ情報を教えてくれたわ。ダイアナはしばらくガイアと一緒だった。彼女の娘とね」

ラナは嘲るように鼻を鳴らした。「ガイアなんて存在しない。最初からずっと同じ、ダークネスがいるだけ」

「ダイアナいわく、あれは、あなたを憎んでいるって」

ラナは声をあげて笑った。「へえ？　私も同じ気持ちだよ」

アストリッドは辛抱強く続けた。「ガイアファージはあなたに接触できなくなったから、だから、憎んでいるって」

「どうでもいい。いまはそんなこと考えている場合じゃない」

「訊きたいのは、あなたの意思であれに接触できるかってこと」

ラナの表情がこわばる。「なんでそんなことしなきゃなんないの？」

「ガイアファージが来るからよ。なんでもいいから使える武器を探しているの」

「私が武器だよ」声がした。ブリアナがソファの上で体を起こしていた。顔にはまだ火傷が残っているが、赤みは治まっている。ところどころ赤いくらいで、ほぼ普通に見える。とはいえ、まだ片目が腫れてふさがっていた。

「ばかじゃないの。あんた、まだ半分見えていないでしょ」ラナは言ったが、怒っているわけではなく、その口調には愛情が感じられた。

ブリアナは勢いよく立ちあがると、世界最速のダンサーがするように、脚を小刻みに動かし、風を感じるほど両腕をすばやくふった。

「座りなさい！」ラナが吠える。すると驚いたことに、ブリアナは本当に座った。パトリックも一緒に。「いい、ブリアナ。その火傷は重症で、いま治さないとずっと顔半分崩れたままだし、髪の毛も生えてこない。わかる？　そのうちそれはけがじゃなくなって、慢性的な状態になる。そうなったらもう治してあげられない。顔をきれいにしてあげられないの」

「顔の美醜を気にしている場合じゃない」アストリッドが言った。「私たちが話している化け物がどれほど危険かわかってる？　サム、ケイン、デッカ、ブリアナ、全員を合わせた力を持ってるの」

ラナは足元の地面が裂けていくような感覚を覚えた。と同時に、こうなることはわかっていた気もする。ずっとこうなる予感がしていたのではないか。

ラナは悪を退けたが、倒したわけではなかった。倒せなかった。それはわかっていた。持てる力のすべてを使って、ダークネスを自分の内から締め出した。それはまるでガイアファージが脳の一部に感染したかのような感覚だった。ラナはその傷を多少癒したものの、傷はいまも残っていて、ほんの少し触れただけで敏感に反応してしまう。

あれが手を伸ばしてくるのは感じていた。長いあいだ、一瞬の弱点を突こうと探っていたのだ。ガイアファージは反抗されるのが好きではない。とくにそれが成功するなど論外だ。服従を要求した。

そしてついに、フェイズで全面戦争が勃発した。ラナが傍観者でいられるはずがない。

いや、できれば傍観者でいたい。でも、誰が許してくれる？

低い、生気のない声でラナは言った。「サンジットを手伝って、この子たちに水を飲ませてあげて」

「私は手伝いに来たわけじゃ——」

「五分休憩する」顔をあげ、アストリッドをにらみつける。アストリッドはうなずいた。

立ちあがると膝が鳴った。何歩か歩いたところで、ようやく体がまっすぐになる。廊下に出ると、泣いて、怯えて、ブランケットに丸まって床で横になっている傷ついた子供たちを通り過ぎ、子供たちに慰めや祈りを捧げるサンジットの弟や妹のそばを通り過ぎた。

階段を下り、とうの昔に枯れ果てた芝生に出る。ここなら見物人たちの視線を避けられるし、海も見える。空気を吸いこむ。新鮮なはずのそれは、しかし炎の味がした。

それから目を閉じ、ダークネスに意識を向ける。

ハロー、ダークネス、マイ・オールド・フレンド。古い歌の歌詞だ。ハロー、ダークネス。

その呼びかけは、目には見えないが感じることのできる空間を通り抜けていく。存在しない手足を動かし、無音に耳を澄ませ、目をそむけたときにしか見えない物体を探す。

やがて、見つけた。ガイアファージがラナに気づいたのだ。ガイアファージは猛然と抵抗し、ラナを押し返そうとする。罠だと感じているのだろう。

ラナは痛みに叫んだ。その声は誰にも聞こえない。

ラナは少しだけ泣いて――大半は記憶のせいだ――すぐに涙をぬぐい去った。

部屋に戻ると、アストリッドの期待に満ちた視線を痛いほど感じた。

「もうすぐ来るよ。でも、けがをしている。いまは治療中。ハイウェイをまっすぐ下ってる」

「あとどのくらい？」アストリッドがたずねる。

「あれは不死身じゃない。たぶんね。いずれにしてもあれはそう考えてる」ささやくようにラナは続けた。反射的に、ベルトに挟んであった拳銃に手を伸ばす。「あれは、怯えてる」

「エディリオが待ち伏せを準備している」

「だめ！」ラナは猛然と言い放った。「やるならいまだよ。いま！　弱っているあいだに殺さないと。あれの体が回復したら、こっちに勝ち目はない」

ラナはアストリッドの両肩をつかみ、じっとその目を見つめた。「聞いて。私にはあれを殺す機会があった。なのに負けてしまった。これは二度目のチャンスなの。三度目はない。確実に仕留めなきゃ！　みんなにも伝えて、アストリッド。どんな手を使っても始末するようにって。絶対に！」

「いたぞ！」ケインが言った。ケインはバスの一番前の席に座り、サムは細心の注意を払ってハイウェイを進んでいた。

ガイアは四百メートルほど先にある、黒焦げの車二台の脇を通過したところだった。人間の脚のようなものを引きずり、その足はボロボロの赤いスニーカーを履いていた。

「スピードをあげろ！」とケイン。

「向こうに気づかれる」サムが言い返す。

「よく見ろよ。あいつはイヤフォンをしてる。町まであと三キロくらいしかない。いまを逃したらチャンスはないぞ。いけ！　ペダルを踏め！」

サムはしたがった。だが、エンジンは即座には反応しなかった。ゆったりと加速し、じょじょに速度があがっていく。ケインは速度メーターの針を見た。

三十キロ。

四十キロ。

五十キロ。

サムが横転したバンをどうにか避けると、バスの両輪が悲鳴をあげた。

五十五キロ。

「むこうはまだこっちに気づいていない。轢（ひ）け。轢いちまえ！」

六十五キロ。

距離がみるみる縮んでいく。

五十五キロ。

「何やってんだ?」ケインが語気を強める。その指が白くなるほどきつく銀色の手すりを握りしめている。

「わからない!」サムが叫ぶ。「僕じゃない!」

エンジンがプスプスと音をたて、突然制御が効かなくなった。

「ガス欠だ!」

バスの速度は落ちたが停まってはいない。

時速二十五キロで、あと三十メートル。ガイアは道路の真ん中で脚をしゃぶっている。

エンジンがかかった！　最後のガソリンを見つけたのか、バスが急に速度を増した。しかしぶつかる直前、ガイアはぱっと横に飛びのいた。

このとき、バスはスローモーションで動いているようだった。ケインはガイアがふり向くのが見えた。成長している。もはや幼い少女ではなく、その目は恐れと怒りに燃えていた。

ガイアが手をかざすと、光線がバスを、ケインのすぐ足元を貫き、そのまま座席や壁面を燃やした。刺激臭のある煙がバスに充満する。

そのとき、ガイアがバランスを崩してつまずいた。サムがバスのドアを開け、ケインがぶら下がるように身を乗り出して片手でガイアを吹き飛ばす。車体が急に向きを変え、一台の車に接触し、さらに減速する。ケインは外に飛び出すと、よろめきながらガイアに向かって駆け出した。その距離をつめようとしたが、見えないこぶしに殴られ、仰向けに倒される。

かすんだ視界に、サムがバスから飛び降りるのが見えた。飛び降りると同時に転がり、勢いよく立ちあがり、両手から光を放出する。

光はガイアを大きくそれた。その頭上を通過していく。

ガイアは両手をかかげ、笑いながらサムを宙に持ちあげた。サムは光を放ち、その光がコンクリートをうがつ。

ふいに、サムが落下した。

悲鳴はあげず、光を撃ち続ける。だがコンクリートに勢いよく体を打ちつけると、痛みに叫んだ。どうにかもがくが、起きあがれない。

ガイアが落ち着き払って近づいてくる。ケインは両手をあげ、ありったけの力でガイアを攻撃しようとした。しかしその瞬間、脳内が爆発した。ケインは膝をつき、頭を抱え、耐えがたい痛みに絶叫した。

「うわあああああ！」

ナイフのような、獣が目玉を食い破って頭蓋骨まで引き裂くような、巨大な万力に押しつぶされるような、痛み。これで実際には何も自分に触れていないなどと、信じるのは不可能だった。

ケインは叫んだ。「やめろ！　やめてくれ！」

しかし痛みは終わらない。

痛みでぐるぐると歪む視界に、サムがボロボロの体を引きずって、ガイアに対峙（たいじ）するのが見えた。ガイアは念力で壊れたバンを持ちあげると、サムの前に落とし、その視界と光線の軌道をふさいだ。

「やめてくれ！」ケインは懇願した。

ガイアはケインのそばに来ると、かすかに緑色に発光しながら、足を大きく広げてケインを見下ろした。体をふたつに折り、両手で頭を抱え、悲鳴をあげ、もだえ苦しむさまを見つめる。

やがて声が嗄（か）れ、全身が痙攣（けいれん）し、自分の体が制御できなくなると、ケインはよだれを垂らして小便を漏らした。

いっそ自分で命を絶てれば……。

しかし痛みはなおも続く。

ふいに、痛みがやんだ。

ケインはコンクリートの道路に横たわった。カラカラになった喉で息を吸う。心臓がバクバクし、全身汗でびしょ濡れだった。

「父さん」ガイアが言った。

「もうやめてくれ」ケインがささやく。ガイアに視線を向ける気力さえない。

ガイアが笑う。「母さんを見かけなかった？　はぐれちゃったみたいで」

「もうやめてくれ。頼むから」

「質問に答えろ」冷ややかな口調。

ケインは何を訊かれたか思い出せなかった。言葉？　こいつは言葉を話したのか？　ケインの体はまだ震えていた。まるでそうすればガイアが入ってこられないかのように頭を抱えていた。

「母さんを、見、た、か？」

「いや、見ていない。ダイアナは……おまえと一緒だと思ってた。まさか……？」

「母さんを殺したかって？　それがおまえの知りたいことか？」

ケインはうなずくのが怖かった。弄ばれるのが、ふたたび自分を傷つける口実を見つけられるのが怖かった。

「まだだ」ガイアは言った。「でもすぐにそうなる。たぶんな」

〝たぶん〟というかすかな可能性に、ケインはわずかな希望を見出した。が、まだ顔はあげられなかった。ガイアの機嫌を損ねることはしたくない。

「食料を落とした」ガイアが言う。「拾ってここへ持ってこい」

「おまえの……うわあああああ！」

今回は数秒で痛みがやんだ。警告だ。言うことを聞かない馬に当てる鞭。

ケインは食料の脚を見た。かじられた形跡がある。

「あれを拾って私の前を歩け。後ろをふり返ったら、正気を失うまで痛めつけてやる。私の力は強くなっているぞ、父さん。おまえはもう私に逆らえない。誰も。彼女でさえも」

ケインには、ガイアの言う〝彼女〟が誰かわからなかった。ダイアナだろうか？　ガイアはペルディド・ビーチの方角をにらんでいる。

ケインは脚の足首を持った。重い。掃除が必要なバーベキューグリルのにおいがする。震えながらそれを持ち、町へ向かって歩き出す。

通り過ぎるときに、サムはガイアを殺せるだろうか？

どうかサムにこいつを殺させてくれ。

バンに差しかかると、サムがいた。おかしな具合に体をひねっている。片方の肘をつき、もう片方を持ちあげて狙いをつける。だが、手をあげておくことができなかった。肩の骨と、背骨がおかしい。サムの顔は蒼白だった。

ガイアは落ち着き払ってケインを持ちあげると、自分とサムのあいだに宙づりにした。

サムがガイアを攻撃するには、ケインを焼き尽くさなくてはならない。

近くまで来ると、ガイアは指を弾いてサムを仰向けに打ち倒した。サムの頭が嫌な音をたてて舗道にぶつかる。

「戻ってくるまでそこでおとなしく寝ていろ。それから殺してやる」とガイア。「そんなに時間はかからない」

ガイアはイヤフォンを耳に戻すと、打ちのめされたケインの後ろを歩いていった。

20

23時間 8分

彼女は島で怯えるレスリー・アンを見た。
原子力発電所には誰もいなかった。
森も同じ。誰もいない。ただし火の手があがっていた。すぐにその場から消える。
ビーチ。死んだ魚と流木。
診療所。病気の少女がダーラの名前を呼びながら歩きまわっている。
湖。遺体が湖面で膨張している。魚のように岸に打ちあげられたものもある。
テイラーはそこで止まった。
これは、いったい、なに。
自分はどうなっている?
記憶はあった。古びて端がカールした、昔のフィルム写真のような記憶。子供たちの姿を見れば、誰かはわかる。けれど本当の意味で知り合いではない。彼らはテイラーの知る人物だ。彼女はテイラーであって、テイラーではなかった。

砂漠のどこか。誰もいない。

壊れた列車。誰もいない。

アーティチョーク畑。ミミズが地面でうごめき、彼女に触れて引っこんだ。

自分は、いったい、何者なのか。

テイラーは誰かがついてきているのが見えたが、その姿はとらえられない。

テイラーのように移動できる者などいないはずなのに、その人物はついてくる。

鉱山近くの打ち捨てられたゴーストタウンに飛ぶと、彼も一緒に飛んだ。

あなたは、だれ？　目に見えないテレポーター？

そのとき、あることを思いついた。瞬時に十二回テレポートしたのだ。各場所での滞在時間はわずか〇・五秒。

彼はその場にいた。

ついてきていた。

きみは何者？　と、彼はテイラーにたずねた。

わからない、とテイラーは答えた。

きみを助けてあげられるかもしれない、と見えない人物が言う。きみがそうなったのはぼくのせいだ。わざとじゃないよ。でも、もしかしたら治せるかも。

テイラーは触れられるのを感じた。ここ最近は感覚がなかったが、このとき、たしかに感じていた。何かを。たとえば水である自分に、誰かが手を突っこんでいるような。テイラーは身を任せた。その物体の周囲を漂う。

つかのま、テイラーの姿が消え、ふたたび戻る。不快感を覚えたかと思うと、そうでもなくなる。

ふいに、彼女は呼吸を求めて喘いだ。息を吸いこむ。驚いた。ここのところ呼吸などしていなかったのに。以前していたのは覚えているが、それは別のテイラーだ。

「どうしてきみがこんなふうになってしまったのか思い出せない」姿は見えないが、声だけが聞こえてくる。「でも、がんばってみる」

金色の手を伸ばし、自分の髪に触れてみた。「この髪」そう口にして、テイラーはショックを受けた。自分の思考から出た声が、異質に感じられたのだ。「変だよ」

「これでどう?」ピーターが言った。なぜかこのとき、テイラーには声の主がわかっていた。

もう一度髪に触れると、それはもう薄いゴムではなくなっていた。黒い髪。彼女の髪だ。

「よくなった」テイラーは言った。

「つぎは目だ」

「うん」

「どう?」

液体である自分に何か固いものが触れるような、奇妙な感覚。と、いきなりピーターの姿が見えた。だが、その姿は以前のピーターとは異なっていた。何千匹ものホタルが群れているような、光の渦のようだった。

「いまはこれが限界だ」ピーターは言った。「ぼくは弱っていて、ダークネスはそのことに気づくと思う。あれはもうきみに注意を向けていない。きみのことを忘れている」

心のどこかで、ふたたび目覚めた心のどこかで、かつてのテイラーの断片で、もう昔の自分に戻れないことはわかっていた。目も耳も、以前のようには見えないし、聞こえない。それでも肺には空気がある。心臓から鼓動も聞こえる。

それに、髪もある。

「わざとじゃないとはいえ、ぼくはきみを傷つけた。きみに助けてなんて言えない」ピーターが言う。

「そんな必要ない」テイラーは応じた。「私はダークネスを知っている。あれがヒーラーを憎んでいることを知っている。自分がどっちの味方なのかは、わかってる」

21

18時間　57分

エディリオはアストリッドからラナの警告を聞いた。すぐに攻撃しろって？　どうやって？　誰と？　子供たちはそれぞれの畑から戻ってきたばかりだ。ブリアナはまだ療養中。サムはいない。ケインもいない。ジャックはやる気がない。オークは戦えるが疲れている。

攻撃？　どこで？

無理だ。別の状況だったらもっともな忠告かもしれない。だが、いまの手持ちでは敵わない。それに、エディリオには予感があった。ガイアがまだここにいないのは、彼女が暗闇を待っているからではないか。ガイアは怪物かもしれないが、明るい昼間ではなく、暗闇に慣れた怪物だ。ブリアナの超高速の能力を使えるにもかかわらず、湖を襲撃したのも夜だった。夜が来るのを待ったのだ。

今度もきっと夜を待つ。

　エディリオは、自分の勘でみんなの命を翻弄していることを承知していた。有史以来、どの将軍もそうであったように、エディリオも自軍の兵力を評価し、敵を分析し、ここだと決めて勝負を挑もうとしていた。

　段取りは決まっていた。無意識に体が動いていた。ロジャーのことも、湖に浮かぶ遺体のことも考えていなかった。

　考えたら最後、きっと……。

「デッカ、どのくらいの時間、重力をゼロにしておける？」

「エディリオが望むだけ」

　デッカは意外なほど優しかった。エディリオに同情しているのだ。

「デッカには姿を消しておいてほしい」

「でも、能力を使うと全部浮きあがるぞ。土も、植物も、石も……。実際には姿を隠せない」

「わかってる。だからコンクリートの上でやるんだ。道路の一角で。そこなら浮きあがるものはないし、まもなく暗くなる。それに火の灰が……」

　デッカはうなずいた。「了解」

　エディリオは、町のはずれにあるラルフ食料品店のそばを選んでいた。開けた場所はよくない。狙撃手を隠せる場所が欲しい。複雑な地形と、身を隠す場所が必要だった。

ひっくり返った引っ越しトラックがあった。当然のことながら、とうの昔に略奪され、中に積まれていた家財道具が辺り一面に散らばっている。日の光でひび割れた革張りの安楽椅子、色あせた木材のダイニングテーブル、ビニールに包まれたままのマットレス、本の入った箱と、衣服の入っていた箱。小間物、屋外用の家具、ホウキやモップの束、それらがすべて道路や路肩に打ち捨てられている。トラック自体は三分の二が空っぽで、残っているのは小さなテーブルや椅子や段ボールくらいだ。車内は暗い。

「オークとジャックはいる？」エディリオは肩越しに叫んだ。

「いま向かってる」デッカが答える。

「よし、デッカ、持ち場について仕事に取りかかってくれ。道路を二十メートルほど下ったところに燃えたフォルクスワーゲンがあるから、その後ろに隠れるといい」

オークとジャックが――ひとりはのそのそと、もうひとりは慎重に歩を進めながら――やってきた。エディリオは、壁になる引っ越しトラックの屋根を指さした。「あそこに六つ穴をあけてほしい。そこから銃で狙えるくらいの大きさだ」

エディリオが背を向けて歩き出すと、屋根を殴りつける音が六回聞こえてきた。

ここに銃を撃てる子供が六人もいるだろうか？　周囲を見渡す。この日、エディリオは二十四人の子供を訓練した。が、気づくと十七人に減っていた。怖じ気づいたというより、数人が空腹に駆られて食料を取りに行ったのだ。プランBに備えて、十人は町の広場に待機している。子供たちが畑から戻ってきたら戦力はもう少し増えるかもしれない。ここにいるのは七人。六人は引っ越しトラックに配備、ひとりはスナイパー。スナイパーには十五メートル先まで見えるスコープ付きのライフルを持たせてある。

「ガイアが足を取られたり、浮きあがったりするまで撃たないように。いいね？　撃つのはデッカの領域に入ってからだ。そこに入ったら撃っていい」エディリオは注意を促すように指を立てた。「練習どおり、すばやく撃つこと。いいかい？　一発ごとに狙いをつけて、弾薬が切れるまで撃ち続ける。勝手に死んだと判断してはいけない。ガイアはラナみたいに傷を癒やせるんだ」

トラックの作業を済ませ、オークとジャックがやってきた。「ジャック、眠れたかい？」エディリオが訊く。

「少しだけ」

「みんな少ししか眠ってないさ」

「うん、でも僕は――」

「ジャック、君が戦いたくないのはわかってる」

「僕は――」

「君の事情はどうでもいい」エディリオは淡々と告げた。「もう君が決めることじゃない。僕は君を徴兵する」

「そんなの――」

「僕にとって一番大切な人が湖面に遺体で浮かんでいる」エディリオはジャックを遮って言った。「すぐに全員死ぬだろう。君も含めてね、ジャック。君の知り合い全員だ」

エディリオに見つめられるうちに、ジャックの反抗心はしぼんでいった。

「よし」とエディリオ。「手順を説明する」

エディリオは計画を発表した。ガイアに待ち伏せを悟られないことを前提としたものだ。ダイアナは娘について知っていることをすべて打ち明けた。だからガイアが近視なのはわかっていた。その事実は有利に働くかもしれない。ひょっとすると、ガイアが人間について断片的にしか理解していないことも。ガイアは映画やテレビで大勢が待ち伏せしている場面を観たことがない。

これは悲痛な計画だった。ガイアは熱々のナイフでバターを切るようにこちらを焼き尽くすだろう。立ち向かうことを余儀なくされたあげく、失敗に終わるのだ。生き残った者も、広場での激しい銃撃戦に巻きこまれてパニックを起こすだろう。あそこには窓辺や戸口に十人の狙撃手が潜んでいる。

いや、十人マイナス逃げ出した人数の狙撃手が。

エディリオは、デッカの無重力領域ぎりぎりまで近づいた。自分のライフルの弾倉をチェックする。それからゆっくりとボルトを戻し、弾薬が装塡されたのを確認する。

人差し指でセイフティレバーに触れる。

サムとケインはどこにいる?

ブリアナは?　ここまで来られるだろうか?

どうして自分が餌になっているのか?

そう思って吐き気がした。餌。湖に浮かぶ遺体のように。

聖母マリア、彼をよろしくお願いします。どうか天国で幸せに過ごせますように。

涙がせりあがってくる。だめだ。いまはそんな場合じゃない。

少し離れたところに人影が見えた。こちらへ向かってくる。夕日に照らされて赤く染まった人影が、ふたつ。ひとりが前を歩き、その後ろにもうひとり。

これで少なくともケインの行方はわかった。ケインはガイアの側についたのだろうか?

ガイアだけでもほとんど勝ち目はないのに、ケインまで敵にまわすのか?

ふう、とエディリオは思う。すぐにまた君に会えそうだ、ロジャー。

ロザリオを持っていればよかった。聖母マリア、神の母である聖マリアよ、罪深い私たちのために、いまも、死を迎えるときもお祈りください。アーメン。

ラ・オラ・デ・ヌエストラ・ムエルテ。死を迎えるときも……。

エディリオはライフルを構えると、ガイアに向けて六発撃った。

サムは以前も痛みに耐えたことがあった。今回の痛みは、ドレイクに食らった鞭よりはひどくない。とはいえ、やはりつらい。道路を這って数センチ進むたびに悲鳴があがる。体のどこの骨が折れているのかさえもわからない。わかっているのは、片方の脚の感覚がないことと、もう一方も、肘をぶつけたときのようにしびれていることだ。背中と肩にもねじれて擦れたような痛みがある。

どのくらいこうしていたのだろう。サムはしばらく意識を失っていた。そのあいだ、どうやら夢うつつに悪夢と痛みを伴う現実を行き来していたようだ。

このペースでは、とうていペルディド・ビーチにたどり着けない。一度に十五センチずつしか進めないのに、ラルフ食料品店まで少なくとも一・六キロはある。助けが来る前に空腹と喉の渇きで死んでしまうだろう。ガイアはケインを味方につけた。拷問してしたがわせたのかもしれない。どちらであっても関係ない。ケインがガイアの側につくなら、いやケインが戦いに参加しないだけでも、こちらの勝機はまったくなくなる。

体を前に押し進めながら、サムはうめき声をあげた。

立ちあがって片足で進むことは可能かもしれない。そちらのほうが速いかもしれないが、もし転んだら、痛みは耐えがたいだろう。

ケインを責めるべきではないのかもしれない。ガイアがどれほどの苦痛を弟に与えられるのか、サムには想像もつかない。たとえばサムは、折れた脚で転倒する危険は冒したくないが、ケインはもっとひどいことを恐れているのかもしれない。

アストリッド。少なくともガイアは、彼女が死ぬのを引き延ばしはしないだろう。迅速かつ効率的に全員を殲滅しようとするはずだ。そのために町を燃やすかもしれない。隠れる場所を奪って、サムと同じ光で彼らを殺す。

「ううっ！」

サムは無力だった。ここへきて、なんの役にも立てていない。強大な力を持つサム・テンプルは、海へと沈む夕日を浴びながら、手足をもがれた昆虫のように道路を這っている。フェイズ最後の夕日。

あんまりではないか。みんな、ようやく終わりが見えたと思ったのに。このままでは湖の気の毒な子供たちみたいに、虐殺されて、切り刻まれて、押しつぶされてしまう。みんなの命が……。

アストリッド。

サムは、ふたりで手に手を取り合ってここから出ていくところを実際に想像していた。この先、どうやったら外の世界でふたり一緒にいられるかを延々と考えた。

アストリッドのほうは、この状況が世界にどう見られるか、その〝余波〟をずっと気にかけていた。いっそこのほうがいいのかもしれない。このままみんなで――。

いや、だめだ。絶対に。ここであきらめるわけにはいかない。これだけ過酷な状況を生き抜いてきたのだ。

僕たちは生きなければ。

人の気配がした。

サムはびくりと顔をあげた。ガイアファージだったら……。

目の前には奇妙な生物がいた。金色の肌に、異様なほど滑らかな何か。

「テイラー？」

彼女はまばたきをした。その目が変わっている。テイラーの姿が変わっていた。相変わらずありえない金色の肌をしているものの、その髪の毛は……それに口も、より人間っぽくなっている。

「テイラー！　待って！　行かないでくれ！」

こちらの言葉は通じているだろうか？　ようやくラナが、彼女を治す方法を見つけたにちがいない。もはや昔の――サムに色目を使ったり、ちょっかいをかけたりした、信用ならない、気まぐれで、噂(うわさ)好きの――テイラーではないにしろ。

「テイラー、助けてくれ」

「もちろん」テイラーが言った。

「話せるのか！」

「うん」テイラーはうなずいたものの、そんなふうに言われるのは少し心外そうだった。

「オーケー。聞いてくれ、テイラー。何か書けるものが欲しい。紙とかペンとか鉛筆とか……なんでもいいからあれば……」

テイラーが姿を消した。うなずくことも、返事もしないで。

サムはふたたび前進しはじめたが、これまでの疲労が募って腕や肩が痛む。普段しない動きのせいで痙攣を起こしているのだ。

サムは動きを止めた。

みんな死ぬのだ。そして最大の守護者であり、戦士である自分は、最後の戦いに駆けつけることさえできない。やがてガイアがこの道を引き返してきて、虫を踏み潰すように、あっさりと自分を片づけるだろう。

だが、なぜ先ほど殺さなかったのだろう?

いや、待て、本当にそうだ。意味がわからない。殺せばよかったのだ。

いきなり、テイラーがサムの前に現れた。その手にはオレンジ色のポストイットが一枚握られていた。さらに鉛筆も。

「ありがとう」

誰にメッセージを書くべきか。アストリッドに最後の〝愛してる〟? そんなばかげた感傷に最後のチャンスを使えば、きっと彼女は冷笑するだろう。別れを告げている場合じゃない。いまはまだ。

サムは冷静に考えた。エディリオにはやるべき戦いがある。デッカも参加するだろう。サムが頼めばデッカはきっと助けに来てくれるが、彼女のためにも、ほかの子供たちのためにもそんなことはしたくない。機転の利く人物がいい。しかも戦いで戦力にならない人物。さらに信頼の置ける人物。

サムはメッセージを書いた。最初の文字は〝クインへ〟

エディリオはライフルを握りしめて道路に立っていた。

待ち伏せだ。ケインは即座に見て取った。エディリオのほかに姿が見えたわけではない。だが、待ち伏せでなければエディリオが道路の真ん中にいるわけがない。

ケインは例の脚を腕に抱えていた。

ガイアが後ろをついてくる。

ガイアは歌っていた。歌声は聞き取りにくいが、聞いたことのない曲だ。少なくともケインにはなんの曲かわからなかった。「ンー。バップ、バップ、バップ」と歌っているように聞こえる。

「ンー、バップ、バップ、バップ。あそこに人がいるな」イヤフォンを外し、ガイアが言った。

「ああ」ケインはそれ以上余計なことは言わなかった。思考をめぐらせようとするが、痛みへの極限の恐怖ですくんでしまう。

エディリオの狙いはなんだ？　勝算があると思っているのだろうか？

いま見えているのはエディリオの姿だけだ。もちろん、サムはいない。つまり、向こうの戦力はデッカとブリアナ、それにジャックとオークだろう。そのメンバーでガイアを倒せるだろうか？

かもしれない。ケインが力を貸せば。

たぶん。決定的なタイミングで全精力をガイアに向ければ。だが、もし失敗したら？ガイアに何をされるだろう……。きっと死なせてはくれない。懇願しても、きっといたぶり続けて……。

「あれは誰だ？」ガイアが訊いた。

嘘をついたらばれるだろうか？　逡巡はできなかった。「たぶん、エディリオだ」

「能力は？」

「持っていない」ケインは言った。ただし、ガイアファージと対峙する勇気を能力とみなさなければ、と心のなかで思う。

「ではこのまま進もう、父さん」

「銃を持ってるぞ」

「私が銃を恐れるとでも？」

もちろん、恐れるべきだ、この高慢ちきめ……。「いや、でも俺は怖い」ケインは言った。

「ああ、そうか。おまえにはまだ死んでもらっては困る」

そのとき、銃声が響き渡った。一発、二発、三発、四発、五発、六発。

ガイアは飛んでくる銃弾を見て、嬉しそうに笑った。「足はもう充分回復した。ここで待っていろ、父さん。その能力はまだ必要だ。死ぬなよ！」

ガイアの姿がブリアナのように消えた。

クインへ

重症で動けない。ハイウェイにいる。可能なら例の小さな入り江からここまで来てくれ。

サム

クインはメモを二度読んだ。実際のところ、テイラーの姿は——目の前にいるテイラー・バージョン3の姿は——不気味だった。ラナの部屋の前の廊下から見たとき——テイラー・バージョン2だ——よりはずいぶんましになっていたものの、相変わらず奇妙だった。

もうひとつの事実として、クインはそのメモに感動していた。サムはクインに助けを求めていた。サムとは紆余曲折あったが、それでもクインを頼ってくれたのだ。もちろん、ほかのメンバーは戦いに必要だから、ということもあるだろう。当然だ。それでもやはり……。

「燃料の使いどころだな」クインは冷静に聞こえるように言った。「サンキュー、テイラー。おまえも早く——」テイラーはすでに消えていた。正直、クインはほっとした。フェイズの初日からここまで長い月日を過ごしてきたが、いまだに奇妙で、理解不可能な生物は好きになれなかった。

「なんで俺はこれまで以上に平凡になって、周囲だけどんどん奇妙になっていくんだろうな」クインは夜気に向かって言った。

どこか遠い場所から、銃声が聞こえた。

デッカは待っていた。先ほど突如銃声が炸裂し、エディリオが恐怖を装って駆けていくのが見えた。いや、完全に装っていたわけじゃない。そこにはまぎれもない本物の恐怖があっただろう。デッカのほうも、恐怖で震えていた。あえて周りは見ず、待ち伏せを悟らせないようにした。チャンスは一度きり。

そのとき、数十発の銃声が鳴り響いた。

ガイアの姿が見えた！　よし、こちらの重力場に入った。ガイアは走り続けていた。ただし、宙に浮き、激しく腕をふるばかりで、どこにも向かえない。

ガイアファージ――デッカはそれを幼い少女と考えるのを拒否していた――は、かなりの高さまで浮きあがり、夕日を浴びてオレンジ色に染まっている。まだ、自分に何が起こったのかわかっていない。

ズドン！　ズドン！　ズドン！

ガイアの腕から茶色い肉の塊が吹き飛ぶのが見えた。しかし弾はかすっただけだ。狙いをつけるには、高すぎるうえに、動きが速すぎたのだ。デッカは重力場を緩め、ガイアを降ろして射程圏内に戻す必要があった。

ふたつのまばゆい緑の光がガイアの両手から飛び出し、引っ越しトラックからの銃撃が弱まった。けがをした者はいなかったが、このとき、高度がガイアに有利に働き、射撃手を見つけて撃ち返すことが可能になっていた。

それはロックコンサートでおこなわれるレーザーの演出の、ひどいパロディのようだった。まばゆい光が道路の表面を溶かしながら走り、やがて引っ越しトラックをすぱっと三つに切り分けた。

耳をつんざくような悲鳴が響き渡ると同時に、トラックの後ろから子供たちが飛び出した。目のくらむような光が逃げていく子供たちを追いかける。

エディリオが立ち止まり、足を大きく広げてライフルを構え、狙いをつけた。

ズドン！

デッカは、銃弾がガイアの耳をえぐるのを見た。血が飛び散る。

怪物は痛みに悲鳴をあげ、デッカは喜びの雄叫(おたけ)びをあげた。

「やった！　やったぞ！」

だが、ガイアのけがは深刻ではなかった。そしてこのとき、ガイアは地面へ向かって急降下していた。みずからもデッカの能力を使って、重力を取り戻したのだ。

デッカは集中し、全力で押し返したが、ガイアの力は強すぎた。血まみれで怒りの咆哮(ほうこう)をあげながら地面に降り立ったガイアは、力任せに念動力を発動すると、三つに分断されたトラックを引き離し、残りの狙撃手の姿をあらわにした。子供たちが一斉に逃げていく。

ガイアは手を伸ばすと、歩道の車を持ちあげ、それをボウリングのボールのように扱った。車を道路に転がし、走って逃げる三人の子供を押しつぶす。悲鳴をあげる暇もなかった。彼らはハイウェイで潰された虫けらだった。

エディリオはなおも発砲していた。ほとんど無防備とも言える大胆さでガイアに立ち向かっていた。

「ジャック！　オーク！」エディリオはみずからの銃声に負けじと声を張りあげた。

九メートルほどの木製の電柱が、電線をなびかせ、槍(やり)のように飛んできた。ガイアがとっさにしゃがみこみ、鈍器の先端は標的をとらえ損ねたものの、飛んでいる途中で高度が下がり、ガイアの肩を激しく打った。

ガイアが電柱を押しのけると、電柱は音をたてて道路を転がり、少し先で停止した。

なおも発砲を続けていたエディリオは、しかしガイアの見えないこぶしに打たれ、百メートルほど飛ばされた。道路を外れて暗闇のなかに消える。

「よせ！」デッカは叫び、こぶしを武器にガイアに向かっていく。

ガイアはデッカの顔を片手でつかむと、笑いながらデッカのパンチをいなした。

「おまえが重力の能力者だな？　おまえの力がなくてもそれほど困らない」ガイアが言う。

耳から血が噴き出している。ほとんど無意識のうちに、ガイアはもう一方の手で耳に触れて血を止めようとした。「だから邪魔するな」ガイアはデッカの顔をひねると、殴り飛ばした。

ふいにガイアの姿がぼやけた。デッカが体を起こすと、ひとりの少年がいきなり爆発するのが見えた。悲鳴をあげる少女がつまずき、つぎの瞬間、嫌な音をたてて壊れた車に投げつけられた。エディリオの最後の狙撃手たちだ。

やがてガイアが立ち止まってその姿を現すと、銃弾に撃ち抜かれた耳を片手で押さえた。

腕の出血はすでに止まっている。

道路脇の暗闇から、エディリオがふたたび発砲した。

ズドン！　ズドン！

ガイアがうなり、念動力のこぶしをふるう。銃声がやんだ。

「エディリオ！」デッカは叫んだ。

「ああ、いまのがエディリオか」ガイアが言う。「その名前は聞いたことがある。最初に殺してもよかったが、ひょっとして能力者かと思って生かしておいた」ガイアが高速移動をする気配はなかった。治療に専念しているのだ。

デッカは武器を探して辺りを見まわした。「ジャック！　ジャック！」と叫ぶが、返事はない。

ケインを見た。まだ人間の脚を抱えたまま、こちらへ歩いてくる。味方だろうか。

「ケイン！」デッカの声は悲痛だった。「助けてくれ！」

ケインは別人のようだった。さながらケインのゾンビだ。持っていた脚を落とし、まるで自分のものではないかのように、視線を下げて両手を見つめる。

すべての銃声がやんだ。ガイアはひとり、勝ち誇ったように立っている。

と、物影が動き、生きた岩の塊が姿を現した。

ガイアが驚いて二度見する。「何者だ？」

「オーク」

「おまえは人間ではないな」ガイアが鼻で笑う。「殺すまでもない。去れ」

「断る」

ガイアは食料を噛みながら、興味深げに首をかしげた。「怖くないのか?」

オークは巨大な頭をふった。「主は俺の羊飼いだ」

ガイアはオークに近づくと、注意深く砂利の肌を見つめ、顔に残った人間の肌の部分をとくに面白そうに眺めた。「面白い現象だ。どうしてこうなったのか想像もつかないな」

オークはガイアに向かって巨大なこぶしをふり下ろした。

ガイアがブリアナのスピードでかわす。ガイアはオークのつぎの三発もかわした。

「普通の変異とはまったくちがう」ガイアが感心したように言う。「私の仲間になれ。ネメシスがおまえを利用できるとは思えないからな」

オークは空を切った攻撃で息を切らしていた。

「断る」喘ぎながら言う。

「そうか。ならば殺しておこう。念のためだ」

「銃声だ!」ブリアナが叫んだ。

ラナが言う。「ブリアナ、だめだって! まだ治療は終わってないんだから」

「どこが? これ?」と言ってブリアナが崩れた顔を指さす。「ただのかすり傷でしょ」

そう言って、いいほうの目でウィンクを寄こす。「私の持ち物は?」

ラナは部屋の隅をあごでしゃくった。おなじみの改造バックパックに、銃身を詰めたライフル、それからマチェテ。

「ぶちかませ、ブリーズ」ラナは言った。が、ブリアナはすでに消えていた。

ブリアナは一瞬で廊下、階段、ロビーを駆け抜けた。やがて本格的にスピードに乗って丘を下ると、足を取られ、頭から転がった。

超スピードは使わず、ゆっくりと立ちあがる。両膝から出血し、両の手のひらからも血が出ていた。

ブリアナは腫れあがった目に触れた。

「距離感だよ、ブリーズ」自分を叱咤（しった）する。「距離感」

ブリアナは速度を落とすと、時速百キロ弱に抑えてオーシャン通りを駆け抜け、太陽をのみこまんとする暗い海を通過した。サンパブロ通りで急カーブして広場を突っ切っていく。その際、みんなから見えるように速度を落とすと、窓辺や屋根にいた射撃手たちから「ブリーーーズ！」と歓声があがった。彼らに向かって陽気に手をふる。

ハイウェイに入ると、銃声の聞こえた左に曲がり、逃げていく子供たちとすれちがう。ブリアナは、北西全体が燃えているのに気がついた。煙のにおいがする。マチェテを引き抜き、最悪の事態に備える。そのとき、ガイアとオークの姿が見えた。

ガイアが片手でオークの喉を締めあげている。膝をついたオークがパンチを繰り出すも、ガイアに左右にかわされ空を切る。ガイアは笑っていた。青い瞳を輝かせて。

ブリアナはガイアのそばで立ち止まった。

「ハイ、ガイア。私のこと覚えてる？」

ガイアは、まるでおもちゃか何かのように、オークを横に投げ捨てた。

22

17時間　25分

勝負が決したのは六秒後。

ブリアナがガイアに突撃し、マチェテが空を切る。

ガイアのジャック級の怪力パンチが肩をかすめ、ブリアナが回転しながら道路に倒れこむ。

即座に立ちあがり、ショットガンをかかげて発砲。散弾銃がガイアの胸に命中。胸に七つの小さな穴をあけられガイアがよろめく。

ブリアナが距離を詰めて叫ぶ。「死ね！」呆然とするガイアの口にショットガンをねじこみ、引き金を引く。

発砲音なし。不発弾。

ブリアナの見えるほうの目が大きく見開いた。ガイアの手が首にかかっている。逃れられない。マチェテをふりまわす。しかし角度が悪く、ガイアの首に当たりはしたが致命傷には至らない。血がそこら中に飛び散っている。

ブリアナの頭がぼんやりしてきた。もう、だめかもしれない。

もう一度攻撃。が、簡単に防がれてしまう。ガイアがマチェテを奪い、遠くに放る。

ガイアの冷酷な青い瞳だけが、ブリアナの視界に映るすべてだった。ガイアの手のひらが、自分の心臓に押しつけられるのを感じた。そして……。


「よせ！」デッカが叫んだ。

しかし、ブリアナの体を光が貫いた。心臓のあった場所に穴があき、煙が立ち昇る。

ブリアナの体が弛緩（しかん）した。急に縮んだようだった。

ガイアは体を離すと、散弾銃の傷に触れた。だがすぐに、首の動脈から血が噴き出ていることのほうが深刻だと気づく。ガイアは自分の血で真っ赤に染まっていた。

「嘘だ！」デッカが叫び、臨戦態勢に入る。その隣にはオークの姿。と、ふいにジャックが路肩から飛び出し、雄叫びをあげながらガイアにまっすぐ向かっていく。

ガイアは死の光線を放ったが、当たらない。混乱したまま退却を開始した。もともと弱い視力が、自分の血で余計にかすんで見える。

スピードをあげようとして、その能力が消えていくのを感じた。当然だ、たったいま、超スピードの能力者を殺したばかりなのだ！　選択肢はなかった。あそこでためらえば、こちらが殺されていただろう。

ガイアは背を向けて走り出した。しかし、このままではすぐに灰色の化け物に捕まるだろう。ガイアは思い切り足に力を入れて飛びあがると、重力を消してゆっくりと着地し、着地と同時にふたたび宙に飛びあがった。暗闇に消えていくガイアの背後で、血が弧を描いていた。

「だめだ、逝くな！　ブリアナ！」ブリアナの火傷を負った頭を腕に抱きかかえ、デッカは泣いていた。胸にあいた醜い穴は、出血さえしていない。焼灼されているのだ。

ブリアナの目は開いていた。何百という映画のなかで、デッカは生き残った者が死者の目を閉じてやるシーンを観たことがある。だが、だめだ、そんなことはできない。これは、ブリアナの目なのだ。彼女が死ぬはずがない。生意気で、面白くて、恐ろしいほど勇敢で、デッカの愛した小柄な少女が、死ぬはずがない。

「ラナを！」デッカは怒りに打ち震えていた。「ラナを呼んでくれ！」

「呼びに行かせるよ」エディリオが優しく言った。けれど、デッカにはわかっていた。ラナはけが人なら治せるが、死人を生き返らせることはできない。ブリアナの勇敢な心臓は燃えてしまったのだ。

デッカはエディリオに顔を向けたが、涙でよく見えなかった。エディリオはデッカの横にひざまずくと、その体に腕をまわした。

ブリアナを抱えたまま、デッカはエディリオの肩に顔をうずめ、こらえきれずに声をあげて泣いた。

オークはガイアの追跡をやめなかった。しかしその姿は見えず、しばらくすると音も聞こえなくなった。隠れているのかもしれないし、移動速度が速すぎるのかもしれない。後ろからジャックがやってきた。

「どこに行った?」ジャックが声をあげる。

「わからねえ」

ふたりは走るのをやめた。暗いハイウェイに並んで立ち尽くす。ふたりともどうすればいいのかわからなかった。しかしこのまま引き返して、デッカの泣く姿を見るのは耐えられなかった。そして何度も戦いに身を投じ、自分たちの命を救ってくれた少女の亡骸(なきがら)を見ることも。

それだけは。それだけは耐えられない。

「神よ、俺は気が変わった」オークが夜空に向かって言う。「もう人に見られても構わない。どうかこの場所から出してくれ。ここは悲しすぎる」

サムは気を失っていた。いや、眠っていただけかもしれない。ちがいを見極めるのはむずかしい。目を開けたときに、いつガイアが笑みを浮かべて自分を見下ろしていてもおかしくない。

しかし目を開けると、ガイアではなく、クインとその漁師仲間が歩道からサムを運んでいた。テイラーがそのようすを少し離れた場所から見守っていたが、やがて姿を消した。サムは「へ?」と呆けたようにつぶやくと、ふたたび気を失ったか、眠りに落ちた。そのちがいを見極めるのはむずかしい。

低出力のモーター音や、波が船首を打つ音を知覚するには朦朧としすぎていたものの、それでも、そうした音は心地よかった。

サムは桟橋へ下ろされる際にもう一度意識を取り戻した。「アストリッドは?」

「さっき見たときは無事だったよ」クインが言った。

「じゃあ、ぜんぶ、らいじょうぶ」呂律がまわらない。

「だといいんだけどな」クインが応じた。

23

15時間　57分

「君はどういう立場なんだ、ケイン？」エディリオがたずねた。

ふたりは道路に佇み、暗闇を見つめていた。デッカはまだ泣いている。彼女からブリアナの遺体を引き離そうとする者はいなかった。

オークも無暗(むやみ)にガイアを探すのをあきらめて戻ってきていた。ジャックはブリアナから一メートルほど離れたところに立っている。その顔には涙が伝っていたが、それ以上近づくことができないでいた。ジャックとブリアナの関係は複雑だった。ジャックは不器用なりにブリアナとじゃれ合い、一度か二度は関係も持ったが、どちらもその経験を本気で楽しんではいなかった。ブリアナはジャックにとって強烈すぎたし、ジャックはブリアナにとってマニアックすぎた。それでも、ジャックは彼女を大切に思っていた。そこにデッカほどの激しさはなかっただけだ。

だからジャックは、ぎこちなく佇み、静かに見守っていた。

「俺か?」ケインが言った。疲れて、打ちのめされた声。ケインはブリアナを見つめていた。「以前、あいつと一緒に戦った。俺と、ブリーズで。あの虫どもと。あいつはすごかった」

エディリオがいらだった口調になる。声がざらつく。「いいか、ケイン。時間がないんだ。あの怪物が五分で戻ってくることはみんなわかってる」

エディリオはケインの目にぱっと火がともるのを見たが、すぐに消えてしまった。「正直、俺はあいつから……あれから……逃れられない」ケインが言う。「前より力を増している。ひょっとしたら俺が弱くなっただけかもしれないが。いずれにしても、あいつがもたらす痛みに……あれがどんなものかは知らないほうがいい」

エディリオはケインのやつれきった表情を見て、それが真実だと悟った。

「君とサムのふたりがいなければ、たぶん僕たちは勝てない」エディリオは言った。

「ああ、だが、サムは道路でぶっ倒れてる。もしかしたら死んでるかもな」

「じゃあ、助けに行かなきゃ」エディリオが勢いこんで言う。

「この道を歩いて?」ケインが聞き返す。「おまえ、気でも触れたのか?」

「でも、このままここで待つわけには――」

「この道を行けば、あっという間にあいつの餌食だ」ケインが言った。「誰かを連れていったとしても、そいつらもろとも殺される」

ケインは途方に暮れたように周囲を見まわした。「俺があいつに刃向かえば、俺はおかしくなる。言ってもなんのことかわからないと思うが……とにかく、サムも俺もすでに挑戦したが……」そこで頭をふる。「あいつを倒せなかった。ガイアファージを倒せなかった。きっとどうやったって無理なんだ。終わりなんていつもこんなもんだ。ひとりずつ、全員が狩られて終わる。いつだって俺たちは羊で、あいつが狼なんだ」

「黙れよ、ケイン」ほとんどささやくような、静かな声音でエディリオが言った。

怒りが、危険な怒りがケインのうちに燃えあがる。「俺にそんな口をきくなんて何様のつもりだ?」

「ケイン、君はずっと頭痛の種だった。これがはじまった当初から。僕たちが団結できないように邪魔をして、戦いを仕掛けてきた。君と、君のエゴ、それにみんなを支配したいっていうくだらない願望が。それなのにここへきて、怖じ気づいて、下を向いて、怖いなんて言うのか」エディリオはケインの胸に指を向けた。そのあまりにエディリオらしからぬ仕草に、ケインもエディリオ自身も驚いた。

エディリオは、恐怖が自分を駆り立てていることに気づいていた。なぜならこの一連の結末について、ケインがまちがっていないことがわかっていたからだ。それでも、わずかな希望を見出すためにケインの力が必要だった。そしてまちがいなく、希望は必要だった。

「僕は大切な人を湖で失った」感情がこみあげる。「たぶんあそこで七十人くらい死んだと思う。そのうえまた、六人、いや八人失った。ブリアナも死んだ。これからもっと増えるだろう。君のせいで死ぬかもしれない子供もいる。ケイン、だから戦ってくれ。聞こえたろ？　君は戦うんだ」

エディリオにはそれ以上言うことはなかった。ケインに答える気もなさそうだったので、デッカとジャックに向き直る。「悲しむのはここまでだ。生きていれば、あとで悲しむ時間はある。一旦退却してつぎの計画に備えよう」

「つぎの計画があるのかい？」ジャックが訊いた。

「君もその計画のひとつだ」エディリオがぴしゃりと言う。「もう二度と戦いたくないなんて言わせない。もし言えば、神に誓って、僕の手で君を撃ってやる」さらに強い口調で続ける。「ああ、別の計画がある。あの怪物を倒すまで戦うんだ。ケイン、オーク、ジャック、デッカ、ついてきてくれ」

エディリオはふり向いて四人がついてきているかどうかを確かめなかった。

その必要はなかった。

ガイアがハイウェイに戻ったとき、サムはその場にいなくて幸運だったが、アレックスはそうではなかった。ガイアは怒り狂い、痛みに泣き、いらだち、けがの手当てをしながら、ブリアナを殺したことであの能力を失ったという事実に直面していた。

愚かなことを！

いや、愚かではない。必要だった。やつらは思っていたより強敵だ。危険な存在だ。

そのとき、暗闇で何かが動く音が聞こえた。両手をかかげ、始末しようと思った瞬間、ある人物の可能性に思い当たった。

大人の人間、ガイアの食料が姿を現した。残っているほうの腕に何かを抱えている。頭だ。

ドレイク！

「こっちへ来い！」ガイアは命じた。

アレックスは少しためらったあと、意を決したように足を速めて近づいてきた。男の姿を見ると唾が出た。ガイアはとても空腹だった。

だがまずはドレイクだ。ああ、こいつは使える。先の戦いにドレイクがいれば、いまこんなふうにこそこそと逃げたりはしていなかったはずだ。

「何があった？」ガイアは頭に詰め寄った。「食料を持ってくるのがおまえの役目だろう」

「ブリアナが現れたんだ」ドレイクがささやく。

「ああ。ではいい知らせだ。あいつは死んだ」

ドレイクのサメのような口に不気味な笑みが浮かんだ。なぜか両目のあいだからトカゲの尻尾が突き出ている。

「ふむ……」ガイアは自分に向かってつぶやいた。ドレイクが戻った。アレックスもいる。自分には治癒能力があって、お腹が空いている。これはパズルだ。ガイアの頭にひらめいた天才的な答えは、完璧ではなかったものの、時間があればうまくいくだろう。そしてうまくいけば、危険で忠実な味方を得ることができる。

それに食料も。

ガイアはアレックスに近づいた。アレックスは頭をぴょこんと下げ、引きつり、へつらい、恐怖に怯えた笑みを浮かべている。

ガイアも笑みを返して安心させた。そしてつぎの瞬間、死の光線でその頭を切り落とした。驚くほど大きな音をたてて、頭が道路にぶつかった。

ドレイクの頭が、アレックスの死んだ指から滑り落ちた。

やがて、アレックスの体もどさりと崩れ落ちた。

血はあまり出なかった。もう心臓が血液を送っていないのだ。

ガイアは膝をついてドレイクの頭を拾うと、それをアレックスの首元に押しつけた。

ドレイクは何か言おうとしたが、その気道はふさがれてしまっている。

「移植だ」ガイアは説明した。ドレイクの頭を適切な位置で支え、治癒の能力を注入する。うまくいくだろうか？　ドレイクはもはや人間とは言いがたい。アレックスは死んでいる。

だが死んだばかりだ。

しかも、ガイア自身の傷もほとんどふさがっていなかった。治っていないのだ。ガイアはいまや、痛みと闘い、損傷した体の衰えと闘いながら、自分の持つ強大な能力の限界に挑戦していた。そしてこの状況は、何かを食べなければとうてい乗り越えられるものではなかった。

ガイアはぎこちなく足を伸ばすと、アレックスの頭を転がして自分のほうへ引き寄せた。

ダイアナは、エディリオの後ろでうなだれたケインが町へ入ってくるのを見た瞬間、状況がよくないことを悟った。そして、気づくとケインに駆け寄っていた。頭の悪い、ばかな子供がポップスターに駆け寄るみたいに、広場を横切っていた。

だがダイアナがケインの目の前に立っても、下を向いていても絶対に彼女の脚が見える場所に立っても、ケインは顔をあげようとしなかった。

ダイアナはケインの腕に触れようとしてためらい、結局触れた。「ケイン」

「よう、ダイアナ。調子はどうだ?」これまで聞いたなかで最低の挨拶だった。言葉でさえなかった。ただの音の連なり。

「調子はどうかって?」ダイアナの皮肉もいまのケインには通じないようだった。「私たち全員を殺そうとしている化け物を産んで、しかもその試みが成功しようとしているこの状況をのぞいてってこと?」

　ケインはうなずいた。「ああ、それ以外だ」

「それ以外も、全部絶不調よ。ケイン」

　ケインはうなずいた。「そうだな」そう言って顔をあげたが、その視線はダイアナではなく別の場所へ向けられていた。左から右、町庁舎の後ろ、壊れた教会へと視線をさまよわせ、まるで自分がどこにいるかわからず、必死でここではないどこかへ行きたいと願っているようだった。

　まあ、とダイアナは思った。ここではないどこかへ行きたいのはお互いさまだ。ここ以外ならどこだっていい。

「時間はどのくらいあるの?」ダイアナは訊いた。

　ケインが頭をふる。「わからない。あいつは負傷しているかもしれない。無敵じゃないんだ。でもいずれ俺たちを殺しに来る。サムはぶっ倒れている。ブリアナは死んだ。オークとジャックは――」

「ブリアナが死んだ?」ダイアナは遮った。このとき彼女は、指が食いこむほどケインの腕をきつくつかんでいた。ケインは気づいていないようだった。

「ああ。俺は正直、あいつに憧れていた。ほら、ふたりで――」

「ケイン、ガイアの能力はほかの能力者から借りているものよ。前にあの子から領域や、つながりや何やかんやについての壮大な話を聞いたことがあるけど、要するに、だからあの子は最初の戦いであなたやサムを狙わなかったの。あなたたちに生きていてもらう必要があったから殺さなかったのよ」

ケインははっとしたようにダイアナを見た。その目には不信と恐怖の兆しが浮かんでいた。「だからサムを殺さなかったのか。あいつはサムをぶっ倒したまま置き去りにした。だから俺のことも殺さなかったのか。でも、じゃあどうしてブリアナを殺したんだ？」

「わからない。選択肢がなかったのか、あるいは混乱したのかも。どうしてかしらね」そう言ってダイアナは苦笑した。「私はあの子のことをちゃんと知っているわけじゃない。あの子は……たしかに私が産んだけど……」

少なくともケインは顔をあげ、ダイアナのことを見ているようだった。ふたりのあいだには絶えず警戒心や、積み重なった不信感や、数々の虚勢が存在した。ケインは、無防備な自分を人にさらすことができない人間だった。

しかしダイアナが驚いたことに、ケインの虚勢は消えていた。いま初めて、ケインは仮面を脱ぎ捨てていた。初めて、その目に隠しようのない悲しみを浮かべていた。

ケインはダイアナを抱き寄せた。今回ばかりは、権力や欲望とは無縁の行動だった。ふたりは世界の終わりに直面していた。最後の敗北を待つ、負け犬だった。

ダイアナは彼に身を任せた。ケインの腕に抱きしめられ、しかし泣くのは拒んだ。泣いてどうなる？　自分たちの時間は終わったのだ。チャンスはすべて使い切ったのだ。

「もう一度、エディリオに全部きちんと説明しないと」ダイアナは言った。「ガイアのこと……ガイアファージのことも。能力のことも。エディリオは動揺している。抱えきれないかもしれないけど……」

ダイアナは、ケインの瞳が彼女を遮るのを見て取った。ケインの強引さは身を潜めていたが、その合図は明白だった。

「ダイアナ、本当にエディリオにわからせたいのか？　おまえはわかっているのか、ダイアナ？　もし俺が死んで、サムが死んで、デッカやジャックが死ねば、ガイアファージはたいした脅威じゃなくなる」そこでケインは鼻を鳴らした。「また『能力者を殺せ』がはじまる。ジルや〈ヒューマン・クルー〉の間抜けがしたことがくり返されるんだ」

「だからって、何もしない気？　あなた以外の全員がガイアに殺されるまで？　で、結局あなたも殺されるのに？」

「そのころにはバリアが消えているかもしれない」

「消えてないかもしれない。そうしてあなたとサムは、死体に囲まれて佇む最後のふたりになる」

ふたりのあいだに冷たい風が吹き抜けたようだった。ケインはふたたびケインに戻った。

「もともとこれはそういうゲームじゃなかったのか、ダイアナ？　生き残りをかけたゲーム。たとえ最後に死んだとしても」

ダイアナが顔をそむけると、一メートルほど離れたところにアストリッドが立っているのに気がついた。静かに、話を聞いている。

ケインも彼女を見た。「天才アストリッド、おまえはどうだ？　あいつが、俺たちの娘であるあの怪物が俺たちを殺しに来たら、サムのレーザーはまちがいなく最大のダメージをもたらす。おまえの意見は？　モラルの塊であるおまえならなんて言う？」

ダイアナはアストリッドを見つめた。ケインは正しい。アストリッドにもそれはわかっている。当然、とダイアナは思う。アストリッドは誰よりも早くこの筋書きを理解していたはずだ。だからこそ、市長室の会合で話をそらそうとしたのだ。

アストリッドはこの期に及んでまだ事態を操ろうとしている。ダイアナは苦々しくそう思った。とはいえ、彼女は愛する少年を守ろうとしただけではないか。それはそんなにひどいことだろうか？

そのとき幼い子どもが駆け寄ってきて、アストリッドを連れていってしまった。

「ほらな？」まるでアストリッドが自分を擁護したかのように、ケインは言った。「結局、最後になれば、自分のために……それから自分が大事に思うやつのために、五分でも稼ぎたいって思うんだよ」

アストリッドの手を引いたのは、サンジットの妹、ボウイだった。「ラナが来てって」

「どうして?」アストリッドは訊いた。

「サム。クインがクリフトップに連れてきたの。けがしてる」

アストリッドは広場からクリフトップまで全力で走った。喉から心臓が飛び出しそうだ。息を切らし、顔を真っ赤にして建物に駆けこむと、危うく廊下のけが人を踏みそうになった。

ラナが、涙を流すアストリッドを見あげ、先にこう言った。「サムは助かる」

だが、ラナが治療しているのはサムではなかった。サムは隅の床に寝かされ、というか実際には、コーヒーテーブルの下に押しこまれていた。クインが付き添っている。

「よお、アストリッド」クインが言った。

アストリッドはクインを無視し、サムの隣にしゃがみこむとその顔を両手で包んだ。

「サム。サム!」

「しばらく意識を失っている」とクイン。

「何があったの?」

「町の外でガイアに遭遇したみたいだ。相当ひどくやられていた」

アストリッドは首をひねってラナに訴えた。「どうしてサムを治療してくれないの?」

「サムは死なないけど、こっちは死にそうだから!」ラナが怒鳴り返す。

「サムが必要なの！」

「ブリアナだって必要だった。それでどうなった？」

アストリッドは勢いよく立ちあがると、一瞬われを失い、もう少しでラナに殴りかかりそうになった。サンジットがすっとふたりのあいだに割って入る。

「まあ、まあ、まあ。落ち着けって」

「役に立つことがしたいなら、アストリッド、あんたの弟と話せばいい」ラナが言う。

アストリッドはひるんだ。

「ネメシスのことは知ってる」ラナが続ける。「どういうことかはわかってる。あんたは私にガイアファージに接触するよう言った――じゃあ、こっちも言わせてもらうけど、アストリッド、その接触は向こうからもある。気持ちのいいもんじゃない」ラナは食いしばった歯の隙間からやっとの思いで言葉を絞り出した。「邪悪なものが近寄ってくるのは……自分をしたがわせようと、殺そうとするやつの声が頭のなかに響くのは楽しいもんじゃない。あれは私を嫌ってる。私を壊したくて舌なめずりしている。これがどういうことかわかる、天才アストリッド？」

アストリッドはラナの口調にこめられた敵意に、その顔に浮かんだ激しい怒りに不意をつかれた。最後に見たときから、ほんの少しのあいだに、ラナはずいぶん歳を取ったように見えた。アストリッドには決して理解できない、苦しみをたたえた表情。タフな少女の顔に浮かぶ恐怖……それだけはアストリッドにも理解できた。

「ラナ、私たちはガイアを倒せる」アストリッドは言った。

「ピーターもガイアファージを殺せる」ラナが言った。「ピーターこそが力だよ。知ってるでしょう。私は知ってる。ガイアファージは心底怯えてる。だから攻撃を仕掛けてくる。ピーターを恐れているから。ピーターを恐れるあまり、みんなを虐殺しているの」

「ピーターに必要なものがわかってるの？」アストリッドが詰め寄った。「あなたは自分が何を求めているのかわかってる？」

ラナは黙りこんだ。ずっと手を触れていた子供に目をやる。空いているほうの手でその首元に触れ、脈を探す。それから胸に手を当て、心音を聞く。やがて体を起こした。「こんなに重症だったなんて……。もっと早く手当てしてあげればよかった」

アストリッドは、状況を理解するのにしばらく時間がかかった。よろよろと後ずさり、ラナの憑かれたような視線にぶつかった。

「そう、これがいまの私の生活」ラナが言い、震える指で自分のこめかみに触れた。「それにあいつもいる。またここに戻ってきた。楽しみが増えたってわけ」

ラナは立ちあがった。足元がふらつく。背中を伸ばすと、背骨がバキッと鳴った。「これで、サムに時間が割けるよ。たっぷりとね」ラナはピースから水の入ったグラスを受け取ると、それをサムのそばに置いた。

「そこにハサミがあるでしょ」ラナはテーブルに乗った重そうなハサミを指さした。「それでサムのシャツを切って。背中からはじめる」

アストリッドは言われたとおりにした。サムの肩から突き出た真っ白な骨を見て、息をのむ。そっと横を向かせ、めちゃくちゃにねじれた背骨を見たときは、ほとんど絶望しかけた。

「うん、よくないね」ラナが言う。「あんたの助けがいる。サムの体をちょっと伸ばして背骨がまっすぐ並ぶようにしたい。最初に骨を定位置に戻しておくと、治療が格段に早く進むから。ダーラは？　ちょっと手伝って……」そこでラナは思い出す。「ふたりとも倒れて、どちらも孤独な道で傷ついた」ラナは静かに悼んだ。「ひとりは死に、ひとりは生きている。いまはまだ。そしてもはや信じていない神が、サイコロをふる」

アストリッドがシャツに最後のハサミを入れると、サムが眠ったままうめき声をあげた。

「ダーラはいい子だった」ラナの唇が震えている。「あの子は善人だった」そう言って部屋を、静かに泣いている子供たちを見まわし、水が欲しいと頼んだ。「いい人間がたくさん死んでいく」そして何かをふり払うかのように頭をふり、叫ぶ。「サンジット！　ピースに板を持ってこさせて。棚かなんかのやつ」

ラナは煙草に火をつけると、深く吸いこみ、その煙をアストリッドのほうへ吐き出した。

「ねえ、気づいてる、アストリッド？　同じ能力を持つ能力者はいないってこと。超高速の力を持った子供はふたりもいない。ひとりだけ。サムの光線も、ふたりとか三人とか、五人とか、十人が持っているわけじゃない。サムだけ。ジャックの力も、デッカの力も」

「ええ」アストリッドは慎重に認めた。

「ヒーラーもひとりだけ」

「そうね、それは全員が知ってる」アストリッドは答えた。そのひとりが、もう少し気性の穏やかな人物ならよかったのにと思っていることは隠さない。

「でもあのガイアとかいう化け物は、自分で傷を治せるみたいだし、光線を撃てるし、念力も使える。不思議だよね？　私が魔法の手をかざしている最中に子供たちが教えてくれたの。オーケー、じゃあサムの腰を持って。しっかりつかんでね。かなり痛がると思うから」

アストリッドはラナの言うとおりにした。泣いてはだめ、と自分に言い聞かせる。けれど、自分が愛した体がこんなふうに壊れているのを見るのはつらかった。

「そっちが引っ張ったら、私は骨を元の位置に押し戻す。私がいいって言うまで引っ張り続けること。わかった？」

「わかった」

「引いて」

アストリッドが引っ張るとサムが身をよじった。ラナがもっとしっかりつかんでと声をあげたので、アストリッドは力をこめて引く。サムが目を開け、叫びながら両手をばたつかせた。サンジットが駆け寄り、その両手をすばやく握る。サムの両手は危険極まりない。アストリッドを手伝おうと、クインもそばにやってくる。

バキバキとくぐもった不快な音をたてながら、ラナが脊椎をもとの場所に押しこんでいく。それから木製の棚をサムの下に滑りこませ、クインとサンジットに細く切ったシーツを巻きつけるよう指示すると、サムを所定の位置に固定した。

サムは静かになり、ふたたび意識を失った。

「内臓も損傷しているかもしれない」ラナが言う。「背中と肩は、たぶん治せる。それ以外はようすを見てみないと」

「そろそろエディリオのところに戻らなきゃ……」アストリッドは立ちあがると、部屋を出ようとした。

「そうだね、戻ったほうがいい」ラナも同意する。「それで、どっちがより最低か決めてくれる？　誰かの命を犠牲にしてピーターに捧げるか。それとも、もうひとつのほうか」

このときラナは薄く笑みを浮かべていた。怒りと、挑発。アストリッドは訊きたくなかった。答えならわかっている。けれど訊かずにはいられなかった。

「もうひとつのほうって？」

「サムと、見つけられればケインも殺すってこと。ガイアファージの力を奪うために」

アストリッドは身じろぎもせず立ち尽くした。

ラナが皮肉めいた笑い声をあげる。「たしかにあんたは天才かもしれないけど、だからって私もばかなわけじゃない」

アストリッドはうなずいた。その視線は大きなハサミをとらえ、それからその奥に、ラナの腰の自動拳銃に注がれた。唇を強く噛んでから、言う。「サムを……」

「私はサムを傷つけたりしない」ラナが言った。「そんなことはしない。ねえ、忘れてない？　私はヒーラーだよ」

24

１４時間　２２分

「鞭を戻してほしい」

　ドレイクの頭はアレックスの首と完璧に融合していた。ただし、そこにはくっきりと赤い線が刻まれている。そう、外科手術をおこなって、その傷がまだ癒えていないかのようだな……。

　アレックスの頭部のほうは、もはや肉の部分も、舌もなくなり、空の頭蓋骨が溝に横たわっていた。

「体を手に入れたのだから喜べ」ガイアがうなる。

「喜んでるさ」ドレイクは機嫌を取るように言った。「ただ、これじゃああんたの隣で戦えない」そう言って、残っているほうの手で切断された腕を指し示す。「一度はできたんだ。もう一回生えてくるかもしれない」

ガイアは確信が持てないようだった。

神の顔にしては妙な表情だ、とドレイクは思った。とはいえ、その正体に比してこの見た目がそもそも妙なのだ。この美しい、褐色の肌をした、青い目の顔を、見た目どおりに受け取らないだけの知識はある。つい先日まで、緑色の粒子でできた絨毯（じゅうたん）のような姿でうごめいた化け物を目にしている自覚はあった。だが彼女はいまや美しい少女となり、見たところドレイクとほぼ同じ年齢に達していた。

飢えで変わり果てる前のダイアナと同じくらい美しい。アストリッドと同じくらい美しく、ひとりよがりで、傲慢だった。

ドレイクは混乱した。この姿のせいで、本能的に痛めつけたくなってしまう。その光景を妄想し、ドレイクは動揺した。こんなことを知られたら、きっと殺されるだろう。

神に欲望を抱くなどいいことではない。彼女が鞭で打たれるところを想像するなど……。だめだ。ドレイクは自分に命じた。やめろ。彼女はダイアナでもアストリッドでもない。あいつらには全然似ていない。ガイアは依然としてダークネスなのだ。自分を受け入れてくれた化け物、居場所と目的を与えてくれた邪悪な存在なのだ。

「腕が必要だ」ドレイクは言った。そこだけは譲れなかった。鞭の手がなければ自分は弱い。鞭の手がなければどんな武器があるというのだ？　それなしではただのドレイクだ。鞭の手ドレイクではない。

「なぜそんなにこだわる？」ガイアがたずねた。「それを何に使うつもりだ？」

「あんたの隣で戦うため、あんたを守って……それで……」

ガイアが無表情でドレイクの目を見据える。「本当のことを言え」

もし嘘をつけば……いま、この場で破壊されるかもしれない。ガイアはどのくらい予想できている？

答えなければ。真実か、嘘か。

「ダイアナが最初だ」ドレイクの声はかすれていた。「アストリッドにはさらに時間をかける」

ガイアが首をふる。「それはあとだ」

「あと？」

「まずはヒーラーを私のもとへ連れてこい」ガイアが言う。「あいつは……あいつは私を拒絶した。あいつは私を排除する方法を探している……」そして、自分の考えを伝えたほうがいいと思ったのか、突然こう言った。「まずはあいつを連れてこい。そうしたらあとはおまえの好きにしていい」

ガイアは、切断された腕に手をのせた。

「何が生えてくるかはわからない」

「きっと戻ってくる」ドレイクは言った。「絶対に」

アストリッドは〝クリフトップ〟の名前の由来となった崖の上に立っていた。

暗い海の上に複数のボートが浮かんでいる。通り過ぎるボートの光が見える。

左へ首を伸ばすと、基地の明かりが見えた。〈カールスジュニア〉や、新しいホテルの明かり……。

その距離は、絶望的に、恐ろしいほど近い。チーズバーガーやフライドポテトや燃えていない車や危険時に駆けつけてくれる警察官がいる場所まで、いったいどのくらいだろう？

四百メートルもないだろう。

電気があって、恐怖がない世界。食料とぬくもり。母親と父親、いとこやおばや家族の友人、その全員が、〝それで、なかはどんなだった？〟と訊いてくる。そして、〝出られてよかったね〟と。

怖かった？

とても怖かった。

嫌なものもたくさん見たでしょう？

口にできないこともたくさん。覚えていないくらいたくさん。頭から離れない光景もある。

傷があるの。脚や手や背中を見たい？　傷がいっぱい。

魂を見たい？　そこにも傷がある。でも目には見えない。

よくがんばったね。

そうかな？　本当にがんばったと思う？　だって私はがんばってなんかいない。

嘘をついたし、みんなを操った。傷つけたこともあるし、残酷だったこともある。信用を裏切ったの。

それから弟を死に追いやった。そう、自分やほかの人たちの命を守るために。それって許される？

「昔なら、あなたと話をしていたでしょうね、神さま」アストリッドは言った。「あなたの導きを求めて、実際導きなんて得られなくても、得られたふりをして、それを本物のように感じていたでしょうね」

ラナはサムを治すだろう。そしてサムは、ガイアと戦うために戻ってくる。

そしてガイアはサムを殺す。エディリオと、シンダーと、ダイアナと、サンジットと、クインと……ほかのみんなを殺したあとに。ガイアはサムを殺すけど、アストリッドはその前に殺されている。だからサムはその場面を見ることになって、絶望に泣き叫んで、そうしてガイアに殺される。

サムは死ぬ。しかもアストリッドを救えなかったことを思い知らされながら。

ちょうどそのとき、シンダーがホテル脇を通り過ぎるのが見えた。ハイウェイのそばで絶望に身を寄せる子供たちのもとへ行くのだろう。あそこにシンダーの母親もいるのだろうか？　フェイズがはじまる前は、シンダーと話をしたことはなかった。

フェイズにとらわれた子たちの多くは知らない子供ばかりだった。そしていまでは、もう知ることのできない子供たちが大勢いる。アストリッドは目を閉じ、ガイアの両手から放たれる恐ろしい光を思い浮かべた。タイヤ、ニスの塗られた合板、帆布、そして肉の焼けるにおいがふたたび鼻をつく。

サムがいま、この瞬間に息絶えたなら、ガイアの力は弱まり、残された子供たちは生き残れるかもしれない。

「私は前にも一度、この選択をした」暗い空に向かって言う。「ピーターに対して。そうでしょう？」

空は答えない。南の空がバーガー店の明かりに照らされている。西のほうでは、車、ｉＰａｄ、石油、ホエールウォッチングを楽しむ年配者を積んだいくつもの船が通り過ぎていく。

北では炎が赤く光っている。刻々とその明るさを増していく。すでに森を越えて広まっているにちがいない。乾燥した牧草地が燃えているのだろうか？　私たちの畑が燃えているのだろうか？

火事？　アストリッドは笑いたくなった。もちろん、火事が起きたっておかしくない。なにせ、ここはフェイズなのだ。

どこかで怪物が子供たちの死を目論んでいる。アストリッドがその目論見を止めるために何かしようとすれば、誰かを犠牲にすることになる。名もなき生贄か、サムを。

つまりどういうことか？　ここからわかることは？　ときにはいい選択肢など存在しないということだろうか？

「そんなのとっくに知っている」アストリッドは言った。

以前サムに伝えたことが――しつこく言い聞かせたことがある。勝つためなら、たとえダイアナを傷つけることになっても、世界を焼き尽くすことになっても、どんな手を使っても生き延びて、生きていて、サム、あなたなしでは無理だから、と。

生きて。

あなたなしではこの世界から出ていけない。

アストリッドは目を閉じ、船、星、バーガー屋の明かり、遠くの炎を締め出した。

「ピーター……」

ケインは桟橋に向かっていた。答えは明らかだった。生き残りたければ島に行くしかない。ここを出て、ガイアから離れて。島にいればガイアに見つからないという保証はないが、ダイアナにも言ったように、生き残りたければ、永遠に生きようとするのではなく、最後まで死なないようにすることだ。

それに、あの痛みを味わうのは二度とごめんだ。考えるのも無理だった。考えられないし、その残響を感じるだけでも苦痛だった。

見張りの子供がひとりいた。クインの仲間だ。誰も漁船に触らないよう監視している。ケインは見張りの子供を傷つけなかった。能力を使って、叫ぶのをやめるまで木の板に叩きつけただけだ。それから縛りあげ、口に布を詰めて黙らせた。いずれこの少年もガイアに見つかり、殺されるだろうが、縛られているおかげで後まわしになるかもしれない。

なあ、これっていいことだよな?

ケインは緊急用のボートを見つけた。多少ガソリンが残っているはずだ。とはいえ、たいした量ではないだろう。ほんの数日前、ケインが王だったころにはすでにガス欠寸前だったのだ。

思い出して笑みがこぼれる。ケイン王。世のなかは変わるのだ。いまでは残り数時間の寿命にしがみつくために、こそこそと身を隠そうとしている。逃げようとしている。

ケイン王から腰抜けケインにあっという間に降格だ。

いや、すでにペニーが王冠をこの頭上から叩き落としたのではなかったか。目覚めたときには両手がセメントで固められ、王冠がホチキスで頭皮に留められていた、あの屈辱をケインは思い出す。痛みもあった。だがこれまでさまざまな痛みを経験し、すでにそれがどんなものかを知っていた。こめかみにホチキスを打たれるのはたしかにつらかったが、ハンマーで少しずつ硬いコンクリートを削っていく痛みに比べればなんでもない。

そう、あれはひどかった。世界が一変するほどの痛みだった。それでも、無力という屈辱のほうがさらにきつかった。

だがそれも、ガイアにされた仕打ちに比べればましだった。あれに比べればなんでもない。

ケインは傲慢にも、ガイアファージから自由になれたと思っていた。しかし、決して自由にはなれないのだ。きっと。あの怪物が存在するかぎり、あれはケインの脳へ侵入するためのバックドアを持っていて、ケインを這いつくばらせ、泣いて死を請わせることができるのだ。

ケインは洟をすすった。怯えた子供みたいに。

いや、実際に怯えた子供だろう。

ボートに飛び乗った。タンクのゲージが見当たらない。辺りをきょろきょろと見まわす。サムの光の能力が欲しかった。数分後、ようやく必要な道具、燃料タンクに差しこんで残量を確認するための細くて長い棒状のものを見つけた。それは長さ三十センチほどの、黒っぽいグラスファイバー製の折れた釣(つ)り竿(ざお)の一部だった。

沖合で、何か巨大なものが通過するのが見えた。タンカーだろうか。何十万トンものガソリンを積んだ……。

「あんなにあったら最高だな」ケインはつぶやいた。

「何が最高なの？」

彼女はいつの間にかそばに立っていた。ダイアナ。ケインの頭上に黒い影を落とし、その輪郭が星明かりに縁どられている。

ケインは何か言おうとしたが、言葉が出ない。彼女は桟橋に立っていた。ケインはその下につながれたボートに乗っていた。

ダイアナ。

ようやく口を開く。「ここで何をしてる？」

「あなたを探しに来たの」ダイアナが言う。「姿が見えなかったから」

「こんな姿で残念だったな」ケインは苦々しくそう言い返すと、すぐに後悔した。その台詞はまるで自己憐憫（れんびん）のようだった。いや、実際そうなのかもしれない。

「ここ、私たちが島から戻ってきて上陸した場所よね」ダイアナが言った。

「そうだ。意気揚々とな。みんなをしたがえる英雄として」ケインが言う。「ケイン王。いまちょうどそのことを思い出していた」

「あの化け物を妊娠していた私を連れて」

「おまえのせいじゃない」ケインはそっけなく言った。「俺のせいでも」

「どうかしら」

「俺たちは……いいか、俺たちは愛し合った、だろ？　あの行為はそう呼ばれてるんだよな？　ガイアファージの肉体を妊娠するなんて誰も警告してくれなかった」

「私たちは愛し合ったの？」ダイアナが問いかけた。

「勘弁しろよ、ダイアナ」

「教えて、ケイン。私たちは愛し合ったの？　それとも単にセックスしただけ？　簡単な質問よ」

「簡単じゃない」ケインは言った。

　ダイアナの皮肉めいた笑い声が聞こえた。その瞬間、ケインはその質問の答えがわかった。この皮肉で、残酷ともいえる笑い声を聞いて、その答えがわかったのだ。ふいに感情がこみあげ、もう少しで泣きそうになる。

「そうね、私たちにとっては簡単じゃない」ダイアナは認め、もう一度言った。「私たちは愛し合ったの？」

「わかった。わかったよ。そうだ、ダイアナ、俺たちは愛し合った」

「ちゃんと聞かせて、ケイン」

「いったい何を言わせたいんだ？」ケインは弱ったように言う。「俺はここから逃げ出す。

自分を守るために、おまえを置き去りにして。俺は沈みかけた船から逃げ出すネズミだ。哀れな人生にわずかな時間でもしがみつこうとする臆病者なんだ。死ぬほど怖いんだよ。もう立ち向かえない。おしまいだ。どうして俺にそんなことを言わせようとする？」

ダイアナは答えなかった。

ケインが狂気でわれを失ったとき、ダイアナは彼を風呂に入れ、食事をさせ、うわごとを言うたびに、暗闇のなかで飢えを訴えて目を覚ますたびに、そばにいた。

ダイアナはケインの無謀な計画をいつも支えていた。いろいろあったにもかかわらず、そう、本当に、本当にいろいろなことがあったにもかかわらず、ケインのそばにいた。

彼女の顔は見えず、その輪郭しかわからなかったが、ケインはダイアナの顔を細部まで思い描くことができた。ふっくらとした唇に皮肉っぽい笑みを浮かべる彼女の姿が脳裏に浮かぶ。ときどき笑いをこらえるようにぐっと唇に力を入れるあの仕草。それから頬と、完璧なあごのライン、そして男なら誰もがキスをしたいと思うあの首筋。

黒い瞳。

彼女の胸。

それから太もも……。

するとダイアナが、例のごとくケインの心を読んだかのように言った。「私は子供を産んだ。あれから状況は変わったし、あなたの邪悪な心を受け入れるには少し準備がいる」

「わかった」ケインは言った。

「『わかった』って、嘘ばっかり」ダイアナが嘲るように言う。

ケインは頭をふった。ばれている。またしても。

「そもそもなんの準備がいるんだ？」ケインは訊いた。

「体が硬くて」彼女が言う。「そこまで降りるのがむずかしいの」

ケインは片手をあげると、ダイアナの体をゆっくり桟橋から引きあげ、自分の目の前にそっと降ろした。ダイアナの足がボートに触れると、重みでボートが揺れた。

ダイアナがバランスを崩した——あるいはわざとかもしれないが、どっちでもいい。ケインは彼女を抱きしめた。たしかに、ダイアナは変わったようだった。腹部と胸が大きくなっていた。ほかの部分は痛々しいほど痩せている。

「口は、大丈夫か？」ケインは訊いた。キスをしたくてたまらない。

「どうしてそんなこと訊くの？」

ケインは笑った。

「言って。ただし……」

「ただし？」

ダイアナのささやき声は、ひどく頼りなげだった。「ただし、本当のことを。ケイン、本当のことを言ってくれたら」

「愛してる」ケインは言った。

「いいわ」ダイアナは満足そうだ。

ケインは彼女にキスをした。どうやらダイアナの口は無事のようだ。

それから真剣な声音で言う。「それで、俺たちは島に行かないのか？」

「どうして行くの？」

ケインはため息をつく。「俺の思う答えはふたつだ。ひとつ、ネズミみたいに逃げるため。これがメインの答えだ。俺は……またあいつにあんなことをされるくらいなら死んだほうがましだ。だから、逃げる」

「ふたつ目は？」ダイアナが訊く。

「島に行くのは、十中八九逃げるためだ。だがもうひとつは、まあ、ほとんど希望はないけれど、それでも可能性として……」ケインはどうにか明言を避けようとしたが、ついにあきらめた。「あれだ、アルバートのミサイルのことを考えていた」

「ミサイルであの子を殺せると思うの？」

ケインは肩をすくめた。「あいつの意表をつくにはそれしかないと思ったんだ。不意をつくにはさ」そう言ってため息をつく。

心の内に本音が湧きあがってくる。彼女を愛しているという事実。だが、それでは自分は救われないという事実。

「俺たちはここから出られないんだな?」ケインは言った。

ダイアナが首をふる。「出られないわ、ケイン」

ふたりは、抱き合ったまましばらくその場に立ち尽くした。やがてケインがエンジンをかけると、ボートは島に向かって動き出した。

ペルディド・ビーチが遠ざかると、ダイアナの頬に涙が伝い、迫りくる炎が彼女の黒い瞳に反射した。ダイアナは小声で、もうひとりの少年の名前をつぶやいた。

「リトル・ピート……」

彼の名前はピーター・エリソンだが、みんなからはリトル・ピートと呼ばれることもあった。

そしていま、彼は自分の名前を耳にしていた。まるで亡霊たちから立ち昇ってくる祈りのように。

知っている声。

知らない声。

それからときどきダークネスがそうするように、ダークネスに触れられた者たちをつなぐ虚無を通じて、静かに、ピーターに届く第三の声。

ちがう言葉で、ちがうやり方で、毎回「自分を使え」と言う。

私を使いなさい、ピーター。
私を使って、リトル・ピート。
俺を使え、チビ助。

25

4時間 44分

パグは、ケインとダイアナが島に近づくと、本当にミサイルを発射した。

ミサイルは念動力を使える人間に対してはあまり効果がなかった――これについては後学のために覚えておいたほうがいいだろう、とケインは思った。ガイアの不意をつくには……いや、ガイアはミサイルが何かを知らないかもしれない……。

そう、その可能性はある。だが、そうでないかもしれない。後者の場合、プランBが必要になる。

ケインはプランBが気に入らなかった。

しかしダイアナと大きなベッドに、ふたりがガイアを宿したのと同じベッドに横たわっていると、やはりそれしかないと思う。ケインはふたつの痛みのあいだで板挟みになっていた。ガイアがもたらす痛みと、ダイアナを失った場合にもたらされる痛み。

なぜダイアナは自分にこの気持ちを自覚させたのだろう？　まったく、女ってやつは。感情は抑制するものだと知らないのだろうか？

「愛なんてろくなもんじゃない」ケインはつぶやいた。

ダイアナがケインにぴたりと寄り添い、唇をケインの首に押し当てた。ケインの体がぞくりとする。

カーテンの隙間から見える夜の青が、グレーに変わっていた。夜明けだ。行かなくては。ケインは音をたてないよう、そっとベッドから出た。服はどこだ？　たしかここに――気づかれないよう身支度をしなければいけないことはわかっていたから――床に置いたはずなのに。

「隠したわ」ダイアナが言った。

ケインは彼女をふり向いた。「どうしてそんなことを？」

「黙って行かせないため。ねえ、ケイン。いったいどれだけの付き合いだと思っているの？　それに……」

「なんだ？」

「あなたのその姿が好きなの」

ケインはごくりと唾をのんだ。なぜか奇妙に心もとなく、ばかげた気分になる。「でもそれは無理だって……」

「そのとおりよ。でも見るのは好きなの。あなたの性根が腐っていてよかった」そう言うと、ダイアナは長いため息をついた。「大半の女の子は怖がるから。あなたがまともな人間だったら、私が付き合えるチャンスはなかったでしょうね」

「逃げるわけじゃない」ケインは言った。

「知ってる。あなたが何をするつもりかはわかってるわ、ケイン。あなたの気持ちには感謝してる。でも最後まで見届けたいの。あなたがあの子を止めるところを見たいの」

「そうか」ケインは努めて軽く聞こえるように言った。「もし一緒に来るなら、そろそろ行くぞ」

「もしくはその逆……あと数分ある」ダイアナが言う。「来て。ほんの数分しかかからないから」

コニー・テンプルは、ダーラが決めた待ち合わせ場所でアストリッドを待つのはあきらめていた。その晩もモーテルに泊まり、翌朝、念のために待ち合わせ場所に行くと、伝言をメモして、湖岸の最北東とバリアが交差する場所にある枝に突き刺した。メモにはこう記した。〝会えなくて残念。コニー・テンプル〟。それから追伸を添え、ひと言〝サム〟と書いてその後ろにクエスチョンマークをつけた。

なんだか滑稽だった。その昔、サムに宛てて、ポストイットのメモを冷蔵庫に貼ったときのようだった。

帰り際、コニーは湖岸に見覚えのない人影が横たわっているのに気がついた。誰かが寝ているのだろうか。生存者かもしれない。いや、おそらくは湖岸に打ちあげられた遺体だろう。コニーは、それがサムでないことを確認できるまでじっと見つめた。

マリーナから何艘も船が出ていく。湖で大虐殺が起きたという噂に引き寄せられ、いつもより多くの見物人が訪れていた。コニーは自分のような母親が、すぐそばに浮かんでいるのに触れられない、膨張した子供の遺体を見るかもしれないと思うと耐えられなかった。テレビ中継車は夜のうちに到着していた。望遠レンズのついたカメラが何台も並んでいるのが見える。

コニーは借り物のSUVに乗りこむと、南へ向けて車を走らせた。衛星ラジオをニュースのチャンネルに合わせる。

「火は明らかに、ステファノレイ国立公園を越えて燃え広がっています。カリフォルニア州消防局は〝異変〟の周辺に消防隊員を急行させています。万が一封じこめに失敗した場合、炎はただちに〝フェイズ〟の外側の広大な森にまで延焼する恐れがあります」

コニーはチャンネルを変えた。

「……化け物じみた邪悪な子供たちが、あの悪魔のような場所から出てきて、敬虔でまっとうな人々を……」

三度目で、落ち着いた声が聞こえてきた。NPRだ。だが、話題はここでも同じだった。異変――フェイズについて。誰もがその話ばかりを聞きたがっていた。

「……物理。とくに、カリフォルニア大学バークレー校のジェイコブス博士がずっと唱えているように、これらの現象は、まだわれわれの理解の及ばぬ方法でこの宇宙を定義する法則が変わったことを示しています。もちろん問題なのは、一度それが起これば、ふたたび起こる可能性があることです。われわれは二度と自信を持って――」

もういい。すごい学位を持った賢い人たちの説明を聞くのはうんざりだった。彼らは、政府を説得してドームを爆破しようとしたのだ。

やがてコニーは九〇年代のロックを流しているチャンネルを見つけ、それを流しながら考えをまとめようとした。危うく道を外れそうになるほど眠気に襲われていた彼女には、簡単なことではなかったが。

ドームが消えたら、サムとケインがこっちに戻ってきたら、すぐにでも逮捕される可能性がある。

そうなっても、コニーにできることはあまりない。せいぜいなかの子供たちに、これまでの出来事を正直に話すよう伝えるくらいだ。地方検事は逮捕や捜査について柔軟な姿勢を見せていたが、その他の州当局者はスタンドプレーも辞さないだろうし、議会も同様に鼻を突っこんでくるだろう。

やっとの思いで生き残った子供たちが刑務所に送られるなんて耐えられない。しかし検察官が、三百人かそこらの——いまではもっと少ない——子供たちから、ほかの子供たちに関する不利な証言を得るのは簡単だろう。

そしてもし真実が語られたら、捕まえなければならない子供はいるのだろうか?

コニーはその考えを脇に押しやった。だが、サムの手から死の光線が燃えあがったあの光景……サムが殺そうとした幼い少女……サムが燃やしたもうひとりの少女……フェイズが起こる前に、サムがコニーの元夫、つまりサムの継父に襲いかかって腕に火傷を負わせたという事実……。

コニーは、なかの子供たちのインタビューをすべてＹｏｕＴｕｂｅで観ていた。みんなサムのことを、リーダーであり、ファイターであり、一度ならずみんなの命を救ってくれたと話していた。フェイズのなかで彼はヒーローだった。

だが、あるインタビューが心に引っかかっていた。姿をほとんど消すことができ、少なくとも背景に溶けこむことができるという、バグと名乗る幼い少年のインタビューだ。その少年はサムを殺人者と呼んだ。

サムにもうちょっとで殺されるところだった、とバグは語った。

もうひとりの息子、ケインの話ははるかに憂鬱なものだった。子供たちはびくびくと後ろを気にしながらケインについて話していた。

でも一番最悪なのはあいつじゃない、と話していたのは、ブリーズと名乗る超スピードの能力を持つ小さな有名人だ。悪い人間であることはまちがいないけど、ドレイクみたいな頭のおかしいやつじゃないから、と。

たしかに、何人かは捕まえなくてはならないかもしれない。狂犬や凶暴なトラのように。

自分に何ができるだろう？　サムに弁護士をつける？　そんなお金はない。

いや、ほかの人たちなら持っているのではないか。フェイズの子供たちには弁護士が必要だ。味方になってくれる政治家が必要だ。彼らのために声をあげてくれる有名人が必要だ。何もかもばかげているが、それでも必要なのだ。広報が。アドバイザーが。

つまりはお金が。それもたくさんの。

コニーは、アバナ・バイドゥーとかれこれ一年ほど一緒に暮らしている小さなトレーラーに戻ってきた。アバナは気分がよさそうだった。

「今日、なかの子と話をしてきたの――まあ、筆談だけど――その子が言うには、ダーラはみんなに好かれているって。病院を仕切っていて、いい子だって」

「そう」コニーは言った。

「あなたはどこにいたの？」

アバナに、ダーラを湖に行かせたことを伝えるべきなのはわかっていた。けれどそれを言えば心配させるだけだろうし、おそらくは無用の心配だろう。ダーラは湖に行かなかった可能性が高い。伝言か、ほかの誰かに頼んで……。

だめだ、やっぱり言えない。友人に、彼女の娘を虐殺があった場所へ行かせたなんて。

「湖へ行ってきた。サムが向こうにいるって聞いたから……私も行ってみたの」

アバナがじっとコニーを見つめた。頭をいぶかしげに傾けて、何かを感じ取っている。

「ちょっとおかしな年配女性が、湖のほうが燃えあがったって話している動画があるわ」

コニーは首をふった。「その人はおかしくなんかない。湖ではひどいことが起こったの」

それくらいは話しておかなければ。どうせすぐにわかることだ。しかしコニー・テンプルが、ダーラをその現場へ送りこんだことを伝える必要はない。コニーが湖で見たことを話すと、アバナが泣き出したので、コニーも一緒になって泣いた。

その後、ふたりでずいぶんワインを飲んだ。テレビはつけていたが、音は消していた。コニーは、車のラジオで流れていたニュースを映像で見た。ステファノレイ国立公園を激しく燃やし、そこからさらに広がりつつある大規模森林火災の映像だ。

やがて、ニュースは湖を映す望遠カメラの映像に切り替わった。アナウンサーが沈痛な面持ちで、不穏なものを見ようとしている人々に警告していた。

うつぶせで湖に浮かぶ遺体が画面に映った。

アバナはテレビを見ていなかった。コニーにはよくわからない面白話をして笑っていた。

だから、アバナがうつぶせで湖に浮かぶ娘を、ダーラを見たのは、このときではなかった。

太陽が昇り、エディリオはまだ生きていた。驚きだった。町の広場の階段で夜明け前の数時間を過ごした。体を丸め、両膝に頭を突っこんだ姿勢で少しだけ眠ったが、あまり眠れなかった。フクロウのように周囲を見まわし、まだ自分の持ち場を守っている子供たちはどれだけいるだろうかと考えた。何人逃げ出しただろう？　バリアの場所まで行ってみようかと考えて憂鬱になる。自分の訓練した兵士が、全員そこにいるかもしれない。

アルバートはいらだったように歩きまわっていたが、それはほぼ毎度のことだ。

「食料の在庫をチェックした」アルバートが前置きもなくそう切り出す。「状況はよくない。どれくらい持ちこたえられるか、きっとわかっていないよな？」

エディリオはまばたきをした。「わからない。いつバリアが消えるのかも、いつ攻撃が再開されるのかも、ガイアファージは教えてくれなかったから。悪いね」

アルバートが鼻を鳴らす。「皮肉を覚えたんだな、エディリオ」

「僕はいろんなことを覚えたよ、アルバート」

アルバートは、ずっと前に破壊された噴水を通りかかったふたりの子供のほうへあごをしゃくってみせた。「あのふたりが見えるか。髪の毛が抜け落ちてる。僕らはすでにかなり深刻な栄養不足に陥っている」

「どうして僕が君を呼び戻したと思う？」エディリオはぴしゃりと言った。

アルバートは両手を広げ〝だから、言ったろ？〟のジェスチャーをしてみせる。

「君は全員を徴兵した。エディリオ、君が商売に詳しくないことはわかっている。でも労働力が必要なんだ。穀物を収穫してくれる人手が必要だ。みんなに銃を持たせたら、収穫する人がいなくなる。収穫する人がいなくなれば、食料は生まれないし、食料がなければ食べられない。そして食べられなければ、栄養失調に陥ってしまう」

言い方は辛辣で嫌らしかったが、言っていることはまちがっていなかったので、エディリオは黙ってアルバートの話に耳を傾けた。

エディリオはうなずいた。「そのとおりだ」

「だから、僕を責めるのはやめてほしい」アルバートが言う。「僕は自分の仕事をしている」

「でもみんなは兵士の仕事をしていないんだ、アルバート。死ぬほど怯えている。死ぬときに家族のそばにいられるよう、バリアのそばへ行っているんだ」

「そんなのばかげている」

「本当に？　畑に出かけたバス一台分の子供たちが戻ってこなかったんだ、覚えてるだろ？　いずれにしても、火の手も迫っている」

アルバートはいらいらと頭をふった。「実際、子供たちはここにいるより畑に送られたほうが安全だと思う。全員が町にいたら、いや、もっと最悪なのはバリアのそばにかたまっていたら、ガイアファージの仕事が楽になるだけだ。それにみんな飢えている。僕も含めてね。パルメザンチーズにはすでにうんざりしているんだ。なんならちょっとゲロみたいなにおいがするし」

実際のところ、アルバートは正しかった。飢えているのは確実だ。「君の言うとおりだ」エディリオは認めた。「みんなを畑に行かせよう。僕がそう言っていたと伝えてくれ。買収しても、強迫しても構わない。君の仕事をしてくれ、アルバート」

おかしなことではあるが、実際、人間のできるもっとも有意義な行為は働くことだった。化け物がペルディド・ビーチをうろついているときでさえ、誰かがキャベツを収穫しなければならないのだ。

シンダーは、壊れた瞬間にすべてを拒絶した。

彼女はラナのもとでテイラーの治療を手伝うようになっていた。何とはなしに、ヒーラーの要望で彼女と一緒に働けることを光栄に思っていた。

昔々、もはや何百万年も前のことだが、シンダーはゴス少女だった。ダークファンタジーに夢中で、服装も、メイクも、見た目も徹底し、何より、他人のことなんてどうでもいい、私は自分の好きなように生きている、という空想に夢中だった。

そう、私は変わり者なの。仕方ないでしょ。

そして、フェイズがはじまった。黒いネイルは手に入らなくなった。食料も。水も。安全も。

悲惨な光景もたくさん見てきた。友だちも失った。

やがて湖に居場所を見つけ、自分に能力があることに気がついた。おそらく全能力のなかでも最高の能力。触れたものが成長するのだ。こうしてシンダーは、あまりに奇妙で、結末を思い描くこともできないこのフェイズで、庭師としての、まったく新たな人生を与えられたのだった。

あの当時のことを思うと、いまだに笑みがこぼれそうになる。

ニンジン、キャベツ、カブ、種があればなんでもシンダーは育てることができた。ひと晩でパッと育つわけじゃないし、特別な効果があるわけじゃない。ただ、野菜栽培のプロのように、ジェジーと野菜畑にいたころは、本格的な野菜をいくつも育てることができたのだ。普通ではありえないほど大きくて、成長の早い野菜を。

畑はジェジーに任せてきた。ふたりはともに畑を世話し、鍬(くわ)を入れ、草を取り、水やりをおこなってきた。命について語り合ってきた。

そして先日、火傷やけがを負い、ひどく傷ついた湖の生存者がやってきた。ジェジーはそのなかにいなかった。シンダーの友だちは、誰ひとりいなかった。シンダーと親しかった全員が殺されてしまったのだ。

シンダーが壊れたのは、そのときだった。

シンダーは夜にこっそり抜け出したが、誰も気にしなかった。外の明るい光に向かって歩いていった。それらの光は、魔法だった。フェイズの夜は真っ暗だった。中世辺りの大昔の村に、あるいは忘れられたジャングルに迷いこんだみたいに、いつだって真っ暗だった。

それが、ほら！　モーテルの看板、〈カールスジュニア〉のネオンサイン、カメラの光、警察のパトライト、ヘッドライトやテールライト……。半分目を閉じると、それは自分に向けられた、脈打つサーチライトのような光のビーコンになった。

丘を下りていくと、ほかの子供たちの姿が見えた。何人いるだろう？　百人はいる。外からの光が、冷たい太陽の光のように彼らの顔を照らしていた。

ほとんどの子供たちは、互いに見向きもしていなかった。みんな自分の両親を見つめ、何かを書いては、手をふっていた。

これまでシンダーはそれをしなかった。耐えられる気がしなかったのだ。だがこのとき、シンダーは光のなかで外の群衆を見渡していた。大勢の顔が、こちらをのぞきこんだり、そむけたりしている。みんなとても清潔に見えた。全員自分に合ったサイズの服を着ていた。誰も武器を持っていなかった。そして誰もが食べ物を持っていた。朝食にはサンドイッチとドーナツを食べ、コーヒーを飲むのだろう。

シンダーの胃が痛んだ。それでも、シンダーはここにいるほとんどの子供たちより栄養状態がよかった。骨と皮ばかりの子供がたくさんいる。湖の子供たちは、町の子供よりもいいものを食べていた。

いや、湖にいた大半の子供たちが死んだいまとなっては、いいものを食べていたからといって、それがなんだというのだ？

自分の母親か父親はいるだろうか？　シンダーは何百という群衆の顔を見まわした。すると〈再会センター〉と書かれたＨＤモニターが目に入った。シンダーはそちらへ近づいた。

退屈そうな二十代の若者がいぶかしげにシンダーを見やり、シンダーの目が問いかけているのを見て取ると、プラカードをかかげた。〈愛する人をお探しですか？〉

そう、とシンダーは思った。探している。愛する人を。生きている大切な人を。死んだ友人ならたくさんいる。

〈あなたの名前は？〉

シンダーは紙を持っていなかった。だから土に書いた。相手の女性は、万国共通のジェスチャー、電話の身ぶりをしてみせた。そして電話を取り出すと、メールを打ちはじめた。

シンダーは感謝の気持ちをこめてうなずいた。女性は、そこに座ってしばらく待つよう合図した。

言われたとおりにする。待っているあいだの時間つぶしに、そして両親との再会を思って緊張する気持ちをまぎらわすために、シンダーは何か成長させられる植物を探した。だがあいにく、このエリアは徹底的に踏みつけられ、草一本すら残っていなかった。

「体調はどう、サム?」

サムは目を開け、アストリッドを見あげた。一瞬、自分がどこにいるのかわかっていないようだったが、アストリッドに目を戻すと微笑んだ。「だいぶよくなった」

そして、体を起こそうとする。

「だめよ、無理しないで。よくはなっているけど、まだ万全じゃないんだから」アストリッドはサムの髪を撫で、サムもそれを受け入れた。「それに、あなたは板に固定されているのよ」

ふいにサムは不安に襲われた。「ガイアは?」

「負傷して、逃げたわ」

「でも死んではいない」

アストリッドはうなずいた。

「何かが燃えている」サムはそう言うと、空気を嗅いだ。

「ええ」アストリッドが言う。「そう、森が燃えているの。どれだけ延焼しているかはわからない」

サムは目を閉じてうなずいた。「僕とガイアのせいだ。考えもしなかった。ただ光を放って……」

「生き延びようとした？」

「ケインは？」

アストリッドは、サムを板に固定している布の切れ端をほどきはじめた。先ほど起きあがろうとした動きから見て、背中はよくなっているようだ。

「話しても大丈夫？」アストリッドが確認する。

「全部話してくれ」サムは弱々しく笑うと、体を起こした。「君はきれいだ。でも僕の肩はまだ痛む」

アストリッドはこれまでの出来事をすべてサムに話した。ただし、サムの存在そのものが、ガイアに力を与えているという事実は避け、ピーターと接触するという、いまとなってはばかばかしく思える無益な試みについても話さなかった。アストリッドは事実に固執した。ケインとダイアナが島へ逃げたらしいこと。エディリオがガイアのつぎの攻撃に備えていること。北西に炎が見えること。子供たちは畑に行ったが死ぬほど怯えていること。

アストリッドは、サムがすべての出来事を理解するのを待って、最後にこう伝えた。

「サム、ブリアナが死んだわ」

サムはまじまじと彼女を見た。それから小声で、子供のような声で言った。「ブリーズが？」

「彼女はガイアを止めてくれた。もう少しでガイアを倒せそうだったの。でも今回は……今回は……」

サムの両目から涙がこぼれた。「そんな。デッカは？」

「予想どおりよ。打ちのめされている。ロジャーも死んで、エディリオも……。どうしようもないくらいひどい状況なの、サム。本当に。まるで戦時中みたい」

「戦時中だよ」サムは言った。「ガイアがどうして僕を殺さなかったのかがわからないな」

アストリッドは何も言わなかった。

と、そこへラナがやってきたので、サムはアストリッドの沈黙に気づかなかった。「気分はどう、サム？」

「思ったよりいいよ」サムは言った。そして「ブリーズのために全力を尽くしてくれたんだよね」

ラナは首をふった。「私の出番はなかった。ガイアファージがあなたの光で直接あの子の心臓を狙ったから。胸には十五センチの穴があいていた。あれは、私には治せない」

「どういう意味？　僕の光って？」サムは訊き返した。

アストリッドがラナをにらんだが、遅かった。サムはこの話をうやむやにする気はないようだ。

「ちゃんと話さなきゃ」ラナが言った。その口調は冷たくはなかったが、断固としていた。

アストリッドは言った。「ガイアの能力はあなたたちの能力に関係があるみたいなの。つまり……なんて呼べばいいのかわからないけど……そう、この世に存在しないものだから呼び名はないんだけど……」アストリッドはためらった。だが、サムの視線に気づいて続ける。「ダイアナが言うには、ガイアがあなたやケインを生かしておくのは、あなたたちが死ぬと、その能力も一緒に失われてしまうからだって」

サムの表情が消え、ぴくりとも動かなくなる。アストリッドは何か言いたかったが、言葉が出てこない。ラナが、煙草の吸殻を部屋の隅へと弾き飛ばした。

サムは両手を持ちあげると、そこに意味のある答えが書かれているかもしれないとでもいうように、じっと手のひらを見つめた。やがて、ささやくように言う。「僕の光が湖の子供たちを、あの全員を殺したってこと？　それにブリーズを？」

サムの視線は否応なく、ラナの腰にぶら下がっている大きな銃へと向けられた。

「あなたの考えていることはわかる、サム」アストリッドはようやく口を開いた。「でも、だめ。だめよ」

「僕は何も考えていないよ」サムは静かに嘘をついた。

「命を絶つなんて許されない」断固とした口調。「それは犯罪よ、罪よ」

「そういうくだらない信仰はもう捨てたんだと思ってた」サムが言う。

「命を絶つなんて罪や犯罪より悪い。過ちだよ」ラナが言った。「少なくともいまこの場では」ラナは膝をつくと、サムと目線を合わせた。パトリックが彼女の隣ににじり寄る。

「たとえば、ガイアが急にその光を使えなくなったとするじゃない？　だけどあいつにはまだデッカやジャックやケインの能力がある。ちなみにケインは逃げ出した。じゃあ、どうやってあの怪物を倒せばいい？　ジャックは最近じゃほとんど役に立たないし、ケインもいない。で、デッカとジャックがガイアと戦うの？　結果は？」

アストリッドは、ラナの〝少なくともいまこの場では〟という発言が気に入らなかったが、口をつぐんでサムに考える時間を与えた。

「なら、僕がいますぐガイアを倒すしかない」サムが言う。「あいつが誰かを狙う前に。いますぐやらないと」そう言って立ちあがると、足元がふらついた。深呼吸をして、体をしゃんとしてからドアのほうへ向かう。

「これが精いっぱい」ラナはアストリッドに向かって言った。

ラナが治療のことを言っているのではないのはわかっていた。サムに話した内容のことを言っているのだ。アストリッドは感謝をこめてうなずくと、サムを追って外に出た。

どこにいるの、ピーター？

なぜ私に話しかけてくれないの？

「私があなたを殺したから?」アストリッドは皮肉っぽくつぶやいた。そう、たぶんそのせいだ。

26

2時間　56分

刻一刻と夜が近づいてくる。エディリオは持ち場に隠れている兵士たちに、水とひと口分の食料が行き渡るよう手配した。畑へ出ていた子供たちが、攻撃されることなく無事に戻りはじめていた。わずかばかりではあるが収穫物——虫に食われたキャベツ、熟しきっていないアンティチョーク、さらにはおいしいビーツをいくつか——を携えて。

教会の尖塔（せんとう）がなくなったためペルディド・ビーチで一番高い建物はクリフトップだったが、デッカはそのさらに上をいく。ゴミや土を巻きこまないよう市庁舎の階段の真上で浮きあがり、双眼鏡を使って周囲を調べている。

デッカが地上に降りると、サムとアストリッドがやってきた。

サムはデッカにハグをすると、お互い無言のまま、しばらく抱き合った。ふたりともブリアナを大切に思っていた。

サムはエディリオに向かって言った。「残念だよ、エディリオ。もし僕があそこに……いや、わかってると思うけど」

エディリオは、ふたたびこぼれそうになる涙を押しとどめながらうなずくと、落ち着いて話せるようになるのを待って言った。「戻ってきてくれて嬉しいよ、ボス」それからデッカのほうを向く。「何が見えた?」

「ほとんど炎ばっかだ。派手に燃えてる。北は煙しか見えない。煙の壁だ」

「この辺りも煙ってきてる」アストリッドが言う。煙のにおいが強まり、空はすでに灰と煙が交じって鈍色(にびいろ)になっている。「もう森を越えたと思う?」

「私はスモーキーベア(米国の山火事の注意喚起をするマスコットキャラクター)じゃない」デッカが昔の不機嫌さをにじませる。「森林火災についてはよく知らない。でも煙の境界は近づいてきているように見える。暗くて、重い煙をしたがえた、薄い灰色の煙だ。それがなんなのかは訊かないでくれ」

エディリオがサムに向かって言う。「射撃手を全員広場に集めてある。ブリアナがいなくなったいま……」そこでアストリッドをちらりと見て、サムがその事実を知っていることを確かめる。「もう聞いたよね。ブリーズがいなくなったということは、ガイアはもう超スピードを使えない。だからあいつがここへ来たらわかるし、狙撃も可能なはず。それに向こうが銃弾を嫌がっているのも知っている。前回の戦いで、少なくとも一発は命中したからね」

「待って」アストリッドが顔をしかめる。「誰か忘れていない？」

「どういうこと？」サムが訊く。

「あなた、ケイン、デッカ、ジャック……あと、ガイアが利用できる能力を持っているのは？」

　彼らは虚を突かれたようにしばし見つめ合った。

やがてエディリオが指を鳴らした。「ペイント弾だ！」そう言って部下に大声で指示を出すと、持ち場を離れられることが嬉しいのか、部下のひとりが大急ぎで駆け出した。

ちょうどそのとき、ビーチのほうからバックパックを担いだクインがやってきた。

「収獲は？」サムがたずね、ふたりの少年は抱き合った。

「とくに」クインはちょっと肩をすくめた。「たいしたものはないぜ」

「いや、あっただろ。大収獲が。僕がここにいるのはおまえが運んできてくれたおかげだ。で、どうしてそのバックパックは動いているんだ？」

「ああ、これか？」クインが平然と言う。「どうやらドレイクの足を釣り上げたみたいでさ」そう言って地面に放り投げると、場がざわついた。それは、十数本のうごめく触手が生えた足だった。

　その物体は激しく身もだえ、触手は逃れようとしていたが、方向感覚も意思もないそれらは、エディリオを飛びのかせただけだった。

「始末しよう」とデッカ。

サムは両手をかかげると、不死身のドレイクの不気味な残骸に手のひらを向けた。光が燃えあがり、胸の悪くなるような肉の焼けたにおいが立ち昇る。

その物体、足は、狂ったように身をよじった。だが、火は消えない。最初は炭に落としたステーキのように、そして火がまわると、キャンプファイアの焚火に近づけすぎたマシュマロのように燃え、やがて崩壊寸前の家のように燃えあがった。

やがて燃え落ち、灰の山と化す。

それでもサムは燃やし続けた。熱波で灰が散り散りになるまで。

「これで」とサムが言う。「少なくともいざとなったら、あいつを燃やせることがわかったな」

「ドレイクの本体じゃないのが残念だ」デッカが言った。「でもブリアナがあいつを倒した。そう、ブリーズは二度もドレイクを倒して私らを助けたんだ。ああ、あいつにひどい目に遭わされると思ったのに」

「デッカ」サムがデッカに両腕をまわす。「もうひどい目に遭わされることはないよ」

「埋葬しなきゃいけない遺体がたくさんある」エディリオが言った。その視線は町の広場の粗末な墓標に向けられている。最初に死んだ子供は、ここからすぐの場所で火に包まれて亡くなった幼い少女で、エディリオはそのときから埋葬作業を請け負っていた。

「ブリアナは地面に埋められたくないと思う」デッカが言った。「あの子は、わからないけど、火葬がいいんじゃないかな。サム、あんたに頼みたい」

「あれは考えている」ガイアが言った。「ネメシス。あれは考え中だ。私にはわかる。あれは弱って、衰弱して、いまにも力尽きそうだ。それでも考えている。そしてその考えを私に知られないよう隠している」

ガイアがごくりと唾をのみ、ドレイクはそのようすに正直言ってあきれていた。ガイアファージがピーターを、あのくそガキを恐れるなんてどうかしている。それをガイアファージに言うつもりはなかったが――絶対に――それでも失望は隠しきれなかった。

この少女の体を手に入れて以来、弱くなったのはガイアファージだった。彼女、いやそれは、ほとんど恐怖に身動きが取れなくなっているようだった。ドレイクの腕は戻っていた。ガイアが戻してくれたのだ。前のものより上等なやつを。それをしならせ、藪(やぶ)の枝を折る。戦いの時間だ。殺しの時間だ。ドレイクは復活した！

戻った！　ははは！　だが主人は回復中で、時間がかかっている。さらに最悪なのは、不満を言っていることだ。そこらの女のように。

「あいつは抵抗している」ガイアが言う。「あいつが拒絶しているのを感じる」

った結果だろう。動揺、それに尽きる。強大なガイアファージは動揺しているのだ。まあ、これが女にな

「いつ出発する？」ドレイクは焦れたように訊いた。「やつらは死ぬのを待ってるぜ」

「暗くなってからだ」ガイアは不機嫌そうに応じた。「バリアが消えたらここから出ていくことになる。この体で。だから外の人間に姿をさらすわけにはいかない。時間が必要だ。力を集める時間が……新たな形を……隠れる場所を見つける時間が」

隠れる場所？　ドレイクは新たな体に腕を巻きつけた。彼は前より強くなった。鞭は長く、すばやく動く。進化した、最凶の鞭の手だ。準備は万全だ！

「アストリッドは俺の手で捕まえる」ドレイクは言った。

「私に要求するな！」ガイアが吠えた。

ドレイクは笑った。アレックスの喉と自分のそれが溶けあったせいか、その声は何やら奇妙だった。以前より大人びている。「外のやつらが怖いのか？」

「この体が私を生かしている。この体があるから力を発揮できる。だけどこの体は弱い。こんなに弱いとは思わなかった。体には体の要求がある。食料や排泄が必要で、痛みもある」ガイアは長い黒髪をふった。「厄介だ」

「あんた、あいつみたいだ。昔のダイアナそっくりだ。あいつがまだ自分はイケてると思っていたころの」

ガイアは顔をしかめた。

「ほら」ドレイクが言う。「あんたは美人で意地が悪い。あいつみたいに」

そう言ってしまってからすぐ、境界を越えてしまったことに、言いすぎたことに気がついた。

ガイアの青い瞳がレーザーのようにドレイクを射る。「おまえは私を傷つけたいのだな」ささやくように言う。

ドレイクは慌てて首をふった。「ちがう、そうじゃない、そういう意味じゃ――」

「おまえは、この体を、傷つけたい」

「あんたを傷つけたいわけじゃない」ドレイクは必死に訴えた。「本当のあんたのことじゃない」

「おまえは本当の私を知っているのか?」

ドレイクはふたたび首をふった。これ以上深入りしたくなかった。ただ、鞭で肉を打つ感触を味わいたい。それだけだ。痛みと恐怖に叫ぶ声を聞きたいだけなのだ。ブロンドの魔女を、うぬぼれの強い〝天才〟を見つけて、あいつの恐怖が膨らむのを、あいつの――。

「炎が迫っている。煙に覆われたら……攻撃するのはそのときだ」ガイアは北から迫る煙の壁に目をやった。

「ネメシスのことを心配してるんじゃないのか」

「私は何も心配などしていない」その言葉とは裏腹に、いらだたしげに頭をふるその瞳には、不安が浮かんでいた。

「あいつには、あんたのネメシスには姉がいる。あいつにとって大事な人間だ。名前はアストリッド。人質になるかもしれないぜ。ピーターにこっちの言うことを聞かせられるかもしれない」

ガイアが大きく目を見開いた。「大事な人間？」そう言って笑みを見せる。ガイアは真っ白な歯をしていた。ほぼ完璧だが、犬歯が一本だけ前に飛び出している。「だがそいつを殺せば、人質としての価値はなくなる」

「殺したら楽しくない」ドレイクはそう言って笑った。「あいつを追わせてくれ。きっとあんたのもとに連れてくる」

「人質か」ガイアが考えこむように言う。「人質」もう一度つぶやき、ドレイクを疑わしげに見やる。ガイアの暗い心がドレイクの心に触れ、策略がないか探っているのがわかった。だが、策略などなかった。ドレイクはアストリッドを生け捕りにするだけだ。

瀕死（ひんし）の状態で。

ようやく。

ガイアは心を決めたようだ。不安そうに顔をしかめ、誰かを探すように辺りを見まわし、それからドレイクに視線を戻す。

その瞬間、ドレイクは気がついた。ドレイクを行かせたくないのは、彼女がひとりになりたくないからだ、と。ドレイクは、どうにか蔑む気持ちを抑えこんだ。この少女の体は、ガイアファージに女の感情を与えてしまった。少女の弱さを。

アストリッドの件が済んだら……そしてダイアナのほうも終わったら……。

ガイアか？

「行け」ようやく、ガイアは言った。「そいつを私のもとに連れてこい」

アストリッドはサムを教会で見つけた。教会の残骸のなかで。ひっくり返った椅子に座り、枠の壊れたステンドグラスの窓の破片のほうをじっと見つめている。十字架はまた誰かが直したのだろう、床に転がってはおらず、教会の隅に立てかけられ、倒れないようその足元は瓦礫で固定されていた。

サムはアストリッドの気配を感じたにちがいない。ふり向きもしなかった。

「何かあった？」

「何も」アストリッドは言った。「でも、エディリオが焦れはじめている気がする。オークとジャックとデッカを巡回させて、バリアからできるだけ子供たちを連れ戻しては守備につかせようとしてるけど、うまくいきそうにない。アルバートは自転車で畑に出向いて、子供たちを働かせようとしてる」

ふたりは、チノパンとボタウンダウンシャツ姿のアルバートが、自転車に乗って子供たちを励ましているところを想像して笑みを浮かべた。

「あいつなりに償おうとしているんだ」

「めずらしく鋭い見解ね」

サムは笑った。「たまにはね」

アストリッドはサムの隣に座った。「そうね、アルバートには償いが必要かも」

「僕たち、その話題にふさわしい場所にいるよね」サムは、自分のいる場所にいま気づいたかのように教会を見まわした。「そういう話だろ？」そう言って十字架をあごで示す。

「やめて、サム」

「君は僕の心が読めると思っているんだろう？」

「あなたに償いは必要ない」

「じゃあ何が必要？」サムは冗談に聞こえるように訊いた。

「あとひとつの勝利」

「あとひとつの勝利か」サムはうなだれた。「これまでができすぎだったんだ。必要以上に幸運だった。本当なら何回死んでいたと思う？　数えきれないよ」

「そんなこと言わないで、サム」

「なんのために戦ってきたんだろう。ただ生き残るため？」そう言って肩をすくめる。

「ほとんどは、そうだね。でも、ほかの人を助けるために戦ったこともある。自己犠牲とかそういうことを言いたいわけじゃないよ」

「わかってる。あなたは多くの命を救ってきた。それで充分よ。私との約束、覚えてる？　生き残るためならなんでもするって」

サムはため息をついた。「そのことだけど、アストリッド。それって数学の問題か何かみたいじゃない？　たとえば方程式みたいなものを解いて、答えが出るよね、たったひとつの正解が。それで、そのたったひとつの答えに固執する。ちがう？」

「これは数学なんかじゃない。それに、あなた数学は苦手でしょう？」アストリッドはだんだん腹が立ってきた。ここで怒りを感じなければ、絶望に襲われてしまうだろう。

「僕って数学が苦手だったっけ？」サムは遠い記憶を思って微笑んだ、あるいはこの先二度と気にかける必要のないものを思って。「でも、僕は多くの戦いに勝ってきた。何度も戦って、勝ち方がわかるようになった。で、それはいまのところうまくいっている。そうだろ？　問題は、ここでもその勝ちパターンが見えているってことだ。君の完璧な鼻と同じくらいはっきりと見えている」

「あなたが死ぬ気なら、それは勝ちパターンじゃない」

「ああ、たしかに、いままでならちがった。でも僕は方程式を解き続けているんだ、アストリッド。それで毎回この答えにいきつくんだ。僕の力さえなかったらガイアファージに勝てるかもしれないって。皮肉だよね」

「ちがう、やめて。皮肉なんかじゃない。サム、それは命を放棄するってこと。自殺するってことよ」

「君がもう宗教を手放したことは知っているけど、でも彼は――」そう言ってサムが十字架のほうを示す。「あれはやっぱり大きな意味があるよね？　あれは自殺なの？」

「本気で言ってるの？」アストリッドは強烈な皮肉をこめて言い返した。「キリストを気取るつもり？」

サムは静かに笑った。

「本当のことを知りたい、サム？」アストリッドはサムの顔を引き寄せた。「イエスのしたことは自殺じゃない。あれは見せかけ。彼が本当に神の子なら、イエスはなんの危険も冒していないし、本人もそれを承知していた。数時間は苦しむけど、そのうちすべてが終わって、そうしたら天国に戻って、友人たちにとっておきの土産話を聞かせてあげられることを知っていたの」

「彼には友だちがいたの？」

アストリッドはその冗談に取り合わなかった。「あなたは？　あなたは死んだらそれでおしまいなのよ。私たちは人の死を目の当たりにしているし、これまでだってたくさん見てきた。死は悲惨で、永遠に死んだままになる」

サムがアストリッドに顔を向けると、そこには苦しげな表情が浮かんでいた。「あの光、僕の両手から出る光。あれは、言ってみれば僕のものなんだ。僕が考え出したものだ。少なくとも僕が所有している。そして、その光がブリアナを殺した。この先も多くの子供たちを殺すだろう。それは君にもわかっているし、僕にもわかっている」サムは自分の髪に触れ、ゆっくりと、まるで一本一本に触れることが大切であるかのように指を通した。

「ちがう」アストリッドが言う。「みんなが死ぬのは、ピーターが私と話してくれないからよ」

長い沈黙が降りた。

「試したんだね」やがて、サムが言った。

「心配しないで」アストリッドはサムの不安を払いのけるように言った。「何も起こらなかったから。私は空気に向かって話しただけ」

今度はサムが腹を立てる番だった。「どうして先に話してくれなかったんだよ。もしピーターが君の体と心を乗っ取っていたらどうするんだ?」

「でも、ピーターはやらなかったから――」

「もしやっていたらどうなったと思う? それが誰であろうと、あの子みたいに、ガイアみたいになるんだぞ。ガイアは赤ん坊だったから、自分の身に起きたこともわかっていないけど。ピーターが同じことをしたらどうなると思う? ガイアファージに乗っ取られたあの赤ん坊がどうなったと――」

「ガイアと同じようになるかはわからない」

「ならないともかぎらない」サムはぴしゃりと言った。「君は偽善者だ。僕に生き残れって言うけど、いったいなんのために？　君が自分の身を犠牲にしたってことを僕にわからせたいから？」

返事はなかった。ふたりのあいだに沈黙が落ちる。一匹のネズミが駆けていく。どちらも驚かなかった。それどころか、ふたりとも少し唾が出た。すでにネズミの味は知っていたし、食べるチャンスがあればこれまでも喜んで飛びついてきた。アルバートが仕切る前の、懐かしの悲惨なフェイズ。

「まるで、いまがいい時代みたいだな」サムは説明もなくそう言ったが、アストリッドにはサムの考えていることがわかった。

「栄光の炎で身を滅ぼしてはだめよ、サム」

「君こそ十字架にはりつけになってはだめだ」サムは言った。

「落ち着きましょう、お互いに」アストリッドはそう言って笑った。

サムは頭をふった。「ブリアナを失ったんだ、アストリッド。それに失ったのはあの子が最初じゃない」

「誰があなたに責任を負わせたの？」サムが答えないので、アストリッドは自分で答えた。

「私よ。そうでしょ?」

「アストリッド……」

「私がそうしたの」アストリッドは真実を受け入れるように、断固とした口調でくり返した。「私があなたを無理やりリーダーにした。フェイズの問題をあなたの問題にした。弟を守ってもらうためにあなたを利用した。それなのに、結局あの子を犠牲にしたのは私。だから今度こそ、自分が動きたい。償いをしたいの、サム、だからあなたが行く必要はない。『もう一度突破口へ突撃』する必要も、『たとえ死んでもみんなを助けるのがサム』である必要もないの」

「君が責任を負わせたわけじゃない。君にそんな力はないよ。これが」と言ってサムは両手をかかげると、手のひらに光を浮かべてみせた。「責任を感じさせるんだ。力があることで僕は責任を負っている。僕には力があって、君には頭脳がある。僕らは選ばれたんだ。そういうものだろう?　できる人ができない人を助ける。強い者が別の強い者から弱い者を守る。君が考え出したことじゃない、アストリッド。君はただ、それを僕に気づかせただけだ。いや、わかっていたんだ。だって、フェイズは僕にこの光を与えたし、これはフェイズに必要なものだったから。それなのに、いまや光は役に立っていない。そうだろ?　怪物が町にやってきて、僕の大事な人たちを、愛する人たちを殺そうとしている」

アストリッドは立ちあがった。震えている。「無理よ……」

サムも立ちあがり、彼女を抱きしめようとしたが、アストリッドは身を引いた。「もし、僕らのどちらかがここから出られるとしたら、それは君だよ、アストリッド。ここから出られても、厄介なのは変わらないけどね。そうだろ。外の世界は生贄を待っている」「約束したじゃない」アストリッドが言った。「あなたはいつも約束を守ってくれた。サム、だからこれも守って。約束して。前に誓ってくれたじゃない。私に誓ってくれたでしょう」

そのとき、外から怒鳴り声が聞こえた。誰かが叫んでいる。「火事だ！　火事だ！」「行って」アストリッドはサムを解放した。「約束を守って、サム。じゃなきゃ、あなたは最低の嘘つきよ」

サムはどう答えていいかわからないまま、その場をあとにした。実際にやることができてほっとしていた。

ビーチを自由に走りまわるのは気持ちがいい。箱に入れられて湖の底にいたときは、こうしたすべてが戻ってくるなんて思いもしなかった。肉体。自分のものではないが、いまではドレイクのものだ。しかも丈夫で強い。

そして何より重要なのは、鞭を手に入れたこと。鞭の手を取り戻したのだ！

鞭の手！

ビーチを見ている者はいなかった。みんな恐怖に駆られて町で身をすくめている。さらに最高なのは、ドレイクが現れるとはたぶん誰も思っていないことだった。アストリッドは、無力なドレイクを見下ろして笑ったことを町で吹聴してまわっただろう。ついにドレイクの不安から逃れられたと思っているにちがいない。ドレイクはもういない、ドレイクの脅しなどもう怖くもなんともない、と。

どうしてやろうか。

その瞬間を思って、ドレイクはもう少しで力が抜けそうなほどだった。待ち遠しくてたまらない。アストリッドが慈悲を請う姿を見たくてたまらない。かつてこれほど何かを強く望んだことがあっただろうか？

だが、だめだ、殺すことはできない。生かしておかなければ。いや、そっちのほうが好都合だ。生きていれば痛みを感じる。ドレイクがこれまでの人生で――少なくとも母親が再婚して以来――学んだことがあるとすれば、生きるとは痛みを伴うということだ。そして痛みをもたらすのは、楽しいということだ。

ドレイクは、義父が母親を殴って喜んでいるのを見たことがある。母親だってきっと楽しんでいたにちがいない。なぜなら彼女は夫を怒らせるようなことばかりしていたからだ。まるでそれを期待しているかのように。それを望んでいるみたいに。一度〝ジャングルの掟(おきて)〟について祖父から聞いたことがある。大きくて強いものは、小さくて弱いものを殺して食べる。ドレイクは祖父が経験から語っていることを知っていた。祖父の目を見ればわかった。祖父は、その痛みをドレイクの人生に持ちこんだのだ。

ドレイクは町とクリフトップのビーチを隔てる岩を乗り越えた。崖を登り、静かにクリフトップを通過し、アストリッドが予想だにしない方向から町へと侵入する。

崖を登りながら、ドレイクは新しい体の強靭さを感じていた。再生した鞭に力をみなぎらせながら、藪や岩棚を見つけては鞭を伸ばし、ロープのようにすばやく体を引きあげていく。

スパイダーマンだ！　はっ！

鞭の手！

登っている途中で北に目をやると、炎が見えた。地獄の業火。はは！　完璧だ。痛みと炎ですべて壊れてしまえばいい！　ドレイクは自分の野望が広がっていくのを感じた。ドレイクは復活した。殺すために復活したのだ。

鞭を持ったイエス、不死身のサタンが、煙と炎を引き連れて破壊をもたらすのだ！　脳内に不気味な漫画のひとコマが浮かぶ。炎に包まれた鞭の手ドレイクが、怯えるアストリッドとダイアナを鞭で打ち、慈悲を請わせる。

いつしかドレイクは、ガイアのことをすっかり忘れていた。

27

1時間　29分

アストリッドはサムを見送ると、高ぶる気持ちを落ち着けようとした。

サムはまちがっていない。認めたくはないが、サムはまちがっていなかった。湖の子供たちを殺したのはサム自身の光だ。ブリアナの胸に穴をあけたのは、彼の光だった。けれど、それは答えにはならない。こんな状況でそれが答えになるはずがない。

いいえ、それが答えよ、アストリッド。知っているでしょう。

彼女はサムを追って教会の戸口まで――戸口の残骸まで――行ったが、サムはすでに広場を横切り、ゴミの山に燃え移った火のほうへ向かっていた。

すでに数人の子供たちが消火活動をしており、サムが行くまでもなさそうだった。実際、先ほどの「火事だ！」という叫び声も、恐怖をまぎらわすための――。

アストリッドの喉元に鞭が巻きついた。とっさに叫ぶも声が出ない。呼吸をしようと喘ぐも、息が吸えない。

彼女は石の柱に手を伸ばした。柱に爪を立てる。木片を蹴り飛ばし、その音でサムが気づいてくれるよう願う。広場周辺の建物にはエディリオの部下たちが大勢いるはずだ。そのなかの誰かが目撃しているはず！

サムがふり向いてさえくれれば……。

やがてアストリッドは崩れ落ち、全体重を触手に預けた。その拍子に相手もバランスを崩すことを願ったが、しかし相手はしっかりと立っていた。

ドレイクは教会の影に彼女を連れこんだ。脚を蹴り出し、悲鳴をあげようとするが、酸素不足のアストリッドの肺はすでに焼けるようだった。

「よお、アストリッド」ドレイクが言った。

アストリッドは意識を失った。

「バケツリレーをしたほうがいい」サムはエディリオに言った「ドーム上空になんらかの気流があるにちがいない。それが森林火災の火花を拾って辺りにまき散らしているんだ」

「ああ、余っている人員を集めてすぐにやらせる」エディリオは冷たく言い放ち、それから「ごめん」と言った。

「君が限界なのは知っているよ」

「限界？　そんなものとっくに超えてるよ、サム。畑にはたぶん二、三十人の子供たちが出かけてる。ここで実際に銃を持って待機しているのはおそらく十二人ほど。残りの子供たちは？　知ってのとおりさ」

「待ちの時間だな」とサムは言い、北西の方角、ハイウェイのほうを見た。「なぜ攻撃を仕掛けてこない？」

「こっちがパニックになっているのを知っているのかも。あるいは火事を利用しようとして待っているか」

サムは上を見た。空はまだ午後の青だが、大気に灰色が混ざりはじめている。「こっちの予想どおりガイアが北西の方角にいるなら、向こうは僕らより火に近い。ひょっとして運がよければ――」

エディリオの疑わしそうな顔を見て、サムは口をつぐんだ。

「ああ」サムは言った。「こっちから追わなきゃな。待っていたら、向こうは僕の力を使って子供たちを殺す。自分で片をつけないと」

エディリオが「でも……」と言いたげに両手を広げたが、しかしそこに「でも」は存在しなかった。それが事実であることを、ふたりとも承知していた。

「その他の選択肢は……ガイアの持つ僕の能力を奪うしかない。でも、だからこそ僕にはチャンスがあるかもしれない。向こうは僕を生かしておく必要があるから。それが有利に働く可能性がある」

サムはふたたびエディリオの反論を待った。エディリオが、ガイアを止めるために死ぬなんてまちがっていると言ってくれるのを待った。しかしサムが耳にしたのは、エディリオの目に見たものは、それとはちがうものだった。

「サム、ガイアは君より強い。たとえるなら僕らは、君とケインとジャックとデッカと同時に戦っているようなものだ」

「ああ」

「アストリッドと話したほうがいい」

「もう話したよ」

「それで、君の自殺行為を認めたの？　僕は認めないよ。君はガイアと戦って勝つんだ。僕らのために死のうなんて思わないでほしい」

サムはため息をついた。「これは最後の戦いなんだ、エディリオ」

「サム……」エディリオは言いかけたが、それ以上言葉が出てこなかった。そのひと言に、ほかの方法を取ってほしいという願いをこめる。

「アストリッドを頼む。彼女を守ってくれ。くれぐれも僕のあとを追わせないように」

「誰かを守るのはあまり得意じゃない」エディリオは言った。

「そんなことないさ。ロジャーの身に起きたことはエディリオのせいじゃない。君は充分悲しんでいる。それだけで充分なのに、罪悪感まで背負いこむ必要はない」

エディリオは感謝のまなざしを向けたが、納得はしていないようだった。

「いいか、エディリオ。ガイアが僕を倒せば、もう光は使えない」サムは続けた。「わかるよな？　それでもまだかなり危険だ。ケインとの戦いで一番厄介だったのは、あいつが何かを落下させるときじゃなかった。落下させるときは、持ちあげてから落とすまでの動きが見えたから。でも水平に投げつけられると、最悪だ。なにしろ速い。だからそこに注意してほしい……もし……ガイアがここに来たら」

エディリオが手を差し出し、サムはその手を握った。

「これまでいろいろ面白かったよな」サムはそう言うと、笑顔をつくろうとした。

「君と一緒に戦えて光栄だった」エディリオが言った。

「彼女に伝えてほしい。約束を破ってごめんって」そう言ったサムの声があまりに小さく、エディリオはもう少しで聞き逃すところだった。「それから、愛してるって」

サムは急がなかった。向かう先はわかっている。そこへ行くのは嫌だった。だから急がない。

サムはハイウェイを歩いていた。ここをこうして歩くのは何度目だろう？　壊れた車やひっくり返ったトラックの残骸を何度通り過ぎただろう？

いつかバリアが消えたら、誰かがここを片づけるのだろう。牽引車がやってきて、ピーピーと音を鳴らしながらバックし、大きな鉄の塊の下にリフトを滑りこませるのだ。窓ガラスが割れていない車はほとんどない。タイヤはすべて、多かれ少なかれ空気が抜けている。ガソリンはとっくの昔に抜き取られていた。ガソリンが空になるまで走り続けた車もたくさんある。

チャイルドシートに座ったまま餓死した赤ん坊もいた。時速百十キロで飛ばしていた大人が急に運転席から消えて死んだ子供たちもいた。ＣＳＩのような科学捜査班が来て、当時の状況を再現することになるのだろうか？　誰のものかわからない骨の身元を特定するのだろうか？

やがて自分の家に戻った家族は、荒らされ、引き裂かれ、ともすれば人糞のにおいのするわが家を目の当たりにすることになるだろう。壁には落書きがあり、トイレにはゴミが詰まっている。そして多くの場合、自宅は焼け落ちてしまっている。ジルの引き起こした火事が町の四分の一を焼き、延焼を防ぐためにほかの家々も壊されたのだ。

人々はその有り様に驚き、舌打ちをする。彼らはここで子供たちがどうやって生きてきたのか知るよしもない。

ペルディド・ビーチに戻ってきた人々は、この地でどんな絶望的な戦いがくり広げられてきたのか、決して知ることはないだろう。

たしかに、原子力発電所から燃料棒を持ち出して、鉱山に投げ捨てたのは悪いと思ってるよ。でも、どうして僕たちがそんなことをしたと思う？　まあ……はは。説明しても絶対信じないだろうね。

コアテス・アカデミーが砲撃を食らったみたいだって？　うん、ある意味そうだね。

ああ、森のなかに少なくともひとつ、ウィスキーの蒸留所がある。

うん、埋められていない遺体はいくつもあるよ。

そこにある猫と犬の骨？　まるで誰かが愛するペットを調理して食べたみたいな形跡がある？　まあ……僕らはちょっとお腹が減っていたから。

町の広場に墓地があるのは残念だよ。あなたたちがこの無念さを理解できないのは、本当に残念だ。

残念だ。

サムは炎に向かって、じょじょに濃くなる煙のほうへ歩いていく。

最初のときも、こうやって一線を越えた。ずっと昔、広場のはずれのアパートが燃え、助けを呼ぶ声を耳にしたあの日。誰も助けに行かないから、サムが救助に向かった。

「あれからすべてが変わってしまった」サムは誰にともなくつぶやいた。

あの火事で、初めて町の広場に遺体を埋葬した。サムは立ちあがり、名もなき少女を助けようとした。そしてそれに失敗すると、エディリオが墓穴を掘り、墓標を立てた。サムの尻拭いをするエディリオ。それはいまも変わっていない。

回避できた戦いと、できなかった戦い。ケインの台頭と、その没落を目の当たりにした。ジルの能力者に対する偏見が、その脅威が膨れあがり、もう少しですべてを破壊するところをこの目で見たし、ジルの死も目撃した。

幼い子供たちの面倒を見てくれていた、優しくて、親切で、謙虚なマリアが、内なる、そして外からの悪魔のせいで正気を失ったところも見た。

人食いミミズが可哀想なEZを食い尽くす場面も見たし、咳で肺が飛び出した子供も、半分食い尽くされた体から虫が無数に飛び出す光景も見た。

いったい何人死んだ？　火事で亡くなった幼い少女、あの子は最初の犠牲者にすぎなかった。サムが救い損ねた最初のひとりに。

ダック。お人よしのダック。

ツェン。

フランシス。

何人だ？　もう覚えていない子供もいる。

名もなき人物が先頭に立って、みんなを支えるようすも目の当たりにした。ありきたりな言いまわしだが、ほかにエディリオをどう表現すればいい？　バリアが消えたら、おそらくエディリオはホンジュラスに強制送還されるだろう。

君の勇気には感謝している。では、この国から出ていってくれたまえ、少年。

弱き者が揺るぎない強者へと変わるところも見た。クインだ。

そしてラナ。彼女はどれほどの苦難をくぐりぬけてきたのだろう?

デッカは恐れ知らずで、情熱的で、サムの右腕で、戦士仲間で、血のつながっていない妹だ。

そして何より、アストリッド。いつも気難しく、ひと筋縄ではいかない。優等生で、傲慢で、思慮深くて、人を操り、美しく、情熱的なアストリッド。サムの最愛の人。

彼女を愛し、愛されただけで、何もかもが報われた。

道路の向こうからやってきたのは、平床式トレーラーだった。ゆっくりと、だが着実にこちらへ向かってくる。そのタイヤが道路に接していないのが見て取れた。煙がたなびいている。荷台に燃えた木々やタイヤや瓦礫が積まれている。普通なら、どんな運転手でも丸焼けになるような地獄絵図だった。

ガイアはその隣を歩いていた。片手をあげ、ケインの能力で巨大な車両を持ちあげていた。

ガイアが歩みを止めると、燃える車両も動きを止めた。ガイアが微笑む。

「どうやら」ガイアが言う。「死ぬ覚悟ができたようだな」

「短い人生だったけど、いい人生だったよ」サムは言った。

「本当はおまえを殺したくないのだが」

「わかってる。その理由もね。でもおまえに選択肢をやるつもりはない」

「なぜ私と戦う、サム?」ふいに丸太が崩れ、頭上でとどろいた轟音に負けぬよう、ガイアが大声で言った。火の粉がはじけ、乾いた地面にゆらゆらと落ちていく。そのまま漂い、町に降り注ぐものもあるかもしれない。

そして、ジルの仕事を終わらせる。

「おまえが僕の仲間を殺すからだ」サムは言った。

ガイアが肩をすくめる。「あいつらは脅威だ。私には生き残る権利がある。そうだろう?生きとし生けるものはすべて生きようとする権利があるのではないのか?」

「おまえと話をしに来たわけじゃない」

「私のような存在が何人いるか知っているか?」ガイアは指を一本立てた。「ひとりだ。たったひとり。私は最初にして唯一の存在なのだ。この宇宙で唯一無二の存在。おまえの仲間は? 似たような者が何十億といるではないか」

ガイアはトレーラーを前進させ、歩きはじめた。

「同じ存在はふたりといない」サムは言った。「おまえにはわからないと思うけど」

「私が何者か知っているのか?」ガイアはそう言うと、わざとらしく苦笑してみせた。

「私は生命をもたらすために創られた。銀河系に送り出された種だ。だがここで、この星に根を下ろすと、すべてが変わってしまった。これは私が悪いのか？」

サムは気づくと一歩後ろに下がっていた。ここで議論をするほど愚かではなかった。話し合うために来たわけではなかった。だが、この戦いがどこへ向かっているかはわかっている。そしてその決着がすぐそこに、目の前にあるとしたら、少しでも引き延ばそうと思うのはそれほど軟弱だろうか？

「おまえは殺人鬼だ。殺人鬼に権利はない」

「は！」ガイアは笑った。「もちろん、人間は殺しをしないからな。ほかの種を殺して食料にしないし、競技だと言って殺したりもしない。人間はほかの生物を食べたりしないものな。ふん、ばかばかしい。もし、私が仲間になれと言ったらどうする、サム？　そうすれば死なずに済むとしたら？」

ガイアは距離を詰めた。その動きはなまめかしく、あえてサムを誘惑しようとしているようだった。

「私を見ろ。私だって人間だ。ちがうか？　これは人間だ」そう言って、自分の体を示す。

「おまえは手当たり次第に人間を殺した」そう言い返したサムは、なおも話を続けながらじりじりと後ずさっていた。

「おまえが燃やそうとしているのは人間の肉体だぞ」

「僕が燃やすのはおまえだ、ガイアファージ。おまえを殺す」

「私を殺せると思っているのか？　そんなことは思っていないだろう。おまえはここへ殺されに来たのだ」

「もし必要なら」サムは低い声で応じた。

「では必要かどうか、試してみよう」ガイアが手をかかげる。しかしサムは準備ができていた。とっさに左へかわすと、見えないパンチがサムをかすめた。

サムは片手で光を放ち、すばやく左へ移動する。しかしガイアも学んでいる。ガイアはサムの動きを追い、ビームをかわした。

サムが光を水平になぎ払うと、ガイアはひらりと体を浮かせてやり過ごした。そして見えないパンチが今度はサムに命中した。六メートルほど吹き飛ばされる。肺が空になり、息が吸えない。だが、こんなふうに止められるわけにはいかなかった。使い物にならない状態で生きながらえるわけにはいかない。

勝つか、死ぬか。

ガイアの笑い声を聞きながら、サムは地面を転がった。

「私はおまえを殺す必要はない、サム。だがおまえは私を殺さなくてはならない」

サムは転がりながら光を放った。しかし奇妙にねじれた緑の光線は、ガイアの髪の毛を焦がしただけだった。

「ここは町から遠いな」ガイアが嘲るように言う。「せっかくだから最後の戦いを見てもらいたいだろう。それに、積んである火種が燃え尽きてしまっても困る。さあ、町へ行くぞ。まだ町のなかは見たことがない。殲滅してやる。おまえも見たいだろう？」

サムは勢いよく立ちあがると、光を放った。ガイアは右に下がってそれをかわし、ついでトレーラーの燃える丸太を一本持ちあげると、サムに向かって投げつけた。驚異的な力だった。丸太の重さは何トンもある。

避ける暇はなかった。サムは両手で光を撃ち放ち、炎で弱くなっていた丸太を引き裂いた。ふたつに割けた巨大なトーチが、サムの肌と髪の毛を焦がしながら通り過ぎていく。

ドーン！

サムの背後で丸太が道路に激突し、火の粉がシャツや髪に降り注いだ。煙が周囲に立ちこめる。

サムは煙に息を詰まらせながら闇雲に光を放った。ガイアの苦痛の叫びが希望をもたらす。だが、どの程度ダメージを与えられたのかはわからない。

突然、煙のなかからガイアが現れ、サムにのしかかった。ケインの念動力ではなく、ジャックの怪力を使って。その手がサムの腕をつかむ。サムは抵抗しなかった。腕を犠牲にしてまっすぐガイアに飛びかかる。ガイアはその拍子にバランスを崩し、後ろに倒れた。

ほかに手頃な選択はなく、サムはガイアの顔面を殴りつけた。

ガイアがサムを突き飛ばし、サムが宙を舞う。宙を舞いながら、燃えている丸太と仰向けに倒れているガイアの姿が見えた。やがてトレーラーの運転台に激しくぶつかって跳ね返り、地面に倒れてぜいぜいと喘ぐ。

ガイアが即座にサムにのしかかった。「ほら、サム。本気を出せ」ガイアの手がサムの喉を締めつける。サムはその手に計り知れない力を感じた。「殺しはしない。私と一緒に来て、見るがいい」

ガイアは赤ん坊よりも簡単にサムを持ちあげた。トレーラーのバンパーにチェーンがあった。真っ赤に熱せられている。ガイアがそれをサムに巻きつけていく。ガイアの両手の肉がじりじりと燃え、ガイアは痛みに叫んだが、サムを傷つけるために痛みに耐えた。熱せられた鋼がサムの衣服を燃やし、肉を焦がした。サムは苦悶(くもん)の叫びをあげた。

「おまえを華々しく死なせはしない」

サムは自分が浮かんでいるのを感じたが、やがて深く、暗い穴へと落ちていった。

意識を取り戻すと、まず、火傷が痛んだ。それから、腕と体を密着させている、チェーンの重さと強さを感じた。両手は動く。死の光線を放つことはできる。だが狙いはつけられない。

浮いている。肌に巻きついているチェーンは、ゆっくりと冷えはじめていた。

首をひねると、ガイアがハイウェイの真ん中を歩いているのが見えた。

その後ろには、宙に浮いた燃えるトレーラー。

　ガイアは、サムのようすに気がついた。

「見ろ」と言って片手をあげると、一本の丸太が炎のなかから浮きあがり、ミサイルのように飛び出した。駐車場を抜け、ラルフ食料品店の割れた正面ガラスと、ぼろぼろになったのぼりを直撃する。

「火事は気をそらすのにちょうどいい。そう思わないか?」ガイアが言う。

　サムはしゃべれなかった。意識があるとはいえ、それはほとんど夢か幻覚のようだった。

「森が燃えているのを見たとき、炎の魅力に気がついた。美しいからみんな見つめるのだろう? 物も人も破壊するのに、人間は火が大好きだ。それはつまり、人間に破壊願望があるからか、サム? 私はおまえたち種族を理解したい。これから広い世界に出て学ばなければならない。だがまずは、この殻から、私がこもっていたこの卵から出るのが先決だ。すべての目が炎に向けられ、煙で見えないうちに、何十億という人間がいる広い世界へ、誰にも気づかれずに出ていくのだ。光は美しい。そう思わないか? 光は姿を明かすと同時に、気をそらし、見えなくする。暗闇よりも優れている」

「やめてくれ」サムは喉を詰まらせながら懇願した。

　燃えている食料品店からふたりの子供が駆け出してくるのが見えた。ここには数人のスケートボーダーが住んでいた。滑らかなタイル張りの床が大好きな彼らは、棚や冷蔵庫をスロープ代わりにして楽しんでいた。

サムは即座に顔をそむけ、ふたりの子供を見まいとしたが、遅かった。

ガイアが手を伸ばすと、近くにいた子供、スパルタクスと名乗る少年が驚きに声をあげながら飛んできた。

十二歳の少年。腰まである不格好なドレッドヘアに、布地より穴が多いTシャツ、半ズボンもダボダボだ。

「美しい光を見るがいい」ガイアがサムの耳元にささやく。

「やめろ！」サムは叫んだ。

「おまえは最初から厄介な存在だった。私が最初に覚えたのはおまえの名前だ。ヒーラーの心にも、ケインの心にもおまえの姿があった。歪んだネメシスの心にさえ、ときとしておまえの姿が現れた。おまえは私に逆らった。そうだな？　強情な少年よ？」

ガイアは笑っていた。自分の賢さを、スパルタクスが泣いて懇願する姿を、サムが顔をそむけて訴えるようすを、その無益さを眺めて笑っていた。

ガイアはサムの頭を脇に抱えると、その額に指を這わせてサムの両目をこじ開けた。

「さあ。よく見ておけ。おまえの光だ、サム。おまえに死ぬ勇気がなかったせいでこうなったんだろう？　おまえが私にこれをやらせるんだ。チャンスを逃したヒーローが。よく見ておけ。これからこいつを切り刻む。こいつの悲鳴ひとつひとつがおまえの過ちだ」

「おまえは正気じゃない」

「何と比べて?」ガイアが訊いた。

「私は世間知らずなんだ」

ガイアの空いているほうの手から放たれた光が、電動ノコギリのように少年の頭を切断していく。少年が悲鳴をあげ、サムが咆哮し、ガイアが笑い……くっ、手首を少しひねれ
ば……サムは手首をひねると緑の光を解き放ち、スパルタクスの心臓を貫いた。

ガイアは歓喜の雄叫びをあげた。死んだ少年を離し、念動力でサムをコマのようにくる
くるとまわしながら笑っている。

「おまえに殺させたぞ!　おまえに殺させた!　楽しくなりそうだ」

ガイアは円を描くように踊ると、煙に覆われ、火の粉がきらめく空に向かって叫んだ。

「手遅れだ、ネメシス、もう遅い!」子供のように挑発する。「もう手遅れだ!」

28

1時間　10分

「来るぞ」

エディリオは町庁舎のてっぺんに立っていた。教会がほぼ平らになって以来、ここは町じゅうで一番高い建物になっていた。デッカが隣にいた。ジャックとオークは少し離れたところに立っている。

ガイアは炎を連れてやってきた。炎を背景にしたさらなる炎。ガイアはステファノレイ国立公園の火事が町まで届くのを待ってはいなかった。火事に触発され、みずから炎を運んできたのだ。

残極なパレードの山車のように、巨大な松明と化したトレーラーが、堂々とハイウェイを下ってくる。**みなさん、つぎに登場するのは、地獄から来た山車です。**

エディリオは双眼鏡をのぞきながら、つまみをひねってピントを合わせた。目の前に現れた光景に息をのむ。ガイアの前に浮かんでいる人物、鎖を巻かれた人物の姿。

エディリオにはその人物が誰だかわかってしまった。顔は見えないが、まちがいない。

マリアさま、神の聖母よ、もし仲裁に入ってくださるなら、いまがそのときです。

周囲は煙ですでに息苦しかったが、このとき、エディリオは恐怖に喘いでいた。自分の体を制御できない。ガイアファージがこちらへ向かっていて、まもなく子供たちは全員死ぬ。全滅する。ロジャーのように、みんな死ぬ。望みも、救いもなく。死んで、死んで、死んでいく。

「よし」エディリオは断固とした口調で言った。なぜなら、それがみんなが求めているものだからだ。「作戦開始」

肩から下げたライフルのトリガーガードに指をかけ、先に立って歩いていく。攻撃に備え、怯えながら、階段を小走りに下りていく。失敗するな、つまずくなよ、エディリオ。みんながおまえを見ているんだ。彼らは怯えている。死ぬほど怯えている。終わりが来たことを知っているから。死がそこまで迫っているのに、防ぐ手立てがないのを知っているから。

つまずくな、気をつけろ。

正面の扉を抜け、広場を見下ろせるパティオに出た。まだバリアのほうへ逃げていない子供が数人いる。それに、よし、窓辺にも銃口がいくつか見える。

だが、やつを目にしたら逃げるだろう、とエディリオは思った。みんな悲鳴をあげて逃げ出して、きっと僕もそうするだろう。

「聞いてくれ」そう叫んだ声はあまりに落ち着いていて、自分のものではないようだった。「弾は一発ずつ大切に撃つように。狙いをつけて、撃つ。もう一度狙いをつけて、撃つ。弾薬が尽きるまでそれをくり返すこと」

「エディリオ！」誰かが叫んだ。しかしそれは質問ではなく、鬨の声だった。みんなが一斉に叫ぶ。

「エディリオ！　エディリオ！」

暗い窓辺からも声があがった。

デッカと視線を交わす。まるで夢のなかで彼女の姿を見ているようだ。デッカがうなずき「エディリオ！」と叫ぶ。

クインがやってきた。銃を持っている。厳しい表情。火の粉がその顔をかすめ、クインの瞳を照らす。

「ボートが来る」クインは言った。

エディリオは、わかったというようにうなずいた。だが、何もわかっていなかった。何が来たところで、自分に拒む力がないこと以外は。

ドレイクはアストリッドを引きずるようにして二番通りを歩いていたが、とくに計画も方向性もなく、ただ彼女を引きずりまわしているようだった。

真っ赤な目をしたアストリッドは、断続的に意識を取り戻しては、喉に巻きついた強力な鞭を両手で弱々しく引っかいた。偽りの夜が、煙のにおいがする夜が訪れていた。

気を失っていたのだろう、アストリッドは目を開けると家のなかにいた。曖昧で、切れ切れの記憶。ポーチを歩く足音、蹴破られたドア、ダイニングのテーブルに投げ落とされた自分。

頭上には――かなりひどい状態の――クリスタルのシャンデリアが揺れていた。以前ここに住んでいた誰かが、色とりどりの毛糸を使ってバービー人形やアクションフィギュアをシャンデリアに吊るしたようだ。煙のにおいに加えて下水のにおいもする。

ドレイクはアストリッドを仰向けに放り出していた。アストリッドは力をふり絞って叫んだ。「助けて！　誰か！　助けて！」

頭の後ろからドレイクが現れた。アストリッドの視界に入るようまわりこみ、彼女の目をのぞきこむ。ドレイクの姿に違和感を覚えた。体と頭部が合っていない。以前より背が伸び、筋肉もついてたくましくなっている。顔は青白く、首には線が入っている。

眉間から突き出たトカゲの尻尾が、狂ったように動いている。

窓がオレンジや赤に輝く。火がそこまで迫っている。

最後の戦い。

「助けて！　助けて！」アストリッドは叫んだ。

ドレイクが満足そうにうなずく。「いいぞ。最高だ。俺はこのときをずっと待って――」

アストリッドは横に転がり、テーブルから降りようとしたが、ドレイクの鞭に捕まり引き戻された。蹴ったり殴ったりしても無駄だった。ドレイクはアストリッドの抵抗を楽しんでいた。

ドレイクが笑った。

アストリッドは黙りこんだ。

するとドレイクがアストリッドの腹を鞭で打ち、悲鳴をあげさせた。

「それでいい」ドレイクが言う。

「正気じゃないわ、ドレイク。あんた、完全に頭がいかれてるわ！」

「誰が？　俺が？　おいおい、頭をクーラーボックスに入れて石で沈めたのはどこのどいつだ？」

「さっさと殺しなさいよ。ブリトニーが現れたら私は解放されるわ」

ドレイクが銃の形をした指をアストリッドに向ける。「それについては、もう考えた。あいつと入れ替わる数秒前に警告がくるから、それを感じたらすぐにでもおまえを殺す。だがそれまでは……」

ドレイクがふたたび鞭をふるった。何度も、何度も。アストリッドは悲鳴をこらえたが、すぐにこらえきれなくなった。アストリッドが悲鳴をあげ、ドレイクが笑う。

「サムがあんたを灰にするわ!」喘ぎながら言う。

「いま唯一足りないのはそれだな」ドレイクが言った。心底がっかりしたように。「サムがここにいなくて残念だ。あいつにこれを見せられれば最高なのに。大事な人間が傷つけられるのを見るのはきついだろ」

アストリッドの耳が何かをとらえた。物音。

「あなたは誰が傷つけられるところを見たの?」アストリッドはドレイクの気を引くために必死に話しかけた。時間を稼いで、気をそらさなければ……。

「本気か? 俺の頭んなかを探る気か? どうして俺がこうなったかって? おまえは精神科医を気取るためにここにいるんじゃない。苦しむためにいるんだよ」

ドレイクはふたたび鞭をふるった。アストリッドは叫んだ。痛みは耐えがたいほどひどい。いっそ意識を失いたかった。死んでしまいたかった。アストリッドは静かに泣いた。

ピーター。

神さま。

誰か……。

しかし誰の存在も感じなかった。あるのは炎の影に佇む、ドレイクの姿だけ。

「ガイアにおまえを連れてくるよう言われている。人質として使いたいらしい。だが俺はもうあいつの命令にはしたがわない。誰かにしたがうことでずいぶん時間を無駄にした。ケインにしたがい、ガイアファージにしたがって。しかもあいつはもうガイアファージじゃない。体も、あの顔も……」

「きれいな子よね」アストリッドは喘ぎながら言った。「だから嫌いなの？　それがあなたの病気？」

ドレイクは声をあげて笑った。「これまで何人の医者が原因を言い当てようとしたと思う？　おまえならわかるのか？　これはなんらかの疾患で、症状なんだろう？　レッテルを貼れば安心だもんな」ドレイクはそう言ってまた笑う。「おまえもあいつらと同じでお手上げか、アストリッド？　簡単なことだ。答えを教えてやるよ、天才アストリッド。人を傷つけるのは楽しいからだ。とにかく……楽しいんだよ。その力が全部自分のものだって思えるのが楽しいし、恐怖や痛みが目の前に、被害者のなかにあるってのもたまらない。わかるだろ、天才少女。こういうの、なんていうか知ってんだろ？　ほら言ってみろよ」

ドレイクが自分の耳に手を当て、アストリッドの言葉を待つ。

「性悪」アストリッドは言った。

ドレイクは笑った。大きく手を広げて、うなずく。「性悪！　いいぞ。上出来だ。性悪。誰にでもある性質だ。おまえも知ってるよな。おまえのなかにもある。クーラーボックスの俺を見下ろすおまえの目にも見えたぞ、性悪の部分が。はっ。誰でも自分より下のやつを見下したいもんな」ドレイクの声がどんどんしゃがれていく。「誰だってそうだ。みんなそうなんだよ」

ドレイクは、鞭の腕をアストリッドの痛々しい腹の傷に滑らせた。

「サムにこの光景を見せてやりたかったな。まあ、たぶんいまごろ死んでると思うが」そう言ってため息をつく。「だがもし生きていたら、そうだな、あとで教えてやろう。細かいところまで残らず全部」

ドレイクが言う。「さあ、ちゃんと叫べよ」

「あなたもね」

ドレイクは、すぐ目の前の、数センチしか離れていないアストリッドの顔をいぶかしげに見た。

アストリッドは顔を前に突き出すと、ドレイクの鼻に思い切り嚙みついた。

＊＊＊

シェリダン通りの家から子供の一団が飛び出してきた。ガイアは彼らを打ち倒した。

サムは手のひらを内側に、自分のほうへ向けた。しかし頭や内臓を狙えるほど手首が返らない。可能性があるとすれば、光で足の動脈を切断し、出血多量で死ぬしかない。

自分の能力が殺戮に利用されるのを見ているよりましだ。

「本当に神がいるなら、僕のすることを許してほしい」サムは言うと、手のひらを太ももに向けた。

痛みは焼けつくようだった。光線がサムの両ももを焼く。

と、即座にガイアがサムにのしかかり、痛みに叫ぶサムの手の向きを変えた。

やれただろうか？　動脈は切れただろうか？　どうかもう終わりにしてほしい。お願いだから。

「いや、だめだ、そんなことはさせない」ガイアが言った。

サムは鎖の巻きついた身をよじらせ、ガイアの手から逃れようとしたが、まったく歯が立たなかった。

ガイアに手の甲で思い切り殴られると、サムは意識と無意識のはざまをたゆたった。曖昧な意識のなかで、ガイアが鎖を巻き直しているのを感じた。サムの両の手のひらを合わせるようにして、きつく巻いていく。おかげで肩は自由になったが、しかし唯一のチャンスを逃してしまった。

サムの頰に涙が伝う。失敗だ。ここへきて、取り返しのつかない失敗をしてしまった。

いや、これまでもそうだったんじゃないか？　だからずっとリーダーになることを拒んでいたのでは？　エディリオがその役を引き継いでくれて、ようやく安心したのではなかったか？

サムはヒーローではなかった。これまで一度だってヒーローになったことはない。スクールバスのサム、みんながサムに注目することとなった、最初の偉大な伝説。あれは英雄的行為などではなかった。とっさの思いつきと、自己保身の結果にすぎなかった。

これまでサムがしてきたことは、どれも勇気からくるものではなかった。生き残るための決死の努力だった。そうだろう？　結局そういうことじゃないのか？

それがいま、失敗した。

失敗して、ほかの子供たちがひとりずつ死んでいくところを見るはめになった。英雄として犠牲になるより、生きることを選んだばかりに。

ガイアは、ある種の景品としてサムを自分の前に浮遊させておくことに飽きていた。というか、もはや腹を立てていた。ガイアはサムを六メートルほど後方に投げつけると、サムは背中から道路に着地し、コンクリートに頭を打ちつけた。

ガイアがサムに駆け寄り、笑いながら蹴り飛ばす。あばらが折れ、サムは鎖を鳴らしながらハイウェイを転がった。打ちのめされ、赤ん坊のように泣きわめく。

「ああああああ！」

そのとき、人が駆けてきた。煙でほとんど見えない。これまでフェイズでたいした活躍をしてこなかった三人の少女、普通の子供たちだ。レイチェル、キャス、コルビー。過去に戦いに参加したことのなかった三姉妹が、目立たないよう、黙々と与えられた仕事をこなしてきた少女たちが、タイヤレバーとこん棒を手に、狂ったように、やけくそのようにガイアに向かって突撃してくる。

ガイアはひるんだようだった。片手をあげ、三人をその場に足止めした。「見ろ」驚いたように言う。「あいつらは勇敢なのか、愚かなのか、サム・テンプル？」

サムはまばたきして流れる涙をふり払った。

「彼女たちを離して――」と言いかけて、咳きこむ。

「聞こえないな」ガイアが嘲るように言う。

サムは目を閉じた。まぶたの向こうに緑色の光が見えた。悲鳴は聞こえなかった。ただ地面に体がぶつかる、重い音だけが聞こえた。

「目を開けろ、サム・テンプル」ガイアが言った。「あいつらを半分に切断した。おまえの光で。おまえの能力で」

ガイアはサムを蹴って転がした。

「ほかのやつらも――」そこでガイアが黙りこむ。サムが煤だらけの片目を開けると、ガイアは辺りを見まわしていた。緊張している。まるで誰かに見張られているかのように。

「鞭の手と人質はどこだ？」声に出して言う。それから、まるでサムがその答えを知っているかのように、サムに向き直る。「ドレイクとネメシスの姉はどこだ？」

「アストリッド！」サムは息をのんだ。

「聞け、ネメシス！」ガイアが叫ぶ。声を詰まらせ、咳払いをする。「聞け！　おまえの姉はこちらの手にある！」

「ここにはいないぞ」サムは言った。

「心配するな、サム・テンプル。じきにドレイクが連れてくる」だが、ガイアは親指の爪を噛んでいた。以前見たケインの仕草そっくりだ。

「怯えているみたいだな」サムは言った。

ガイアはうなると、サムに向かって両手をあげた。それから、ぎこちなく笑う。「ふん。挑発しているのか？」

しかしガイアは震えていた。何かを感じているのだ。ガイアの気に入らない何かを。

「ネメシスか？」サムは訊いた。

ガイアは答えなかった。ゲームは終わりだ。お楽しみはここまでだ。ガイアはサムの鎖をつかんで引きずると、やがて走り出した。

ケインとダイアナはマリーナにボートを停めた。北に見えていた炎は、いまやいたるところに飛び火したようだ。ハイウェイのほうで火花が高くあがった。そこらじゅうに灰がられなかった。

立ちこめ、息も苦しく、目も開けていられない。まだ太陽がどこかで照っているとは信じ

「ボートをつないだほうがいい?」ダイアナが訊いた。

ケインは答えなかった。念動力で体を浮かせ、桟橋に降り立つ。そして同じように木箱に入ったミサイルを難なく持ちあげ、木製の桟橋にそっと着地させる。

「手を貸して」ダイアナが言い、ケインのほうへ手を差し出した。

ケインはダイアナを見下ろした。「その必要はない、ダイアナ」

「どういう意味?」

ケインは片手をあげると、ボートを桟橋からゆっくり押し出した。

「どういうつもり?」ダイアナが訴える。

「派手に暴れてくる」ケインは言った。

「ケイン、ちょっと、どういうこと?」

「ふたりとも死ぬ必要はない」

「ばか言わないで」ダイアナはできるかぎり決然と言った。「これが最後だってわかってるんでしょ。私はあなたと一緒にいたい。怪物の子供に見つかって、ひとりで死ぬなんて嫌」

ケインは肩をすくめた。「おまえがピーターに、おまえの体を使うよう頼んだのは知っ

ている。自分の身を捧げようとしたのは知ってるんだ」

「なんで？　どうして知ってるの？」

ケインは肩をすくめた。

「でも応えてくれなかった」ダイアナは言った。「あの子は――」

「ああ、もっといいオファーがあったからな」

「え？」ダイアナが涙声になる。「ケイン……だめ、だめよ。私も一緒に戦いたい」

「それは無理だな」ケインの淡々とした口調に緊張がにじむ。「たぶん、ガイアと同じ状態になると思う。ピーターがやってきたら、俺は消えるだろう。だから一緒には戦えない」

「やめて、ケイン。そんなことしないで」ダイアナは懇願した。

「わかってくれ、ダイアナ。俺は高尚な人間になろうとしているわけじゃない。あれを、ガイアファージを倒すにはそれしか方法がないんだ。あれは俺を手に入れたと、所有していると思っている。鞭をふるえば俺がしたがうしかないと思っている。あの痛みは……」そこでふたたび肩をすくめる。「だから、あの緑の邪悪な化け物に一杯食わせてやりたいだろう？」

「ケイン、そんなこと……だめ、やっぱりだめ」

ケインが手を伸ばすとダイアナが浮きあがり、まるで空を飛ぶようにケインに引き寄せられた。

ふたりは抱き合った。ダイアナは震えていたが、ケインは奇妙なほど冷静だった。

「たぶん、サムがいつものように英雄を気取っているはずだ」ケインが言った。「あいつひとりに世界を救わせるわけにはいかない。そんなの耐えられないからな」

「お願い、やめて、ケイン。思いとどまって」ダイアナはケインの顔を撫でながら訴えた。

「聞いてくれ。島に書き置きがある。二通だ。一通はサムに渡してほしい。もしサムが生きていたら。もしくはアストリッドか、信用できるやつに。それからもう一通はおまえ宛てだ。機会があれば、あの部屋の机にあるから探してくれ」

「まだ負けたわけじゃない、ケイン」ダイアナが懇願する。「私たちはまだ負けていない」

「俺はしばらくのあいだ王だった。いい王じゃなかったけどな。すべてを手に入れたかった。権力とか、栄光とか、畏敬とか。いいとこ取りをしたかった。でも、それでどうなった？　ガイアファージに痛めつけられて、卑屈になって、慈悲を求めたときに気づいたんだ。俺には終わりがないって。フェイズには終わりがないんだって。生きて外に出られても、まだそこで終わらない。外の世界で俺はどうなると思う？」

「ううん、あなたはまちがってる。外の人間はここでの出来事を責められない」

ケインは笑った。「いや、責められるよ。王、戦士、なんであれ、俺は輝かしい栄光のなかで死にたい。いま俺の人生は最高潮だ。もし生き残ったら、囚人番号三一二とかになるのがおちだ。おまえは面会日に会いに来ることになるんだぞ」

「そんなの会いに行くわ。あなたが出てくるまで待ってる」

「だめだ」ケインは断固として言った。「俺は派手に散る。おまえはおまえの人生を生きろ。前に進むんだ、ダイアナ」

「騙(だま)されないわ」ダイアナは言った。「あなたがこんなことをするのは――」

「勝ちたいからだ」ケインは言った。

「そうね」

「それに自分の物語の最後は自分で決めたいから」

「ええ。それに、償いをしたいから」ダイアナがかすれた声で言う。

ケインは肩をすくめた。「おまえがそう信じたいなら」

「それに、私を愛しているから」

ふいに、ケインは言葉に詰まった。感情が鎮まるのを待つ。ふたりはキスを交わした。ダイアナの涙がケインの頬を伝う。やがてケインは念動力を使ってダイアナを引き離すと、そっとボートに乗せた。ボートはすでに桟橋から離れた場所を漂っていた。

「なあ」ケインは言った。「最後のふたつの理由は誰にも言わないでくれ。いいな？　もし誰かに訊かれたら、最後までケインは責任をまっとうしたって伝えてくれ」

ケインはすばやく踵(きびす)を返すと、危険な荷物を持ちあげ、燃え盛るペルディド・ビーチへと歩きはじめた。

「まだだ、ピーター」自分の頬に触れ、指先でダイアナの涙を確かめながら小さくつぶやく。「もう少し待ってくれ」

29

42分

ガイアはシェリダン通りを右折する前に、連結道路を焼き払った。広場へ向かう途中、ゴールディング通りの角で一旦足を止め、学校を攻撃した。

校舎を隅々まで焼き尽くし、とうの昔に割れた窓に向かって死の光線を放つ。煙が立ちこめ、そこにいた子供たちが飛び出してくるまで攻撃を続ける。

逃げきれた者もいた。

そうでない者もいた。

サムを鎖につないだまま、アラメダ通りを曲がる。両手を使って思うさま攻撃したいときはサムを下に落とした。

「おまえの能力は最高に使えるな、サム」ガイアは言った。「おまえが生きていて本当によかったぞ」

この辺りの家の多くはすでに燃え落ちるか、取り壊されるかしていたが、わずかに残っていた家をガイアは燃やしていった。子供たちはネズミのように逃げ惑い、フェンスを飛び越え、瓦礫の山を積みあげる。だがガイアにとってそれはほとんどゲームの、射撃場のようなものだった。

子供たちが悲鳴をあげて死んでいく。あるいはただ死んでいく。

ガイアが反撃を食らったのは、サンパブロ通りとアラメダ通りの角だった。

町庁舎の屋根からの銃撃。

バン！　バン！　バン！

慎重に狙いをつけるも、燃えかすの舞う煙のなかではむずかしい。ガイアも撃ち返した。こちらも当たらない。

ガイアはサムを片手でつかむと、人間の盾のように頭上にかかげた。屋根からの銃撃がやむ。

「撃て！　やめるな！」サムは叫んだ。

「撃て！　撃て！　撃て！」エディリオの声だ。姿は見えない。噴水の後ろにいるのだろうか。

銃撃が再開した。だが銃弾はさっきとは別の場所から飛んできた。広場の中央。弾丸がかすめ、コンクリートに当たる。

ガイアは空いているほうの手で撃ち返した。しかし、こちらの攻撃も当たらない。乱戦だった。激しく銃弾が飛び交い、光が燃えあがり、煙が渦巻くなかくり広げられる狂気。

エディリオは通りを片づけておいた。投げ飛ばせる車など、ガイアが使えるものは何もなかった。ただし、教会の瓦礫は残っている。ガイアはサムを落とすと、左へ駆け出し、駆けながらその姿が……消えた。

サムはすぐに状況を理解した。バグだ。ガイアはどういうわけかバグの能力を知ったのだ。しかしこの瞬間までその能力を隠していたのだろうか？　そんなばかな。知っていたらもっと早くに使っていたはずだ。誰かがガイアに教えたのだ。

ドレイクか？

でもドレイクは死んだはずじゃ？

姿を消せれば、ガイアはブリアナの死で失った強みを取り戻してしまう。姿が見えなければエディリオたちは混乱して――。

「ペイント弾！」エディリオはそう言うと、煙にむせて咳きこんだ。それから改めて言う。「やつを狙え！」

教会の瓦礫に隠れていた子供ふたりが、絵の具の入った風船を投げつけた。さらに屋根からもペイント弾が降ってくると、どこからともなく緑の光が炸裂し、ひとりの子供がやられ、別の子供も腹を焼かれた。負傷した少年がよたよたと逃げ出す。

しかし、おかげでガイアの居場所がわかった。

「ジャック！」エディリオが苦しげに喘ぐ。ジャックは噴水の背後で立ちあがると、噴水から教会の階段へと一気に飛びあがった。くるりと回転しながら、ふたつのスプレー缶を噴射する。あそこだ！　赤と白に塗られた、腕と胴体らしきもの。

命令は必要なかった。銃が一斉に火を噴いた。託児所から、マクドナルドから、町庁舎の屋根の上から。

だがガイアは、壊れた木材、石膏の版、鉄骨の柱を手に入れていた。念動力を使って、瓦礫の塊を噴水に投げつける。暗闇で悲鳴があがり、その地点からの銃撃がやむ。

そのとき、町庁舎の屋根から飛んできた銃弾がガイアの足首に当たり、ガイアは怒りと痛みに咆哮した。血しぶきが鮮やかに浮かびあがる。

ガイアは何百キロもある重い梁を拾いあげると、梁全体に光線を走らせて火をつけ、念動力で町庁舎の正面玄関へ投げこんだ。

銃撃は続いている。

サムは自分の置かれた場所、通りの真ん中でそのようすを見ていた。

すぐ隣にジャックが現れた。サムを腕に抱えて駆け出す。

銃弾が当たり、ジャックが転倒した。流れ弾が腰に命中したのだ。ジャックが崩れ落ちる。サムを落とし、その上に倒れこむ。

「ジャック！」

「大丈夫。ただ……脚が。脚が動かない」

サムはジャックの瞳に恐怖を見た。自分の与えられた能力を、ただの一度も望んだことがなかったジャック。

コンピュータを触ること以外、何も望まなかったジャック。

「ああ、どうしよう」

ジャックは一瞬気を失いかけ、かろうじて持ち直したようだった。「君を自由にして……」ジャックの口から血が溢れ、言葉が途切れる。

ジャックことコンピュータ・ジャックは、サムの鎖をつかむとその怪力で引っ張った。

ジャックが血を吐き、サムの胸に広がる。

鎖がちぎれた。

そして、ジャックは息絶えた。

サムは鎖の束縛から逃れようと身をよじった。ガイアを見たが、絵の具と血のわずかな輪郭しか見えない。人の形をしたものが煙のなかで跳ねまわり、鉄の柱を高くかかげて、ジャックの怪力で投げつけようとしている。

つぎの瞬間、ガイアの腕が急に曲がり、柱が落ちた。ガイアは飛びのくと、銃弾が飛び交うなか、教会の奥へと逃げこんだ。

ドレイクは悲鳴をあげた。アストリッドは、この一撃に生死がかかっているかのように、思い切り歯でしがみついた。実際そうだった。

ドレイクがアストリッドの側頭部を殴りつける。

アストリッドが傷だらけの手でその攻撃を防ぐ。

ドレイクはアストリッドの首に鞭を巻きつけようとしたが、距離が近すぎた。それに食いしばった歯は、ただ噛んでいるだけではなく、肉に食いこみ、犬のようにドレイクの鼻を引きちぎろうとしていた。

ドレイクは立ちあがって体勢を立て直そうとした。が、距離が取れない。そしていまやアストリッドは、相手からの攻撃を防ぐどころか、両手でドレイクの頭をつかみ、両の親指をその目に押しつけていた。

ドレイクは絶叫し、身をよじり、アストリッドを殴りつけた。こめかみに衝撃が走り、アストリッドの意識が飛びそうになる。ドレイクの鞭が彼女のむき出しの脚を打とうとすると、アストリッドは渾身(こんしん)の力をふり絞ってあごを食いしばった。上の歯と下の歯の距離がじょじょに近づいていき、ドレイクが悲鳴をあげ、悪態をつき、それでも逃げられない。

アストリッドの親指がドレイクの眼球を押しこんでいく。固ゆで卵のようなそれを指で押しこみ、隙間に指を食いこませ、眼球と頭蓋骨の空間に到達する。

アストリッドも叫んでいた。

そして頭を思い切りふると、ドレイクの鼻がもげた。親指は第一関節まで食いこんでいる。アストリッドは繊細な骨が折れるのを感じた。

やがてその体が一度だけ痙攣したところで、アストリッドはドレイクを押しのけた。ドレイクが床に転がり、アストリッドは立ちあがった。後ずさり、ちぎれた鼻を口から吐き出す。

ドレイクの片方の眼球が糸を引いてぶら下がっていた。

もう片方の目は、割れた眼球からゼリー状の何かがにじみ出ていた。

眉間から突き出たトカゲの尻尾が狂ったように暴れている。

ドレイクは宙に向かって、闇雲に鞭をふるった。シャンデリアに当たり、そこにぶら下がっていたバービー人形を何体か引き裂く。

ドレイクは死んではいなかった。アストリッドにドレイクを殺す力はない。あの体は再生するのだ。また襲ってくるだろう。

そのとき、テイラーが現れた。

金色の肌をした少女の出現は、この状況下でもとびきりの異常事態だった。アストリッドは凍りついた。完全に不意をつかれた。

テイラーは、鞭をふりまわしながら怒り狂うドレイクを見下ろし、アストリッドに告げた。「ピーターが私を送ったの。あなたを救うために」

「ありがとう」アストリッドは息を切らして答えながら、ドレイクの鼻の破片を歯の隙間から取りのぞいた。

「彼はとても弱っている。もう数分しかもたないと思う」

「ピーターが？　あの子に私の体を使うよう頼んだのに」アストリッドは言った。

テイラーは、爬虫類のようにゆっくりと首をふった。自分の髪の毛が首や額にかかるのを楽しんでいるようだ。「あなたじゃだめなの。ピーターはあなたが怖いの。でもあなたのことは好きだって」

「ときどき、それは感じていたわ」アストリッドは言った。「あの子にありがとうって伝えて」

テイラーの姿が消えた。アストリッドもこの場を去ろうと向きを変えたところで、ちょっと逡巡して、それから椅子を持ちあげた。ドレイクの頭に力いっぱい叩きつけると、ずっしりとした椅子の脚が一本折れた。

アストリッドは逃げ出した。

近くで銃声が聞こえた。

まさに、計画どおりだった。

ガイアは教会内にいる。武器として使える瓦礫がある場所に逃げこむだろうと、こちらが考えたとおりに。ガイアが教会内にとどまっていれば望みがある。

そしていま、デッカは罠を仕掛けた。

ガイアはといえば、バグの不可視の能力を解き、血まみれの姿をあらわにしていた。痛みに喘ぎ、怒りに震え、いらだちながら、文字どおり半壊した教会の、重くて、硬くて、鋭い瓦礫に囲まれている。

デッカは祭壇にいた。

「おまえは私の大切な人を殺した」そう言うと、デッカは両手を高くかかげた。何千キロもの木や鉄、漆喰、ガラス、信徒席、屋根のタイル、うずたかく積まれた瓦礫が勢いよく立ち昇り、渦巻くガラクタの柱と化す。

上へ上へと、ガイアも昇っていく。

十二メートルほど浮きあがったところでガイアはわれに返り、デッカに狙いをつけた。そしてガイアが攻撃をはじめたまさにその瞬間、デッカは重力を解いた。

ガッシャーン！

世界の終わりのような音とともにすべてが落下すると、地面で跳ね返って砕け散った。デッカは飛びすさって破片をよけたが、それでも小さな破片がいくつも当たった。ガイアの姿は見えなかったものの、危険を冒すつもりはない。瓦礫を持ちあげ、ふたたび地面に落とす。

もう一度、持ちあげて落とす。何度も何度も打ちつける。

四度目で、デッカはガイアが瓦礫の上に浮かぶのを見た。血まみれの打ち身だらけで、服は破れて、髪の毛も汚れていたが、死んではいなかった。全然、まったく死んでいない。

ガイアはデッカを見下ろすと、まっすぐ光線の狙いを定めて笑った。「ずいぶん賢いな」ガイアは言った。「もう少しで成功するところだったぞ。だが、おまえは生かしておいてやる。いまはまだ」

状況を制御したガイアは、瓦礫の粉塵(ふんじん)が収まるのを待って、ゆっくりと下降した。

デッカは拳銃を取り出した。ガイアはあっけなくそれを弾き飛ばした。

「まだ、何かあるか?」ガイアが訊く。

「おまえは弱ってきている」デッカは声を荒らげた。

「それはおまえたちも同じだろう」

「おまえは私を殺せない」

「そうだ。だが、これはできる」ガイアは父親の能力を使って、長くて重いオーク材の信徒席を持ちあげた。デッカの胸に投げつけ、祭壇へ吹き飛ばす。

デッカは立ちあがらなかった。

ガイアは背を向けると、脚を引きずって歩き出した。痛い。なぜこんなにもむずかしいのか？　いまや超スピードを失い、ジャックの怪力を失い、何より危険なことに、サムを逃してしまった。自由になったサムは、きっとまたガイアの前に現れるだろう。あるいは、みずから命を絶つかもしれない。いずれにしても……。

一刻も早くこの体を回復させなければ。

ピーターが何か……何かを企んでいる。ガイアはそれを感じていた。ピーターの決意を、企てを感じ取っていた。と同時に、力が弱まっているのも感じていた。

まだ殺すべき人間は大勢いる。急がなければ。

銃撃がやんだ。

エディリオの視界はほとんどきかなかった。煙で涙目になりながら、戦場のようすを把握しようとする。わかっているのは、ガイアが教会へ入ると同時に、銃撃がやんだことだけだった。

やがて、ジャックとサムが目に入った。ジャックはサムの手で仰向けにされており、背中の小さな銃創ではなく、射出口が、シャツから飛び出た内臓があらわになっていた。

「ああ、マリアさま」エディリオは言った。

教会から、瓦礫が落下する大きな音が聞こえた。

エディリオはサムの隣にしゃがみこんだ。サムは生きていたが、ジャックと同じくらいひどい有り様だった。体と両腕に火傷を負い、シャツはボロボロに破れ、汚れと血にまみれたぼろ布のようだった。

エディリオは鎖を外しはじめた。

「エディリオ」サムが喘ぐように言う。

「大丈夫だ、サム」

「やってくれ、エディリオ」

エディリオはその願いをふり払い、サムが何を言っているのかわからないふりをした。

教会から二度目の大きな音がした。

頭上から誰かが叫ぶ。「エディリオ、つぎはどうすればいい？」

「やってくれ。自分でも試したけど、もう一度やる気力がないんだ。頼む、エディリオ」サムが懇願する。

「デッカが倒したかも」最後の鎖を外しながら、曖昧に時間を稼ぐ。鎖を外すと同時に焼けた肉もちぎれる。

「やつがあそこから出てきたら――」

「無理だ。君を殺せない！　君は僕に人殺しをしろって言ってるんだぞ！」エディリオは感情を爆発させた。

サムはまじまじと見つめ、うなずいた。「そうだな。銃を貸してくれ、銃なら自分でできると思う。別の方法のほうが楽かもしれないけど……」

「無理だってば」エディリオは泣きながら頭をふる。

「このままだとみんな殺されてしまう――」

教会から三度目の落下音。

「僕がガイアを撃つ」エディリオは言った。

「エディリオ！」サムがエディリオの背に向かって叫ぶ。

エディリオはくるりと向き直ると、サムに指を突き立てた。「僕が殺す。あれを。それでいい。もうたくさんだ！　僕は殺人者にはならない！」

「だけど」サムが弱々しくつぶやくと、煙のなかからクインが姿を現した。

エディリオは二歩下がると、クインの肩をつかんで言った。「サムは責任者じゃない。サムの言うことは聞かないでくれ。いいな？　僕の言うとおりにしてほしい」

クインは状況をのみこむ前に、現場を見た瞬間、その言葉の重みを悟った。「了解、ボス」クインは言った。

「ねえ、サンジット」ラナが言った。

「なんだ、ラナ？」

「これ見て」そう言って煙草を取り出す。「これで最後にする。約束」

サンジットはゆっくり首をふった。「いったいどういうこと?」

ラナは部屋の混乱ぶりを見まわした。二十一人の死傷者。何人かは死んでいて、まだ運び出されていない。そのほかの子供たちは生きている。少なくとも、いまのところは。けが人は隣の部屋にもいる。廊下にも。

ラナは抜け殻になったようだった。あっちの子供、こっちの子供と命を救うために延々と急かされ、睡眠もとれず、死と、ひどすぎるけがに心が蝕まれ、ついに耐えきれなくなったのだ。

それに、まだ感じていた。あれの心を、意志を、殺戮の喜びを。

ラナは長々と煙草を吸うと、じっくり味わうようにその煙を吐き出した。「これで最後」

「何をするつもりだ?」

ラナはサンジットの顔に触れた。すると、サンジットがためらいがちに彼女の腰の拳銃に手を伸ばす。ラナは驚き、拳銃を引き抜いてサンジットに渡した。

「ううん、そうじゃない」ラナは笑って言った。「そんなことは考えてないよ。考えているのは別の戦い方。その時が来たみたい。いい、サンジット。私はここから出ていくけど、ついてこないでね」

ラナは部屋を出ると、廊下を進み、子供たちの絶望的な訴えを無視して、階段を下って、外の芝生を踏みしめた。

　もうひと口煙草を吸い、姿勢を正す。目を閉じて言う。「きっと痛いだろうな」


ガイアの目的は戦いではない。殺戮だ。

全員を抹殺すること。ひとり残らず殺すこと。

ガイアは焦って広場に飛び出し、銃撃を受けるつもりはなかった。教会の背壁の残骸を吹き飛ばし、ゴールディング通りへ出る。

時間。それがどんどんこぼれ落ちていく。いますぐ狙撃手たちを仕留めるには時間がかかりすぎるし、あまりに効率が悪い。もっと手早く始末する。それが適切な行動だ。大勢をただちに殺す。

　刻々と時間は迫ってくるが、ガイアは走れない。銃弾を受けた脚がそれを拒否し、その場でへたりこもうとする。

　だが、気にしている場合ではない。こんなものは全員殺したあとで治せばいい。そう、それくらいの時間はあるだろう。けれどこの体は、ガイアが奪ったこの体は、血が漏れ続ける、薄汚れて脆弱な血液の容れ物は、弱っている。ガイアにはそれがわかった。体内から血液が流れ出していく。少なくともその部分を治療して、出血を止めなければ。

　ガイアは腰をかがめて傷口を押さえると、そのまま通りを下っていった。なんとも間抜けな格好だ。

ネメシスも動きはじめていた。何かの準備をしているようだ。ガイアにはわかる。だが、もはや自分自身の影のように、幽霊のように弱っている。さっさと死ねばいい！

さっさと消えてしまえ、愚かなガキめ！

ガイアの指のあいだから流れ出る血はなかなか止まらなかった。なぜ回復しない？

ハイウェイにたどり着くと、人間が、子供たちが、バリアの向こうのきらめく光に向かって騒然と駆けまわっていた。

焼け落ちたガソリンスタンド。

ひっくり返った運送トラック。

パニックに陥った子供たち。

「死ね！」ガイアは叫ぶと、子供たちに向かって光線を発射した。「死ね！」

体がふらつく。回復が……間に合わない。どうして……。

そのとき、ガイアは気がついた。自分の心を押し返し、抗っている存在に。ネメシスではない。

ヒ、ヒ、ヒーラーだ。ガイアが癒しの力を使えないよう抵抗している。ブロックしている。出血多量で死なそうと、ガイアを殺そうとしているのだ！

ガイアは、ふたりをつなぐ漠然とした空間に見えない触手を伸ばしてラナを攻撃した。

脳裏にヒーラーの姿が浮かぶ。その姿が、まるで目の前の道路に、ガイアと被害者の子供たちのあいだに立っているかのように見えた。

ラナ。彼女の口内で何かが燃えている。鼻から煙が出ている。そして、彼女は恐れていない。ガイアファージが自分にもたらすだろう痛みに備えている。

それなら、望みどおりにしてやろう！

ガイアは、ラナが鋭い痛みによろめくのが見えた。燃えていた何かが口から落ち、痛む頭に両手を押し当てている。それでも反撃をやめず、ガイアの力を消耗させ、回復を遅らせている。

ガイアは力をふり絞ってヒーラーを攻撃した。ヒーラーの痛みを感じ、ヒーラーが衰弱するのを感じ、やがてガイアは頭をのけぞらせると、赤く輝く空に勝利の雄叫びをあげた。

誰かがトラックの背後から発砲した。

ガイアはトラックをひっくり返し、狙撃手を押しつぶした。

ガイアが腰をかがめて傷口に触れると、今度は傷がふさがった。出血も止まったが、そこまでだった。ラナがふたたび押し返し、ガイアに抗ったせいで、治癒の力が急速に失われていく。

いったいどうやって抵抗しているのだ？

大丈夫、まだ時間はある。ネメシスの準備は終わっていない。ネメシスは自分が入るべき肉体を見つけていない。いまは……まだ。

それから、このバリア。このままでは、自分の姿をさらすことになる。計画とまったくちがう。この体や顔を知られたら、ネメシスが死んで外に出られても、計画はずっとやりにくくなるだろう。だがすでに、ガイアは窮地に追いこまれ、攻撃され、燃やされ、撃たれ、何度も傷つけられ、危うく殺されかけてきた。その場しのぎの策や、名案を練っている余裕はない。とにかくネメシスと、このバリアを確実に消し去らなければ。

バリアのそばには、怯えた牛のように人間が大勢集まっていた。これなら簡単に一掃できるだろう。

全員が怯えている。助けてくれと叫んでいる。なんの手間もかからない。

ガイアは平穏を感じた。この瞬間の喜びを感じた。勝利を感じた。

殺す能力があれば回復する必要はない。

ガイアは両手をかざし、大きく広げた。

二本の死の光線がほとばしる。ひとつは左、もうひとつは右へ。ゆっくりと真ん中へ近づけていく。

両サイドにいた子供たちが光線で引き裂かれ、悲鳴をあげた。

子供たちが互いを押しのけて逃げ出そうとする。

数秒もあれば終わるだろう。

コニー・テンプルは、バリア付近に詰めかけた大勢のやじ馬や、取り乱した親たちのあいだに立っていた。

彼女はここ数日、バリアが消えたらどうなるか、ずっと不安に思っていた。将来への懸念と、親友の娘を死地に追いやってしまったのではないかという恐怖からくる強烈な罪悪感でいっぱいだった。

そしていま、膨らんでいく絶望とともに衛星中継車のＴＶモニターを見つめている。画面には炎が燃え広がるようすが映し出されていた。幼い少女が男の腕を引きちぎってむさぼる場面も映っていた。延々と続く、怯えてお腹を空かせた子供たちの〝インタビュー〟。石でできた怪物のようなものを遠くから撮影したドローンの映像、そしてつい数時間前には、ペルディド・ビーチで銃撃戦が発生していた。

全世界が見つめていた。そして誰もが無力だった。結局のところ、コニーが言ったことも、したことも、感じたことも、無意味でしかなかった。最後には、悲惨な金魚鉢に閉じこめられた子供たち自身がどうにかするしかないのだ。

コニーは、長いあいだバリアが不透明だったことに感謝した。もし見えていたら、みんなが見ることができていたら、親たちはきっと発狂していただろう。

彼女はいま、バリアからほんの三メートルのところに立っている。泣き叫び、音もなく哀願する子供たちに、いまにも触れられそうだ。

そしてその奥では、かわいらしい十代の少女が両腕をかかげて、まばゆい光線を放っていた。まばゆい緑の光線がバリアにぶつかり、透明なその障壁を通り抜けた。

左側の光線が州兵の装甲車両を燃やすまで、外の人々は、まさか自分たちが危険な目に遭うとは思ってもみなかった。

そのときになって初めて、子供たちだけでなく、死は自分にもやってくるのだと気がついたのだ。

恐慌をきたした牛の群れのように、人々は悲鳴をあげてバリアから逃げ出した。

だがコニー・テンプルは動かなかった。動けなかった。この最後の殺戮を見届ける必要があった。たとえそれで死ぬことになっても、見届ける。

バリアの内側では、一番左と右にいた子供たちが最初に燃えた。そして外側では、髪に火がつき、手足を切断された大人たちが最初に悲鳴をあげた。

そこへ巨大な物体が、怪物じみた、悪夢のような生物が、丘を下ってやってきた。

30

２５分

ああ、たしかに俺は……死の陰の谷を歩いている……。

オークは走るのが得意ではなかった。体重が何百キロもあるのだ。砂利の足をすばやく動かすことはできない。

スタッフが、天使たちが……励ましてくれる……。

下り坂のおかげで多少は楽だった。それに煙もそれほど苦にならない。喉の構造も変わっているのだろう。

災いなど怖くない……。

ガイアはオークの存在に気づいていなかった。

主は俺の羊飼い……。

残り数百メートル。

二本の光がじょじょに真ん中へと収束していく。ガイアが頭をのけぞらせて笑うそばで、外の人々がパニックになって逃げ惑い、あるいは息絶え、なかの子供たちは、虐殺され、真っ二つに切断されるのを逃れようと必死にもがく動物のように、ほうほうのていで逃げている。

神がともにいてくれる。天使だけじゃなく。

神が。

オークはトラックのようにガイアに突進した。

ガイアが宙に飛ばされた。逃げ惑う子供たちの真っ只中に落下し、顔から地面に激突する。オークも勢いあまって、ひとりの少女を巻きこみながらバリアに衝突した。バリアに触れた衝撃で飛びあがり、怒りもあらわにガイアを探すと、仰向けになったガイアを、怒りに顔を歪めて両手をかかげるガイアを見つけた。

オークがバランスを崩し、体勢を立て直そうとしたそのとき、ガイアの光が炸裂した。

ふたつの光線がオークの胸の真ん中を打ち抜いた。

オークは糸の切れた操り人形のようにばたりと倒れた。

巨大な石のこぶしを持ちあげ、人間の肌の残る口元を守る。

バリアの内でも外でも人々がパニックになって逃げ惑っていた。空気は悲鳴で満たされている。

オークは膝立ちになった。胸にはふたつの穴があいている。ガイアを見やると、立ちあがり、激怒したようすでこちらに向かってくる。

「おまえのことは怖くない」オークは言った。その昔、飲んだくれていたときのように言葉がもつれる。「俺は住む……忘れたけど……永遠に」

ガイアがオークに近づくと、群衆は、群れは、怯えた大衆は、その隙を利用して逃げ出した。

ガイアはふと、恐怖が忍び寄ってくるのを感じた。

その直後、ミサイルがバリアに当たって爆発した。

ラナはよろよろとクリフトップの丘を下っていた。あの不快な部屋を、いまや混乱を極めたあの部屋を出てから、永遠のときが流れたようだった。

遠くのほうで、炎がペルディド・ビーチの端っこをのみこんでいくのが見えた。煙の味がする。

「空気そのものがでっかい煙草みたいになったら、あんまり禁煙した意味がないね」とひとりごちる。

ラナの戦いは終わった。心がそれを感じていた。ガイアファージはラナに抗うのをやめたのだ。ラナは自分だけの小さな戦いを挑み、勝利した。

突然、パトリックが体を弾ませながらラナの隣にやってきた。

「なに、サンジットに私の面倒を見るよう言われたの？」手を伸ばして頭を撫でてやる。

「よし、一緒に行こう、パトリック。ふたりで」

大きな爆発音がとどろいた。平板で、強烈な音。向かって右側からだ。

あれだけの音なら、きっと負傷者が出ただろう。

最後の仕事だ。ヒーラーは苦しみの音がするほうへ向かった。

ミサイルはオークのすぐ後ろのバリアで爆発し、オークはまともに衝撃を食らった。

オークの巨体は吹き飛ばされた。爆弾の破片のように、数千もの小石が飛び散るようすがテレビカメラに映っていた。背中と胸の大半を覆う石が吹き飛び、肩と頭の大半も吹き飛んだ。まるで壁にぶつかった泥だらけの靴のようだった。泥だらけの砂利はバラバラに砕け散った。

内臓は潰れ、目からは出血している。だが一瞬、若い男の体が、石の脚からのぞく桃色の肉体が、その体を地面から押しあげようとした。もちろん、ただの物理的反射であり、意識して立ちあがろうとしたわけではない。その状態で生き延びるのは不可能だった。

オークことチャールズ・メリマンは、立ちあがろうとしたが、崩れ落ちて息絶えた。

一方ガイアは、オークの巨体が盾になり最悪の事態を免れていた。

ガイアは生きていた。しかし爆発の破片と炎で皮膚の大半がずるむけになり、オークの崩壊を真似たかのように、無残な状態になっていた。

ガイアは、頭の先から足の先まで真っ赤な血で覆われていた。

それでもまだ、生きていた。


シンダーは悲惨な現場から逃げ出した。遺体に足を取られながら、立ちあがってはあたふたと駆けていく。

ちらりとふり返ると、オークが粉々になるのが見えた。

バクバクする心臓と、身を引き裂くような嗚咽（おえつ）のせいで、ほとんど息ができなかった。

地面を蹴っては転び、立ちあがっては駆けていく。もう一度ふり返ると、ガイアが追ってくるのが見えた。

すぐそばを光線が通過し、シンダーは悲鳴をあげた。右隣にいた少女が小さく声をあげて倒れた。少女の首にあいた穴から煙が立ち昇っている。

足がコンクリートに、道路に触れた。この先にはクリフトップがある！　左へ向かう。

だが上り坂のうえにガイアが迫っている。死の光線がふたたび走る。今度は、シンダーの頬にその熱を感じるほど近かった。悲鳴と、怒号と、ぜいぜいと息を切らし、煙にむせる声。

ている。
そのとき、壊れた車の陰からケインが突如として現れた。何やら長くて白いものを持っ

パニックに陥っていた群衆は、ケインを遠巻きに眺めた。シンダーは走り続けた。走りながらふり返ると、ガイアも光線を放ちながら走っているのが見えた。ケインは険しい顔をしたまま、微動だにしない。

「くそ」ケインは息を吸った。「ダイアナと俺は厄介な怪物をつくっちまったな」

残りのミサイルは、道路脇に置いた木箱に入っていた。もう一度発射する機会があるとは思っていなかったのだ。

エディリオがそのそばにいた。二発目のミサイルを撃とうと用意していたが、無理だ、とケインは思った。エディリオにも発射するチャンスはないだろう。

ガイアがケインを見た。

「おまえ」

「ああ、俺だよ」ケインは憂鬱そうに言った。「やってみる価値はあると思ったんだけどな。もうひとつのプランよりましだったし」

「もうひとつのプラン?」ガイアが訊いた。

ケインはうなずいた。その刹那、脳裏にダイアナの姿が浮かび、たじろいだ。

ダイアナ。

最後に思い浮かべるのにふさわしい。

「いいぞ、ピーター」ケインは言った。「いまだ」

ピーターは準備ができていた。けれど不安だった。生身の体にはいい思い出がない。彼の脳みそはずっと彼の敵だった。そしてピーターが知る唯一の平穏は、みずからをガイアファージと名乗るダークネスと分かち合ってきた、この消えゆく薄暮の非現実のなかにある。

けれど、ガイアファージはピーターを攻撃した。静かに消えるよう優しくささやきかけながら、ピーターを傷つけた。

両親や姉に教わったことはあまり覚えていなかったが、人を叩いてはいけないことは覚えていた。

絶対によくない。

やがてピーターは、幽霊のような人々の姿が消えはじめているのに気がついた。ゲームのピース、アヴァターがつぎつぎと消えていき、しかもそれは、ダークネスに壊されているようだった。

ガイアファージはピーターを攻撃しただけではなかった。

こんなのまちがっている。

あれはほかの人間も攻撃しているのだ。

ピーターはテイラーを使ってやり返そうとしたが、彼女を充分に使いこなすにも、殺戮を止めるにも弱りすぎていた。

やがて姉がピーターを呼ぶ声が聞こえた。ピーター、私を使って、あれと戦って。

けれどピーターは、姉をあまり信用していなかった。

ほかの声も届いた。ダークネスが「よせ、ネメシス。そのまま消えろ、虚無に溶けて幸せになれ」と言うそばで、虚無を通じてピーターに呼びかけてきた。

知らない少女の呼びかけ。私を使って。私が死ぬべきなの。

しかしそのとき、もうひとつの声がこう言った。なあ、チビ助、おまえが何者かは知らないし、なんだっていいが、これを一緒に終わらせようぜ。

その少年には傷跡があった。ガイアファージにつけられたばかりのしるしが。

おまえと俺で。輝かしい栄光だ、ピーター。輝かしい栄光。

ピーターには輝かしい栄光がなんのことかはわからなかったが、いい響きだと思った。

いいぞ、ピーター。いまだ。

ダークネスはまちがっている。いまはピーター・エリソンが消えるときではない。やり返すときだ。

ケインはそれが起こっているのを感じたくなかった。さっさと終わってほしかった。パンッ、で終わり。だが感じてしまった。

熱いシャワーに足を踏み入れ、首の後ろに温かいお湯が当たるのをゆったりと感じながら、目を閉じてその夜に見た悪夢を払拭するような感覚。

それは温かく、意外だった。温かくてため息が出た。それは……まったく同じではないが、ダイアナと愛し合ったあとの感覚に近かった。ダイアナの隣に横たわり、彼女のにおいを嗅ぎ、頬に吐息を感じ、ダイアナがケインの頬に触れ……。

冥土の土産のつもりか、ピーター？

ふん、いいチョイスだ、とケインは思った。

ああ、体の感覚がなくなっていく、と思った。

ああ。

俺は……。

ダイアナは濡れて凍えていた。あのあと水に飛びこみ、桟橋まで泳いで戻ったあと、ぼろぼろの体を水から引きあげたのだ。

煙のなかを駆け抜け、パニックと死の音がする通りへ向かう。サムに出くわした。サムは広場でアストリッドを呼んでいた。

「アストリッド！　アストリッド！」

サムはダイアナに目を留めた。

「アストリッドを、アストリッドを見ていないか？」

「見てないわ、サム。それより――」

そのとき、ミサイルが飛んでいく音が聞こえた。ふたりは爆発音を待った。

一瞬、ふたりは希望を抱いた。しかし聞こえたのは悲鳴だった。

サムは半死半生に見えたが、ダイアナの手を取ると、そしてダイアナもサムの手を取ると、ふたりは音のしたほうへ駆け出した。怯えた子供がふたり、誤った道を、死の音に向かって駆けていく。炎が通りを追いかけてくる。


ガイアはまだ立っていた。まだ生きていた。

宇宙の暗闇で百万年。

地中で十四年、成長し、変異し、ガイアファージとなった。

まだ、死んでいない。依り代である肉体は限界を超えていたが、ガイアファージは生きている。まだ、殺す力を持っている。

目の前に、どういうわけか笑みを浮かべるケインがいた。皮肉な笑いではない。心からの幸せそうな笑み。

そのとき、ダイアナがこちらへ向かって駆けてきた。「だめ、ケイン。やめて！」

サムもまだ生きていた。すばらしい。この力は衰えていない。

「やあ、ダークネス」ケインが言った。

ガイアは青ざめた。血まみれの野蛮な笑みが消え、恐怖に唇を引き結ぶ。目の前にいるのがもはやケインではないと悟ると、青い目を大きく見開いた。

「ネメシス」ガイアは言った。

31

11分

百万年と少し前、生命のない月が、巧妙な構造を持つウイルスに感染した。その後、その月は爆発し、無数の破片を、種子を、タンポポの綿毛のように、広大な宇宙へと吹き飛ばした。

それは、生命の存在しない場所に生命をもたらそうという、ちょっとした試みだった。しかしある場所で、その希望に満ちた実験が大惨事を引き起こした。種子のひとつが地球の原子炉にぶつかり、粉砕された人間のDNAの破片をそのクレーターに引きずりこんでしまったのだ。

ウイルスと染色体と放射線が、ゆっくりと怪物をつくりあげていった。ウイルスは広がった。しかしそれは生命を生み出す代わりに、すでにある生命に感染した。そして突然変異が起きた。でたらめな進化をもたらしたのだ。

影響を受けた者もいれば、そうでない者もいた。

とりわけ脆弱な者がいた。みずからの脳にとらわれていた風変わりな幼い少年。その心は彼の人生を苦痛で恐ろしいものにしていた。耐えられないものに。

知らないうちに宿敵をつくりだしてしまったことにガイアファージが気づくのは、しばらく経ってからだった。それは、物理法則の歪みが原子力発電所のメルトダウンを引き起こし、サイレンが鳴り響き、スクリーンが警告を発するなか、わけのわからない感覚に圧倒された少年が、バリアをつくったときだった。ピーター・エリソンは信じられない力で、騒ぎ立てる大人を瞬時に消し去り、やかましいサイレンを沈黙させ、全力で自分の身を守ったのだった。

ガイアファージの悪意は封じこめられた。世界は未知の感染を防ぐ方法を手に入れた。その抗体こそ、ガイアファージのウイルスによって能力を得た、当時四歳の少年だった。

自然界はみずからを守るすべを見つけたのだ。

そしていま、ついにガイアファージはネメシスと対峙した。

「なぜあのまま……消えなかった?」ガイアファージは沈んだ声で問い詰めた。

「ぼくを叩いたから」ネメシスは言った。ケインの口から聞こえたのは幼い少年の声だった。「叩くのはよくない」

サムは前方にアストリッドの姿を見つけ、ダイアナの手を離した。背後からそのブロンドを見ただけで、ほっとして泣き出しそうになる。だがすぐに、彼女がけがをしていることに気づいた。

「アストリッド!」サムは叫んだ。

するとアストリッドは、手をあげてサムを黙らせた。アストリッドの向こう側にケインとガイアの姿が見えた。三十メートルも離れていない。

ダイアナが近づく。

「ダイアナ、下がれ」エディリオが彼女を安全な距離まで戻らせようとした。

ダイアナは首をふった。「無理よ、エディリオ。ケインは輝かしい栄光を求めている。それには観客が必要なの」

ガイアが両手をかかげた。怒りと恐怖で顔を真っ赤にしている。燃えるような緑の光が両手から飛び出した。

その瞬間、ネメシスも撃ち返した。ネメシスの炎はあらゆる方向から同時に現れた。白い光が青や紫や赤に変化する。それは空から千の雷(いかずち)となって降り注いだ。

フェイズ全体が星のように明るく燃えあがる。

ガイアの光がネメシスを直撃し、ガイア自身も激しい炎を浴びる。

少女と少年は明るく燃えあがりながら、なおも撃ち続けている。

すさまじい光の応酬。

ふたりの髪の毛と衣服が燃える。

肉が焦げる。

両目が頭蓋骨から飛び出す。

それでも光はやまない。

ふたりの足元がロウソクのように溶けていく。胴体にいくつも穴があき、ふたりが崩れ落ち、きらめく灰の山となってようやく、光は消えた。

「たしかに」ダイアナが言う。その頬に涙が伝っている。「輝かしい栄光だったわ」


凍てついた、永遠ともいえるその瞬間、誰もが呼吸を忘れ、黙りこんでいた。

やがて、突風が吹き抜けた。風！　フェイズができて以来、風は吹いていなかった――。

「逃げろ！」サムが叫んだ。「火がくるぞ！　走れ！」

バリアが突然消えたことで、ハリケーンのような風が吹きこみ、大混乱が巻き起こった。火が風にあおられ、小さな火が高さを増し、大きな炎が火柱となって上空へ立ち昇る。

フェイズの住人たちが、息を詰まらせ、怯え、疲弊し、パニックになりながらハイウェイに殺到する。この大暴走に、サムは危うく押し流されそうになった。しかしなんとかアストリッドをつかまえ、彼女の手を握りしめたまま、その顔にできた青あざを見た。

「誰にやられた?」語気を強めて訊く。

「サム、もういいの、終わったことよ」怒声と風と炎に負けないよう、アストリッドが叫ぶ。

「誰だ?」サムはもう一度訊いた。

「ドレイク。あいつ、死んでいなかったの。まだひょっとしたら生きているかも。でも、もう警察がいるし――」

だがサムは身をひるがえした。渦巻く煙のなかへ歩いていく。

アストリッドはほとんど呼吸ができなかった。けれどサムをこのまま行かせるわけにはいかない。せっかく、終わりがほんのそこまで来ているというのに。アストリッドの行く手をふさいだのはエディリオだった。抵抗するアストリッドの腰に手をまわし、ハイウェイまで引きずっていく。

「サムが君を頼むって」エディリオは言った。

それが最後の会話だった。濃度を増す煙にむせ、視界がきかなくなったのだ。ふたりはよろめきながら、そばを通り過ぎていく群衆だけを頼りに、あちこち破壊された足元のコンクリートをたどっていった。

やがて煙の量が減った。煙は風に吹き飛ばされ、南からそよかぜが吹いている。

気づくとアストリッドとエディリオは、フェイズの壁のすぐそばに立っていた。

通り抜ける。

外に出た。

このとき百七十一名の子供たちが――そこには腕に抱かれた赤ん坊や、幼児もいた――よろめきながら、待っていた両親のもとへ駆け出すと、待機していた救急隊員に保護された。

なかにはそのまま道路を、ハイウェイを駆けていく子供たちもいた。悲鳴をあげ、テレビ中継車や緊急車両の点滅するライトを素通りし、善意の人も悪意ある人も押しのけて駆けていく。フェイズの姿や音が完全に消え去るまで、彼らは安心できなかったのだ。

32
0分

サムは肺の重苦しさが和らぐのを感じた。目はまだ痛んだが、どうにか開けることができた。

どこを探すべきかわからないまま、目的の人物だけを探す。

「ドレイク！」サムは叫んだ。「出てきて僕と勝負しろ、ドレイク！」

姿を現したのは、ドレイクではなかった。ラナとパトリックが煙のなかから現れた。

「バリアは消えた」サムは言った。「炎がものすごい勢いで迫っている。ドレイクを見なかったか？」

「たしか死んだって聞いたけど。まあこの場所じゃ……」ラナは首をふり、面白がっているような、あきらめているような顔をした。「サム、バリアが消えたならもうドレイクと戦う必要はないんじゃない？」

「あいつはアストリッドを傷つけたんだ」サムは言った。「彼女は無事だったけど、あいつは彼女を拉致して傷つけた」

「で、悲劇のヒーローになるってわけね」その皮肉は、ラナにしては砕けた口調だった。この世界が終わりを迎え、ラナの口調も軽くなったのだろう。「もしかしたら必要になるかもしれないから。それに、私にはもう必要ないし」

ラナはサムのジーンズに何やら重いものをねじこむと、愛犬を連れて立ち去った。

サムの尻には、ラナの拳銃があった。本当だろうか？　もうこんなことをする必要はないのだろうか？　自分には銃が必要なのだろうか？

「ドレイク！」サムは叫んだ。

町が燃える音が聞こえた。バキッ、パチパチ、バン。ぎりぎり耐えられるかどうかの、強烈な熱波。暖炉に近づきすぎて肌が乾燥するような感覚。そしてあと五度も上昇すれば、乾燥どころではなく、火傷を負うだろう。辺り一帯に火の粉が散っている。すぐに町全体が燃えてしまうだろう。

「ドレイク！」

背中に鞭が走った。焼きごてを押し当てられたような痛み。

すばやくふり向くと、ドレイクのこぶしがサムの顔面に炸裂した。

サムは膝をつき、両手をドレイクに向け、光を発射——。

何も起こらなかった。

ドレイクもサムと同じくらい呆然としているようだった。やがて短く笑う。「もうおまえは危険じゃなくなったみたいだな、サム？」

ドレイクがふたたび鞭をふるうと、サムの肩に直撃し、サムは前方へ倒れこんだ。

「おまえの彼女には楽しませてもらったぞ」ドレイクが言う。

サムはもう一度両手をかかげた。やはり光は出てこない。サムは無力だった。拳銃を引き抜いた。

「マジかよ、サム。そんなもの通用しないってわかってんだろ。銃弾じゃ俺は死なないぜ」

「ガイアは死んだ。フェイズは終わりだ」そう言うと、サムはドレイクの顔に拳銃を向けた。「だからもう、何が通用するかはわからない。試してみないか？」

このとき、ドレイクの首に一本の線が現れていた。血のように赤く、不気味な笑みのようにも、絞首刑に耐えた男のしるしのようにも見える。ドレイクとアレックスの首の隙間が広がっていく。

ドレイクはまだ気づいていなかった。笑いながらサムに強烈な一撃を見舞った。サムの肩を打ち、今度は背中を狙う。

しかしドレイクが鞭を引き寄せると、鞭が短くなっていた。三十センチほどの断片が、歩道の上で悪夢のミミズのように横たわっている。

「嘘だ」ドレイクは言った。その声は、首の隙間から入った空気のせいで弱々しかった。

ドレイクはもう一度鞭をふるおうと、サムを叩きのめそうとしたが、鞭の腕はぐったりとしてほとんど動かなかった。火に近づけすぎた羊皮紙のように、その先端が丸まり、焼け焦げたかのようだった。

「俺はここを出る」ドレイクが消え入りそうな声で言う。「あいつを見つけて、何日も苦しませてやる、サム。悲鳴をあげさせて――」

引き金に触れたサムの指に力が入る。引き金を引けばいい。ドレイクは目の前で崩壊しつつある。それでも、それでも引き金を引いたほうがいい。この手に銃の反動を感じるために。その威力を確認するために。

サムが引き金を引くか引かないかで迷っているうちに、ドレイクの頭がアレックスの体から取れて地面に落ちた。

一秒。二秒。三秒。四秒。やがて、体が崩れ落ちた。

おぞましい鞭の腕は、脱皮したヘビの皮のようだった。

サムはドレイクの頭を拾った。まだ生きているかのようにその目がぴくぴくしている。

サムは燃え盛る教会へ続く階段をぎくしゃくとのぼった。毛先が燃え、目がまばたきできないほど乾くのを感じながら、どうにか炎に近づいていく。そしてドレイクの頭を炎のなかに投げ入れた。

「これでよし」誰にともなくつぶやいた。「さて、ここを出るとするか」

犠牲者

生後一カ月から十四歳までの子供、三百三十二人がフェイズに閉じこめられた。
そのうち百九十六人が生還。
百三十六人が死亡。
ある者は町の広場に埋葬され、
ある者は湖に浮かび、岸に打ちあげられたまま。
砂漠で死んだ者。
畑で死んだ者。
昔の、そして最近の戦いで死んだ者。餓死、事故死、自殺、殺人。
死亡率は四十パーセントを少し超えていた。

その後　1

サムはヘリコプターで火傷の専門医のいるロサンゼルスの病院に運ばれた。本人に相談はなかった。ひどい火傷を負ったサムは、呆然と膝をつき、明らかにショック状態で発見されたのだ。救急救命士が治療にあたった。

アストリッド・エリソンとダイアナ・ラドリスは、サンタバーバラの病院に運ばれた。そのほかの子供たちは十以上の病院に分けて運ばれた。ある者は形成外科病棟へ、ある者は栄養失調の専門病棟へ。

差し迫ったけがの治療が終わると、つぎの一週間にわたって、多くの精神科医との面談がおこなわれた。精神科医との面談がない時間は、ＦＢＩやカリフォルニア・ハイウェイ・パトロールの捜査員、および地方検事局の検事に話を聞かれた。

ペルディド・ビーチの生存者たちの多くは、単純な暴行から殺人まで、さまざまな罪で起訴されることになりそうだった。

リストの最初に書かれているのは、サム・テンプル。

アストリッドは何度も病室からサムに電話をしようとしたが、通話はブロックされていた。だめです、と看護師はそのたびに説明した。彼は電話口には出られません。メッセージは伝えられません。スタッフのせいじゃありません。検事局と話してください。

ダイアナのもとを訪れることは可能だった。彼女は同じ階の三部屋隣で治療を受けていた。

アストリッドはゆっくり、慎重に移動した。あざで体がこわばっていたうえに、鞭の傷に巻かれた包帯のせいで、さらに動きにくくなっていたのだ。病院で杖を貸してくれた。杖がなければ歩けなかった。

強い痛み止めも処方されていた。

アストリッドはその痛み止めを断り、少量のイブプロフェンだけを服用した。精神科医や警察や家族につぎつぎと質問されるあいだ、絶対にぼんやりした状態でいたくなかったのだ。

両親には、弟の死にまつわる自分の役目を話していなかった。とても安らかに逝ったとだけ伝えていた。

両親はつらそうだったが、同時にほっとしているのもわかった。制御不能な自閉症の息子にもう一度向き合う必要はない。それがわかったのが一番つらかった。だがアストリッドに誰を責められる？

アストリッドはダイアナの病室を見つけた。ベッドに腰かけ、ぼんやりとしたようすで、壁にかかったテレビのチャンネルをリモコンで変えている。

「あら」ダイアナが挨拶代わりに言う。

「私よ」アストリッドが答える。

「信じられない」ダイアナが言った。「こんなにチャンネルがあるのに、なんにも面白いのがやってないなんて」

アストリッドは笑うと、ゆっくり椅子に腰を下ろした。「病院食ってよくまずいって言うじゃない？　でもなぜか私、全然気にならないのよね」

「ネズミよりタピオカのほうがいいからね」ダイアナが言う。

「ネズミなんて、しばらく食べてた犬用のジャーキーと似たようなものじゃない。それよりアルバートがセロリ塩で味付けしたやつ覚えてる？ あれのほうがひどかった」

「そうね、まあ、私はもっと最悪なものを食べたけど」そう言ったダイアナは怒っているようだった。いや、怒りではなく、傷ついているのかもしれない。

アストリッドはダイアナの腕に触れた。ダイアナはふり払わなかった。

「サムのようすは？」ダイアナが訊く。

「話をさせてもらえないの。でも私はあと二、三日で退院できる予定だから、探しに行くつもり」

「両親に止められない？」

アストリッドはそれについて考えてみたが、やがて声をあげて笑った。ダイアナも一緒になって笑う。

「そうだ、両親がいるんだった」涙をぬぐいながらアストリッドが言う。「私たち、十代の子供に戻ったのよね」

看護師が部屋をのぞいた。「ちょっといいかしら。いまは面会時間じゃないんだけど、あなたたちに会いたいって人が来ていて」

「誰？」ダイアナが訊いた。

看護師は、誰かに聞かれるのを恐れるように左右を確認した。「あなたたちと同じ年くらいの女の子。ものすごく頑固そうな。あんまり怖いからもう少しで警察を呼ぶところだったわ」

アストリッドとダイアナは視線を交わした。

「黒人？　白人？」とアストリッド。

「白人」

「ラナ！」アストリッドとダイアナは同時に言った。

「ここに連れてきたほうがいいと思う」ダイアナが言う。「ラナには逆らわないほうが身のためよ。あの子、何をするかわからないから」

「それに彼女、この病院にいる医者や看護師を合わせたよりも多くの命を救っているし」とアストリッドも続く。

少しするとラナがやってきた。髪を切り、染みも汚れも破れもつぎはぎもない服を着ているラナは、奇妙なほど清潔だった。拳銃も持っておらず、煙草も吸っていなかった。

「ねえ、ちょっと」ダイアナがアストリッドに向かって言う。「ラナって女の子だったのね」

「そう、うけるよね。ほんと笑っちゃう」ラナがおなじみの辛辣さでやり返した。「ちょっと、椅子ひとつしかないの？」

「もう誰かに会った？」アストリッドが訊いた。

「デッカに会ったよ。親と一緒にいる。でも控えめに言って嬉しそうじゃなかった。サムに会いたいってさ。みんなサムに会いたがってる。あとエディリオとは電話で話したけど、どこかに身を隠してるみたい。自分や家族が移民局に見つかるのが心配だからって」

「エディリオが隠れてる」アストリッドは吐き捨てるように言った。「エディリオはこの国から追い出されることを心配している。私たちのエディリオが」

「でも国選弁護士にお願いして――」

アストリッドの言い分は終わりじゃなかった。「国はエディリオの銅像を建てるべきだわ。学校にあの子の名前をつけて、ううん、〝あの子〟なんて失礼ね、エディリオが一人前の男じゃなかったら、いっぱしの男なんてどこにも存在しないもの」

ラナもうんうんとうなずいている。アストリッドと怒りを共有できたことを喜んでいるようだ。

「それに、あなたも」アストリッドはラナに言った。「いいえ、断るなんてだめよ」

「いやいや」ラナが言う。「私には能力があったし。私はそれを使っただけ。たいしたことじゃない」

「でも、もうその力って……」ダイアナが言い、アストリッドの包帯を示す。

ラナは首をふった。寂しそうではなかった。むしろほっとしたようだった。「なくなったよ。だからもう治せない。私はもう特別なヒーラーじゃない。ただのラナ・アーウェン・レイザー。力がなくなったら寂しくなるかなって思ったけど、とんでもない、ちっとも寂しくなかった。いま夢中なのは、食べること。それから眠ること。パトリックに棒を投げてやること。そのくり返し。それが私の今後の計画。食べて、寝て、犬と遊ぶ」

「精神科医との面談はした？」ダイアナが訊く。

「医者はさせようとはしたけど」ラナが唇を歪める。「しばらくはほっといてくれると思う」

三人は笑った。が、すぐにダイアナが真面目な口調で言う。「正直言って、セラピーを受けるのは構わないの。なんていうか……わからないけど。とにかく、私は受けてもいいと思ってる」

三人は黙りこんだ。廊下でストレッチャーが移動する音、どこかで子供が泣く声、男と女が甘ったるく笑う声だけが響き渡る。

アストリッドはふたりを見た。ラナは窓にもたれかかり、ダイアナはぼんやりとしていた。ふと、自分がダイアナを嫌っていたことを思い出す。必要なら彼女を殺すようサムに言ったこともある。それに短気で、ときどき自分の特権をふりかざすラナのことも好きではなかった。

ふたり以外のことを考える。オーク。フェイズで最初に殺人を犯した人物。最初の人殺し。凶暴な酔っ払い。けれど、英雄として死んだ少年。

マリア。聖母マリア。面倒を見ていた子供たちを殺そうとした、いまは亡き聖人。

クイン。最初は信用ならない小者で、最後はみんなの大黒柱になった少年。

アルバート。アルバートのことはいまもどう考えればいいのかわからない。けれどアルバートがいなければ、これだけの人数がフェイズから生きて出られることはなかっただろう。それはまちがいない。

アストリッドの感情でさえ複雑なのだ、ほかの人たちがペルディド・ビーチの生存者をどう扱えばいいのかわからないのは当然だろう。

「ごめん、変な空気にしちゃったね」ダイアナが弱々しくつぶやく。

「私、書くわ」アストリッドが言った。

「何を？」ラナが訊く。

「私たちのこと。フェイズでの出来事全部。雑誌の記事とか、わからないけど、本とかに。とにかくあそこで起きたことを……いや、そうじゃない。世間から腫れ物に触るように扱われたくない。だから私は物語を伝える。私の知っているすべてのことを」

ふたりはアストリッドをじっと見つめた。しかし意外にも、どちらも彼女をからかわなかった。

「いいかもね」ラナが認めた。

「……そうね」ダイアナはもう少しためらっているようだった。「どのみち全部わかることだしね。だったら私たちのなかの誰かが伝えたほうがいい。それに、アストリッドなら適任だわ。全部伝えて。何もかも。悪いことも、最低なことも、地獄みたいなことも」

「ひとつかふたつ、いいこともね」アストリッドが言う。

「ひとつかふたつ、ね」ダイアナは静かにうなずいた。

八百九十九戸の家屋が破壊され、三十以上の企業が姿を消した。百平方キロメートル以上の森林が焼失し、五百台近くの車、ボート、バスが損傷し、その大半が修理不能となった。

それらの損失に加え、片づけにかかる費用や、事業収益の損失分を計上すると、合計は三十億ドル。少なく見積もって、だ。

アルバート・ヒルスブローは無傷でフェイズを脱出した。彼はいまや有名人だった。CNBCやウォール・ストリート・ジャーナル紙の取材を受け、世界的金融系企業ゴールドマン・サックス社の会長のホームパーティーにも招待された。大物たちがアルバートに目をかけていることを伝えてきた。

家族でさえ息子にぎこちなく接した。実際、家族にはもううまくなじめなかった。寝室を共有することにも、食卓を囲んでの会話にも、学校にも、どういうわけかなじめなかった。

学校。行かなくてはいけないことはわかっている。でも本当にそうだろうか？　高校一年生になる？

本当に？

アルバートはSUVの後部座席に乗っていた。車の横にはゴールデンアーチのロゴが入っている。後ろにはもう一台SUVが連なり、その後ろには現代の映画製作に必要な機材がすべて積まれた二台のトレーラーが続いている。

マクドナルドは、ペルディド・ビーチ支店をできるだけ存続させることの重要性を説く短い動画に出演してくれれば、アルバートの大学費用を出すと申し出た。

家族が住んでいるサンタバーバラから現場へ行く途中、ペルディド・ビーチから壊れた車両を運び去るトレーラーを見かけた。その反対車線を建設機械が通過する。後片づけがおこなわれているのだ。そこは、ハリケーンが通過したあとみたいだった。

まだ民間の車はハイウェイの通行を許可されていなかった。ペルディド・ビーチを通ることは許されていない。まだまだ危険は多い。いまもときどき遺体や生存者が見つかることがある。その日の朝も、心身に傷を負った瀕死の少年が森のなかをさまよっているのが発見された。

ヘリコプターがバラバラと頭上を過ぎていく。調査員、報道記者、映画製作者。州兵キャンプはまだ撤収していなかった。警察と救急車のパトライトは消え、大半の中継車も姿を消していた。そんななか、サングラスの後ろからにらみをきかせる武装兵士たちはまだ残っていた。

いいね、いまさらタフガイが守ってくれるなんて。

フェイズ跡に近づくと、アルバートはそわそわした。ＳＵＶの後部座席で身をよじり、車内をじっと見つめる。

アルバートにはヴィッキーという広報担当者がついていた。かなり若い女性だが、彼女自身も母親だそうで、子供がつらい経験をしたことに心を痛めていた。道々話をしながら、ヴィッキーが「わかるよ」「想像できるわ」「ひどいよね」と言うたびに、アルバートは話題を変えた。

彼女は、アルバートがこぶしを固く握りしめ、あごを食いしばっていることに気がついた。

「どうかした、アルバート？」

「いや、平気」

「そうよね、ここに戻ってくるのはあなたにとって――」

「やめてくれ。悪いけどあなたにはわからない」

フェイズの境界線を越えるころには、アルバートの肺は引きつり、息がうまく吸えなくなっていた。

最初の建物が見えた。無傷のものはほとんどなく、大半が焼け落ちていた。そして、少なくとも脳裏に、銃傷から命が零れ落ちていく自分自身の姿が見えた。数カ月も前の話なのに、その記憶は生々しかった。自分の死を悟り、自分の消滅を確信したことを思い出す。

「お水飲む？」

アルバートは水のボトルを見た。じっと。「大丈夫」

「お腹は空いてない？　お昼ご飯を食べてからだいぶ経つけど」

お昼はサンタバーバラのマクドナルドで食べた。店内はとても清潔だった。食べ物のにおいがした。幸せで、生きている音がした。トイレの水が流れた。シンクの水も流れた。

席に戻るとき、アルバートは足を止めてゴミ箱のなかを見た。食べ物で溢れていた。食べ残しのハンバーガー、残り数本のフライドポテト、箱についたケチャップ。アルバートは涙が出そうになるのをどうにかこらえた。

「お菓子いる?」ヴィッキーがアルバートにスニッカーズを差し出した。

車はゆっくりとハイウェイを外れ、最近整地されたばかりの通りを慎重に進んで町の広場へ向かっていく。マクドナルドのあった場所だ。彼のマクドナルドが。

お菓子。それよりささやかなもののために子供たちは殺し合った。

「飢えた子供たちのためにネズミを売っていた」アルバートは言った。

ヴィッキーが警戒感をにじませる。「カメラの前では言わないほうがいいわ」

「言わないよ」アルバートはうなずいた。

「あなたはやるべきことをした。ヒーローよ」ヴィッキーは言った。

広場に機材を設置するのに少し時間がかかった。アルバートは頑として車から降りなかった。エアコンが気持ちいいから、ラジオを聞きたいからと言い訳をして。

しかし午後も深まると、やがてセットへ呼ばれた。

セット。

店内は片づけられていた。全部ではない。もちろんちがう。すっかり片づけるには何週間もかかるだろう。だが破片や汚れ、粗末なデコレーションは見事に配置し直されていた。

カウンターは不自然なほどピカピカで、メニューの覆いは外され、パネルがひとつ置き換わっていた。卑猥な落書きはきれいに消されたか、塗りつぶされていた。

フェイズの清潔バージョンだ。

監督とカメラマンが話しているのが聞こえた。カメラマンは、誰かが広場に偽の墓地をつくったせいで、外観のロングショットがうまく撮れないと説明していた。

「子供のいたずらだろう。たぶん。でも絵的にまずいな。それじゃあ墓をどかして、そこに芝生でも――」

「だめだ」アルバートは言った。

「もう少しで準備できるから」監督がなだめるように言う。

「あれは偽の墓地なんかじゃない。偽物のお墓じゃない。いたずらなんかじゃない」

「じゃあ、あれは……本物だって言うのかい。本当に……」

「ここで何が起きたと思ってるんですか?」アルバートは静かに言った。「これがなんの跡地だと?」ばかげている、そう思ったが、不覚にもアルバートは泣き出してしまった。

「あそこには子供たちが埋葬されている。なかには引き裂かれた遺体もある。コヨーテたちに食いちぎられて。悪い連中の手にかかって。撃たれて。潰されて。飢えや恐怖に耐えられなくて……しがみついていたロープをみずから切り落とさなければならない子供たちもいた。まだ動物がいたころは、店のスタッフに猫を捕まえに行かせた。猫と犬とネズミを。殺して、皮をはいで……調理するために」

マクドナルドには十数人の人間がいたが、誰も口を開かず、身じろぎもしなかった。

アルバートは涙をぬぐってため息をついた。「そういうことだから、墓地には触らないでください。いいですね？　あとは、問題ありません」

その後　2

サムの病室の外には警察が控えていた。彼らはときどき部屋に入ってサムの所在を確認していたが、たいていみんな親切で、確認の回数は次第に減っていった。

警察や検察は、母親か代理人である弁護士の立ち会いがないかぎり、誰かがサムと話すことを禁じていた。母親のコニー・テンプルは、しばしばテレビにも出演し、できたばかりの〈フェイズ弁護基金〉について語っていた。サムはじょじょに、警察や検察や両親に話を聞かれない時間が増えていった。

サムはこうした自由な時間にあまり考えすぎないようにしていた。とはいえ、やはり止められなかった。記憶の波が、サムを溺れさせようと待ち構えていた。

フェイズ最後の数時間を映した動画は、生存者に対する世間の態度を大いに変えた。人々はフェイズのドーム全体が炎で赤く染まるようすを目にし、ガイアの映像も数多く出まわった。最後に見た十代の少女が、成人男性の腕を引きちぎって食べた幼い少女と同一人物であることも確認された。

レーザーを使って子供たち――そして外にいた三人の大人――を虐殺した殺人少女の映像を見た人々は、フェイズの子供たちに厳しい処分を下すのはどうなのだろうと思った。だが、検察は手加減するつもりはなかった。逮捕して裁判にかけることを望んだ。なかでも標的にしたい人物がひとり。

その標的は、病院のルールを破って母親の持ってきたタコスを食べていた。

「うまい。最高だ」サムは、肉じゅうたっぷりのビーフとしゃきしゃきのレタスを膝にのせたトレイにぼろぼろこぼしながら言った。

「まだ食べ飽きないの？」コニーが息子に訊く。

「食べ飽きるなんてありえないよ。この体が巨大化するまで食べ続けてやる。食べ物、お湯、きれいなシーツ、最低でもこの三つが刑務所にあるといいな」

コニーは腹立たしげに椅子から立ちあがった。「サム、そんな言い方しないで」

サムはふたつ目のタコスにかじりついた。今度はチキンだ。「うーん。でも向こうは誰かを刑務所に入れたいんだろ。生贄が必要なら、それは僕だ」

「真面目に考えて。こっちはあなたをひとりの大人として扱おうとしているのよ」

サムはタコスを置いた。「へえ？　大人として扱おうとしてるって？　わかった。じゃあ大人の話をしよう、母さん。僕に弟がいたことをどうして伝え忘れていたの？　そのいきさつを知りたい。そのせいで悲劇がたくさん生まれたからね」

「それとこれとは——」

「あいつは最後に命を差し出した。ケインは、母さんの息子は、あいつは死んだ。母さんだって映像で見ただろう」

「ええ、とてもつらい——」

「誤解しないでほしいんだけど、あいつは悪いやつだった。母さんの息子のケインは、ものすごく悪いやつだったよ。だって人を殺したんだから。でも……」そこで言葉を切る。「最後にピーターに体を明け渡した。罰を受けた。償い、贖罪、なんでもいいけど、そういうつもりだったんだと思う」

「じゃあ、その話を弁護士にしてちょうだい。ケインが悪いんだって。ほかの子たちはみんなそう言っているわ」

サムは腹立たしげにタコスを押しやった。両脚をベッド脇に滑らせる。母親が手伝おうとするのをふり払った。「いい、大丈夫だから」

サムは立ちあがった。脚は大丈夫そうだ。赤く焼けた鎖でできた火傷が痛むだけ。ラナがいないと治療に時間がかかって仕方がない。体の半分に包帯が巻かれ、包帯を固定するネットで覆われている。

「アストリッドに会いたい」サムは言った。

「誰とも話せないのはわかっているでしょう」

「動けるようになったらこっちのもんだよ」

「サム、あなたにはガールフレンドを心配するより大事なことがあるでしょう?」サムは母親をふり向いた。抑えていた怒りがふつふつと湧きあがってくる。「ガールフレンドだって? ひょっとしてデートの相手か何かだと思ってる? 映画に誘う関係みたいな?」

「そういうつもりじゃ――」

「話してよ。理由を教えてくれ」

コニーは首をめぐらし、水の入ったピッチャーを見つけると、震える手でコップに注いだ。「私にとってあんまりいい話じゃないから」

サムは何も言わなかった。長いあいだ答えを待っていたのだ。ケインが兄弟だと、二卵性双生児だと、数分ちがいで生まれた弟だと知って衝撃を受けたあの日からずっと。

「あれは……あれはね……」コニーはひと口水を飲むと、小さく頭をふった。勇気を奮い起こし、どうにか息子の顔を見る。「私は結婚していた。貞節じゃなかったの」

サムはまばたきをした。「ケインと僕は同時に生まれたんだよね」

「そう、そうよ。私には夫がいたわ。原子力発電所で働いていた。とても頭のいい人だった。それに……見た目もよかったし、優しくて、謙虚だった。でも私は若くて、そういうことに対して賢い選択ができなかった。まったくタイプのちがう人と浮気をしたの。楽しくて、その……こんなこと言うのはあれだけど……セクシーな人」

サムは顔をしかめた。母親の話から浮かびあがるイメージは、サムが求めていたものではなかった。これまでも充分我慢してきたのだ。これ以上は勘弁してほしい。

「つまり、夫のほかにもうひとり相手がいたの。だから妊娠がわかったとき、どちらかがあなたとデイヴィッドの父親だと思った」

「デイヴィッド?」

「ケインよ。彼の養父母があの子をケインと名づけたの。私にとって、あの子はデイヴィッド。あなたの――私の夫が死んだとき……殺されたとき……」

「母さんの夫は原子力発電所で死んだの?」

コニーはうなずいた。「隕石が激突して」

サムは母親を見た。コニーは息子と目を合わせようとして、代わりに水を飲んだ。サムはためらった。自分は本当に知りたいのだろうか? 知ってどうなる?

「どうしてケインを手放したの? いや、デイヴィッドだっけ。どっちでもいいけど」

「たぶん産後鬱みたいなものだったと思う。自分ではちがうと思っていたけど、たぶんそう。ある種の妄想状態で……」

サムは待った。

「あの子は邪悪だったの、サム。私にはそう見えた。かわいい赤ちゃんだったわ。でも……どこか違和感があった……恐ろしい闇とつながっているような。私はあの子が怖かった。自分があの子を傷つけてしまいそうで不安だった」

「隕石がぶつかって死んだのは、母さんの夫だった人なんだよね」サムは言った。用心深く〝父親〟という言葉を避けながら。「僕が父さんだと思っていた人」

「そうよ」

もうひとつ疑問が残っていた。

「教えてほしいんだけど」サムの視線は母親を通り過ぎ、窓の外で輝く南カリフォルニアの太陽に向けられていた。「ケインと僕はあまり似ていない。きっと僕らのうちどちらかは母さんの夫に似ていて、もうひとりは別の男に似ているんじゃない？」

コニー・テンプルはごくりと唾をのんだ。その姿はひどくいたいけで、儚（はかな）く見えた。まるで十代の母親のようだった。

「デイヴィッド……ケインは……夫にそっくりだった」

「うん」サムは言った。気持ちがしぼんでいく。

「でも、そんな単純なことじゃないの」

＊＊＊

エディリオ・エスコバールが、フェイズの焼け落ちた森をさまよっていた少年が保護されたというニュースを見たのは、まったくの偶然だった。

エディリオは食べていた。いつも何かを食べていた。ほかに集中できることはなく、将来どころか、明日のことさえ考えられなかったから。両親には話せなかった。母親はひたすら泣き続け、父親は事情を知りたがらなかった。父には仕事があり、息子の話を聞く準備ができていなかった。

実際のところ、彼らは息子を愛し、その生還を喜ぶのと同じくらい、困ってもいた。息子は、不法就労の家族がここにいることを指し示す、大きなネオンサインだったのだ。

一家はアタスカデロのトレーラーハウスに住んでいた。狭い空間に大勢が暮らしている。清潔だが定員オーバーで、暑苦しい鉄の箱の周囲には、同じく定員をオーバーしたトレーラーが点在しており、そこに住む人々の多くもまた、エディリオがもたらす注目を必要としていなかった。

エディリオはこの状態をどうにかしなければならなかった。だが疲れきっていた。骨の髄までへとへとだった。

母親は、来る日も来る日も豆と米とレモネードを用意した。いつか、とエディリオは思う。豆と米とレモネードに飽きる日が来るだろう。でも、その日はまだまだ先だ、と。

小さなテーブルから顔をあげ、コンロにいる母親を見る。それからその頭上、食器棚の上に押しこまれたライフルに目をやった。

満たされた腹に、ぽっかりとあいた穴。エディリオの気持ちはまさにそんな感じだった。この銃を売って逃げられないだろうかと考える。百ドルくらいにはなるはずだ。多少は家計の足しになるだろう。

エディリオは自分の個人的な話を母親にしなかった。フェイズでの出来事はシンプルに伝えていた。友人や隣人の的外れな質問にも答えを返した。礼儀正しく、自分からはあまり話をせず、荒唐無稽な仮説を聞かされても言い返さない。いずれすべてが明らかになるだろう。

しかし、カミングアウトはしないかもしれない。フェイズでゲイであることと――あそこでは他人の恋愛より気にすることがたくさんあった――家族に告白するのは別物だ。さらに、同性愛にまったくなじみのないホンジュラスの文化のなかで、それを公言するのは簡単ではなかった。

移民局はいまにもやってくるかもしれない。エディリオを英雄のように扱うのを嫌がる人は大勢いた。生存者の多くは彼のことをフェイズのリーダーだと語った。エディリオは目立っていた。

「もう食べられない」エディリオは皿を押しやった。

「外で遊んでくる？」母親はスペイン語でたずねた。息子には英語で話しかけようと努力していたが、結局は自分の使い慣れた言葉に戻ってしまう。

外で遊ぶ。

思わず笑ってしまった。六歳の子供じゃないんだから。「いや、ちょっとテレビを……」そのときだった。顔をあげたエディリオの目にその映像が飛びこんできたのは。

画面には、ヘリコプターが焼け落ちた森の空き地に着陸するようすが映っていた。若い男――少年――が逃げ出し、すぐに救急隊員に捕まった。少年は抵抗していたが、やがてあきらめると、ヘリコプターの扉へ導かれた。

音はなかった。テレビの音声は消してあった。

その怯えた少年を見た瞬間、エディリオの心臓は止まった。映像は乱れていてピントも合っていなかった。少年の顔もはっきり見えなかった。だが、エディリオにはわかった。

画面下のテロップによると、身元不明の生存者はすぐ南のサンルイスオビスポの病院に搬送されたという。

「サンルイスオビスポに行ってくる」

「サンルイス？　どうして（ポルケ）？」

エディリオはため息をついた。数分のあいだ、言葉が出てこなかった。心臓がいつもの十倍に膨れあがった気がする。すでに心は折れていた。心の声が叱咤する。どうしてあきらめるんだ？　あの経験からあきらめないことを学んだんじゃなかったのか？

エディリオはペーパータオルをつかんで目に押し当てた。もはや心臓発作の危機は感じていなかった。それよりも、笑いの発作に襲われるんじゃないかと思った。

「母さん、ちょっと座ってくれる？　大事な話があるんだ」


コニーは、教えてほしいと頼まれたことをすべてサムに伝えると病室を出ていった。なかには知りたくないこともあったが、答えを求めればそうなるものだ。

サムは病室のベッドに座っていた。ぐったりと途方に暮れる。

アストリッドと話したかった。話す必要があった。でも自分に何ができるだろう？　電話はつないでもらえない――。

「本気か、サム？」サムは無人の部屋に向かって言った。「おまえを引き留めているのはそれだけか？」

病院は南カリフォルニア大学のキャンパス内にある古い建物で、巨大かつ重厚なものだったが、空気を入れ替えるための窓はついている。

開いた窓と、シーツ。サムは頭を突き出し、下を見た。サムがいるのは十二階。二階下に病棟の屋根がある。

サムは狭いバスルームに入ると、体に巻かれた包帯をあらかた取った。痛かった。まだ治っていないのだ。そしてこれからやろうとしていることは、さらに痛みを伴う。それでも傷口から少し血がにじむ程度だろう。そのくらいなんでもない。あれに比べれば……いや、ダメだ、と自分に言い聞かせる。あのときのことは思い出すな。

サムは普段着に着替えると、すばやくシーツをねじって輪っかをつくり、それを窓のそばのパイプに結ぶや、余計なことは考えずに、ぶら下がって滑り降りた。シーツを引っ張って回収したあと、体を折って痛みをやり過ごした。うん、やっぱり痛い。

サムはベッドにメモを残してきた。メモには「パッ！」と書かれている。警察の警備の人が面白がってくれるといいけれど。

第二病棟の屋根の上に降りたサムは、文字どおり本館の窓まで歩いていくことができた。なかにいる患者たちの姿が見える。そのうちのひとり、年老いた男性が手をふってきた。サムも手をふり返した。ある女性は目を丸くしてサムを見つめた。サムは笑いかけた。

開いている窓を見つけた。医者の事務室だ。室内に滑りこみ、すばやくチェックする。クローゼットのなかにはスーツがかかっている。残念ながら財布やお金はない。くそっ。ここでは何をするにもお金がかかる。

コンピュータが一台あった。パスワードで保護されていたが、そのパスワードは〝パスワード(password)〟だった。

「僕らがいないあいだも人類は全然進歩しなかったんだな」サムはそう言って笑った。

さしあたっていまの問題は、誰がサムを助けてくれるか、だ。そして誰の連絡先を見つけられるか。覚えている連絡先はひとつしかない。だが、クインが電話を持っている確率は？　番号は同じだろうか？

サムはメッセージアプリを開いた。

サムだ、助けてほしい。

返事を待つあいだに事務所を捜索する。きっと〝メールはお届けできませんでした〟と返ってくるだろう。ガラクタの詰まった医者の机の引き出しで五ドルを見つけた。やった。医者は気づきもしないだろう。

そのとき、受信音が鳴った。返信だ！　**サム？　サム・テンプルか？**

よお、漁師の旦那。サムは打った。**いま病院を脱走中なんだけど。**

返事はすぐに来た。**さては、サーフィンに行く気だな。**

サムは笑った。たしかにサーフィンができたら最高だろう。

返信を打つ前にふたたびクインからメールが届く。**すぐに行く。Q。**

クインは車を持っていなかったし、免許が取れる年齢でもなかった。しかしクインには、息子のフェイズでの暮らしぶりを聞いた母親がいた。

「それって、あのサムのこと？」彼女は訊いた。「私たちの知っている？　あなたの親友の?」

「親友のサムだ」クインは答えた。

「車に乗って」

クインは母親にキスをした。病院まで一時間のドライブ。ゲイザー家はサンタモニカに移り住んでいた。父親がサンタモニカでいい仕事を見つけたのだ。実際、クインが驚いたことに、一家はサンタモニカ・ピアからわずか十ブロックのところに住んでいた。

サムから立体駐車場に入るよう、ただし捜索されるだろうから病院に近いところは避けるよう指示を受け、別のキャンパスに隣接する立体駐車場の場所を教えられていた。

指示どおり、三階の南東の角に車を停め、数回クラクションを鳴らす。

サムは停まっていた車の陰から現れると、後部座席のクインの隣に滑りこんだ。

「サム」クインが言う。

「ありがとう、おばさん」サムは言った。「まだ僕が逃げたことはばれていないと思うけど、念のためにシートに隠れておくよ」

「大丈夫じゃない?」ゲイザー夫人は言った。「このキャンパスは出入り自由だから、無事に出られるわよ」

それから三十分ほど車を走らせたところで、サムはようやくそろそろと頭をあげた。クインがニット帽を投げて寄こす。「かぶっとけよ」

渋滞したハイウェイをのろのろと進み、北上する。サンタバーバラへ。アストリッドのところへ。

ゲイザー夫人がラジオをNPRに合わせると、クインが音楽専門局に替えようとさりげなく手を伸ばした。が、少し遅かった。聞こえてきたニュースの内容に、クインの手が止まる。

それは記者会見だった。堂々と落ち着き払った賢そうなその声は、とてもなじみのあるものだった。

「私の名前はアストリッド・エリソン。A・S・T・R・I・D／E・L・L・I・S・O・Nです」

「私のことはご存じの方も多いと思います」と言ったのはトッド・チャンスだ。「それから妻のジェニファー・ブラトルのことも」

アストリッドはふたりのあいだに座っていた。世界一有名な夫婦――トディファーの愛称で知られるふたりのあいだに。ふたりとも美しかった。とくに（アストリッドの私見では）トッド・チャンスが。十五歳にしては、いや二十歳だとしても老成しているアストリッドの目から見ても、驚くほどハンサムな男性だった。

ジェニファーもきれいだった。独自の魅力がある。

つぎに発言したのはジェニファーだった。「みなさんご承知のとおり、私たちの所有するサンフランシスコ・デ・セールス島、別荘のある島は、フェイズの一部となっていました。幸いにも子供たちは全員無事に戻ってきて、いまはマリブの別宅にいます」

「昨日島から戻ってきましたが、私たちが……留守中に使われていたことがわかりました」そこで彼女がすがるようにトッドを見たので、彼女の台詞はここまでのようだった。

「家は無事でした。まあ、多少散らかってはいましたが。それにヨットは……」そう言うとブロンドの髪をかきあげた。「それは問題ではありません。私たちがここにいるのは、島の別荘で見つけたものについて話すためです。つまり、寝室のデスクに置いてあった二通の手紙についてです」

記者会見場である金ぴかのホテルの会場には、八台のテレビカメラが設置されており、マイクはトッド、アストリッド、ジェニファーの前にそれぞれ用意されていた。

まだ数カ所に包帯を巻いたアストリッドは、驚くほどきれいなコットンシャツと、破れていないジーンズ、それに靴を履いていた。他人の家から拝借したものではない靴、実用性に乏しい、走りにくい靴を。

これは逃げるための靴ではない。靴に足を差し入れたとき、アストリッドは思った。

「一通はダイアナ・ラドリス、フェイズの生存者のひとりに宛てたものです」トッドが続ける。「その手紙はすでに彼女に手渡しました。私的な手紙です。しかしもう一通は、われわれに宛てたものでした。私とジェニファーに。驚きました。その手紙には……その、これからアストリッドに読んでもらいます。彼女はこれを書いた少年を知っているので」

そう、私は彼を知っている、とアストリッドは思った。彼に死んでほしいと思っていた。その結果がこれだ。フェイズはなおもアストリッドに思い知らせてくる。

アストリッドは手紙のコピーを手に取った。手書きの手紙だ。

「『チャンスさん、ブラトルさんへ。別荘を散らかしてしまってすみません。すてきなベッドですね。気に入りました。というか、この家全部が気に入っています。実際、この家を見つけたとき、自分のものにしたくてあなたたちの子供を殺そうとしました。ええ、笑えるでしょう。笑えませんか。はは』」

アストリッドは、報道陣か、ハリウッドスターをひと目見ようと周囲をうろついているホテルスタッフが、引きつった笑い声をあげるのを聞いた。

「『まあ、殺すのに失敗して逃げられてしまいましたが。あれからサンジットや金魚のフンのチューたちがどうなったかは知りませんが、たとえどうなっていたとしても俺の知ったことではありません。ただし……』」

アストリッドはそこで、効果的な間を置いた。

「『ただし、それ以外のことは俺に責任があります。俺に。ケイン・ソレンに。おそらく子供たちからとんでもない話をたくさん聞かされるでしょう。でも彼らには知らないことがあります。それは、今回の出来事の全責任が俺に、俺だけにあるということです。俺には誰にも言っていない秘密の力があったのです。人に悪事を働かせる力が。犯罪など、さまざまなことを。とくにダイアナは、ひとつも悪いことなどしていません。つまり、自分の意思では、ということですが。彼女も、ほかの子供たちも、俺の支配下にありました。全責任は俺にあります。これは自白です。お巡りさん、俺を捕まえてください』」

アストリッドは、ふいに喉を締めつけられるような感覚を覚えた。この手紙はもう何度も読み返し、内容は知っているというのに。あの最低のろくでなしが……これだ。

償い。悪くない考えだった。

いや、部分的な償いか。

「それから、ケイン・ソレンの署名の下に『フェイズの王』と書かれています」

完全なる自白だった。嘘の、しかもあからさますぎて、ほとんど説得力のない嘘の。それでも、起訴をしにくくするには充分だろう。ケインがフェイズで果たした役割と、あの空間に実際に奇妙な能力が存在したという事実は、すでに広く知られ、受け入れられている。

もちろん、ケインは楽しんでこれを書いたに決まっている。これは彼の最後から二番目の支配行為だ。墓のなかから操っているのだ。

「それでは」ジェニファーが長い沈黙を断ち切るように言った。「私たちがアストリッドと交わしたばかりの契約、フェイズの真実の物語に関する書籍化と映画化の話に移りたいと思います」ジェニファーは、事前に用意された台本を読みはじめた。「『アストリッド・エリソンはフェイズの起こった当初から中心人物でした。昔から天才アストリッドと呼ばれ……』」

ジェニファーが説明を続け、トッドが引き取り、アストリッドは適切なところで微笑み、不適切と思われるところでは小さく首をふった。そうしているあいだに、アストリッドの意識は遠くへ、会場やカメラよりははるかに遠いところへ飛んでいた。

実際、トッドにティッシュを差し出されるまで、自分の頬に涙が流れているのにも気づかなかった。

「ああ」アストリッドは言った。「ごめんなさい。まだ……たまにこうなってしまって――」

アストリッドは顔をあげると、会場の後ろにいる人物に目を留めた。

ケインがダイアナに宛てた手紙はずっと短かった。わずか四行だ。

ダイアナへ

おまえを傷つけてすまない。傷つけたことはわかっている。

俺はいまごろ死んでいると思うけど、もしあの世が公平なら、俺はたぶん地獄で焼かれているだろう。でも、たとえそうなっても、これだけは覚えておいてほしい。いままでもおまえを愛している。ずっと愛していた。

愛をこめて
ケイン

ダイアナは何度も手紙を読み返した。そのたびに泣き、そのたびに笑った。

＊＊＊

どのテレビ局でも同じ映像が使われた。ブロンドの若く美しい少女が警戒心を湛えた青い目をあげると、明らかに動揺を示す。目を大きく見開き、よろめきながら椅子を引いて立ちあがり、テーブルをまわりこむ。

すばやく動かしたためにピントがぶれたカメラが、ひとりの少年のもとへ駆けていく彼女を追う。少年は会場の後ろで報道陣を押しのけながら、彼女に手を伸ばしている。

抱き合うふたり。

長い、長いキス。

その後　3　フェイズから三カ月後

まず、ケインの〝自白〟があった。つぎに〈フェイズ弁護基金〉が最初の二週間で三百万ドルを集めた。さらに、フェイズは別世界であり、カリフォルニアの法律は適応されないと結論づけた著名な科学者の意見を審議会が採用した。

そして、ふたりの人気映画俳優の関与、アルバート・ヒルスブロー主演のマクドナルドのドキュメンタリー、ハリウッドの大作になるであろう映画、また、世界中が目撃したキスなどの影響で、世論に変化が生じた。世論調査では六十八パーセントのカリフォルニア住民が、フェイズの生存者に刑罰を与えないよう求めていた。

このキスだけでも、アストリッド・エリソンやサム・テンプルを悪く言う検察や政治家は、そのキャリアを台無しにしただろう。

生存者の大半は、それぞれの生活を続けた。

そのうち三人が自殺した。

アルコールやドラッグに溺れた者の数は不明。

無傷の者はいなかった。

しかし多くの者は、生きる道を見つけた。家族を見つけ、学校や教会に通い、カウンセリングセッションに参加した。驚嘆しながらショッピングモールを歩いた。食料品店でいきなり泣き出してしまうこともあった。

「そういう段階(It's a just phase)」という言葉は使われなくなった。

ラナはラスベガスで両親と暮らしていた。銃は持たせてもらえず、ようやく銃がない生活に慣れてきた。ラナの能力は消えていた。ニンジンの皮むきで指を切っても、自分にはどうすることもできなかった。その事実にラナはたっぷり五分間笑い続け、両親は娘の気がふれたのではないかと案じた。

デッカ・タレントの家族は彼女を受け入れた。娘の〝ライフスタイル〟にはいまだに不満を抱いていたものの、彼女を叱りつけるだけの勇気はなかった。デッカはもう重力を制御することはできなくなったが、その存在感で、どんな場の空気も変えることができた。デッカは悲しみに暮れるブリアナの両親に連絡を取り、ブリアナの話をした。ブリアナの両親はデッカに娘の写真を渡した。その写真は額装され、デッカのベッド脇に飾られている。

エディリオ・エスコバールはロジャーと再会した。ロジャーの回復には一カ月を要したが、エディリオは待った。壊れたテールライトの定期チェックで巡回していたハイウェイ・パトロールが、エディリオの両親の身分証を確認し、不法滞在の疑いがあるとして、上に報告しなければならないと告げた。やがてエディリオの姿に気づき、ほかの警察官に連絡すると言った。四台のパトカーがやってくると、カリフォルニア・ハイウェイ・パトロールは、エディリオとその家族には手を出さないと決めたことが判明した。最終的にエディリオは、サインを何枚も求められた。

　フェイズの子供たちの追悼式を開くのには時間がかかった。カリフォルニアのピズモ・ビーチで開催されるころには、多くの子供がちりぢりになっていた。それでもサム、アストリッド、ダイアナ、クイン、エディリオ、デッカをはじめとする数十人の子供たち、さまざまな著名人、政治家、地元住民が参加した。ラナは来なかった。パトリックの大事な駆虫の予約があるのだという。アルバートは会議で忙しいらしい。

　サムはスピーチを頼まれたが、断固として断った。フェイズのヒーローとして語られることにほとほとうんざりしていたのだ。フェイズの子供たちの非公式な広報となっていたアストリッドが、代わりに短いスピーチをした。そのなかで彼女は、オーク、ダーラ、ダック・チャン、ハワード、EZ、ジャック、ブリアナ、ピーター、その他数えきれないほどたくさんの子供たちについて言及した。

「フェイズにはたくさんのヒーローがいました。私の弟もそのひとりです。もっとも自分が〝ヒーロー〟だとはわかっていませんでしたが。それに悪者もいました。私たちのほとんどが、そのどちらの要素も少しずつ持っていました」

オークの両親は参加しなかった。

ダイアナは退院して以来、宙ぶらりんの状態だった。フェイズにいたほかの子供の親に引き取られたものの、そこは自分の居場所ではなかった。

式のあと、レモネードやアイスティーを片手にグループで集まった。みんな〝いい〟服を着ている。武装している人もいない。トゲトゲつきの野球バットすら見当たらない。

「いいスピーチだったじゃない」ダイアナが冷やかすように言った。「もしかして自分も映画に出演する気？」

「監督はそれも考えているみたい」アストリッドは言った。「でも私、もうアストリッド役ってタイプじゃないのよね。なんだかシュールだけど。『コヤニスカッツィ』みたい」

それを聞いたみんなが一斉にため息をつき、目をぐるりとまわした。

「意味は訊かないよ」デッカが言った。

「『平衡を失った世界』って意味よ」アストリッドが説明する。「『コヤニスカッツィ』は」

「だから訊いていないって」デッカがつっこむ。

「ねえ、キャンパーの話聞いた？」エディリオが言った。「ステファノレイ国立公園のかなり北のほうに女の子がいるって話。金色の肌の。その子は見かけてもパッと姿を消しちゃうんだって」

「この先何年もそういう話が出てくるでしょうね」とアストリッド。「きっとフェイズは何千という伝説や神話を生み出す。物理学の研究もかなり混乱させたしね」

「でもそれって面白そうじゃないか?」クインが言った。

「ただの噂だよ」サムはそう言って手をあげた。「もうあそこには何もない。全部終わったんだ」

そのあとも話は続き、少々深入りしすぎたところでお開きとなった。ハグをかわし、家路に着く。ただし、サムとアストリッド、それからダイアナをのぞいて。サムは帰ろうとするダイアナの腕を取った。

「ダイアナ、ちょっといいかな」と切り出す。「僕たち考えていることがあって。ほら、アストリッドはハリウッドとの契約でお金持ちだろ」

「おめでとう。いまじゃあなたの彼女は、あなたより賢くてお金持ちね」ダイアナがからかった。「ちょっと、かわいげはないけど」

「うん、まあ、その……つまりさ、僕は母親と……うまくいっていないんだ。前ほど親密じゃなくなった」

「残念ね。よく聞く話だけど」

「それで、アストリッドはしょっちゅうロサンゼルスに行かなきゃならないだろ。だから……えっと、母親は僕の親権を放棄したんだよね。僕は独立して、つまり法的に大人になったってことだけど」

「ひとりでちゃんとやれるの？」ダイアナが訊いた。

サムがにやりと笑う。「大変だろうね。夕食をピザにするか、中華にするか決めるのは、大きなプレッシャーだよ」

「そうね。生死をかけた決断をするのは得意じゃないものね」

「サンタモニカに家があるんだ。ふたりの。クインの家からも遠くないし、学校も悪くない。ビーチもすぐ近くだし、ただ、変な話だけど、ふたりで住むには広すぎて」

アストリッドがやってきた。「もう話した？」

「いま説明してるとこ」

アストリッドはため息をついた。「一緒に住んでほしいの、ダイアナ。反論はなし。ただ、わかったって言って」

ダイアナは感情が出ないように、地面に視線を落とした。それから言う。「あなたたちがいちゃつくのを夜も昼も聞かされるわけ？」

その後　4

部屋の家具はＩＫＥＡでそろえた。クイーンサイズのベッドひとつ、ナイトスタンドふたつ、ドレッサーふたつ、それにたくさんのランプ。

サムはいまも暗闇が嫌いだった。だが、もう恐れてはいない。

テレビ一台、ノートパソコン二台、高速インターネット回線、ｉＰｈｏｎｅ二台。窓からは車が行き交う音が聞こえる。冷蔵庫と食料棚にはたくさんの食べ物。洗面所には大量の薬がストックされ、小さなクリニックを開けるほどだ。

万が一に備えて。

熱いシャワーをゆっくり浴びたあと、ふたりで清潔なシーツとブランケットにもぐりこんだ。先ほど、ダイアナも一緒にタイ料理を食べに出かけた。以前は、どちらもあまりタイ料理は食べなかったが、いまではどんな食べ物もおいしく食べられる。

食べ物は、すばらしい。三人で〈ベン＆ジェリーズ〉に行ったときなど、アイスクリームを食べながらばかみたいに泣き出してしまった。

　サムはまだ、アストリッドにすべてを話してはいなかった。母から聞かされた最後の話が引っかかっていて、自分自身、納得する必要があったのだ。だがどう考えても、どう見方を変えても、やはりすべてを受け入れることはできなかった。

「愛してるよ、アストリッド」サムは言った。

「ええ、もうあなたと一緒にベッドに入っているでしょ。甘い言葉をささやく必要はないわ」アストリッドは冷たい手のひらをサムの胸に当てて笑った。

「ガイアファージのこと」サムが言う。

　アストリッドは手を引っこめた。「どうしてその話をするの？」

「それは、母さんが……」サムはため息をついた。

「ああ」アストリッドは体を起こし、サムの話に耳を傾けた。

「母さんがケインを手放した理由を話しただろ。ケインに違和感を覚えたからって。なんだか後ろめたくて、ケインは自分への罰なんじゃないかと思ったって。それでケインを養子に出したけど、残念ながら、その夫婦もどこかおかしい感じがした。もしかしたら単に感じが悪かっただけかもしれない、わからないけど。とにかく、母さんが言うには、その養父母がコアテスに来たとき、ケインへの愛情はあまり感じられなかったらしい」

「驚くことじゃないわ」アストリッドが慎重に相槌を打つ。

「とにかく、母さんが浮気を認めたことは話したけど、それで全部じゃないんだ。母さんに訊いたんだ。ばかげていると思ったけど、訊かずにいられなくて。僕の父さんは、本当に僕の父さんなのかって。あの日、原子力発電所で死んだ人は本当は何者なのかって」

「あなたがお母さんとその話をしたんじゃないかって思ってたわ。あなたが話してくれるのを、心の準備ができるのをずっと待っていた」

「ねえ、いつでも自分が一歩先にいるって思わないでよ」

「サム、事実は事実よ、私はいつでも一歩先にいるの」

サムは片方の腕を彼女にまわし、近くに引き寄せた。

「で、母さんによると、僕たちのうちのひとり、ケインは、隕石の激突で死んだ男にそっくりなんだって。僕が父さんだと思っていた人に。DNAが吸収されてガイアファージの一部になった人物に」

「つながりね」アストリッドが言う。「だからあなたのお母さんはケインに邪悪なものを感じるようになったんだわ。ガイアファージだったのよ」

「ただ、話はそんなに単純じゃないんだ」とサム。「母さんはケインがコアテスに、ペルディド・ビーチのすぐ近くにいることを知って、あの学校で働きはじめた。看護師だから血液サンプルが取れると思って。で、僕たちふたりを遺伝子レベルで比べた」

「嘘でしょ」アストリッドがつぶやく。一歩先にはいなかったようだ。

サムはため息をついた。「それで、母さんは浮気をしていたけど、ケインと僕は紛れもなく二卵性双生児だった。ガイアファージの一部になった男のDNAは、ケインだけの父親のものじゃなかった。僕らの父親のものだったんだ」

「あなたとケインの」アストリッドが息をつく。

「母さんはケインとガイアファージのつながりを感じていた。でも僕には感じていなかった。同じつながりがあったのに。同じDNAを持っていたのに。ただ、ケインが育った環境にはなかったんだ。その……」

「愛情が」アストリッドが言う。「彼はずっと愛情を注がれることなく生きてきた」

「でも、最後はちがった」サムは言った。「最後の最後にあいつはそれを見つけたんだ」

アストリッドはふたたびサムの胸に手をのせると、さらに身を寄せ、その首筋にキスをした。「もう終わったのよ、サム。終わったの」

「ああ、そうだね」

「明かりを消して、サム」

サムはスイッチに手を伸ばすと、明かりを消した。

謝辞

どんな本も、そしてまちがいなくシリーズものは、作家だけではつくれない。私の弁護士兼友人のスティーヴ・シェパードに感謝を述べたい。彼はこのシリーズの販売を手伝ってくれたうえ、ずっと相談に乗ってくれていた。版権を取得してくれた、ハーパーコリンズ社の賢明なエリス・ハワード、最初の編集者、マイケル・スターンズにもお礼を述べる。マイケルは出版界における真の善人のひとりだ。

このシリーズを引き継ぎ、受け入れ、支え、そして何より私に我慢してくれた（大変だったと思う）キャサリン・テーガンにも感謝を。彼女はかけがえのない友人だ。愛してるよ、ＫＴ。

本シリーズを多くの国々でヒットさせてくれた各国の出版社にも感謝を述べたい。とくに、エグモント・パブリッシングと、イギリスとオーストラリアにいる多くのファンの方々に。

そして今回も、作家になるよう私を説得してくれた妻のキャサリン・アップルゲイトと、クールな私の子供たち、ジェイクとジュリアに感謝を捧げる。

ファンのみなさんへ

なんと、フェイズに六冊もの本、合計三千ページも費やしてしまった。ちょっとすごいと思う。疲れてないだろうか？　私は疲れた。

ＧＯＮＥシリーズは最初から長い物語にしようと思っていた。読者と一緒に、時間をかけてキャラクターたちを成長させたかった。あなたを怒らせたり、がっかりさせたり、嫌いなキャラクターもいるかもしれない。けれど、あなたが尊敬できるお気に入りの、さらには愛せるようなキャラクターが数人でもいるならうれしい。読者のみなさんには忍耐と献身が必要だったと思う。その価値があったと思ってもらえればうれしいし、楽しんでもらえたのなら幸せだ。私は楽しかった。

私はこれで作家を引退するわけではない。『The Magnificent 12』というシリーズも書いている。このシリーズは、たとえあなたが「大人すぎ」ても、楽しんでもらえると思う。私の手掛けるほかのシリーズは、ＧＯＮＥの続編ではなく、それぞれ独立した物語だ。何か読むものをお探しなら、ぜひほかのシリーズも読んでみてほしい。

ツイッターやフェイスブックなどＳＮＳを通した交流、また、アメリカ国内や世界各地を訪れた際にＧＯＮＥファンと過ごす時間はいつも楽しかった。みなさんはとても賢く、とても面白い、クールな人間の集まりだ。そんなみなさんを楽しませることができて光栄だ。

私から、サムとアストリッドから、ケインとダイアナ、クイン、エディリオ、ラナとパトリック、デッカ、ブリアナ、アルバート、コンピュータ・ジャック、オーク、マリア、サンジットとチュー、ハワード、ハンター、ピーター、その他すべてのキャラクター（ドレイクも含めて）から、感謝を贈りたい。ありがとう。

あなたはもう、自由にフェイズから出ていくことができる。

訳者あとがき

〈GONE〉シリーズ第六弾『GONE ゴーンⅥ 夜明け』をお届けします。本シリーズもついに完結。フェイズの世界ともいよいよお別れです。

本シリーズの舞台はカリフォルニア州ペルディド・ビーチ。十五歳未満の子供たちが、ある日突然出現したバリアに閉じこめられたところから物語ははじまります。謎の能力を出現した少年少女、飢え、水不足、人食いミミズ、しゃべるコヨーテ、謎の疫病、巨大昆虫……。数々の試練に直面しながら、子供たちは生きるための戦いに挑んでいきます。前半は四本の力を持つ二卵性双生児、サムとケインの兄弟対決を中心に、後半はフェイズの邪神ガイアファージとの戦いを中心に物語は進行します。ダークネス、ガイアファージ、ガイアと三つの名を持つこの最凶の敵は、手をかえ品をかえて子供たちを絶望の淵に追い詰めていきます。

本作の魅力は、なんといっても個性豊かなキャラクターたちではないでしょうか。実に多くのキャラクターが登場し、サブのキャラクターでさえ強烈な個性と存在感を示します。

何しろ登場人物が多いので名前を覚えるのが大変だったかもしれませんが（訳者はたびたびブリトニーとブリアナ、ときどきダイアナの名前を混同しました）その全員が魅力的で、一筋縄ではいかなくて、人間として強さも弱さも備えています。「キャラクターたちを読者のみなさんと一緒に成長させたかった」と著者も謝辞で述べているように、わたしたちはときにいらいらしたり、もどかしく思ったりしながら、彼女／彼らの成長を見守ることになりました。クインやエディリオなど、立派に成長したキャラクターはもちろんのこと、ヒロインでありながら、打算でサムを操り、弟を犠牲にしたアストリッドや、サムの陣営にいながら、お金や立場を利用して人心を掌握し、当然の報酬として権力を利用するアルバートなどの描かれ方も見事だったと思います。彼女／彼らの行為には道義的には感心できない部分があるものの、大切な人の身を守り、あるいは社会や経済をまわすために必要な行為だったりするので、物事を多面的に見る大切さを考えさせられます。

ピーターとガイアファージの関係も興味深く、フェイズを生み出した張本人であるこのふたりは、敵味方や善悪で明確にわけられる存在ではありません。どちらも（人間を基準にすると）幼く、無知で、しかし強大なパワーを持っているという、ある意味もっとも恐ろしい存在です。著者は作品のなかでピーターのことを何度か「何も知らない子供が核爆弾のスイッチを握っているようなもの」と表現をしていますが、ピーターもガイアファージもその能力を自分のために利用します。その結果、ピーターはたまたま原子炉のメルトダウンを防ぎ、ガイアファージはバリアから出るために人間を虐殺していきます。もちろん、強大な力に翻弄される周囲の子供たちはたまったものではありません。ピーターやガイアファージ、そして非能力者のエディリオやアルバートの役割が示すように、「力」というのはその大きさではなく、使い方が大事だということがよくわかります。本作の主人公であるサムとケインも、あくまで戦う力をもった戦士であって、統治者の器ではないことがくり返し描かれる点にも著者の思いが透けて見えます。

そのほかのキャラクターも――一匹狼でタフなラナ、懐の大きなサンジット、強くて繊細なデッカ、勇敢で無鉄砲なブリアナ、コンピュータ・ジャック、オーク、ハワード、マリア、テイラー、ダイアナ、ハンター、シンダー、ロジャー、トト、そして邪悪なペニーやドレイクでさえ――みんな魅力的で、これでお別れだと思うと寂しいかぎりです。

邦訳の予定はいまのところありませんが、本国では〈GONE〉シリーズのスピンオフとして『Monster』『Villain』『Hero』が刊行されており、こちらの作品も〈MONSTER〉シリーズとして人気を博しています。ペルディド・ビーチに隕石が落ちてから四年後、外の世界に現れた能力者らが、善と悪に分かれて戦う物語のようです。〈GONE〉シリーズとは別物の独立した物語だそうですが、〈GONE〉の登場人物たちも何人か登場するらしいので、興味のある方はぜひこちらもチェックしてみてください。

〈GONE〉シリーズ第一弾の邦訳が刊行されたのは2016年4月、少し時間はかかりましたが、多くの方の尽力でどうにか最終巻までたどり着くことができました。『GONE』は訳者の初めての訳書だったこともあり、とても思い入れのある作品です。こうして最後までフェイズの世界と子供たちの運命を見届けることができて本当に幸せです。本書を訳すきっかけをくださった田内志文さん、毎回素敵な表紙を描いてくださった影山徹さん、訳文を丁寧にチェックしてくださったハーパーコリンズの松下梨沙さんをはじめ、関係者のみなさまにこの場を借りてお礼申し上げます。そしてなにより、本シリーズに最後までお付き合いくださった読者のみなさまには感謝の言葉もありません。本当に、本当にありがとうございました。

二〇二三年一月

片桐恵理子

訳者紹介　片桐恵理子

愛知県立大学文学部日本文化学科卒。カナダ6年、オーストラリア1年の海外生活を経て帰国したのち、翻訳の道へ。おもな訳書に、グラント〈GONE〉シリーズ（ハーパーBOOKS）がある。

GONE ゴーンVI 夜明け

2023年2月20日発行　第1刷

著　者　マイケル・グラント

訳　者　片桐恵理子

翻訳協力　147トランスレーション

発行人　鈴木幸辰

発行所　株式会社ハーパーコリンズ・ジャパン
東京都千代田区大手町1-5-1
03-6269-2883（営業）
0570-008091（読者サービス係）

印刷・製本　中央精版印刷株式会社

ISBN978-4-596-76843-8